« L'édition de cet ouvrage a été rendue possible grâce au concours apporté par l'Agence de Coopération Culturelle et Technique (170, rue de Grenelle, Paris 7e) au titre de son programme d'encouragement à la création littéraire. »

L'ÉTRANGE DESTIN DE WANGRIN

ou

Les Roueries d'un interprète africain

PAR

AMADOU HAMPATÉ BÂ

10/18

Série « La voix des autres » dirigée par S. Adotevi et R. Jaulin

ISBN :2-264-00386-3

Avertissement

Ce livre est le fruit d'une promesse, faite à un homme que je connus en 1912.

J'étais écolier et n'avais que douze ans. Lui était interprète du grand commandant de cercle de mon pays.

Il se prit d'amitié pour moi pour deux raisons. En premier lieu, parce qu'il était très lié avec mon oncle maternel, Hammadoun Pâté et, en second lieu, à cause du grand nombre de contes que je lui rapportai, sur sa demande (01).

Ces récits, je les avais moi-même appris de Kullel, qui était à l'époque le plus grand conteur traditionnel de la boucle du Niger. Kullel vivait à la cour de mon père adoptif, Tidjani Amadou Ali, chef de la province de Louta avant la déchéance politique des Toucouleurs de Bandiagara, due à l'occupation française.

Quinze ans plus tard, je retrouvai le héros de ce livre. Il avait démissionné de ses fonctions d'interprète et s'était installé comme commerçant, se trouvant à la tête d'un capital fabuleux, à l'époque, pour un Africain.

Voici les circonstances dans lesquelles il me fut donné de le retrouver.

Un commerçant européen ayant été assassiné à Dioussola, en l'absence de tout héritier l'administration et la liquidation de ses biens et immeubles furent confiées au bureau de la curatelle et biens vacants, où je travaillais alors.

Mon patron et moi nous rendîmes dans cette ville où je fus reçu et hébergé par cet ami de mon oncle, qui, conformément à la tradition malienne, me considérait comme son propre neveu et me traitait comme tel.

J'étais très heureux de le retrouver, et lui aussi. Se souvenant du jeune conteur que j'avais été, il éprouva le besoin de me faire en détail le récit de sa vie aventureuse et orageuse.

Aussi un jour, s'approchant de moi, il me dit : « Mon petit Amkullel (02), autrefois, tu savais bien conter. Maintenant que tu sais écrire, tu vas noter ce que je conterai de ma vie. Et lorsque je ne serai plus de ce monde, tu en feras un livre qui non seulement divertira les hommes, mais leur servira d'enseignement.

« Je te demande expressément de ne pas mentionner mon vrai nom, afin d'éviter à mes parents tout risque de complexe de supériorité ou d'infériorité...

« Tu utiliseras l'un de mes noms d'emprunt, celui que j'affectionne le plus : Wangrin ».

Chaque nuit, après le dîner, de 20 à 23 heures, parfois jusqu'à 24 heures, Wangrin me racontait sa vie. La conversation se déroulait aux sons d'une guitare, dont jouait excellemment et infatigablement Dieli Maadi, son griot. Il en fut ainsi durant trois mois.

Indépendamment de ce que je récoltai ainsi de la bouche

même de Wangrin et que je notai soigneusement, j'eus la bonne fortune, par la suite, d'être amené à servir dans tous les postes où Wangrin était passé, pouvant ainsi largement compléter mes informations auprès de tous ceux qui avaient été mêlés sur place à ses aventures.

Quant à la dernière phase de la vie de Wangrin, j'en dois le récit non seulement à Dieli Maadi, son griot, qui resta à ses côtés dans la gloire comme dans la décadence, mais également à Romo, qui fut son principal adversaire et qui cependant eut paradoxalement l'honneur de présider, avec un cœur sincèrement serré, aux obsèques de celui qu'il n'avait cessé de combattre. La mort avait réalisé plus que la force, la ruse et la jalousie. Devant la dépouille de Wangrin, Romo, ému, regretta, pardonna et demanda son pardon.

J'ai donc fidèlement rapporté tout ce qui m'a été dit de part et d'autre dans les termes mêmes qui furent employés. Je n'ai modifié – à quelques rares exceptions près – que les noms propres des personnes et des lieux, pour mieux respecter l'anonymat souhaité par Wangrin.

Qu'on ne cherche donc pas, dans les pages qui vont suivre, la moindre thèse, de quelque ordre que ce soit – politique, religieuse ou autre. Il s'agit simplement, ici, du récit de la vie d'un homme.

Mais sans doute mes honorables lecteurs voudront-ils avoir quelque idée de l'homme dont on va leur conter l'étrange et tumultueuse histoire.

Qui était Wangrin? C'était un homme foncièrement bizarre en qui qualités et défauts contradictoires se trouvaient si mêlés qu'on ne pouvait, de prime abord, le définir et moins encore le situer.

Eminemment intelligent, Wangrin était truculent au superlatif absolu. Il était tout à la fois on ne peut plus superstitieux et farouche incrédule à ses heures.

Concusionnaire implacable et même parfois féroce avec les riches, il n'avait jamais cessé d'être un cœur tendre et charitable, constamment enclin au service des pauvres.

Si l'aplomb imperturbable, l'audace léonine, l'effronterie proverbiale de Wangrin s'exercèrent au détriment des commerçants européens et libano-syriens, des chefs de canton et des puissants du jour, son plus grand exploit fut certainement la manière avec laquelle il osa rouler les « dieux de la brousse », Messieurs-les-administrateurs-coloniaux, qu'il rencontra sur son chemin. En effet, à l'époque, mieux valait avoir sur le dos le mont Sinaï lui-même que le moindre administrateur colonial.

Wangrin sut affronter avec calme tous les dangers que les circonstances avaient semés sur sa route, et surmonter avec philosophie les revers de fortune quand sa chance déclina.

Sans jamais cesser d'être goguenard, il tenait religieusement sa parole et toutes ses promesses.

Il poussait la gouaillerie jusqu'à prévenir ses partenaires des tours pendables qu'il comptait leur jouer. C'était là une de ces coquetteries caustiques à laquelle il était attaché et qu'il mettait souvent en pratique.

Je suis heureux, pour ma part, de pouvoir, par ce livre, tenir la promesse faite à un homme qui, lui, avait toujours tenu les siennes, au point que l'on disait de lui : « La parole de Wangrin est de l'or, et sa promesse de l'airain. »

Amadou Hampaté Bâ,
6 novembre 1971
17 Ramadan 1391.

Introduction

D'où venait Wangrin?

Wangrin naquit dans un pays à la fois ancien et mystérieux. Un pays où les pluies et les vents, au service des dieux, croquèrent de leurs dents invisibles et inusables les murailles des montagnes, créant, pour les besoins de la cause, un relief plat en même temps que monotone.

Les quelques saillies granitiques ou latéritiques qui résistèrent surplombent encore la plaine, de loin en loin.

C'est au pied d'un de ces monts rebelles aux érosions que fut fondé un village prédestiné, lequel donnera son nom à tout le pays : Noubigou.

Etait-ce par hasard que ce nom fut donné au village, et ensuite au pays? Fodan Seni, le chantre du dieu Komo, musicien du « dan », danseur rituel, affirme que non.

Sans être courtisan, Fodan Seni vivait, tout au début du XXe siècle, à la cour du roi Métiogo Dani. Ecoutons ce thaumaturge bambara nous conter l'histoire mystérieuse du pays.

La plaine s'étendant au pied de la colline de Noubigou était l'un des nombreux centres où les dieux et les esprits tutélaires se rencontraient pour discuter et décider du sort du pays.

Sanu, le dieu-roi de l'or, construisit dans la plaine une petite hutte appelée « Noubigou ». C'est dans cette hutte que Nganiba, la grande sorcière, venait une fois par an rencontrer Ninkinanka, l'immense python du Mandé, qui mesurait sept cent trente coudées de longueur et pesait autant que la charge de quinze baudets bien nourris.

Ninkinanka, contrairement aux boas et pythons de nos jours, se servait des trois cent soixante-cinq anneaux qui composaient son immense squelette non pas pour étouffer des proies mais pour, miraculeusement, excaver les lits des cours d'eau qui sont devenus les rivières et les fleuves d'aujourd'hui, qui prennent leur source en Guinée et Côte d'Ivoire.

La petite hutte de Sanou, perdue dans les hautes herbes, était confiée à la garde de Tenin-Tourouma, un passereau de la grosseur d'un pigeon. L'oiseau portait sur la tête une touffe de plumes et, dans l'estomac, un petit caillou blanc de longévité et de prospérité. Tenin-Tourouma nichait dans les branches d'un vieux « toro » bossu aux fleurs invisibles dont les corolles étaient d'or.

Yooyayo, dieu partenaire de Nganiba, était le patron de cette partie sud du pays qui s'articule en chaînes de monts, collines et coteaux avant d'aller se souder à la dorsale guinéenne.

Sous la conduite de Yooyayo, les esprits gardiens du massif sud malien se rendaient dans la plaine où s'élevait la hutte de Sanou, siège de leurs palabres occultes annuelles.

Telle est, résumée, l'origine mythique de Noubigou, chef-lieu actuel du pays du même nom, où naquit le héros de ce récit.

⁂

– 1 –
La Naissance

C'était l'époque la plus chaude de l'année, et il faisait plus chaud, ce dimanche-là, qu'en aucun des jours précédents. Aussi, quand le soleil atteignit le plein milieu du ciel, toutes les ombres se rétractèrent. Chacune se retrancha sous le pied de l'objet dont elle était issue.

Au maximum de son ardeur, le soleil brillait, luisait et aveuglait hommes et bêtes. Il fit bouillir comme une marmite la couche gazeuse qui enveloppait la terre.

Les hommes buvaient à longs traits et suaient à grosses gouttes.

Les poulets, ailes ouvertes à demi, respiraient avec force et précipitation. Les chiens, langue tirée et flancs battants, ne sachant plus où se mettre, haletaient en faisant la navette entre le dessous des greniers à mil et les maigres abris construits devant les cases.

Non loin de ces pauvres bêtes, une femme se débattait dans les douleurs de l'enfantement. Elle se livrait à un va-et-vient ininterrompu entre sa couchette, installée dans un coin de sa maison, et les canaris (1) contenant la provision d'eau, installés un peu plus loin. Elle souffrait de la soif, de la chaleur, et des atroces douleurs qui la tenaient. C'était la mère de Wangrin en travail de parturition.

Elle était assistée d'une matrone édentée et chenue. Celle-ci regardait la future maman se tordre comme une chenille arpenteuse sans intervenir autrement qu'en chantant doucement la mélopée matrimoniale enseignée par Nyakuruba, la déesse de la maternité, et que voici :

« Wooy wooy kyakuruba (2) : a tinti!
den wolo manndi Nyakuruba
den cee den wolo manndi Nyakuruba
a tinti!
Waay waay (2) Nyakuruba! a tinti!
den wolo manndi Nyakuruba
den muso den wolo manndi Nyakuruba
a tinti!
Eeh Eeh (3) Nyakuruba! a tinti!
den wolo manndi Nyakuruba
den fla den wolo manndi Nyakuruba
a tinti!
tin bee tinti Nyakuruba a tin tin
nta tin tinti Nyakuruba a tintin. »

« Wooy wooy o! Nyakuruba, presse fort!
L'enfantement est laborieux, Nyakuruba.
L'enfantement d'un garçon est laborieux, Nyakurubà.
Presse fort !
Waay waay o! Nyakuruba, presse fort!
L'enfantement est laborieux, Nyakuruba.

L'enfantement d'une fille est laborieux, Nyakuruba.
Presse fort !

Eeh Eeh, Nyakuruba! Presse fort!
L'enfantement est laborieux, Nyakuruba.
L'enfantement de deux bébés est laborieux, Nyakuruba,
Presse fort!

Presse fort tous les accouchements, Nyakuruba, presse fort!
Presse fort mon travail d'accouchement, Nyakuruba, presse-le fort. »

Ce chant de la vieille femme encouragea la future mère à supporter les coups de tête, de main et de pied que le bébé donnait dans son ventre afin de se dégager du cocon où il était sans être vraiment lui-même, c'est-à-dire comme un être indépendant, vivant et se mouvant par lui-même.

Nyakuruba, la déesse aux gros yeux blancs comme deux gros cauris lavés, entendit-elle les doux appels au secours lancés par la vieille chenue? Toujours est-il que la délivrance s'annonça. Maa-Ngala, dieu créateur, disjoignit les os du bassin de la parturiente. La tête du bébé, molle comme un œuf de sorcier (4), s'engagea la première et ce qui restait du corps la suivit.

Le petit Wangrin poussa le sempiternel vagissement pour annoncer son entrée dans ce monde déroutant où chacun vit au prix de mille et une indispositions et dont personne ne sortira vivant.

L'enfant était drapé jusqu'aux épaules dans un tissu de chair blanc et léger, souple et transparent. Sa tête en était également couverte, tout comme s'il portait un bonnet. Les « petits frères » (5) ne tardèrent pas à suivre.

La vieille femme eut tout le mal du monde à couper le cordon ombilical reliant l'enfant à ses « petits frères ». Force fut pour elle d'aller quérir le père de Wangrin qui attendait, assis à l'ombre d'un grand fromager, qu'on lui apportât des nouvelles. Celles-ci pouvaient être soit très bonnes et doubles, soit bonnes et doubles, ou le contraire.

La femme en travail est en effet traditionnellement considérée comme un combattant en première ligne. Délivrée, on dit qu'elle a gagné la bataille. Si elle meurt en couches, on la considère comme tombée au champ d'honneur. La très bonne et double nouvelle, c'est la délivrance de la femme après accouchement d'un garçon. La bonne nouvelle, c'est la venue au monde d'une fille.

La double et très mauvaise nouvelle, c'est la mort de la femme et d'un garçon qu'elle devait engendrer. La double mauvaise nouvelle, c'est la mort de la femme et d'une fille qu'elle devait mettre au monde.

Aussi, quand le père de Wangrin vit la matrone édentée se diriger vers lui avec une si grande hâte que ses orteils heurtaient et envoyaient au loin les objets placés sur sa route, il ôta vivement de sa bouche sa pipe en terre cuite et la tint dans la main gauche. La barbe relevée, les yeux écarquillés, la bouche à demi-ouverte, il fixait la vieille femme. Avant même que cette dernière ne dît un mot, il tendit la main droite, paume ouverte (6) vers la messagère et lui dit : « Quelle nouvelle m'apportes-tu, ô vieille femme ?

– Très bonne et double, répondit la vieille. Mais ta présence est nécessaire, car mon couteau s'est émoussé sur le vaisseau qui unit ton bébé à ses petits frères. »

Le père de Wangrin se précipita dans sa maison d'homme (7). Il sortit son fétiche logé dans une peau de chat noir. Il tira de sa besace un sachet contenant une poudre végétale opérative et son couteau sacrificiel. Il suivit la vieille jusqu'à l'endroit où l'accouchée, impuissante, attendait avec une crainte poignante pour les jours de son bébé.

Wangrin était né, mais il n'était point délivré. Que lui voulaient ses « petits frères » ? Nul ne sait.

Le père entra dans la case-maternité. Il salua rapidement son épouse, puis se saisit d'une calebasse neuve qu'il remplit d'eau. Il y versa la poudre végétale. Puis il se mit à invoquer Nyakuruba et tous les dieux du mariage et de la maternité. Il crachottait dans l'eau au fur et à mesure qu'il récitait les litanies rituelles. Quand il eut fini, il jeta dans la calebasse remplie d'eau son couteau sacrificiel. Quelques instants après, il le sortit tout ruisselant d'eau. D'un coup sec et précis, il coupa le cordon ombilical qui soudait Wangrin à ses « petits frères ».

La vieille chenue se saisit des « petits frères ». Elle les enveloppa dans un morceau de pagne fait de bandes de coton assemblées. Elle mit dans le même paquet sept galettes de farine de mil, sept cauris (8), sept duvets de coton, sept noix de cola, sept petits cailloux blancs, une touffe de cheveux du nouveau né et, enfin, un morceau de bande de coton taché des premiers excréments et urines du bébé, puis elle alla enterrer le tout dans un lieu connu d'elle seule et de l'accouchée.

Après le dîner, le dieu Komo (9) sortit du bois sacré et vint s'exhiber dans la cour du père de Wangrin. C'était sa manière de recevoir l'enfant au sein de la communauté.

Le Komo annonça au père que son fils se singulariserait et brillerait dans la vie, mais qu'il n'avait point vu sa tombe au cimetière de ses ancêtres. Cette prédiction laissait entendre que Wangrin mourrait à l'étranger, loin du pays natal.

Wangrin fut élevé comme un bon fils de Bambara. Il se promenait nu, portant en bandoulière un petit sac en bandes de coton. Il portait, suspendue à son cou, une flûte taillée dans un morceau de bois sculpté. Au gré de ses vagabondages, il apprit à monter à cheval, à chasser à l'arc, à piéger les oiseaux et autres petites bêtes.

Il aidait son père à labourer son champ. Il puisait au puits de l'eau pour sa mère.

Il ne revenait jamais bredouille de la brousse et ramenait toujours quelque chose pour sa mère. Le moins qu'il pouvait lui offrir était un fagot de bois ou une charge de tiges de mil pour sa cuisine.

Nulle intimité ne régnait entre le père et l'enfant. Le père de Wangrin lui inspirait une grande peur. En sa présence, il perdait tous ses moyens et ne savait même plus reconnaître les objets qu'on lui présentait. Il considérait cependant son père comme l'homme le plus fort de la terre et était fier de se dire qu'un jour il serait aussi fort que lui.

Wangrin fut d'abord initié aux petits dieux des garçons non cironcis, Thieblenin et Ntomo, puis, à son adolescence, à Ntomo-Ntori.

L'année même où il fut admis dans l'association du petit dieu Ntomo-Ntori, il fut réquisitionné pour être envoyé à l'établissement dit « Ecole des otages » (10).

Son pays fut le triste théâtre des longues guerres du conquérant Yorsam, qui luttait contre les habitants de Noubigou pour se tailler un empire, tandis que d'un autre côté il guerroyait contre les Français pour conserver les domaines conquis.

Les atrocités inutiles commises par Yorsam poussèrent les gens de Noubigou à ouvrir leurs bras aux conquérants français. Beaucoup de jeunes gens s'engagèrent dans les corps militaires constitués pour les indigènes. C'était l'armée des tirailleurs sénégalais.

La population avait juré « d'avoir » Yorsam et de le livrer aux Blancs. Elle ne devait y parvenir qu'après plus de quinze ans de guerre.

Les Français craignaient cependant un revirement possible de la part des chefs et notables du pays en faveur d'Yorsam, si jamais celui-ci obtenait le moindre avantage militaire sur les troupes françaises. Pour se garantir contre cette éventualité, ils créèrent l'Ecole des otages, à Kayes, où ils envoyèrent de gré ou de force tous les fils de chefs et de notables.

C'est dans cette école que fut envoyé Wangrin vers l'âge de 17 ans, ainsi que beaucoup d'autres jeunes garçons venus de tous les pays conquis ou alliés de la France du « Haut Sénégal et Niger », qui s'étendait alors de Kidira à Zinder.

Le jeune Wangrin apprit rapidement à lire, à écrire, à compter et à parler correctement le français.

Tous les deux ans, il revenait en vacances à

Ninkoro-Sira, son village natal. Son père en profita pour le faire circoncire et initier au dieu Komo, ce qui lui conférait le statut d'homme. Dès lors, son père accepta de traiter en sa présence de problèmes secrets ou intimes, et parla clairement devant lui du symbolisme des masques, de la sexualité, etc.

Wangrin était fier d'être « Kamalen-Koro », un circoncis, mais également d'être un élève de l'Ecole des otages. Il était également fier de ses habits d'écolier, et en particulier de ses souliers confectionnés par un cordonnier de France et de sa chéchia rouge et ronde, agrémentée d'un pompon en soie bleue.

Chaque départ en vacances était pour lui un événement mémorable, impatiemment attendu. Tout le monde l'attendait à Ninkoro-Sira, et notamment les belles filles du village.

Il termina ses études dans les meilleurs délais et obtint son certificat d'études primaires indigène. C'était alors le plus haut diplôme qu'un autochtone des colonies françaises était autorisé à acquérir.

Ce parchemin, dont un coin était barré des trois couleurs de France, était une clef miraculeuse, un « sésame ouvre-toi ». En effet, les indigènes certifiés entraient dans les cadres subalternes de l'administration civile. Ils pouvaient devenir moniteurs de l'enseignement primaire indigène, commis de bureau, c'est-à-dire secrétaires chargés de recopier les correspondances et de les expédier, télégraphistes, infirmiers, etc.

Wangrin fut nommé moniteur, fonction réservée aux élèves les plus méritants, et sortit major de sa promotion.

Il exerça ses fonctions durant deux ans à la plus grande satisfaction de ses supérieurs, et notamment de l'inspecteur de l'enseignement. Pour le récompenser, il fut chargé de créer et de diriger une école à Diagaramba, capitale du Namaci, pays que les Français avaient repris aux chefs autochtones en 1893.

C'est dans cette belle et grande ville que devaient commencer ses aventures.

A cette époque, Wangrin avait déjà adopté l'un des plus significatifs de ses pseudonymes, celui de Gongoloma-Sooké.

Dans la mythologie bambara, Gongoloma-Sooké était un dieu fabuleux que l'eau ne pouvait mouiller ni le soleil dessécher. Le sel ne pouvait le saler, le savon ne pouvait le rendre propre. Mou comme un mollusque, pourtant aucun métal tranchant ne pouvait le couper.

Les éléments n'avaient aucune prise sur lui. Il n'avait jamais ni chaud ni froid. Il ne dormait que d'un œil. Pour cette raison, la nuit avait peur de lui et le jour s'en méfiait.

Il épousa simultanément l'aurore et le crépuscule. Il fit bénir son union par Ngoson, le scorpion, l'un des plus vieux patriarches de notre terre.

Pour le soleil, Gongoloma-Sooké était lunaire et, pour la lune, il était solaire. Il profita de cette confusion pour instaurer entre les deux astres une dissension symbolisée par « Kalomina », l'éclipse, méfait dont il accusa le chat d'être le coupable (11). Il se servait en outre de l'obscurité de l'éclipse pour semer la terreur dans le cœur des « hadama-denw », ou fils d'Adam.

Gongoloma-Sooké était également le berger des

étoiles. Il les faisait paître dans les plaines de l'espace sans fin et sans orientation. La voie lactée constituait le gros de son troupeau.

A la fois bon et mauvais, sage et libertin, Gongoloma-Sooké, dieu bizarre, se servait de ses narines pour absorber ses boissons et de son anus pour avaler ses aliments solides. Son membre viril était planté au beau milieu de son front.

Sa bouche n'avait pas de langue. Elle était munie de deux machoires édentées mais plus tranchantes qu'un rasoir neuf. Il s'en servait pour scier, couper, sculpter et excaver, selon les besoins.

Chaque fois qu'on lui anonçait une naissance ou un mariage, Gongoloma-Sooké pleurait à en tarir ses larmes; mais il riait à faire éclater son foie lorsqu'il apprenait un décès, un divorce ou une calamité quelconque.

Il marchait toujours le dos tourné vers sa destination. Il se reposait la tête posée à terre et les pieds dressés en l'air, à l'équerre.

Il insultait grossièrement ceux qui lui faisaient du bien mais il chantait les louanges, après les avoir remerciés chaleureusement, de ceux qui lui en voulaient à mort et lui causaient les pires ennuis.

Après chaque premier chant de coq à l'aurore et chaque dernier braiment d'âne au crépuscule, Gongoloma-Sooké montait sur le grand caïlcedrat du bois sacré et criait à qui voulait l'entendre : « Si je suis Gongoloma-Sooké, le dieu bizarre, je suis par ailleurs le grand confluent des contraires... Venez à moi et vous serez servis! »

Wangrin avait-il entendu cet appel de Gongoloma-Sooké alors qu'il était encore à l'état de fumée, entre terre et ciel, ou à l'état liquide dans les reins de ses pères ?

Toujours est-il qu'il choisit Gongoloma-Sooké pour l'un de ses « dieux-patrons ». Ecoutons-le conter son intronisation :« Quand je décidai de me mettre sous la protection de Gongoloma-Sooké, je me procurai un poulet aux plumes mélangées de blanc et de noir. J'invoquai l'esprit du dieu et me proposai à son patronage. J'avais appris la formule sacramentelle appropriée. Je devais la réciter et sectionner la gorge de mon poulet, puis laisser couler son sang sur une pierre symbolisant la demeure du dieu. Je devais ensuite abandonner le poulet avant qu'il n'expirât dans mes mains.

« Après avoir ainsi procédé, j'abandonnai l'oiseau qui lutta contre la mort en faisant des bonds en l'air. Mon cœur battait fort, je suais à grosses gouttes, de peur d'être refusé par le dieu.

« Quelle ne fut pas ma joie quand mon poulet retomba, pour la dernière fois, sur son dos, ailes ouvertes et pattes en l'air! C'était le signe que Gongoloma-Sooké m'adoptait. J'étais rituellement devenu son protégé. »

Wangrin ne cachait pas qu'il comptait sur Gongoloma-Sooké pour l'inspirer et l'aider quand il déclencherait ce qu'il appelait des « affaires carabinées et où il se trouverait empêtré ».

Agrée par Gongoloma-Sooké, Wangrin prit ce nom pour pseudonyme, auquel beaucoup d'autres devaient s'ajouter par la suite.

Lorsque Wangrin avait été initié au Komo après sa circoncision, son Sema (12), Numu-Sama, qui avait dressé le thème géomantique de tous les circoncis, lui avait déclaré : « Toi, mon cadet, tu réussiras dans ta vie si tu te fais accepter par Gongoloma-Sooké, et cela tant que la pierre d'alliance de ce dieu sera entre tes mains. Je ne connais pas ta fin, mais ton étoile commencera à pâlir le jour où N'tubanin-kan-fin, la tourterelle au cou cerclé à demi d'une bande noire, se posera sur une branche morte d'un kapokier en fleurs et roucoulera par sept cris saccadés, puis s'envolera de la branche pour se poser à terre, sur le côté gauche de ta route. A partir de ce moment tu deviendras vulnérable et facilement à la merci de tes ennemis ou d'une guigne implacable. Veille à cela, c'est là mon grand conseil. »

Le récit qui va suivre verra l'exacte vérification de cette prédiction.

– 2 –

Diagaramba

Il y avait à Diagaramba, capitale de l'empire Namaci, une coutume très suivie. Chaque matin, après le petit déjeuner, un grand nombre d'hommes se retrouvaient à l'ombre des murs des maisons qui environnaient une place appelée Eldika, « la petite pierre », non loin du marché réservé aux vendeurs de cola.

Chacun venait là proprement vêtu comme pour aller à une cérémonie, achetait une noix de cola gondio ou siga, selon son goût ou ses moyens et, surtout, selon sa classe sociale.

La cola gondio, originaire de la Gold-Coast (Ghana actuel), rugueuse, très ferme et rouge, était considérée comme de la cola virile et réservée aux guerriers, tandis que la cola siga, plus tendre et presque douce, venant de Goutougou (Côte d'Ivoire) était réservée aux âmes sensibles, c'est-à-dire aux marabouts et aux femmes.

Chaque homme, après avoir acheté le nombre de noix nécessaire pour lui et pour sa famille, envoyait à sa maison la part de celle-ci puis allait s'asseoir avec les gens de son groupe. Il y avait en tout sept groupes, constitués d'après la qualité sociale et la classe d'âge.

Chacun se mettait à mâcher sa noix de cola et à converser avec ses camarades. Cette petite scène matinale durait une heure, parfois même deux, selon la saison et les occupations de chacun.

La place était devenue si célèbre que des poètes la chantèrent. Combien d'étrangers ne venaient-ils pas de très loin à Diagaramba dans l'unique but de pouvoir, en rentrant chez eux, dire en se vantant : « J'ai mâché tant de noix de cola à Eldika, de Diagaramba! »

Eldika était jumelle de Telerké, place beaucoup plus étendue où jeunes gens et jeunes filles se réunissaient, lors des grands clairs de lune, pour se divertir, chanter, danser et causer ensemble.

Mais Telerké était également une arène où se rencontraient des lutteurs et la scène où grands conteurs et éminents guitaristes s'exhibaient entourés d'une foule d'admirateurs.

Kullel, le grand conteur, a chanté :

« Viens à Diagaramba,
assiste à la cola matinale d'Eldika
et aux manifestations nocturnes de Telerké,
retourne dans ton pays et meurs.
Sois certain que les anges du ciel

dironit au Seigneur :
Sois clément et miséricordieux pour cet homme.
Il a « fait » Eldika et Telerké.
Il est purifié. »

C'était à Eldika que se donnaient les nouvelles et qu'étaient commentés les événements actuels et passés.

Dans le coin réservé aux marabouts, discussions théologiques et débats juridiques formaient l'essentiel des conversations alors que, dans le coin des vieux sofas, guerriers mis hors de combat par les troupes du colonel Archinard et jetés dans une oisiveté déprimante, on n'entendait qu'amères récriminations contre les Français et contre le régime du roi Bouagui, que des circonstances impérieuses avaient obligé à s'allier avec la France et qui était devenu roi de Diagaramba.

Un matin de l'an 1906, alors que chacun, à Eldika, était occupé à mâcher de la cola et à converser, on vit déboucher un convoi de cinq porteurs chargés de bagages ficelés à la manière européenne, suivis d'un cavalier. Ce dernier portait une veste kaki sur un pantalon bouffant. Il était chaussé de belles bottes et coiffé d'un casque conique appelé « casque colonial ».

Cette coiffure ridicule ne faisait pourtant rire personne. Bien au contraire, elle inspirait la peur. C'était en effet la coiffure officielle et réglementaire des Blancs, ces fils de démons venus de l'autre rive du grand lac salé et qui, avec leurs fusils qui se cassent en deux et se bourrent par le cul, avaient mis quelques années seulement pour anéantir les armées du pays et assujettir tous les rois et leurs sujets.

Aussi, quand un homme apparaissait coiffé d'un casque colonial, fût-ce un vieux casque sale et défoncé, on ne pensait qu'à une chose : aller chercher poulets, œufs, beurre et lait pour les offrir à « Monsieur Casqué », comme en offrande conjuratoire contre les malheurs pouvant découler de sa présence.

En effet, au lendemain de la conquête, seuls les Tubabublen, « blancs-blancs » nés en France, et les Tubabu-fin, « blancs-noirs » africains devenus auxiliaires immédiats et personnel domestique des premiers, pouvaient porter le casque. C'était un emblème de noblesse qui donnait gratuitement droit au gîte, à la nourriture, aux pots de vin et, si le cœur en disait, aux jouvencelles aux formes proportionnées pour les plaisirs de la nuit. Les Messieurs Casqués aimaient fort, en effet, se réchauffer à la chaleur féminine qui ne brûle pas et cependant revigore.

Dans la ville même de Diagaramba, les casqués étaient considérés et même respectés, mais la grande ombre du roi Bouagui planait encore. Elle empêchait les casqués de se livrer à des excès qui, ailleurs, étaient devenus monnaie courante pour eux.

Qui était donc le cavalier casqué arrivant ce matin-là ?

C'était le nouveau moniteur de l'enseignement dont l'affectation à Diagaramba avait été annoncée au commandant de cercle par le « fil de fer » (13) il y avait un mois. On savait que c'était un Bambara, né à Ninkoro-Sira, un gros village du pays de Noubigou.

Il avait fait l'école de Kayes et y avait si bien, parait-il, appris à parler la langue française que, lorsqu'il s'exprimait dans ce dialecte de mange-mil (14), les blancs-blancs eux-mêmes, nés de femmes blanches de France, s'arrêtaient pour écouter.

Il ne fallait pas, disait-on, moins de dix ans pour apprendre, imparfaitement d'ailleurs, les gestes support du parler français, dont voici les plus caractéristiques : tendre de temps à autre le cou en avant; tantôt écarquiller les yeux, hausser les épaules, froncer les sourcils; tantôt tenir les bras en équerre, paumes ouvertes; croiser les bras sur la poitrine et fixer son interlocuteur, imprimer à ses lèvres des moues diverses; toussoter fréquemment, se pincer le nez ou se tenir le menton, etc. Ignorer comment ces gestes se combinent pour souligner les mots que la bouche égrène, c'est tomber dans le ridicule dit de « vieux tirailleur ».

Ce ne pouvait être le cas de Wangrin, premier moniteur de l'enseignement de Diagaramba.

Quand le convoi de Wangrin arriva à la hauteur d'Eldika, tout le monde, marabouts et manants, se leva en signe de respect mêlé de curiosité et salua à haute voix le voyageur matinal. On lui souhaita bonne arrivée et agréable séjour à Diagaramba.

Wangrin prit-il subitement conscience de son importance ou bien la coutume des blancs-blancs, à laquelle il était rompu, prit-elle le dessus sur lui? Quoi qu'il en fût, au lieu de répondre à la manière africaine, il se contenta de lever sa main droite, au poignet de laquelle pendait une lanière en peau d'hippopotame, l'abaissant ensuite rapidement. Il répéta ce geste à plusieurs reprises, l'accompagnant chaque fois d'un mouvement hautain de la tête. A la vérité, Wangrin était aussi à son aise pour répondre « à l'européenne » que l'aurait été un blanc-blanc ayant sucé le lait tiède d'une blanche bien née de France.

C'est ainsi que Wangrin traversa pour la première fois la ville de Diagaramba. Il se dirigea droit vers Hintsi, quartier situé derrière le Maayé, rivière caractérisée par une grande poche d'eau appelée Iwaldo, « Celle qui gronde », et désignée plus tard sous le nom de « Mare aux caïmans sacrés ».

La rivière Maayé, que les chanteurs peuls avaient baptisée par mignardise « Maayel », était aussi populaire qu'Eldika et Telerké, et ce dans toute la région formant ce qu'il est convenu d'appeler la « boucle du Niger ».

Hintsi était la résidence de Diko-Lomi, qui fut un brillant chef de guerre au temps d'El Hadj Omar, d'abord, puis sous le règne de son successeur.

Lorsque Diagaramba fut entourée d'une immense muraille de protection appelée « tata », Diko-Lomi refusa d'habiter à l'intérieur de cette enceinte. « Jamais plus, dit-il à son roi, on ne m'assiègera comme nous le fûmes jadis à l'intérieur de Hamdou. » Diko-Lomi traversa donc le Maayé et s'en fut fonder, sur la rive gauche, le quartier de Hintsi.

A la prise de Diagaramba en 1893, le roi Bouagui s'installa dans le palais à l'intérieur du tata, tandis que les troupes françaises allaient occuper le quartier de Hintsi, qui devint plus tard la Résidence française.

Parvenu à Hintsi, Wangrin se présenta à la Résidence. Il fut très rapidement reçu par le commandant de cercle.

Le personnel civil de l'administration habitant Diagaramba-ville, une concession entière y fut mise à la disposition de Wangrin. Tout y était déjà prêt, à la diligence de Maabo Sammyalla, l'agent du roi Bouagui chargé des logements et du ravitaillement.

Le roi Bouagui était un fin politique. Il savait recevoir largement les étrangers et rendre leur séjour agréable, tant qu'ils ne se mettaient pas en travers de sa route. Il fut donc le premier à envoyer à Wangrin le mouton et les noix de cola traditionnellement offerts aux hôtes de marque.

Le cadeau fut apporté par un jeune griot de la famille royale, nommé Kountena.

La deuxième personne à recevoir Wangrin à son arrivée fut Lakim Fal, fils aîné du roi Bouagui. Lakim Fal, ancien roi lui-même destitué par les Français, avait été mis en résidence obligatoire auprès de son père à Diagaramba. Grâce à son intelligence et à ses nombreuses aptitudes (il fit construire et réaliser de nombreuses routes aujourd'hui encore en état), il avait réussi à se tailler une place dans le royaume de son père, contre le gré du résident français qui avait reçu du Haut commandement l'ordre de le tenir en veilleuse et soigneusement à l'écart du commandement du pays. C'était là une manière astucieuse d'ôter au prince toute vélléité de remplacer un jour son père.

Lakim Fal, toujours par l'entremise de Kountena, envoya à Wangrin un gros mouton en guise de cadeau de bienvenue.

Depuis lors, Wangrin s'attacha Kountena. Il avait besoin de ce jeune griot, bien introduit dans toutes les grandes familles du pays.

Après s'être installé et reposé durant deux jours, Wangrin vint à nouveau se présenter au bureau du commandant de cercle, où il devait recevoir les instructions du commandant avant de commencer son travail.

Wangrin avait pensé qu'il serait introduit aussitôt qu'arrivé. Mal lui en prit. Un homme vêtu de blanc et dont les doigts de la main gauche étaient chargés de grosses bagues en argent se porta au devant de Wangrin. Il lui sourit largement et lui dit : « Bonjour Moussé Lekkol (15)! Toi faire bon voyager ? »

Qui était donc cet homme habillé comme un roi et qui parlait si familièrement aux visiteurs, puis leur indiquait une place afin d'y attendre d'être reçu par le commandant? C'était le Dalamina, le « répond-bouche » du commandant ou, pour parler plus clairement, l'interprète.

Il n'était pas allé à l'école comme Wangrin. il parlait le « forofifon naspa », ou français du tirailleur. En « forofifon naspa », les verbes n'avaient ni temps ni mode et les noms, prénoms et adjectifs, ni nombre ni genre.

L'interprète serra énergiquement la main de Wangrin, puis lui montra un banc et lui dit : « Moussé Lekkol, poser ici, attendre commandant peler toi (16). Tu froid ton cœur (17), commandant lui pas pressé jamais. Cé comme ça avec grand chef. »

Outré de voir ainsi maltraiter la belle langue française, Wangrin alla s'asseoir sans grand enthousiasme.

Après une heure d'attente, on entendit appeler : « Planton! »

Un garde, qui portait une vareuse bleu marine, un pantalon de treillis blanc, des bandes molletières bleues, des sandales à la romaine et une grande chéchia rouge écarlate avec gland, se leva comme s'il était éjecté par un ressort invisible. Il courut, bien que la distance qui le séparait de la porte d'entrée du bureau du commandant fût minime. Il ajusta l'épais ceinturon de cuir jaune qui sanglait sa taille. Il se mit au garde-à-vous et, tout en exécutant un impeccable salut militaire, il s'écria : « Présent, ma commandant! »

Wangrin entendit le commandant questionner : « Tout le monde est-il là ? » Sans se soucier de quel monde il s'agissait, le planton répondit machinalement : « Tout le monde y en a là jusqu'à nouvel Moussé Lekkol. »

« Interprète ! » cria le commandant. Aussi agile que le planton, l'interprète s'élança vers le bureau. Il s'arrêta à la hauteur du planton qui était resté figé dans sa position de « salut au drapeau ». Il fit une révérence si profonde qu'un récipient aurait pu tenir en équilibre sur son dos, puis s'écria : « Voilà moi, ma commandant!

– Fais entrer les gens un par un, répliqua le maître de l'heure. »

L'interprète se releva et appela : « Moussé Lekkol ! » Le commandant l'interrompit : « Non, celui-là passera le dernier. »

Wangrin eut froid dans le dos. Il comprenait très mal que lui, le nègre le plus lettré du cercle, fût le dernier là où tout le désignait pour être le premier. Il se consola en se rappelant les paroles d'un prêtre barbu de la mission catholique de Kayes. Les petits élèves de l'Ecole des otages et de l'orphelinat des métis assistaient en effet à la messe chaque dimanche, les premiers pour recevoir bonbons et friandises que les prêtres distribuaient parfois à leurs catéchumènes, les seconds parce qu'ils y étaient obligés. Le catholicisme était en effet considéré comme la religion officielle de leurs pères, bien que ceux-ci fussent considérés comme « inconnus » par l'état civil.

Ce prêtre barbu avait déclaré un jour : « Réjouissez-vous mes enfants. Jésus notre Dieu, Seigneur et sauveur, a dit : « Les premiers seront les derniers, et les derniers seront les premiers. » Pour Wangrin, la promesse de Jésus venait de s'accomplir, à son égard tout au moins. Il se demanda s'il ne devrait pas, à l'avenir, réviser ses préjugés défavorables à l'égard de la religion chrétienne.

Comme tous les élèves de l'Ecole des otages, Wangrin avait eu coutume, en entrant dans l'église, de faire le signe de la croix en prononçant une formule spéciale et quelque peu sacrilège. En effet la traduction correcte en bambara de la formule sacramentelle :

Au nom du père,
du fils
et du Saint-Esprit
Ainsi soit-il.

aurait dû être :

Faa
ni den
ni hakili-senu
i togo la amen.

Mais les élèves qui étaient tous fils d'animistes ou de musulmans, avaient malicieusement inventé la formule suivante, qu'ils murmuraient en faisant le signe de la croix :

> Naa keera min ye
> nne
> nin
> taa-la.

c'est-à-dire :

> Quoi que ce soit,
> moi,
> ma participation
> n'y sera.

Pendant que Wangrin était ainsi tout à sa méditation, les demandeurs et les défendeurs s'engouffraient à tour de rôle dans le bureau du commandant par une porte et en ressortaient par une autre située à l'opposé.

Le commandant tranchait séance tenante certaines affaires et en renvoyait certaines autres devant les tribunaux indigènes. Les plaignants venaient pour les motifs les plus divers : affaires de femme, discussion autour d'un terrain de pâturage ou à propos d'un puits, plainte déposée par le chef de canton ou contre lui, dégâts commis dans les champs, dettes, etc. Ce qui irritait le plus le commandant, c'était le manque de soumission à la discipline et la propagation de nouvelles défavorables à l'autorité et au prestige français.

Chaque fois que l'interprète entendait le commandant crier fort contre quelqu'un, lorsque le malheureux sortait du bureau, il le bousculait brutalement et le garde lui cognait dessus avant de le jeter au dehors, ou en prison.

Toute la matinée passa. Enfin, vers midi seulement, l'interprète s'écria : « Eh! Moussé Lekkol, commandant dire tu venir entrer dans ventre son bureau. »

Wangrin se leva et, à la manière des gens de France, il frappa à la porte, attendant que le commandant l'invitât à entrer. Celui-ci était en train d'écrire. Sans lever la tête, il dit : « Entre, mon ami. »

Ce « mon ami » fut comme un baume sur le cœur de Wangrin. Il oublia la longue attente inutile qui lui avait été infligée et entra dans le bureau du commandant avec un sourire qui mettait la majeure partie de ses dents à nu. Puis il fit une profonde révérence, à la manière des grands courtisans et chevaliers de France et de Navarre.

L'interprète était entré en même temps que Wangrin. D'une manière générale, le commandant n'avait pas de secret pour lui. Il était le témoin privé et l'assistant permanent.

Pour la première fois, le commandant demanda à l'interprète de les laisser seuls. Celui-ci sortit, inquiet et étonné. Très préoccupé, il se plaça le plus près possible de la porte afin de surprendre quelques bribes de la conversation.

Le commandant avait enfin trouvé un partenaire

de taille avec qui parler le français, tel qu'il était sorti de sa matrice originelle. L'interprète tendit cou et oreilles. Il entendait parfaitement et distinctement les propos des deux interlocuteurs, mais il n'en comprenait absolument rien. Aussi, quand Wangrin sortit du bureau où il était resté une bonne heure avec le commandant, ne put-il s'empêcher de lui dire : « Ah! Moussé Lekkol, toi parler beaucoup beaucoup avec commandant. Mais toi pas parler en « forofifon naspa », toi parler le français tout neuf, couleur vin rouge de Bordeaux. » Wangrin comprit qu'il avait écouté à la porte.

Laissons-le nous conter lui-même son entrevue avec le commandant.

« Quand l'interprète sortit, le commandant se renversa légèrement sur le dossier de sa chaise et me dit : « Prends la chaise et assieds-toi ». C'était trop d'honneur pour moi, car les « sujets français », à moins qu'ils ne fussent rois comme Bouagui et le Moro-Naba, ou chefs comme Amadou Kisso, Bokari Sourgou et Sekou Hassaye, devaient toujours rester debout pour parler au commandant, quelle que soit la durée de l'audience. On permettait néanmoins aux vieillards, par pitié pour leur état, de s'asseoir par terre.

« Le commandant me dévisagea une bonne minute, puis déclara : « Jeune homme, tu n'es pas comme les autres indigènes. Tu es allé à l'école française. Tu y as reçu une bonne éducation morale et intellectuelle. Tu fus un très bon élève et, pour couronner le tout, tu as été major de ta promotion. Je vois que tu as obtenu ton certificat d'études primaires indigène avec la mention « Très bien ». Ce diplôme t'a ouvert les portes de la plus noble des carrières : l'éducation des enfants, c'est-à-dire la formation des hommes de demain.

« Tu es appelé à créer une école dans une ville fanatique et dans un pays incomplètement soumis à la France. Ta tâche, jeune homme, comportera, je le sens, beaucoup plus d'épines que de fleurs. Mais si tu restes fidèle à ta promesse de servir la France de tout ton cœur et de toute ton âme, avec toutes tes forces, tu trouveras auprès de ton commandant de cercle sollicitude et appui.

« Par contre, le représentant de la France que je suis dans ce pays ne tolérera aucune défaillance ni aucun faux-fuyant. Il faut que tu payes les bienveillances que tu dois à la France en la faisant aimer et en répandant sa langue et sa civilisation. Ce sont là les deux plus beaux cadeaux que l'histoire humaine ait faits aux Noirs de l'Afrique. Oui, nous avons mission de faire le bonheur des Noirs, au besoin malgré eux.

« Je visiterai ton école une fois par mois. Mais toi, tu viendras me faire ton compte rendu chaque jeudi matin, ce qui ne t'empêchera point de venir me trouver au bureau ou chez moi, de jour comme de nuit, chaque fois que tu en éprouveras le besoin.

« J'ai à te dire de faire très attention aux Toucouleurs. Ils sont fins, féroces et intelligents. Ils n'aiment pas la France parce qu'elle a ruiné leur hégémonie. Je les comprends, mais l'intérêt de la France passe avant tout.

« Les Toucouleurs ne voient en vous autres Noirs que des captifs bons à vendre à l'encan comme du bétail de fourrière. Il va falloir que tu ouvres œil et oreille afin de bien voir, enregistrer et renseigner exactement ton commandant de cercle. C'est un devoir péremptoire pour un homme instruit comme toi.

« Mon vieil idiot d'interprète me fut imposé. Il a été l'ordonnance de je ne sais plus quel officier de la conquête. Il est très fat avec ses frères de race et obséquieux avec les Blancs. Je n'aime pas beaucoup cette attitude.

« Par ailleurs, je n'ai qu'une confiance mitigée en mes deux brigadiers-chefs de garde. Ils paraissent sincèrement acquis à la France, mais l'un étant fils de sofa (18) et l'autre fils d'un noble guerrier toucouleur, je doute fort que le sang de leurs aïeux se soit complètement altéré dans leurs veines. J'ai l'impression que, par instinct ou consciemment, ils me cachent ou falsifient des détails intéressants et m'empêchent ainsi de bien saisir le fin mot de la situation du pays. Je les ménage, tout en les ayant à l'œil. Je compte sur toi pour les surveiller.

« Le vieux roi Bouagui tire à sa fin. J'ai reçu ordre de le jouer contre les siens, et ceux-ci contre lui.

« Quant à son fils, Lakim Fal, c'est un homme d'un esprit très ouvert. Il a oublié qu'il était prince pour devenir un grand travailleur et, comme tel, il est venu m'imposer sa collaboration. C'est un véritable ingénieur des ponts et chaussées manqué et il est en train de réaliser des routes un peu partout dans le pays. Il parle très bien le français qu'il a appris tout seul. C'est un homme très sympathique, mais qui ne se laisse pas marcher sur les pieds. Il me plaît beaucoup.

« Je tiens à attirer également ton attention sur mes vieux assesseurs des tribunaux. Ce sont des notables instruits en arabe et très respectés, mais ils peuvent être dangereux. Heureusement pour la politique de la France, ils sont à couteaux tirés entre eux et, par ailleurs, ils combattent discrètement le roi Bouagui. Seul l'un d'entre eux, Boubacar Holiwa, ose parfois dire en présence de Bouagui ce qu'il pense de lui. Je serais donc fort étonné que sa tête restât sur ses épaules s'il ne quitte pas Diagaramba (19).

« Telle est, rapidement esquissée, la situation politique du cercle. Mais que tout ceci reste entre nous, et veille à ce que rien ne transpire de notre entretien. »

« Et le commandant, pour me signifier la fin de notre entrevue, tendit la main vers moi. Il laissa tomber dans la mienne trois pièces de cinq francs, soit l'équivalent de la solde mensuelle d'un tirailleur, ou de la moitié de mon propre salaire.

« Je m'exclamai : « Oh ! Mon commandant ! » Le commandant sourit, avec la suffisance princière d'un grand de ce monde venant d'accorder sa grâce à un besogneux. « Ce n'est rien pour un bon serviteur de la France comme toi, me dit-il. C'est tout juste un petit secours pour t'aider à t'installer dans ce putain de pays où le sacrifice humain est encore pratiqué par certains fétichistes! »

« Je ne saurai jamais dire quelle force occulte me poussa à m'écrier en sortant : « Merci, mon commandant! Vive la France! » Le vieil interprète qui m'attendait non loin de la porte du bureau, flanqué de l'inamovible planton, s'écria à son tour, on ne sait pourquoi, avec son compagnon : « Merci mon commandant, vive la France! » Le plus drôle est que mon cri, par un effet irrésistiblement communicatif, rebondit, ricocha et fut répercuté jusque sur la grand-place à palabres, non loin du bureau du commandant. Tous ceux qui s'y trouvaient, y compris des prisonniers qui assuraient une corvée d'eau et des âniers qui passaient plus loin, tous s'écrièrent : « Merci, mon commandant, vive la France ! ».

Ainsi donc, Wangrin quitta le bureau du commandant nanti de trois belles pièces que les Peuls avaient baptisées « taton taartiibe », c'est-à-dire « les trois nus ». En effet, les pièces de cinq francs de l'époque portaient, sur l'une de leurs faces, l'effigie d'un homme, d'une femme et d'un enfant nus. Les Peuls, pensant que ces pièces étaient fabriquées grâce à des moyens magiques, croyaient que quiconque les touchait risquait de tomber sous leur charme magique et de se mettre un jour à nu, sciemment ou inconsciemment, devant les blancs-blancs, nés des femmes blanches de l'autre rive du grand lac salé. Dans le symbolisme peul, « se mettre à nu » signifie en effet se dépouiller de sa personnalité et de toute dignité humaine, vendre son âme aux forces mauvaises.

Sur le chemin du retour vers son domicile, Wangrin réfléchissait. Il avait tout lieu d'être satisfait de ce qu'il avait entendu. Quant à ce qu'il avait touché, ce n'était qu'un léger indice des biens à venir. Que le commandant l'ait fait sciemment ou non, il avait placé Wangrin sur les rails, et il ne faudrait plus qu'une petite poussée pour commencer à rouler avec vitesse et facilité.

Le quartier Wenndou, où Wangrin était descendu, fêta l'arrivée de Moussé Lekkol. Pour témoigner sa joie et sa reconnaissance, Wangrin demanda à être admis dans le « waaldé », ou association de classe d'âge, qui avait organisé la réception. C'était le plus grand waaldé de Diagaramba. Il comptait cent quinze membres, filles et garçons, et contrôlait et protégeait cinq waaldé plus jeunes.

Ce waaldé faisait la loi dans la ville. Ses membres organisaient des guet-apens contre les tirailleurs et gardes de cercle et contre tout employé de l'administration qui tentait d'abuser de sa qualité pour causer du tort aux autochtones. On les appelait « yomptotoobe », les vengeurs.

Wangrin savait ce qu'il faisait. Membre de ce waaldé, il serait protégé et pourrait en même temps pénétrer les secrets de l'organisation. Peut-être même, le cas échéant, pourrait-il renseigner son commandant de cercle.

Il ne garda pas longtemps cette dernière illusion. En effet, le jour même de sa réception en qualité de membre, le chef de l'association s'adressa à lui en ces termes :

« Nous t'acceptons parmi nous comme membre du waaldé Wenndou, ce qui te donne les mêmes droits que tout homme dont l'appendice du nombril et le placenta maternel sont enfouis sous la terre de Diagaramba. Par contre, les mêmes devoirs exigés de chaque natif pour assurer la vie et la paix de Diagaramba te sont imposés.

« En principe, nous aurions dû nous méfier de toi en tant que fonctionnaire touchant chaque mois un salaire payé en monnaie « taton taartiibe ». Mais nous ne voulons, au départ, suspecter personne. Sache cependant que nous disposons de moyens importants pour contrôler tout le monde, y compris le commandant lui-même.

« Si un seul grain de ce que nous disons ici

tombait dans l'oreille du commandant et que cela causât quelque préjudice aux nôtres, nous rechercherions le rapporteur, le découvririons et lui ferions subir, sans quartier, le traitement qu'il mérite. Si besoin était, nous le ferions manger par la nuit (20). »

Il ne s'agissait point là d'une boutade, Wangrin le savait. Le waaldé Wenndou était la « terreur rouge » des agents de police, gardes cercle et tirailleurs. Aussi Wangrin souscrivit-il aux conditions exigées de se taire et d'aider les membres du waaldé en toutes circonstances. Il paya le waliima, ou droit d'entrée, qui consistait en deux moutons destinés à être rôtis et mangés en commun un après-midi de dimanche.

Après ce repas de communion fraternelle, chaque nouveau membre devait se choisir un nom. C'est à cette occasion que Wangrin choisit de porter le pseudonyme de Gongoloma-Sooké, nom du dieu protecteur qu'il avait adopté.

Les jeunes filles du waaldé Wenndou allèrent en groupe chercher la belle terre noire déposée au fond du Beelel Mabaalasi, « petite mare de Mabaalasi ». C'était avec la vase de ce petit étang que les femmes crépissaient l'intérieur des maisons, accompagnant leur travail de chants anciens ou improvisés. Cette coutume signifiait que celui pour qui ce travail était effectué n'était pas un homme isolé, tel un brin de paille laissé sur pied. Il était membre d'un groupe capable de répondre à son appel.

Il se trouva donc en famille. Il ne lui manquait plus que de parler le fulfulde (la langue peule). Remarquablement doué pour les langues, un an devait lui suffire pour la parler à la perfection.

Il ouvrit l'école de Diagaramba et recruta assez d'enfants pour former une grande classe.

Après un an de séjour et de vie paisible, Wangrin examina la situation et calcula tous les avantages politiques et financiers qu'il pourrait réaliser s'il était plus proche du commandant.

Certes, il n'était pas mal vu des gens de Diagaramba et du pays environnant. Mais il demeurait, malgré sa qualité de « Jom-Kaanibol » (possesseur de roseau) (21), un fonctionnaire marginal. Le commandant s'intéressait à lui, se servait même de lui de temps à autre, mais pour la population, pour les chefs de canton et de village, pour les commerçants qui brassent de grosses affaires et autres gens importants, Wangrin n'était pas l'homme dont on avait besoin et qu'il fallait rechercher ou redouter. Par ailleurs, si sa solde l'empêchait de mourir de faim, elle ne lui permettait point de mener la vie dont il rêvait.

En revanche, l'interprète Racoutié, ce rustique vieux tirailleur aux doigts chargés de bagues d'argent et de cornaline, illettré en français et ignare en arabe, était le second personnage du cercle et venait immédiatement après le commandant. Parfois même celui-ci dépendait de lui. Il pouvait à volonté monter et démonter les affaires. Qui n'allait pas chez Racoutié était sûr de trouver un malheur sur sa route.

L'époque était, pour Racoutié, tel un riche hivernage. Les pourboires pleuvaient nuit et jour. Chaque nuit des guitaristes et des chanteurs allaient l'égayer. Il mangeait et faisait manger gras. Ses femmes ne savaient plus où mettre leurs bijoux d'ambre, de corail, d'or et d'argent. Ses deux chevaux mangeaient du couscous fin et buvaient du lait. Il possédait un mouton de case (22) qui, dit-on, était son fétiche. Gras comme un porc, l'animal portait aux oreilles deux grosses boucles en or et au cou un collier en perles d'agate rouge.

Wangrin habitait en face de la demeure de l'interprète. Il voyait donc tout ce qui s'y passait et entendait tout ce qui s'y disait.

Racoutié qui, au début, avait eu une peur bleue de Wangrin, parce que celui-ci savait parler au commandant non pas en *forofifon naspa,* mais en français couleur vin de Bordeaux, avait repris courage. Pour lui, Wangrin n'était qu'un capitaine commandant à des bambins, il en avait l'esprit et le comportement. A partir du jour où Racoutié avait assisté à une leçon de langage en action donnée par Wangrin à ses élèves, il ne le prit plus au sérieux. Wangrin n'était pour lui qu'un « adulte-enfantin », un « bambin-barbu ». Pour le ridiculiser, il s'en allait par la ville déclarant : « Que penser d'un adulte qui passe tout son temps à courir, sauter, danser, chanter avec des gamins, sinon qu'il est lui-même ou bambin ou crétin? »

Durement mortifié par cette médisance, Wangrin s'en ouvrit à son griot Kountena. Celui-ci dit : « O Wangrin! mon ami! Quand un homme malpropre au moral et au physique te donne dans l'ombre un coup de pied, il faut lui en donner dix publiquement, sinon le salaud ira dire partout que la nature t'a privé de membres pour répondre. Montre à Racoutié que tu es loin d'être un paralytique. Prouve lui que Dieu t'a non seulement bien membré, mais que les appendices de ton tronc sont terminés par des griffes plus pointues et plus puissantes que celles du lion et du grand léopard.

– Que dois-je faire ? questionna Wangrin

- Allons nous confier au vieux Jaawanndo (23) Abougui Mansou. »

Celui-ci était le grand manitou de Diagaramba. Il y faisait et défaisait les affaires à volonté. Le chef de canton, pas plus que le commandant de cercle, n'y pouvaient rien, et tout le monde le subissait passivement.

Kountena et Wangrin se présentèrent chez le vieux Jaawanndo. Ils le trouvèrent assis à l'ombre d'un mur, dans la grande cour de sa concession. Kountena le salua :

« La paix sur toi, ô papa Abougui Mansou! Mon ami Wangrin, Moussé Lekkol, et moi-même sommes venus te souhaiter le bon matin.

« Mon ami Moussé Lekkol m'a chargé de t'apporter ce petit paquet. Ce n'est que l'infime tribut de politesse qu'un fils doit au père qu'il s'est choisi. »

Le paquet contenait un grand boubou (24), une culotte bouffante, un tourti (25) et une couverture d'un mètre cinquante sur deux, le tout en belle percale blanche. La poche du boubou contenait une somme de quinze francs (26) et un flacon de parfum haoussa (27).

Abougui Mansou défit le paquet. Il revêtit le tourti, puis le boubou. Introduisant la main dans la poche, il en sortit les quinze francs et le flacon. Il s'écria à l'adresse de ses femmes et de ses enfants :

« Ohé! Venez tous ici! Venez voir ce qu'un fils béni offre à son père! »

Tous les membres de la famille accoururent et le congratulèrent. Ils remercièrent Moussé Lekkol en disant : « Wallay ! – par Allâh ! – tu sais honorer une personne plus âgée que toi. »

Profitant de l'exaltation qui animait tout le monde, Kountena prit la parole et dit : « O mes mères, tantes, frères et sœurs de la famille de papa Abougui Mansou, permettez-moi de vous dire que Moussé Lekkol a choisi votre famille pour en faire la sienne. Il veut être l'un des vôtres.

– Il est un de nous! s'écria la première femme d'Abougui Mansou. »

Kountena dit au vieux : « Wangrin te demande la route (28) et ta bénédiction. »

Le vieux Jaawanndo répondit : « Allons dans ma chambre d'homme (29). Nous nous y entretiendrons en aparté ».

Quand ils furent tous les trois dans la pièce, Abougui Mansou prit la parole :

« Quelle que soit la valeur du présent fait à un homme, il n'y a qu'un mot pour témoigner la reconnaissance inspirée par la libéralité, et ce mot c'est : merci.

« Après avoir dit merci, et encore merci, je tiens à dire à Moussé Lekkol qu'à mon tour je l'adopte comme fils. Il peut désormais compter sur moi. De jour comme de nuit cette maison, et notamment cette pièce, lui sont ouvertes.

« Si un jeune s'expatrie et qu'à l'étranger il ne trouve pas un père et une mère, c'est qu'il n'aura pas su être le fils qu'il faut. Cela dit, j'aimerais savoir ce que je puis faire pour Wangrin. »

Kountena pinça discrètement la main de Wangrin pour lui signifier de se taire et prit la parole à sa place. Le procédé n'est pas inconvenant en Afrique. La coutume veut que le noble parle très peu et que son griot parle à sa place, sauf dans les cas qui engagent une décision grave et irrévocable. Il est admis, en effet, et personne ne s'en étonne, qu'un griot revienne éventuellement sur sa parole. Il en irait tout autrement s'il s'agissait du noble.

Kountena s'adressa donc au vieux Jaawanndo et lui dit : « O papa! Wangrin n'a rien de particulier à dire aujourd'hui, sinon qu'il te confie sa tête et voudrait que tu la places entre ta chair et ton sang (30), et que tu sois présent pour lui partout où il sera absent, que tu sois son bouclier contre le mauvais œil et contre la langue calomniatrice. Il voudrait que tu guides ses pas ».

Abougui Mansou tendit les deux mains vers Wangrin et lui dit : « Mets tes mains dans les miennes. » Wangrin s'exécuta avec beaucoup d'humilité. Abougui Mansou récita le premier chapitre (ou « sourate ») du Coran appelé *Fatiha,* « l'Ouvrante ». C'était là le scellement de leur pacte de mutuelle assistance, devant le témoin qu'était Kountena.

Après cette cérémonie intime, Abougui Mansou dit à Wangrin : « Demain, tu iras présenter tes respects au grand marabout Tierno Siddi. Tu pourrais, un jour, avoir besoin de ses prières. Elles sont efficaces. Le proverbe dit : « Ce n'est pas le jour de la battue qu'il faut dresser son chien de chasse. »

Le lendemain Wangrin, accompagné de Kountena,

se rendit chez Tierno Siddi. Il lui offrit le même cadeau, plus une rame de papier « marabout » (31) que Kountena présenta après avoir récité la même litanie que pour Abougui Mansou.

Comme ce dernier, Tierno Siddi adopta Wangrin, puis il le bénit.

Lorsqu'ils furent sortis, Kountena prit Wangrin à part et lui dit : « Maintenant que te voici couvert par Abougui Mansou et carapacé des prières de Tierno Siddi, tu es devenu tel une pierre au milieu des œufs. Si la pierre tombe sur l'œuf, l'œuf se casse, et si l'œuf tombe sur la pierre, l'œuf se casse encore.

« Tu es désormais un étalon qu'on ne saurait vaincre. Ne crains plus Racoutié. La prochaine fois qu'il tentera de te tourner en ridicule comme il se complait à le faire, si vous vous trouvez en public, réplique avec esprit d'abord, et si besoin en était démontre-lui, en vrai Bambara de Noubigou, que tu as appris le combat corps à corps et que, pour toi, ceinture de souplesse avant, arrière ou à rebours, tour de hanche, prise simple ou double, n'ont pas de secret

« Montre-lui que tu es dans la lutte comme un silure dans l'eau, avec cette différence que si les nageoires du silure sont molles dans l'onde, tes « kurfinnye » (coups de poing) sont durs et pesants dans l'espace. Par eux, tu prouveras à Racoutié qu'à l'école des Blancs tu as également appris, entre autres choses, cę nouveau moyen de combat, néfaste aux dents, à l'œil et à la mâchoire. »

Ainsi dopé par les paroles de son griot et cicérone Kountena, Wangrin était devenu tel une mine-piège à l'égard de Racoutié.

– 3 –

Premier combat

Depuis la prise de la ville par les Français, le dimanche, jour de repos des Blancs, était fêté comme un petit « katran-zuliye »(32).

Ce dimanche-là, après les festivités de la matinée, les fonctionnaires indigènes civils, ainsi que beaucoup de jeunes gens et jeunes femmes, se retrouvèrent à Telerké pour deviser en écoutant les meilleurs guitaristes qui étaient au nombre de sept. On les appelait « les sept mélodies conjuguées ».

Quand ces sept guitaristes jouaient ensemble, l'ouïe souhaitait que les mouches cessassent de voler et que le doux séphyr diminuât son bruissement. Mais hélas, les hommes sont bruyants par nature. Aussi, de temps en temps, une exclamation de transport ou un soupir de joie s'exhalait des poitrines et venait couper l'agréable harmonie. Parfois c'était un griot qui évoquait la mémoire d'un guerrier ou lançait une strophe en l'honneur d'un grand roi ou d'un grand marabout. Parfois c'était un jeune homme imbu de lui-même qui se vantait et lançait indirectement des flèches à ses rivaux. Racoutié appartenait à cette catégorie.

Quand Yero Inna chanta sur l'air dit de « Baylel » les louanges des favoris du sort ou des rois qui distribuent des fortunes aux griots, Racoutié éclata d'un grand rire. Il déchaussa sa babouche, confectionnée à Djenné. Il la souleva au-dessus de sa tête de toute la longueur de son bras. Puis, poussant un grand cri à la manière des guerriers lancés, il en frappa la terre. Alors, se levant et frappant tour à tour son front et sa poitrine avec la paume ouverte de sa main, il dit :

« Je suis Racoutié, ancien sergent de Fantirimori (33), classe 1885, matricule 6666.

« Je suis présentement l'interprète du commandant. Je suis son œil, son oreille et sa bouche. Chaque jour, je suis le premier et le dernier auxiliaire qu'il voit. Je pénètre dans son bureau à volonté. Je lui parle sans intermédiaire.

« Griots, cordonniers, forgerons, captifs de case ici présents, je vous donne à partager cent mille cauris (34). Chantez mes louanges. Je vous dirai un jour celui que vous devrez insulter pour mon plaisir.

« Je suis Racoutié qui s'assied sur un banc en beau bois de caïlcedrat devant la porte du commandant blanc. Qui parmi vous ignore que le commandant a droit de vie et de mort sur nous tous? Que ceux qui l'ignorent sachent que ma bouche, aujourd'hui, Dieu merci, se trouve être la plus proche de l'oreille du commandant.

« Les faveurs dont moi, Racoutié, je jouis auprès

du grand chef blanc me valent la mortelle jalousie de celui que je refuse de nommer car ce serait trop l'honorer.

« Mais j'en jure par la quantité de lait que j'ai sucé au sein maternel, mon ennemi saura que les mamelles de celle à qui je dois le jour n'ont pas secrété un liquide pour vaurien ou idiot. Avant la fin d'un court cycle de quelques levers et couchers de soleil, je lui ferai sentir amèrement qui je suis.

« Je lui ferai goûter par la peau comment je traite tout adulte malappris qui s'entête à demeurer bambin tout en lissant une barbe qui n'a poussé sur son menton que pour mieux témoigner de son imbécillité et non de sa maturité morale et intellectuelle. »

Cette déclaration faite au moment où l'on s'y attendait le moins, atterra les uns, indigna les autres, mais arracha quelques rires irréfléchis. Les guitaristes, qui ne savaient quel morceau jouer en guise d'accompagnement de propos si malvenus, arrêtèrent de pincer les cordes de leurs instruments. La mélodie qu'ils répandaient dans l'espace s'évanouit dans le brouhaha né de la déclaration de Racoutié.

Chacun se sentit comme dans l'instant qui précède la tornade, où tout est suspendu. On respirait mal. Quelques prudents amorcèrent un mouvement de repli qui leur permettrait soit de fuir, soit de se garer quand éclaterait le tourbillon qui menaçait.

Wangrin se leva de sa place comme une douille de cartouche éjectée de son logement et vint se planter devant Racoutié.

Un silence de cimetière s'établit instantanément, ce qui permit à tout le monde d'entendre distinctement les paroles prononcées par Wangrin avec une force calme, soulignée d'un sourire narquois.

Nul ne pouvait dire ce qui était le plus mordant, de l'air malicieux et moqueur des gestes de Wangrin ou du rictus de mépris que ses yeux et ses lèvres dessinaient sur son visage, pendant qu'il s'adressait à Racoutié :

« O homme qui te vantes d'avoir été marqué du numéro 6666, tout comme un bovin, sache que si un homme peut ignorer quel plat de nourriture lui est destiné quand plusieurs sont servis en même temps, par contre, on ne lui pardonnera point d'être idiot ou stupide au point de ne pouvoir discerner les allusions faites à son intention.

« Quand un homme insulte ses ennemis sans les nommer, il se retranche derrière l'anonymat pour éviter qu'un ennemi décidé lui demande des comptes. Mais tout change quand il précise en disant « l'ennemi avec qui j'ai lutté corps à corps hier soir ». En l'occurrence, je suis cet ennemi pour toi.

« Je n'ai pas cent mille cauris à donner. Les aurais-je même, que je me garderais de les utiliser pour acheter des âmes.

« Tu comptais me prouver avant longtemps que, de ta mère, tu as sucé un lait fortifiant. Je te conseille de me le prouver à l'instant même, sinon, il se pourrait que demain, tu trouves un grand malheur à ta porte. »

Racoutié, surpris par la sortie et la réplique de Wangrin, le gifla sur la joue droite.

Sans se départir d'un calme qui prouvait sa force, Wangrin éclata de rire et dit : « Par égard pour l'assistance, je laisse passer cette gifle. »

Au lieu de se raviser et de chercher à réparer ses torts, Racoutié gifla Wangrin sur la joue gauche.

Wangrin s'écria : « Il est dommage que je n'aie pas une troisième joue pour recevoir une autre gifle, car il semble que la paume de ta main soit pleine de gifles ? »

Devant l'impassibilité de Wangrin, Racoutié s'énerva encore plus. Il écuma de rage et leva la main pour donner une troisième gifle. Avec la promptitude d'un épervier fondant sur un poussin, Wangrin se saisit de la main de Racoutié et, avant que celui-ci ne se ressaisît, il la lui tordit sur son dos. Il profita de cette position inconfortable pour, d'un tour de hanche en tête, le basculer et l'étaler à terre sous le poids de son propre corps.

Etouffant à demi sous son adversaire, Racoutié se débattait en vain des pieds pour se dégager, mais son cou était solidement pris en tenaille dans le bras gauche de Wangrin et celui-ci de sa main droite restée libre, commençait à lui cogner la face avec la maîtrise d'un boxeur professionnel.

La mâchoire de Racoutié se démonta. Le sang, d'un rouge plus foncé que l'incarnat, gicla de sa bouche et de ses narines et tout son visage en fut baigné.

Lâchant brusquement prise, Wangrin se leva et recula de quelques pas. Racoutié, à moitié aveuglé par son propre sang, se leva en titubant et voulut foncer tête baissée sur son adversaire. Celui-ci, qui surveillait ses mouvements, esquiva le choc et envoya un grand coup de pied dans le ventre de Racoutié qui s'écroula comme un mur de terre miné par une pluie abondante.

A ce moment, « L'alkati » (35) arriva avec son grand sabre.

Il donna un coup de sifflet, éparpilla la foule, puis sépara les lutteurs et leur dit : « Vous êtes tous deux gens de l'administration. Il ne saurait être question que j'aille vous enfermer, comme je le devrais, jusqu'à demain. Je vous laisse donc libres, mais vous intime l'ordre de vous trouver devant le bureau de commandant demain matin à huit heures précises. »

Chacun rentra chez soi. Kountena et Wangrin partirent du même côté, Racoutié de l'autre.

Durant toute la nuit, chaque maison résonna du récit des péripéties de la rixe. Partout on ne parla que de la querelle et des coups qui l'avaient illustrée. Pour les uns, c'était le poing de Wangrin qui portait la marque incontestable de sa supériorité sur Racoutié, pour d'autres, c'était la façon dont il l'avait habilement désarçonné, d'autres enfin ne tarissaient pas d'éloges sur la manière dont Wangrin avait su éviter le choc de son adversaire, lui administrant le coup de pied final qui devait l'abattre définitivement.

En un mot, chaque action de Wangrin eut ses admirateurs. Son bras gauche fut comparé à un croc de diable et sa main droite à une massue métallique fabriquée dans la forge de l'Envoyé de Dieu David, roi du fer et père de Salomon.

Autant l'on se gaussait de la fanfaronnade de Racoutié, autant l'on admirait le calme manifesté par Wangrin avant d'exhiber, aux dépens de son adversaire, sa force virile et son courage.

Abougui Mansou entra immédiatement en campagne contre Racoutié. Il avait beau jeu car, au su et au vu de tout le monde, Racoutié était dans ses torts. Non seulement il avait été le premier à provoquer Wangrin en paroles, mais il avait été également le premier à porter la main sur lui, et ce à deux reprises, sans que Wangrin ripostât.

Le lendemain, avant huit heures, l'alkati rendit compte au commandant de la querelle. Il chargea lourdement Racoutié non seulement parce que celui-ci y avait « prêté son dos » (36), mais aussi parce que, dans la nuit, il avait reçu la visite d'Abougui Mansou. Celui-ci lui avait donné à entendre que tous les notables de Diagaramba, marabouts en tête, étaient pour Wangrin et qu'ils n'hésiteraient point à faire une marche de démonstration si, dans cette affaire, la balance de la justice penchait en faveur de Racoutié.

Il avait ajouté : « Quant à toi-même, n'oublie pas que Wangrin est membre de la waaldé de Wenndu, la plus turbulente de toutes celles qui existent dans le pays. Pour défendre un de ses adhérents, cette waaldé est capable de créer des troubles dans lesquels tu risques de perdre ton grand sabre et les franges du beau gland bleu de ta grande chéchia écarlate. »

L'alkati savait que, dans le pays de Diagaramba, mieux valait avoir Satan et sa horde contre soi plutôt que la langue d'Abougui Mansou... En effet la langue de cet homme était plus meurtrière qu'une pertuisane, plus pointue qu'une aiguille et plus tranchante qu'un rasoir. Le pire des ennuis que l'on pouvait craindre à Diagaramba était d'avoir Abougui Mansou contre soi.

Lorsque le commandant entendit le rapport de l'alkati, il ne put en croire ses oreilles. Aussi ouvrit-il une petite enquête en vue de faire la part des choses.

A l'époque, le degré de moralité d'un individu se mesurait d'une part à l'importance des services qu'il avait rendus à la pénétration française et, d'autre part, à la situation géographique de son pays d'origine. C'est ainsi que les plus moraux des hommes étaient les Européens blancs. Après eux venaient progressivement les Martiniquais et Guadeloupéens, puis les Sénégalais autochtones des quatre communes – Saint-Louis, Gorée, Rufisque et Dakar – les anciens militaires indigènes et enfin, en dernier lieu, le restant de la population.

Le commandant interrogea donc en premier lieu un Saint-Louisien, Mamadou N'Diaye, maître menuisier du cercle, originaire de la commune de Saint-Louis.

Après la déposition de N'Diaye, le commandant fut fixé. Son interprete était bêtement allé trop loin. Si l'affaire était évoquée devant le tribunal, Racoutié, non seulement aurait déjà été battu à mort, mais risquait encore une peine pécuniaire ou d'emprisonnement, ce qui allait à l'encontre de la politique administrative du pays. Un interprète qui perd la face devient inutile.

Dans le but d'éviter une telle extrémité, le commandant entreprit d'amadouer Wangrin. Il lui laissa même entendre que, désormais, il désirait avoir Racoutié à l'œil et qu'il aurait besoin de son aide à cet effet. Toujours est-il que le différend fut réglé à l'amiable et classé.

Si l'administration, dans son propre intérêt, avait réussi à étouffer l'affaire, l'opinion populaire, elle, n'en avait cure. Pour elle Wangrin demeurait le héros digne d'être chanté et encensé. Racoutié n'était plus le superbe interprète du commandant, mais le battu à la mâchoire démontée.

Sur son chemin, au lieu de le saluer respectueusement comme auparavant, des gamins espiègles s'écriaient : « O mâchoire! » et d'autres : « O narines en fontaine! »

Ces quolibets, qui résonnaient partout sur son passage, empoisonnèrent si bien l'existence de Racoutié qu'il finit par demander son déplacement au commandant de cercle.

Le commandant transmit la demande aux autorités supérieures en l'accompagnant d'une lettre confidentielle dans laquelle il demandait l'autorisation d'utiliser Wangrin, moniteur de l'enseignement, comme interprète durant les vacances scolaires et en attendant l'arrivée du remplaçant officiel de Racoutié.

C'est ainsi que Wangrin mit pour la première fois le pied dans l'étrier d'or que constituaient les fonctions d'interprète.

– 4 –

Début d'une carrière

Wangrin n'était pas seulement un interprète des palabres, mais il servait également de secrétaire au commandant. Il distribuait le courrier, préparait les dossiers de chaque affaire et reclassait méthodiquement les archives.

A la fin des grandes vacances, le commandant se rendit en personne à Bamako où il sollicita, auprès du gouverneur et de l'inspecteur des écoles, chef de service de l'enseignement, le changement de corps de Wangrin. Celui-ci fut donc versé dans le cadre des interprètes du Haut-Sénégal et Niger et maintenu à Diagaramba.

Quand une hyène tombe dans un puits, plaise à Dieu et à la mort (37)!

Grâce à l'élévation de Wangrin, ses confidents et amis, Abougui Mansou et Kountena, bénéficiaient eux aussi d'une plus grande considération. Pour ne pas être sans risques, celle-ci du moins promettait d'être un nouveau « sésame, ouvre-toi ».

Il faut dire que Kountena, bien que « Kouaté », c'est-à-dire griot de race, n'avait jamais réussi à maîtriser la guitare, ce qui aurait pu multiplier par cent sa valeur sociale et son audience. En effet, un griot qui ne sait pas jouer de la guitare ou qui en joue mal est considéré comme un étalon cagneux.

Or la chose la plus épouvantable qui pouvait arriver à une oreille, à l'époque, était de capter les sons de la guitare de Kountena. Têtu comme une mule, celui-ci s'obstinait à vouloir en jouer. Mais dès qu'il commençait, tout le monde se tordait de rire et les goguenards s'écriaient : « Ohé! Kountena, ton ânesse de guitare est fatiguée de ruer. Rentre-là à l'écurie avant qu'elle n'en crève. »

Kountena avait très bon caractère. Il ne se fâchait jamais. Aussi obéissait-il et rangeait-il son instrument en disant : « Guitare, adosse-toi là. Je préfère que mes amis rient de moi plutôt que de pleurer sur mon cadavre. »

Par contre, ce que les cordes de la guitare de Kountena lui refusaient, ses cordes vocales et sa langue le lui octroyaient largement. C'était un merveilleux conteur, chanteur, en même temps qu'un excellent mime. Dans ce domaine, il ne redoutait que Koullel, le plus grand des grands conteurs de la boucle du Niger.

Nos trois amis, Abougui Mansou, Kountena et Wangrin établirent un double réseau de renseignements. Le premier était destiné à drainer les informations de l'intérieur du pays vers Wangrin et le second à répandre partout des nouvelles tamisées et assaisonnées au goût et dans l'intérêt du trio.

Profitant de la main-d'œuvre mise à sa disposition par l'administration, Wangrin fit agrandir sa demeure.

Il faut signaler en effet qu'en Afrique occidentale, chaque « sujet français », c'est-à-dire chaque autochtone de la colonie, était astreint à quinze jours de prestations en nature. Le cercle de Diagaramba disposait, à ce titre, de deux mille travailleurs permanents et gratuits.

Wangrin subdivisa sa maison en trois quartiers. On entrait par un grand vestibule rectangulaire qui ouvrait sur une vaste cour pourvue d'un grand préau. C'est dans cette première cour que Wangrin donnait de grands dîners ou déjeuners accompagnés de musique et de chant.

Le gardien de la maison chargé de contrôler les visiteurs se tenait dans ce vestibule. Il avait avec lui deux autres domestiques qui surveillaient tout et écoutaient discrètement ce qui se disait autour d'eux.

La chambre du gardien, attenante au grand vestibule et y disposant d'une ouverture très discrète, était habilement ménagée en poste d'écoute. Le gardien et ses aides purent y surprendre bien des confidences de visiteurs se croyant seuls et à l'abri des oreilles indiscrètes.

La deuxième cour desservait le thiè-so, ou maison d'homme, de Wangrin. De dimensions plus modestes que la première, elle comportait cependant un préau où Wangrin prenait l'air aux heures chaudes de la journée. Il y prenait également son déjeuner, toujours en compagnie de Kountena et de quelques autres convives, souvent fortuits. Mangeait chez Wangrin qui se trouvait là aux heures des repas.

Le thiè-so de Wangrin était composé de plusieurs pièces : une grande salle de causerie, une salle de travail, une pièce secrète (38), une chambre à coucher avec des dépendances bien aménagées pour la toilette, une pièce de débarras et, enfin, deux chambres d'amis également dotées de toilettes.

La deuxième cour communiquait avec une troisième par un vestibule appelé vestibule des femmes. Cette dernière cour était aussi vaste que la première. Là se trouvaient les maisons des femmes, enfants et autres parents proches de Wangrin, avec les cuisines et les toilettes. On y trouvait également les piquets servant à attacher les deux chevaux de Wangrin.

Aucun homme étranger à la famille n'était admis dans cette cour. Indépendamment du vestibule des femmes, les appartements de Wangrin communiquaient avec la troisième cour par une issue aménagée dans la pièce de travail de Wangrin. Il pouvait ainsi visiter à tout moment les membres de sa famille sans passer par le vestibule.

Bien des chefs enviaient cette maison. Elle devint rapidement le rendez-vous des fonctionnaires, le centre d'espionnage local et le lieu de conciliabule des chefs de canton et de province.

Il n'était pas pensable qu'un chef coutumier, quel qu'il fût, entrât chez Wangrin les mains vides. S'il s'y rendait, c'était toujours pour donner soit un bon pot de vin, soit une information intéressante. Par contre, aucun griot, aucune femme de mœurs légères, aucune vieille entremetteuse, aucun marabout, aucun mendiant, aucun solliciteur ne sortait de chez Wangrin les mains vides.

Certes, Wangrin savait demander et même exiger

des cadeaux de la part de ceux que la vie avait largement pourvus. Mais il faut noter à sa décharge qu'il donnait beaucoup aux pauvres et aidait les malheureux, sans pour autant leur demander quoi que ce fût. En conséquence ceux-ci étaient à sa dévotion et Wangrin recrutait ses meilleurs agents de renseignement parmi les aveugles qui se promenaient de porte en porte, se postaient sur les routes ou se mettaient sur la place du marché pour demander l'aumône. Dans chaque école coranique de la ville, il comptait un ou plusieurs gosses pour le renseigner.

Wangrin ne manquait certes pas d'intelligence, mais il n'avait pas été seul à monter cet extraordinaire réseau de renseignement tendu tel une toile d'araignée sur toute la région. Abougui Mansou, son père adoptif, devenu son âme damnée, en actionnait les fils.

Sur ces entrefaites le commandant, tourmenté par la solitude, demanda à Wangrin de lui trouver une pucelle belle et bien faite.

Madame la commandante n'avait pas voulu venir à la colonie. Elle avait horreur des mouches et éprouvait une crainte maladive à l'égard des moustiques. Entendre parler des moustiques lui donnait de la fièvre. La seule idée d'un cancrelat lui donnait la nausée.

Le grand coupable de cet état d'esprit était le sergent Mandagout, de la Coloniale. Rentré en France pour un congé de détente, Mandagout avait rendu visite à Madame la commandante et lui avait dressé le tableau de ce qui l'attendait « à la colonie ». Il avait particulièrement insisté sur les scorpions velus et les serpents à sonnette qui, disait-il, se glissaient de temps à autre dans les draps, ainsi que sur l'hyène tachetée à la folle crinière qui, sous l'empire de la faim, attrapait parfois des gens jusque dans leur case.

Il n'était donc pas question, pour le commandant, de faire venir son épouse en Afrique. Par ailleurs, ne pouvant résister plus longtemps aux exigences de la chair réclamant son droit, le commandant, qui n'avait point fait vœu de chasteté, décida de trouver un moyen pour calmer ses nerfs. Certes il pouvait, s'il le voulait, réquisitionner chaque nuit autant de femmes qu'il le désirait pour refroidir ses ardeurs. Mais ce procédé risquait de porter préjudice à son prestige moral et de nuire à son autorité de chef. Les Africains comprennent la polygamie, mais il ne tolèrent pas l'adultère.

Le commandant prit donc son parti de contracter ce qu'il était convenu d'appeler à l'époque un « mariage colonial », avec une femme du pays. L'épousée, souvent requise de force, n'avait pas droit au titre de « Madame », réservé aux seules femmes blanches, mais à celui de « Mousso » (39). La loi française, si sévère à l'égard du crime de bigamie, fermait les yeux sur ces mariages coloniaux. Les enfants nés de ces unions, officiellement considérés comme « nés de père inconnu », faisaient les frais d'une situation qui prenait fin avec le départ du fonctionnaire français.

Wangrin estima que le commandant avait bien raison de demander une très belle femme. Le proverbe peul ne dit-il pas : « Si tu es amené à manger de la chair d'un cadavre d'animal, veille au moins à ce qu'elle soit bien grasse », c'est-à-dire « si tu dois faire quelque chose qui n'est pas en rapport avec ton rang, il faut au moins que cela en vaille la peine. »

Wangrin porta son choix sur une très belle fille d'une famille pauvre mais honnête. Selon la coutume, il se substitua au père et devint rituellement le beau-père de son commandant de cercle.

Comme on peut le deviner, Wangrin allait faire là d'une pierre deux coups. D'une part, en tant qu'intermédiaire du mariage, il entrait des deux pieds dans les bonnes grâces du commandant; d'autre part, il comptait bien se servir de sa « fille adoptive » pour surveiller les faits et gestes de ce dernier.

La nourriture de la petite mousso du commandant se préparait chez Wangrin.

On pouvait dire que le soleil de gloire et de fortune de Wangrin s'était levé, radieux, dans un ciel sans nuage. La vie s'annonçait heureuse, dans la bonne cité de Diagaramba.

Tout le monde était d'accord pour reconnaître que Diagaramba était une ville agréable. On y vivait mieux qu'à Kayes et même qu'à Bamako, les deux capitales, ancienne et nouvelle, de la colonie. La meilleure preuve en était que tous les originaires de ces pays, venus à Diagaramba, s'y étaient fixés à la fin de leur service.

Les griots chantaient le poème suivant en son honneur :

« O Diagaramba! ville immense à l'ombre des grands fromagers, propriété du père de Madom et de Waguirma.

« Ton air est pur et délicieux. Tes filles sont belles et coquettes.

« Tes étalons sont beaux, rapides et fringants.

« Les eaux de tes sources et de tes rivières sont abondantes et claires. Elles portent le parfum de fleurs variées et de racines odoriférantes, tel le vétiver dont l'arôme éloigne les insectes nauséabonds.

« Tes collines grandioses sont en même temps un riche verger que Dieu suspendit au-dessus de grandes plaines verdoyantes où paissent des milliers de vaches à lait et de taureaux à l'engrais.

« Si l'on peut à toute heure venir à toi, parce que tu es la cité hospitalière par excellence, nul ne peut te quitter, de gré ou de force, sans éprouver un chagrin mortel.

« Oui, Diagaramba ! Le Blanc, en partant, te laisse son cœur dans son casque colonial, le vieux tirailleur son cœur dans sa grande chéchia, le cuisinier son cœur dans sa vieille casserole. Chez toi, le palefrenier oublie sa faucille et le berger sa houlette. Quant aux grands chefs, ils y oublient volontairement leur ambition afin de pouvoir revenir l'y chercher ! »

Wangrin coulait là des jours heureux, en ami de tout le monde. Tout y était facile, abondant et délicieux. Sans doute aurait-il eu grand tort de se priver des joies que la vie semait avec profusion à portée de ses deux mains. Aussi ses oreilles s'enivraient-elles de fine musique tandis que sa bouche savourait des boissons fraîches à base de miel exquis.

Mais il n'existe pas, sur cette terre, de jours sans nuits sombres... Un grand malheur allait éclater sur tout le pays.

Le même événement ne comporte cependant pas les mêmes conséquences pour tout le monde. N'oublions pas que la prière de l'égoïste se formule ainsi : « O mon Dieu! fais vite éclater le grand malheur qui fera mon bonheur particulier. »

Or Wangrin, au contact d'Abougui Mansou, devenait un peu plus égoïste chaque jour, avec toutes chances de s'endurcir davantage au fil du temps. Déjà sa conscience semblait être devenue aphone, et il n'entendait plus sa voix que comme un lointain écho.

– 5 –

Où le malheur des uns…

Comme de coutume, Wangrin arriva au bureau un quart d'heure avant l'ouverture officielle. Il trouva le commandant déjà installé, regardant fixement un télégramme posé devant lui.

« Bonjour, mon commandant », dit Wangrin.

Le commandant ne releva pas la tête. Il murmura entre ses dents une réponse sans chaleur.

Comprenant qu'il se passait quelque chose de grave, Wangrin osa demander : « Mon commandant va-t-il bien ce matin?

– Oui, Wangrin, moi je vais bien, répondit-il mais je crains que cela ne puisse durer. Je viens de déchiffrer un télégramme alarmant. La France est à la veille d'entrer en guerre contre l'Allemagne qui vient de violer la neutralité de la Belgique. »

Wangrin s'écria : « Mon commandant, les Européens sont hélas incrédules, sinon je vous aurais conseillé de demander l'aide des marabouts. Ceux-ci peuvent en effet, par leurs prières, arrêter le mal, soit que l'Allemagne renonce à poursuivre le combat, soit qu'elle connaisse la défaite. »

Le commandant sourit avec commisération : « Je demanderai aux marabouts de prier pour la victoire française, dit-il, mais en attendant, tu vas me sortir tous les rôles de recensement en vue de préparer la mobilisation générale décrétée en France. »

Dès qu'il quitta son travail à onze heures, Wangrin se rendit chez son père adoptif Abougui Mansou pour lui annoncer, confidentiellement, que la France et l'Allemagne étaient en désaccord et qu'une guerre était redoutée.

Abougui Mansou réfléchit et dit : « Il faut que nous allions de ce pas trouver Tierno Siddi. Il consultera l'oracle et nous dira où est notre bonheur, dans la paix ou dans la guerre. »

Ils se rendirent chez le marabout, qu'ils trouvèrent dans son vestibule, en train de somnoler tout en digérant son déjeuner.

– As-salaamou aleykoum! La paix sur vous! lança Abougui Mansou.

– Wa aleykoum salaam! Et sur vous la paix! répondit Siddi en sursautant.

– Maître Siddi a-t-il passé une bonne matinée, a-t-il déjeuné comme il faut? questionna Abougui Mansou à titre d'entrée en matière.

Se redressant, le marabout lui répondit : « A la grâce d'Allâh, j'ai passé une bonne matinée. Je me suis rassasié en mangeant du bon riz bintou-bala (40). Entre donc, Abougui Mansou. Oh! Bonjour Wangrin, entre en paix...

« Qu'est-il advenu pour que tous deux vous

affrontiez les rayons ardents que le soleil au zénith répand sur la nature? C'est la paix qui vous amène auprès de moi, je l'espère... »

Abougui Mansou prit la parole :

« Le commandant vient d'annoncer confidentiellement à Wangrin que la paix générale est menacée en France. Nous sommes venus te voir afin que tu consultes l'oracle et nous dise s'il y aura ou non la guerre et si notre bonheur personnel comme celui de notre ville, ne sont pas menacés. Ce sont choses importantes à connaître. »

Le marabout Siddi se leva et dit : « Venez dans mon worwordu (41). Nous y serons à l'abri de toute indiscrétion. »

Abougui Mansou et Wangrin suivirent le marabout dans une chambre rectangulaire assez spacieuse, claire et bien aérée. Cette pièce était à la fois salle de travail et de conciliabule, chambre à coucher, lieu de prière et bibliothèque.

Siddi installa ses visiteurs, puis il sortit d'une pile de livres un gros manuscrit. Il l'ouvrit et consulta longuement quelques pages. Ensuite, se saisissant d'une planchette en cuivre rouge, il y traça des signes cabalistiques.

Il se pencha sur ces signes et, s'abîmant dans une profonde méditation, il resta pratiquement « absent » une demi-heure. Il transpirait comme un canari rempli d'eau. Enfin, il releva la tête et expira bruyamment l'air de ses poumons, tout comme un plongeur qui remonte à la surface.

« La France, dit-il, est un grand pays à vocation chrétienne. Les nombres qui caractérisent l'ère de Seydina Issa ben Maryam (Notre seigneur Jésus, fils de Marie) constituent l'une des clés numérales qui permettent de pénétrer le mystère de la destinée du monde chrétien et particulièrement de la France.

« En effet, depuis que « l'Esprit de Dieu » (42) naquit en ce monde, tous les onze ans un esprit céleste est préposé à la garde de l'univers chrétien.

« Le premier fut Hamshayael. Il veilla sur les onze premières années du Christ, période de sa retraite occulte. Ce n'est que dans la douzième année de son existence que Seydina Issa (Seigneur Jésus) apparut en public et parla aux docteurs du Temple.

« Le cent soixante-quatorzième esprit qui se trouve actuellement en exercice s'appelle Ba'azshayael. Si l'Allemagne et la France entrent en guerre – or elles y entreront inévitablement – la France gagnera, car l'Esprit présidant à la garde de l'univers chrétien lui est favorable.

« Mais Allâh est le mieux renseigné. Il peut fausser notre vision et même celle des saints et agir selon sa volonté impénétrable.

« Quoi qu'il en soit, cette guerre fera beaucoup de morts sur terre et sur l'eau, beaucoup de veuves et d'orphelins, beaucoup de mutilés.

« Quant à toi, Wangrin, tu n'iras pas à la guerre, et tu verras sa fin. Elle sera pour toi l'occasion de gagner beaucoup d'argent.

« Beaucoup de jeunes gens de Diagaramba seront envoyés derrière les eaux salées. Ils se couvriront de gloire. Mais ils en retireront plus d'honneur que de profit (43). »

Wangrin donna au marabout un cheval, cent francs, un trousseau d'habillement, dix charges de céréales dont deux de riz blanc de Djenné.

Quelques jours après, la déclaration de guerre et le décret de mobilisation générale furent publiés à sons de clairon et de tam-tam et par de grandes affiches collées aux murs – que seules une dizaine de personnes étaient capables de lire.

Les territoires français d'outre-mer devaient participer activement à l'effort déployé par la France pour gagner la guerre.

Le commandant de cercle réunit tous les chefs et notables du pays et leur fit la déclaration suivante :

« L'Allemagne vient d'allumer les poudres en Europe. Son empereur, Guillaume II, veut dominer le monde. Mais il trouvera devant lui notre *France éternelle,* championne de la liberté et du droit de l'homme.

« La France demande à tous ses territoires une aide en hommes, en prières et en matières premières.

« Le gouvernement vient d'instituer la loi de réquisition pour le mil, le riz, les matières grasses et les animaux de boucherie. Les prix des fournitures seront fixés par une commission qui se réunira à Koulouba. Toute personne qui, par ses actes ou ses paroles, entravera les réquisitions, sera poursuive et punie comme ennemie de la France. »

La nouvelle se répandit comme une traînée de poudre.

Wangrin avait été chargé de la tenue des registres de réquisition et de la rédaction des formulaires de fournitures. Abougui Mansou vint le trouver et lui dit : « Je suis convaincu de la justesse de la prophétie de Tierno Siddi. Cette guerre ouvre pour toi une source abondante de profits. Il ne tient plus qu'à toi de devenir l'homme le plus riche de la montagne.

– En quoi faisant, questionna Wangrin ?

– Tu majoreras les quantités de bœufs à fournir.

Je me charge d'envoyer à Koumasi, en Gold Coast le surplus que tu constitueras. Il sera vendu à prix d'or et avant la fin de la guerre nous aurons réuni une fortune immense. »

Wangrin ne se fit pas répéter deux fois la leçon.

Abougui Mansou ajouta :

« Si tu veux que le détournement se poursuive longtemps et sans risque, il faut y compromettre soit le grand commandant par le truchement de sa mousso, soit son adjoint, ou bien encore le trésorier...

« Moi, je me charge des chefs de canton et de village. J'obtiendrai leur silence. »

A cette époque, le commandant de cercle avait reçu en affectation un jeune adjoint appartenant au cadre dit des commis des affaires indigènes. Il s'appelait Jean-Jacques de Villermoz. C'était un comte mais, comme il se plaisait à le dire lui-même, un comte sans compte en banque.

« Ma grande manie, avouait-il, c'est de *monter* en toutes choses. Cette putain de révolution française, mère d'une république aussi dévergondée qu'elle, m'a frustré. Je me suis engagé à la servir avec l'espoir de vite *monter* en grade, ce qui me permettra de satisfaire pleinement ma passion qui est de « monter » les belles filles aussi bien que les beaux étalons. »

De Villermoz portait toujours des bottes d'équitation armées d'éperons dorés. Il ne les quittait que pour entrer dans son lit. Et même là, combien de fois son boy Antougoumo ne l'avait-il pas trouvé siestant tout botté! On l'avait d'ailleurs surnommé « petit commandant Bottes-Eperons ». Il faut cependant dire, à son honneur, qu'il ne botta jamais le derrière d'aucun nègre et se montrait très affable avec eux.

De Villermoz, qui se comportait en grand seigneur, portait un monocle. Son boy laissait entendre que c'était un chausse-œil réservé aux seuls fils uniques des familles princières de France et de Navarre et qu'il suffisait à de Villermoz de présenter cet insigne à n'importe quelle trésorerie ou caisse de commerce française pour se faire délivrer autant d'argent qu'il voulait.

De Villermoz aimait à ménager ses membres et n'était pas un gros travailleur. Aussi se reposait-il entièrement sur Wangrin, qui lui parut être un fonctionnaire expérimenté et un modèle de dévouement.

Une partie des affaires du cercle, parmi lesquelles les petites palabres et tout ce qui touchait aux réquisitions, fut transférée dans la section du « petit commandant », cependant que Wangrin restait l'interprète des deux chefs et le seul teneur des registres administratifs et judiciaires du cercle.

De Villermoz, qui détestait se réveiller le matin avant neuf heures et l'après-midi avant quinze heures, passait en outre le plus clair de ses heures de bureau à se promener à cheval. Il possédait les trois plus beaux étalons de Diagaramba : un bel alezan doré, un blanc argenté pur-sang du Sahel et un noir de jais aux pieds et front lavés, qu'il montait tour à tour. Partout où il se trouvait, une de ces bêtes sellée l'attendait à la sortie.

Afin que Wangrin n'eût pas à courir après lui pour la signature, il signa en blanc une dizaine de réquisitions, convocations et papiers divers à l'avance. Wangrin n'avait plus qu'à remplir et sceller le document du sceau du cercle.

Wangrin comprit vite tous les avantages qu'il pouvait tirer de cette confiance inconsidérée. Il n'avait plus besoin de chercher à compromettre aucun autre Européen. Une victime inespérée était venue s'offrir fortuitement.

Il présenta Abougui Mansou à de Villermoz comme le plus gros éleveur et marchand de bétail du pays et lui déclara qu'il exportait une très grande quantité de bœufs sur la Gold Coast.

Il lança un ballon d'essai en majorant de cinq têtes le contingent mensuel que devait fournir le cercle de Diagaramba. Les bêtes supplémentaires furent discrètement remises à Abougui Mansou qui les expédia rapidement à Koumasi où elles furent vendues en livres sterling or, monnaie alors bien cotée et très recherchée.

Grâce au change, un bœuf payé cent francs à Diagaramba rapportait environ huit à neuf cents francs de bénéfice net.

Wangrin recommanda à Abougui Mansou de rapporter de la Gold Coast deux beaux harnachements anglais et quelques autres articles de toilette, de ménage et vestimentaires, qu'il offrit aux deux commandants pour se les concilier. Le prix de trois bêtes sur cinq y passa, mais le placement en valait la peine.

Constatant la rentabilité de l'affaire, Wangrin alla trouver de Villermoz et lui suggéra de faire venir dix pour cent de plus de bœufs que le contingent prévu. Une telle majoration pouvait aisément se justifier car il fallait mettre le plus de bœufs possible à la disposition de l'infirmier vétérinaire pour lui permettre de faire un tri. Au lieu de retourner à leur propriétaire les bœufs refusés pour leur état sanitaire, Wangrin les remettait à Abougui Mansou qui les envoyait en Gold Coast pour les y vendre.

Ainsi, grâce à la complicité ou tout au moins à la négligence coupable de de Villermoz, l'affaire fructifia et, dès cette époque, l'argent se mit à pleuvoir dans les poches de Wangrin. Il donna chaque nuit des dîners et des séances de musique récréative qui lui permettaient d'étaler sa richesse et de faire répandre au loin ses louanges. Kountena, s'il demeurait le plus mauvais guitariste du pays, en devint bientôt le griot le mieux habillé et le mieux monté.

– 6 –

L'orage éclate

Hélas, il suffit d'une petite fourmi rouge dans la trompe de l'éléphant pour incommoder à en mourir le plus gros gibier de la terre. Quelques paroles prononcées au cours d'un de ces dîners mémorables allaient creuser une fissure malencontreuse dans l'édifice et provoquer un scandale qui perturberait l'atmosphère politique du cercle durant toute une année, pour aboutir à la dispersion aux quatre horizons du Haut-Sénégal et Niger des fonctionnaires qui n'avaient pas su se tenir à l'écart...

Un beau matin, les envoyés de Wangrin revinrent de Koumasi chargés de marchandises : or, thé, pains de sucre, étoffes aux couleurs chatoyantes, pièces de bazin riche et de percale fine. Il n'avait pas fallu moins de quatre-vingt ânes et de vingt bœufs porteurs pour acheminer le riche chargement.

A cette occasion, Wangrin donna un grand dîner auquel tous les fonctionnaires indigènes furent conviés.

Après le bon couscous au mouton et les agneaux rôtis, on en arriva au thé entrecoupé par la dégustation de jinjiber (44) aromatisé que de jolies filles servaient à volonté.

Kountena, joyeux comme un jeune homme à son premier verre d'alcool, perdit sa mesure habituelle. Tout à coup, comme piqué par une mouche de malheur, il se leva et dit :

« Maintenant que les uns et les autres sommes gavés de mets délicieux que nous n'avons pas chez nous, je demande à chacun de faire silence et de m'écouter.

« Un serpent ayant un jour acheté un cheval s'installa en travers du dos de sa monture, seule position possible et confortable pour lui.

« Un singe vint à passer et, voyant le serpent étendu ainsi éclata de rire et dit : « Ohé! corde de terre pourvoyeuse de mort, ce n'est pas ainsi que l'on chevauche... »

– « Et comment fait-on? » demanda le serpent plus amusé qu'agacé.

« Sautant sur le dos du cheval, le singe mit ses pieds dans les étriers, se saisit des rennes et éperonna la monture, lui faisant accomplir des mouvements savants.

« Puis, se tournant vers le serpent, il lui dit d'une manière goguenarde : « C'est ainsi qu'on monte à cheval, chère « corde de terre ».

– Certes, répondit le serpent, tu montes très bien à cheval, mon cher « Waadu » (45). Maintenant, je désire que tu descendes de « mon cheval ».

« Le singe, ne pouvant refuser, descendit. Sur quoi

le serpent monta et s'installa à nouveau en travers. « Un propriétaire, dit-il au singe, se tient comme bon lui semble dans son domaine. Il me plaît de m'installer ainsi sur le dos de « mon cheval », n'en déplaise à vos qualités d'excellent cavalier, mon cher « comme un homme ».

« Je vous ai cité cette parabole, continua le griot, pour vous dire qu'ici, chez Wangrin, moi Kountena, en dépit du fait que mes doigts n'arrachent aux cordes de ma guitare que des notes abominables propres à vous casser le tympan (46), je suis le maître de céans. Tout comme le serpent sur sa monture, je me tiendrai ici non pas comme d'aucuns le désirent, mais comme il me plaira.

« Dayemaatien (47) a dit que la parole a horreur de trois choses : être avancée avant le moment propice, n'être pas dite à temps, ou être dite après coup. Il y a donc un moment, un lieu et une manière de parler.

« Aujourd'hui, moi, Kountena, je dois parler à l'intention de celui qui me trouva sur un « village d'ordures » (48), me recueillit, me purifia et m'installa dans un palais. Mais je n'accompagnerai pas mon dire de ma musique, ce qui, je vous le concède, serait le meilleur moyen de ne pas me faire écouter. »

Cela dit, Kountena se tourna vers Wangrin et, tout en étayant ses paroles de gestes étudiés des deux mains. il s'écria :

« O Wangrin! O Wangrin! Tu es le phénix rejeton des Amibilé. Entre Fié et Sankarani, dans tout le canton de Baya, ton nom suffit à procurer gîte et repas au voyageur désemparé.

« Entre Ouassoulou-Bale et Sankarani ton prénom procure des moyens à ceux qui n'en ont pas.

« Tu es, ô Wangrin, le noble maître de Sokolombani, du Banifing et du Bagoué.

« Si des griots ont chanté à juste titre que Baya est un pays d'accès difficile, leur erreur fut de n'avoir pas mentionné que tu en es l'exception. Avant même que tu ne fusses circoncis, Sambou avait déclamé tes louanges dans les plaines alluvionnaires et l'écho émanant des falaises étagées qui surplombent les vallées en avait amplifié et répandu au loin la chanson.

« O Wangrin, ce n'est pas le fait d'avoir su lire et écrire de gauche à droite qui a fait de toi ce que tu es, mais c'est ta naissance. C'est le lait que tu as sucé de ta mère, c'est le sang vermeil de ton père. Tu es aujourd'hui, parce qu'hier tu fus. Tu es un modèle original, et non une copie ou une imitation.

« Ton ventre n'a jamais connu la faim ni ton corps la puanteur.

« Certes, tu es petit de taille et tu ressembles à un « mur écourté ». Mais celui qui voudrait sauter par dessus ta hauteur apprendrait à ses dépens que tu n'es pas un tronc qu'on enjambe à plaisir. Le mur que tu es n'a pas été raccourci par manque de matériau mais par une fantaisie de la nature.

« En vérité, Wangrin, tu as l'audace de Samba Gueladio Yegui, la témérité de Silamaka Ardo, la fougue de Poullori. Tu as le cran de Tata fils d'Ali, enseveli sous les décombres de Woytala la guerrière du pays de Segou, tombeau des Toucouleurs. (49)

« Le dîner que tu donnes cette nuit ainsi que le nombre et la qualité des invités, prouvent que

Simballa le fameux commerçant marka des temps anciens, n'était ni plus riche ni plus large que toi.

« Garba Mama et Torokoro Mari seraient jaloux à en mourir s'ils voyaient ce dîner que tu offres dans une cour tapissée de riches couvertures et constellée de lampes qui tentent d'éclipser le soleil et la lune d'Allâh par l'ardeur et la blancheur de leurs flammes.

« Ce sont les époques et les lieux qui mettent davantage les étalons en valeur. Certes, si tu étais venu plus tôt, tu aurais été roi, et plus que roi, tu serais un empereur, comme Tounka et Mannga.

« Cependant, bien que le temps ne soit pas favorable aux nègres, tu joues plus que quiconque un rôle de premier plan.

« N'es-tu pas la bouche des commandants et leurs oreilles? N'as-tu pas leur confiance?

« En vérité, mieux vaut jouir de la confiance du roi que d'être son fils douteux. Or, qui ignore que les commandants ne tranchent jamais une affaire avant que tu ne l'aies instruite, preuve irréfutable de la confiance qu'ils te témoignent?

« Aussi, n'en déplaise aux cousins envieux et jaloux, quand toi Wangrin commandes un plat d'igname, celui qui, par esprit de contradiction, commanderait du manioc, irait le consommer au diable, si ce n'est en prison.

« Wangrin, Allâh t'a doté de la ruse du lièvre et de l'agilité de la panthère des bosquets gris.

« Quand on ignore le nom d'un homme, pour l'appeler on lui dit : « Hô » (50)

« Frères convives, (51) mangez, buvez, mangez et buvez encore et si demain l'envie vous prend de récidiver, revenez, vous mangerez et vous boirez. Il en est ici comme du paradis d'Allâh. Tout est toujours prêt et l'on consomme sans frais. »

Ces paroles piquèrent au vif presque tous les fonctionnaires et en particulier le nouveau commis Ousmane Samba. Violent et excessif par nature, ce que cet homme méprisait le plus au monde était les droits de son prochain et les convenances sociales. Fort comme un hippopotame, seules deux choses pouvaient le terrasser : la faim et le sommeil. Un jour il malmena à lui seul une section de vingt-cinq tirailleurs et, de surcroît, botta copieusement le derrière de leur chef, un sous-officier européen qui se vantait d'être champion de boxe. Cette bagarre, ajoutée à celles qu'il avait chaque jour ici ou là, lui avait valu de nombreuses mutations.

Ousmane se leva et s'adressa à Kountena :

« Si la coutume impose au griot le devoir de chanter les louanges de son patron, ce patron fût-il un manant, un bandit, un maquereau doublé d'un voleur, elle ne lui donne pas le droit d'insulter les autres nobles. Quant à moi, si un griot, eût-il la bouche fendue jusqu'à la racine du lobe de ses oreilles (52), venait à m'insulter, je le ferais retourner dans la matrice de sa mère par la même porte dont il en est sorti. »

Joignant l'action à la parole, Ousmane s'empara de Kountena, le roula enveloppé dans ses habits puis, le soulevant comme fétu de paille, le lança contre l'une des lampes tempête. Il s'en fallut de peu que Kountena ne fût brûlé vif. Sur quoi, Ousmane sortit sans que personne eût osé dire un mot, et le dîner se termina tristement.

Le lendemain, Wangrin sentit une menace planer sur lui. Abougui Mansou réprimanda sévèrement

Kountena. « Ta bouche, lui dit-il, vient de creuser une excavation dans laquelle beaucoup de gens seront engloutis, à commencer par ton bienfaiteur. »

Mais Wangrin l'apaisa et dit : « Le moment n'est pas celui du blâme, mais celui de la recherche d'un lieu où s'abriter contre la tornade qui se prépare. Celle-ci pourrait bien se prolonger à en faire pisser nos cases et mouiller toutes nos affaires ».

Cette déclaration devait se révéler prophétique. En effet, un mois après, un télégramme officiel mutait le comte de Villermoz à Zadoun, subdivision située à trois jours de marche à l'est de Diagaramba.

Un deuxième télégramme vint ensuite annoncer la mission possible d'un inspecteur des affaires administratives, sans préciser quand ni pourquoi.

Ce fut un grand remue-ménage au cercle. Tout le monde, le grand commandant en tête, fut troublé : Pourquoi un inspecteur?... On vit transporter des registres et des archives, supposés gênants, des bureaux dans un magasin de débarras à moitié dissimulé non loin de la prison civile.

Vingt jours durant, on fut sur le qui vive. Le commandant était nerveux, Wangrin était inquiet, les assesseurs de tribunaux, les infirmiers vétérinaires, les chefs de canton, en un mot tous les agents supérieurs ou subalternes qui avaient à se reprocher quelque concussion étaient sur des braises ardentes. Chacun crut que l'inspecteur venait pour lui.

En revanche, ce fut une véritable aubaine pour les marabouts occultistes aussi bien que pour les géomanciens, sorciers et diseurs de bonne aventure. Chaque fonctionnaire, pour garantir sa situation, leur demandait quelque prière ou cérémonie protectrice et les payait en conséquence.

Cette situation dura deux semaines, sans qu'on perçût le moindre écho annonciateur de la venue d'un quelconque Européen du chef-lieu, et moins encore d'un inspecteur.

Aussi l'oubli, le plus puissant des calmants mis par Dieu à la disposition de l'homme, commença-t-il à faire son œuvre. Si l'homme n'était pas oublieux et ne connaissait pas les bienfaits du sommeil, il ne survivrait point à ses peines morales ou physiques.

Toujours est-il que les fonctionnaires alarmés se calmèrent et que, perdant peu à peu l'idée de la venue de l'inspecteur, ils retrouvèrent leur quiétude et leur sommeil. Ils furent unanimement convaincus que les prières effectuées n'étaient pas étrangères à la remise du voyage de « Monsieur l'Inspecteur », l'indésirable trouble-fête.

Quand des fauves sont dérangés dans leur curée, ils s'interrompent un moment et se garent en attendant que le danger soit passé. Puis ils reviennent à leur repas dès qu'ils cessent de sentir la menace.

Il en fut de même pour les fonctionnaires concussionnaires de Diagaramba. Dès qu'ils cessèrent d'entendre parler de la venue de l'inspecteur, ils se remirent de plus belle à leur honteuse exploitation. Mais ils avaient négligé le proverbe peul qui dit : « Quand la justice tarde à agir, c'est qu'elle est allée au loin chercher de gros bâtons verts et flexibles pour mieux châtier les coupables. »

Quelques uns poussaient l'inconscience jusqu'à faire de l'esprit sur l'incident et se disaient de bouche à oreille : « Hé! Le « farfouilleur public » se serait-il volatilisé en route, ou avance-t-il à dos de caméléon? » A quoi l'on répondait : « L'oreille rouge a peut-être été avisée que certains fétichistes du pays n'aiment pas les fouinards et ne se gêneraient nullement pour tuer tout Européen qui mettrait trop en avant son nez dans leurs affaires. Ils pourraient même se servir de sa peau pour en faire un tambour et de ses mains en guise de baguettes (53). »

A la fin, on se lassa de coasser sur la mission avortée et d'en faire des gorges chaudes.

Aussi un beau matin, ceux qui venaient au bureau du cercle ne purent-ils en croire leurs yeux. En effet, le campement officiel avait été « inattendument » occupé avant le lever du jour et un brigadier-chef de gardes montait la faction à l'entrée du campement. La tenue de ce brigadier-chef était agrémentée, outre les épaulettes, d'une cordelière jaune d'or qui barrait la moitié gauche de sa poitrine, passait sous son épaule gauche et repassait par dessus avant de retomber en deux longues mèches terminées par une petite gaine cylindrique en métal argenté. Une telle tenue prouvait que le garde n'appartenait pas au peloton de Diagaramba. C'était l'homme de la grande garde gouvernementale de Koulouba.

L'inspecteur annoncé avait donc enjambé la barrière de prières placée sur sa route et était arrivé sans crier gare à personne. Cet inspecteur ne pouvait être qu'un diable!

Son arrivée inattendue produisit l'effet d'un caillou lancé dans une mare où coassent des grenouilles gavées. Chaque bête se tait, tremble et plonge dans l'eau de toute la longueur de ses pattes pour se faire oublier.

L'inspecteur des affaires administratives était un ancien commandant de cavalerie. Aucune mort, ni violente ni douce, n'avait voulu de lui, bien qu'il fût un grand risque-tout et casse-cou à plaisir.

Né d'une famille protestante et petit-fils d'un duc, il avait un nom : Charles de Brière, et un idéal : servir l'humanité en reconnaissant à tous les hommes des droits égaux inviolables, spirituels et sociaux.

En plus de son garde du corps, de Brière était accompagné d'un commis-interprète et d'un boy-cuisinier. Il les logea tous au campement, n'étant point de ces Européens qui ne supportaient pas de vivre à côté des indigènes.

Prévenu par le gardien du campement de l'arrivée inattendue au petit jour de l'inspecteur, le brigadier-chef, chef de poste de Diagaramba, courut de toutes ses jambes pour aller aviser le commandant. Il ne le trouva pas, ce dernier étant parti de bonne heure à cheval pour vérifier l'état des travaux de construction d'un pont sur la route de Yagouwahi. Le brigadier sella son cheval et fonça dans cette direction.

Quand le commandant le vit arriver bride abattue, il pressentit qu'il se passait quelque chose de grave. « Que se passe-t-il? », lui cria-t-il.

– Il se passe, mon commandant, répliqua le brigadier essouflé, qu'un grand chef blanc, suivi d'un brigadier plus gradé que moi et portant la fourragère jaune de la garde du palais du gouverneur, est arrivé et s'est installé de lui-même au campement.

– Merde! jura le commandant. Ah! le salaud! Il ne me crie même pas gare... »

Enfourchant son cheval, il galopa vers le campement et vint se présenter à l'inspecteur.

– Bonjour, Monsieur l'administrateur commandant de cercle, lui dit ce dernier. Je me présente :

administrateur en chef Charles de Brière, inspecteur des affaires administratives, en mission à Diagaramba.

– Enchanté, Monsieur l'inspecteur! Marc-Gabriel Galandier, commandant de cercle de Diagaramba.

Après cette brève présentation, le commandant quitta l'inspecteur et rejoignit son bureau, quelque peu morose. Il était troublé par l'ignorance du mobile réel de la mission.

Il trouva Wangrin plus consterné que lui, en train de fouiller presque machinalement dans les souches des cahiers de réquisition et monologuant à haute voix. Visiblement tourmenté, son inquiétude se traduisait par une agitation inhabituelle de son esprit.

Le prenant à part, le commandant lui dit : « J'ignore pourquoi Monsieur l'inspecteur est parmi nous. Il faut faire très attention et surtout ne pas lui donner l'air d'appréhender sa venue.

« S'il est venu pour procéder à une inspection générale des services du cercle, il n'y a à cela rien d'extraordinaire. C'est traditionnel et même nécessaire, car confiance n'exclut pas contrôle.

« Si au contraire sa mission est extraordinaire, cela change tout. Il s'agira alors de bien nous tenir sur nos gardes pour ne pas y laisser quelques plumes.

« M. de Brière n'est pas un goujat. C'est un duc, un de ces nobles qui ont accepté, non par snobisme mais par humanisme réel, l'égalité des hommes au point de troquer leur particule « contre un dé à coudre » (54) et qui travaillent pour gagner leur vie. L'inconvénient avec eux, c'est qu'ils ne badinent pas avec la morale et la justice.

« Il y a quelque chose que je saisis mal, continua le

commandant, c'est la mutation à Zadoun du comte de Villermoz. En effet, contrairement aux usages administratifs, le chef-lieu ne m'a pas demandé mon avis et ne m'a pas soufflé mot des motifs de cette mutation. J'en déduis qu'il y a une suspicion générale dans l'air. Il nous faut aviser dès maintenant, avant même de savoir de quoi il s'agit.

Wangrin, se doutant que l'affaire des bœufs avait pu être dévoilée, dit à son chef : « Mon commandant, et si d'aventure l'inspecteur touchait à la question des réquisitions... ?

– Pourquoi veux-tu qu'il le fasse plus spécialement ?

– Il m'est revenu qu'à Ségou et Djenné il s'est particulièrement attardé à vérifier l'utilisation effective des denrées et animaux fournis par la population au titre d'effort de guerre.

– Pour éviter toute surprise, réunis dès à présent tous les éléments à ce sujet. Tu es le préposé à la tenue des registres de réquisition, ce te sera donc facile. »

M. de Brière avait installé son bureau au campement. Il effectua une inspection générale qui n'épargna aucun service : postes, dispensaire, prison, tribunaux, trésorerie, correspondances, chefferie, agriculture, commerce, etc. Il travailla, aidé de son seul personnel, durant vingt-huit jours sans que rien eût transpiré quant au mobile exact de sa mission. Il consulta tous les registres de tous les services. Il n'eut recours au commandant de cercle que pour convoquer à son bureau des personnes qu'il désirait interroger.

Son contrôle fut si général et si total que la question des bœufs ne put apparemment constituer un cas d'espèce. Pour tout le monde, ce n'était qu'une affaire banale parmi d'autres - sauf pour Wangrin, de Villermoz, Ousmane Samba, Abougui Mansou, Kountena et certains chefs peuls chargés d'exécuter les réquisitions, qui furent plusieurs fois longuement interrogés. Les questions portaient par diversion sur divers sujets, mais toujours pour en revenir aux bœufs de réquisition.

Wangrin et de Villermoz eurent une entrevue avant que celui-ci ne retournât à Zadoun, d'où l'inspecteur l'avait fait venir. Mais un agent secret, Demba Lakila, chargé par l'inspecteur de surveiller discrètement de Villermoz, les surprit en conciliabule et en rendit compte à son chef.

Au moment de quitter Diagaramba, l'inspecteur dit au commandant qu'il lui enverrait son rapport d'inspection par la voie hiérarchique. Puis il emballa ses affaires et s'en retourna à Koulouba où il rédigea et déposa son rapport de mission.

Le rapport signalait de nombreuses petites affaires : détention irrégulière de personnes, maintien de certains jugements bien qu'ils eussent été cassés par l'instance supérieure, etc. Ces irrégularités, davantage dues à la négligence plutôt qu'à un véritable abus de pouvoir, furent sanctionnées par un blâme officiel mais confidentiel.

En revanche, le dossier que de Brière intitula « affaire des bœufs » et qui avait été déclenché par une dénonciation anonyme envoyée à Koulouba, représentait une importante affaire de concussion. Aussi le bureau politique se déssaisit-il de cette affaire, qui relevait de la Justice.

Deux Européens – le commandant Galandier et le comte de Villermoz – étant plus ou moins impliqués dans cette affaire, un juge d'instruction fut mandaté par le procureur général pour complément d'information.

Une copie du rapport de l'inspecteur fut transmise à Diagaramba. Lorsque le commandant Galandier en eut pris connaissance, il en tomba malade.

Il envoya l'extrait du rapport concernant « l'affaire des bœufs » à Zadoun, au comte de Villermoz. Ce dernier, après avoir lu le document, comprit l'étendue de la bêtise qu'il avait commise en confiant à Wangrin des imprimés signés en blanc. Pour avoir voulu éviter le petit ennui d'être dérangé dans son sommeil, voici qu'il était compromis nommément et allait au devant de gros ennuis qui lui couperaient sans doute le sommeil et l'appétit pour un bon bout de temps. Lui qui avait voulu monter en grade et gagner de l'argent pour pouvoir garnir son lit de belles filles et ses écuries de beaux étalons se trouvait malencontreusement enfoncé dans une affaire qui pouvait lui coûter sa carrière et son honneur.

– 7 –

Le messager du comte

Le comte de Villermoz dépêcha rapidement un homme auprès de Wangrin avec ordre de remettre à son envoyé la totalité des feuilles de réquisition de bœufs signées par lui et qui devaient être classées après exécution.

Wangrin savait bien que les quantités inscrites sur les feuilles de réquisition revêtues de la signature de Villermoz ne correspondaient pas à celles indiquées sur les talons. Il s'empressa donc de les extraire des dossiers afin d'éviter une confrontation.

Lorsque le commissionnaire du comte remit à Wangrin la note lui intimant l'ordre d'envoyer les feuilles compromettantes, Wangrin en fit un paquet qu'il remit au commissionnaire devant témoin, mais il garda par devers lui la lettre du comte.

Le porteur se mit en route en direction de Zadoun, portant précieusement dans son sac le paquet que Wangrin avait scellé lui-même à la manière d'un courrier officiel. Cinq kilomètres plus loin, il trouva un homme plus jeune que lui, assis sur une pierre. Dès qu'il fut à la hauteur du jeune homme, celui-ci se leva prestement et, levant les deux mains en l'air, s'exclama :

« Louange à Allâh qui a dit à son Envoyé : « Si je ne craignais que la famille d'un voyageur solitaire égaré ne crie vers moi : O Dieu, où as-tu mis notre parent?... Je jure par ma Face et mon Pouvoir que je perdrais tout homme voyageant sans compagnon de route... »

« Je me suis rappelé cette parole du Seigneur et j'ai eu peur de continuer seul mon voyage. Je vais vers Zadoun examiner les bœufs de ma famille, qui sont actuellement en transhumance. J'espère que tu m'accepteras comme un compagnon qu'Allâh a placé sur ton chemin.

– Tu n'as dit que la vérité, répliqua le courrier du comte.

– Puisque je suis le plus jeune, reprit le jeune homme, souffre que, conformément à la tradition, je porte ton sac (55). »

Sans même attendre la réponse, il s'empara du sac et, le posant sur sa tête, il se mit à marcher devant. A chaque halte, il allait puiser de l'eau pour en donner à son compagnon et préparait quelque chose à manger.

Ils voyagèrent ainsi deux jours durant... Parvenus au village de Gongo, le messager du comte dit à son compagnon : « Je dois aller faire une commission au chef du village. Veille sur mon sac. Je ne serai pas long à revenir. »

Profitant de l'absence de son compagnon, le jeune

homme ouvrit le sac, subtilisa le paquet scellé destiné à de Villermoz et disparut.

Quand le messager revint, il ne trouva pas son compagnon mais par contre récupéra son sac, apparemment intact et bien ficelé, que le jeune homme avait confié au propriétaire de la maison où ils étaient descendus.

Quand celui-ci lui remit son sac, il lui tendit en même temps une tabatière pleine et un petit paquet contenant des noix de colas. « Ton jeune frère a payé ça pour toi, lui dit-il. Il te donne rendez-vous au prochain village. Il a été obligé d'aller voir un troupeau qui semble être celui de sa famille. »

Un troupeau en transhumance était effectivement en train de traverser le village. Sans méfiance aucune, le messager, qui ignorait son malheur, prit son sac et se mit en route vers le prochain village, Edi, où il était sûr de retrouver son jeune compagnon.

Arrivé à Edi, il ne trouva aucune trace de celui-ci mais ne s'en étonna pas outre mesure, car le jeune homme lui avait bien dit qu'il courait après un troupeau dont sa famille était sans nouvelles depuis plusieurs mois.

Pour ne pas être en retard, le messager du comte continua sur Zadoun où son patron l'attendait, la mort dans l'âme.

Arrivé dans cette ville, il se rendit immédiatement à la Résidence. Le garde lui apprit que le comte était déjà couché. « Avertis-le que je suis rentré tard dans la nuit et que je serai demain matin à la première heure au bureau », lui dit-il.

Le lendemain, en sortant de son lit, de Villermoz apprit l'arrivée de son messager. Il l'envoya quérir immédiatement par un garde. Lorsque celui-ci entra dans la demeure du messager, il le trouva écroulé et se tordant à terre comme un boa mourant. Il poussait des gémissements entrecoupés de paroles : « O malheur à moi! Qu'ai-je fait! Je suis perdu!... Les miens sont foutus!... Que vais-je devenir? »

Il venait en effet de s'apercevoir, en ouvrant son sac, que le paquet bien scellé à la manière d'un courrier officiel avait disparu..

Ne pouvant décider le messager à se lever pour le suivre, le garde le prit par la peau du cou et le traîna jusqu'au domicile du comte. Quand ce dernier vit arriver le garde poussant devant lui son messager, il se douta que quelque chose de grave venait de se produire. « Qu'y a-t-il? s'écria-t-il avec nervosité. Pourquoi le maltraites-tu de la sorte? »

Le garde, tout en bégayant, répondit : « Parce que, mon co-co-commandant, lui dire ce que moi pa-pa-pas vouloir dire pour pas me « dé-dé-déchirer la bouche » jusqu'aux oreilles (56).

– Mon commandant, sanglota le messager, un voleur a subtilisé le paquet scellé que Wangrin m'avait remis pour vous.

– O mon Dieu! viens à mon secours », fut la première parole sortie de la bouche de Villermoz, qui pourtant avait pour habitude de se moquer lorsqu'on invoquait devant lui l'assistance de Dieu. Tant il est vrai que rien n'est plus efficace que l'adversité et le malheur pour amener un homme à constater la vanité des entreprises humaines et à confesser Dieu.

Bras croisés, tête baissée, il se mit à arpenter la véranda de sa maison, plongé dans une réflexion laborieuse. Il finit par éclater et dit au planton :

« Emmène ce saligaud au brigadier-chef. Qu'il me

le fiche en prison, dans une cellule étroite jusqu'à ce que la mort l'en délivre. »

Le planton, qui n'attendait que les ordres de son commandant, bouscula brutalement le pauvre messager et le traîna en prison.

Pendant que le malheureux pourrissait dans une cellule obscure et puante comme une tombe, qu'était devenu son voleur et qui était-il?

Wangrin, avait organisé, avec un homme à lui, le vol du contenu du paquet avant qu'il ne parvint à son destinataire.

En effet, il n'avait pas été dupe. Il savait parfaitement que, sans les feuilles de réquisition revêtues de la signature de Villermoz, il ne pourrait jamais prouver qu'il n'avait été, dans l'affaire des bœufs, qu'un simple agent d'exécution. Il pressentit que de Villermoz ne s'activait à récupérer ces documents que pour les détruire et ainsi effacer toute trace de son intervention, Wangrin restant seul coupable. Si cela était, son compte serait bon.

Wangrin savait également qu'une affaire dans laquelle un Européen se trouvait justement ou injustement impliqué serait bien difficile à trancher à la colonie. Sans doute préférerait-on étouffer n'importe quel crime plutôt que de condamner un Européen, à plus forte raison si ce dernier était un agent de l'autorité. Il en allait du prestige des colonisateurs, et la politique menée en ce domaine ne s'embarrassait pas de problèmes de conscience.

Wangrin tira son parti de cette conjoncture pour, lui aussi, se dépouiller de tout scrupule. Se défendre par tous les moyens devint son seul objectif. Or, de Villermoz représentait pour lui une couverture épaisse et drue, qu'il estima salutaire de conserver pour se protéger. Et tant pis pour la morale et l'équité.

Le voleur du paquet était un grand écumeur de cases. En dépit de son jeune âge, il comptait déjà neuf condamnations pour vol qualifié. Il avait coutume de dire : « Je ne me fais prendre que lorsque j'ai envie d'aller me reposer en prison. » Il s'appelait Worde Addu. On l'avait surnommé Dutal-hayre, le Vautour de la falaise.

Wangrin avait usé de son influence pour faire adoucir la dernière condamnation de Worde Addu afin de pouvoir, le cas échéant, l'utiliser. Il n'avait pas eu longtemps à attendre pour trouver cette occasion, et Worde Addu ne l'avait pas déçu.

Un autre agent que Wangrin entretenait à Zadoun vint lui dire que le messager du comte se mourait en prison et que si l'on ne faisait rien pour le sortir de là, il ne vivrait pas trois mois.

Wangrin se sentit coupable à son égard et décida de tenter quelque chose. Il consulta Abougui Mansou en vue de trouver un moyen de signaler au commandant Galandier la détention illégale du messager.

« Les Européens se tiennent comme les bouclettes d'un tissu tricoté, dit-il à Abougui Mansou. Si l'on accuse directement de Villermoz d'avoir mis un homme en prison sans jugement et de l'y faire maltraiter, le commandant Galandier se fâchera contre nous et nous fera payer notre dénonciation. Il en veut à mort aux délateurs qui ont soulevé cette affaire et les rend responsables des moments difficiles que nous vivons depuis le passage de l'inspecteur.

– Nous trouverons bien un moyen » répondit

Abougui Mansou. Le jour même, Abougui Mansou amena un dioula (57) nommé Mory Diakité.

« Voici un homme, dit-il à Wangrin, qui déposera une plainte contre Sammba Bouri, le messager du comte. Tu n'auras qu'à le présenter au commandant et interpréter sa déposition. »

Il va sans dire que Mory Diakité avait été acheté par Abougui Mansou pour le compte de Wangrin, et qu'il avait appris la leçon à réciter en guise de plainte.

Quand Mory Diakité se trouva en face du commandant Galandier, il déclara :

« J'avais confié quelques têtes à la garde d'un nommé Sammba Bouri. Il était convenu que celui-ci me ferait un compte rendu semestriel de l'état de mon cheptel. Ne recevant pas de nouvelles j'ai envoyé sur place mon frère. Or celui-ci revient me dire que Sammba Bouri a disparu depuis deux mois et que sa famille refuse de donner son adresse. Je viens demander à la justice d'intervenir pour me permettre de retrouver mon bien. »

Le commandant Galandier ne pouvait entendre parler de bœufs sans dresser l'oreille et ouvrir les yeux. Il envoya aussitôt un télégramme officiel donnant ordre au commandant de subdivision de Zadoun, le comte de Villermoz, de faire rechercher et diriger sur Diagaramba le nommé Sammba Bouri, éleveur à Zadoun.

En recevant ce télégramme, le comte faillit devenir fou, se demandant quel malin esprit semait tant de guigne sous ses pas. Il s'empressa de faire sortir Sammba Bouri de prison et lui conseilla de partir en Gold Coast pour éviter une condamnation à perpétuité. Il lui promit de s'occuper de sa famille et, au besoin, de l'envoyer à Koumasi.

Sammba Bouri prit la route à la discrétion de la nuit, après avoir rassuré sa famille. Il était triste de quitter les siens, mais ceux-ci étaient heureux de le voir sortir d'un enfer où il risquait sa santé, sinon sa vie.

Le comte de Villermoz attendit quelques jours. Après s'être assuré que Sammba Bouri était effectivement hors de la circonscription administrative de Zadoun, il télégraphia à son chef pour lui faire connaître que l'intéressé avait quitté le pays à destination de la Gold Coast, sans laisser d'adresse et qu'il dirigeait sur Diagaramba Sory Bouri, frère et représentant légal de Sammba Bouri.

Sory Bouri arriva trois jours après à Diagaramba. Comme cela était de rigueur, il réserva sa première visite à Wangrin en sa qualité d'interprète du grand commandant.

Wangrin en profita pour mettre Sory Bouri dans le secret de l'affaire et lui expliqua ce qu'il aurait à dire au grand commandant.

Lorsqu'il fut présenté devant lui, Sory Bouri ne mit aucune difficulté à reconnaître l'existence des prétendus bœufs de Mory Diakité. Il disculpa son frère en déclarant que celui-ci, avant de quitter Zadoun, lui avait indiqué l'endroit où les animaux se trouvaient en transhumance et tout rentra dans l'ordre.

Ainsi le tour fut-il admirablement joué, sur le dos du comte de Villermoz et sous la barbe abusée du grand commandant Galandier

– 8 –

Le procès

Tout devait changer deux semaines après. La position devint extrêmement difficile aussi bien pour Wangrin que pour le comte de Villermoz. Le grand commandant lui-même devait y laisser quelques plumes.

En effet, le parquet de Bamako, saisi de l'affaire des bœufs, envoya à Diagaramba un juge d'instruction pour procéder à un complément d'enquête. Ce magistrat était un Martiniquais grisonnant, court sur pied et bedonnant. Nasillard, volubile, il apparaissait de surcroît comme un tatillon irrascible, sans que l'on pût savoir s'il l'était vraiment ou s'il s'agissait d'une attitude. Pour un oui ou pour un non, il tapait sur la table et menaçait d'envoyer à Cayenne. Il semblait animé d'une envie vorace de croquer du Blanc. Mais paradoxalement, il haïssait également les Noirs. On aurait dit qu'il tenait rigueur aux deux races d'avoir avili la race médiane dont il était un rejeton complexé.

Il faut cependant reconnaître à sa décharge qu'en dépit de son bizarre comportement, sa droiture en tant que juge fut totale. Il n'écrivit rien de partial et établit, preuves à l'appui, que le grand commandant Galandier avait été plus naïf et inattentif que malhonnête. D'après lui, si pour la sauvegarde de la discipline on pouvait taper sur les doigts du commandant, il eût été injuste de les lui casser en tapant trop fort. Compte tenu de son brillant passé militaire et de ses belles qualités humaines, Galandier devait sortir de cette affaire avec un congé donné d'office, pour une durée de six mois à passer en France et une mutation pour un autre poste à l'expiration de son congé. Il devait en aller tout autrement pour Wangrin et de Villermoz, qui pâtiront longuement de cette affaire.

Cinquante personnes déposèrent. Wangrin et de Villermoz furent inculpés et déférés devant le tribunal français à Bamako. L'affaire traîna six mois.

Wangrin maigrit de dix kilos, de Villermoz vieillit de quinze ans.

La culpabilité des deux intéressés était hors de doute, mais Wangrin se retranchait derrière sa qualité de subordonné tenu à exécuter les ordres de son chef, et non pas à les discuter ou à les contrôler.

Bien que les feuilles de réquisition eussent disparu des dossiers, le juge d'instruction avait pu rétablir, par recoupements, la quantité des bœufs réquisitionnés et celle qui fut effectivement livrée aux autorités militaires et civiles du cercle. La différence détournée s'élevait à deux mille six cents têtes, ce qui représentait à peu près une valeur de deux millions et demi grâce au change de la monnaie anglaise pratiqué pendant la guerre 1914-1918 entre l'A.O.F. et la Gold Coast.

Quant au comte de Villermoz, voyant que Wangrin ne faisait même pas allusion aux feuilles de réquisition, il finit par se persuader que ces feuilles avaient été réellement volées par quelqu'un d'autre. Il se défendit énergiquement en affirmant devant la première instance du tribunal avoir été trompé par Wangrin. Celui-ci avait, disait-il, commis un abus de confiance, et fait usage de faux en écriture publique.

L'affaire ne put être tranchée à Bamako et fut transférée à la cour d'assises qui se tenait deux fois par an à Dakar. Wangrin, le comte de Villermoz et leurs témoins furent cités à comparaître devant la cour.

Avant de quitter Diagaramba pour Dakar, Wangrin s'en fut trouver son marabout protecteur Tierno Siddi. Il lui dit :

« O mien marabout : Comme dit le proverbe « A quoi sert de lier amitié avec un singe sinon pour lui demander, le jour où l'on voit son bâton accroché dans les branches, de le décrocher? »

« Mon « tout » est dangereusement suspendu comme un bâton dans un arbre. Je risque ma place, et plus encore, mon honneur et ma liberté.

« Je viens te demander une bénédiction protectrice. Je sais que tu ne vends pas tes prières. Je ne me permettrais pas de te proposer de l'argent, mais je fais appel à ta pitié.

« Je me trouve opposé à un fils de famille de France. Les siens le soutiendront et feront tout pour le sauver. Or, cela ne peut se faire qu'en m'enfonçant. Il n'y aura qu'un simulacre de procès. Je soupçonne ce qui m'attend.

– Es-tu coupable des faits qu'on te reproche, ou non ? lui demanda Tierno Siddi.

– Je ne suis pas plus coupable que le comte de Villermoz. Au départ, il ignorait ma combinaison, mais cela n'a pas duré. Il m'avait simplement demandé d'être prudent. Maintenant que l'affaire a tourné à la viande pourrie, il voudrait que je sois seul à la consommer.

« Lassidan-Deeral (58) préposé à la garde de l'argent et le Neguediourou-tigui (59) ont tous reçu de grands cadeaux en monnaie d'or anglaise ainsi que des objets précieux. J'en ai des preuves. Mais je n'ai pas voulu dévoiler mes atouts de peur qu'on ne me les détruisît discrètement. J'avais prévu, et ne me suis pas trompé, que le tribunal de Bamako renverrait notre affaire devant l'instance supérieure siégeant à Dakar. »

Tierno Siddi écouta Wangrin sans aucune réaction perceptible. Puis il dit :

« Je suis contre toute personne qui abuse de son pouvoir ou de son intelligence, ou de tout autre avantage, pour tromper ses semblables et ravir leurs biens. Mais je suis également contre les forts qui rejettent leurs fautes sur le dos des faibles.

« Tu te trouves dans chacun de ces cas. Mais je compatis pour toi en raison du deuxième cas et je prierai afin que tu ne perdes pas l'aplomb nécessaire pour étayer les preuves que tu déclares posséder et que je te conseille de ne livrer qu'au dernier moment, c'est-à-dire juste avant la sentence. »

Tierno Siddi ajouta :

« Quand le muezzin lancera son premier appel à la prière de l'après-midi, tu te rendras au bord de la rivière Maayé. Tu repéreras un endroit discret garni de sable fin et net de tout excrément d'homme, de bête ou de bestiole. Tu attendras sur place le déclin du soleil.

« Au premier chant du coq avant le coucher du soleil, tu prendras sept poignées de sable avec la main gauche. Au deuxième chant du coq, tu en prendras encore sept poignées avec la main droite. Au troisième chant du coq, tu mélangeras les sables dans une calebasse neuve, non utilisée pour quoi que ce fût auparavant.

« Tu resteras sur place jusqu'au coucher du soleil et tu m'apporteras le tout avant la dernière prière de la nuit. Tu resteras à jeun durant toute l'opération. »

Wangrin exécuta ponctuellement les recommandations de Tierno Siddi puis, le soir venu, lui porta la calebasse neuve contenant les quatorze poignées de sable pur de toute souillure.

Le marabout étendit à terre un morceau de toile noire appelée « guinée ». Il y versa le sable et le nivela comme s'il allait y dresser un thème géomantique. Mais au lieu des signes habituels, il traça une figure rectangulaire à l'intérieur de laquelle il inscrivit un très long mot en caractères arabes.

« Pendant tout le temps que je demeurerai en prière, dit-il à Wangrin, tu fixeras inexorablement ce mot. Tu cligneras des paupières le moins possible. Tu ne bougeras aucune partie de ton corps. Tu diras mentalement « Amen! » sans interruption jusqu'à ce que je dise moi-même « Amen! »

Puis il se plongea dans une longue prière silencieuse dont il sortit enfin en disant « Amen! ». Wangrin, à moitié ankylosé, allait se détendre quand Tierno Siddi lui dit :

« Garde ta position et tâche de regarder séparément chaque lettre de ce mot, qui est un des grands noms d'Allâh. »

Quand Wangrin lui eut obéi, le marabout partagea le rectangle en deux parties égales en traçant une diagonale. Il obtint ainsi deux triangles rectangles, puis il réunit en tas le sable de chaque portion. Le nom divin se trouvait ainsi divisé en deux.

Le marabout enveloppa chaque fraction de sable dans un morceau de toile blanche. Il en fit deux sachets qu'il donna à Wangrin en lui disant :

« Tu en mettras un dans la calebasse que tu déposeras dans un coin discret de ta maison, à l'abri de tout regard et, surtout, de celui de la femme en règles. Quant au second sachet, tu le porteras constamment dans tes bagages.

« La grâce d'Allâh et son pouvoir aidant, tu reviendras sain et sauf de ton expédition, car c'est une véritable expédition que tu vas entreprendre.

« Mais à ton retour, avant même de boire de l'eau, tu verseras le contenu du sachet que tu portais sur toi sur celui du sachet conservé dans la calebasse. Puis tu iras jeter le tout là où tu l'avais prélevé. Ensuite, tu immoleras un taureau que tu distribueras aux pauvres, sans en priver les membres de ta famille. »

Le jour du départ arriva. Le comte et ses témoins, d'une part, Wangrin et les siens, d'autre part, quittèrent Diagaramba pour Dakar.

Partout où il passa, le comte de Villermoz fut

réconforté par l'accueil chaleureux de ses compatriotes, mais son état physique demeurait lamentable.

Quant à Wangrin, il n'entendait partout que des réflexions décourageantes, tel les cris des oiseaux de malheur qui n'annoncent rien de bon.

Mais chaque fois qu'il touchait le sachet de sable béni qu'il portait constamment en bandoulière, une assurance mystérieuse parcourait tout son être et les menaces qui envahissaient son esprit se dissipaient comme un mauvais rêve que le réveil fait disparaître.

A Dakar, l'administration envoya au devant du comte de Villermoz un jeune homme qui le conduisit, lui et ses deux témoins, au centre d'hébergement réservé aux fonctionnaires français.

Wangrin et ses témoins furent ignorés mais, heureusement, l'hospitalité africaine était là. Le chef de famille de la première maison à la porte de laquelle frappa Wangrin lui donna l'hospitalité ainsi qu'à ses cinq témoins.

Wangrin, qui ne perdait jamais le nord, s'informa en ville et apprit que leur affaire inscrite presque à la fin du rôle, ne serait pas évoquée avant au moins trois mois. Le procès devant durer environ deux mois, Wangrin calcula que son séjour à Dakar durerait à peu près cinq à six mois.

Il se rendit au port et demanda une place de journalier au magasin de pesage de la houille que l'on chargeait dans des wagons à destination du Haut-Sénégal et Niger après l'avoir débarquée des bateaux qui l'amenaient de France.

Il acheta à cet effet deux tenues taillées dans de la toile guinée grossière et, de ce jour, apparut toujours aussi sale qu'un mineur remontant des galeries souterraines.

Chaque fois que le juge d'instruction le convoquait, Wangrin se présentait couvert de charbon et apparemment mort de faim. Il espérait ainsi impressionner et faire croire que, plongé dans la plus grande misère, il n'avait pas gardé l'argent produit par la vente des bœufs détournés. Aucun agent secret ne put percer son secret.

On entreprit une campagne d'intimidation. On donna à entendre aux témoins de Wangrin que s'ils persistaient à le soutenir on les déporterait fort loin, pour finalement les abandonner dans des îles désertes où ils seraient laissés à la merci des animaux carnassiers.

L'affaire fut enfin évoquée en audience solennelle. Elle dura cinq jours. Les témoins de Wangrin, à l'exception d'Abougui Mansou, se troublèrent, ou firent semblant. Quoi qu'il en fût, ils varièrent dans leurs déclarations et rendirent leur témoignage suspect. Wangrin avait conseillé à Abougui Mansou de reconnaître qu'il vendait des bœufs mais que c'était à la demande de Wangrin, celui-ci lui ayant affirmé que l'argent était destiné à la caisse de l'effort de guerre demandé à tous les ressortissants français, citoyens, sujets ou protégés.

Vint le jour du dernier interragatoire d'Abougui Mansou.

« As-tu, oui ou non, vendu des bœufs que l'interprète Wangrin, ici présent, mettait à ta disposition? lui demanda-t-on.

– Oui, répondit-il.

– A qui remettais-tu l'argent?

– Je le remettais à Wangrin dans le bureau du

petit commandant (60), devant le petit commandant lui-même, et je disposais. Un ou deux jours après, Wangrin me portait ma commission à la maison.

– N'as-tu pas soupçonné qu'il y avait quelque chose de louche dans ce commerce ?

– Non, puisque le petit commandant et Lassidan-Deeral (61) étaient parfaitement au courant. C'était Lassidan-Deeral qui changeait en pièces d'argent français une partie des pièces anglaises en or que je ramenais de la Gold-Coast.

– Combien de bœufs as-tu vendus en tout ?

– Environ deux mille cinq cents ou six cents têtes.

– As-tu quelque chose de particulier à ajouter à ce que tu viens de dire ?

– Oui. J'ai agi par dévouement envers la France appauvrie par la guerre. Si le petit commandant n'avait pas été dans le coup, j'aurais hésité. Je croyais fermement qu'un Blanc ne saurait ni voler ni mentir, parce qu'il représente la force et la justice et est venu pour éduquer et civiliser.

« Le petit commandant de Villermoz est fils de famille. Il porte toujours une lunette unique (62), insigne distinctif, m'a-t-on dit, de ceux qui ont un nom au pays des Blancs.

« Il est bon et affable et il aime les chevaux, ce qui est pour nous un signe de grande noblesse. »

Se tournant vers de Villermoz, le président s'adressa à lui en ces termes :

« Pour la dernière fois, Monsieur de Villermoz, la Cour vous demande de reconnaître les faits qui vous sont reprochés dans une si triste affaire où votre noble nom n'aurait pas dû être mêlé.

« Votre commandant de cercle, qui avait d'autres

tâches à remplir, s'était reposé entièrement sur votre collaboration, et voilà où vous en êtes arrivé.

« Dans votre intérêt et pour la réputation du corps auquel vous appartenez, disculpez-vous ou avouez.

– Monsieur le président, répondit le comte, je suis victime d'un abominable abus de confiance et d'une machination de la part de Wangrin, cet individu qui, sous des dehors honnêtes et dévoués, n'est qu'un fonctionnaire véreux utilisant l'instruction que la France lui a donnée gratuitement pour tromper ses supérieurs et voler ses concitoyens. »

Le président interrompit de Villermoz en disant :

« Pas d'injures je vous prie. Le don que fit la France n'a rien à faire dans la justification que je vous demande de donner ici. »

De Villermoz se tut et, sans y avoir été invité par le président, il quitta la barre et alla s'asseoir.

« Vous êtes bien pressé d'aller vous asseoir, Monsieur de Villermoz, lui dit le président. Faites-moi le plaisir de vous lever, de revenir à la barre et d'y rester jusqu'à ce que je vous donne l'ordre d'en partir. Je vous conseille, dans votre intérêt, de respecter le tribunal. Répondez à ma question.

– Je plaide non coupable, répondit de Villermoz. Je reconnais avoir été négligent, mais je proteste contre les accusations de Wangrin et de son témoin qui n'est, en réalité, que son complice. »

Le président entendit ensuite les témoins à décharge du comte. Mais leur déposition et les réponses qu'ils fournirent aux questions qui leur furent posées laissèrent à désirer.

L'audience fut levée et l'affaire renvoyée à plus tard.

Pendant ce laps de temps, l'action des camarades

de corps du comte d'une part, et les relations puissantes de sa famille d'autre part, jointes à des considérations d'ordre politique, jouèrent en sa faveur.

Le tribunal, dont le siège était fait, évoqua pour une dernière fois « l'affaire des bœufs ». Ce n'était que pour la forme et chacun savait que Wangrin perdrait son procès et subirait une condamnation qui lui ôterait le goût de compromettre un Blanc, comte de noblesse française et fonctionnaire de l'Etat par surcroît.

Au cours de l'audience, de Villermoz fut interrogé à nouveau. Il nia toute complicité et maintint avoir été trompé par Wangrin en qui il avait placé une confiance aveugle.

Wangrin fut appelé à la barre. Le juge s'adressa à lui :

« Il est prouvé que le seul témoin qui te reste est plutôt ton agent et complice. Le tribunal récuse donc son témoignage. Ainsi, tu restes sans témoin.

« As-tu un autre témoin à citer contre M. de Villermoz?

– Oui, monsieur le président », répondit Wangrin debout à la barre. Un grand remous traversa la salle.

« J'ai un dernier témoin à citer. Jusqu'ici je n'avais rien voulu faire, pensant que M. de Villermoz userait de sa qualité de chef pour me défendre. Mais il n'a fait que se dérober et me charger. Il a déclaré que j'avais abusé de sa confiance et commandé à son insu plus de bœufs que ne l'ordonnait la loi. On vient de récuser mon principal témoin. Il ne me reste donc plus qu'à citer le comte de Villermoz contre lui-même, et j'espère que le tribunal saura voir où est la vérité. »

Joignant le geste à la parole, Wangrin sortit de son vêtement un gros paquet gainé de peau et qui avait tout l'air d'un gros gris-gris. Il décousit la peau et déposa sur le bureau du président un paquet de feuilles de réquisition, sans taches ni ratures, toutes signées de la main de Villermoz.

« Voici, dit-il, monsieur le président, une preuve que Monsieur de Villermoz ne pourra récuser. »

Le président prit une feuille de réquisition. Il la regarda longuement, puis la compara à toutes les autres. Il tendit les feuilles au procureur général qui demanda au comte, en lui montrant une feuille, s'il reconnaissait comme sienne la signature apposée au bas de la réquisition.

Au vu de la feuille, de Villermoz se trahit en vociférant, à l'intention de Wangrin : « Espèce de salaud! C'était bien toi qui avais volé ces... » Il ne put achever, s'arrêta et fondit en larmes. Ses mains se mirent à trembler comme une feuille de palmier sous l'action de la brise.

Le président déclara : « Ces feuilles seront examinées et versées au dossier. » Puis il leva la séance.

On pouvait lire sur le visage de tous les Européens présents, membres du tribunal ou spectateurs, une consternation pénible et une indignation à l'endroit de Wangrin. D'aucuns murmuraient : « Quel malheur! Quelle honte! Il faut liquider ce salaud qui ose salir un Français! »

De peur d'être lynché, Wangrin resta dans la salle. Il profita d'une issue discrète qu'un planton avait ouverte fortuitement pour disparaître sans demander son reste.

Durant une semaine, Wangrin et ses témoins

restèrent terrés. Ils n'avaient pas tout à fait tort, car un accident est vite arrivé et ils pouvaient également trouver sur leur chemin une provocation télécommandée.

Vint le jour de la dernière audience.

Le président du tribunal, visiblement gêné, se leva et dit :

« La cause de l'affaire dite des bœufs ayant été suffisamment entendue;

« Attendu que le gouvernement du Haut-Sénégal et Niger s'est dessaisi de l'affaire dite des bœufs avant d'avoir suffisamment enquêté et déterminé les conséquences politiques qui peuvent en résulter;

« Attendu que cette conjoncture constitue un sérieux handicap pour le pouvoir judiciaire colonial;

« Attendu que toute affaire comportant une conséquence politique, quelle qu'elle soit, doit relever du bureau des Affaires politiques;

« Le procureur général étant entendu dans ses conclusions,

« La Cour décide de renvoyer l'affaire dite des bœufs à l'autorité administrative pour un complément d'enquête quant aux conséquences politiques de cette affaire. »

En entendant ce verdict, Wangrin comprit que l'affaire allait être étouffée pour éviter qu'une condamnation diffamante ne fût prononcée à l'encontre du comte. Il se leva et prit la parole en ces termes :

« Monsieur le président, M. de Villermoz m'a publiquement insulté en me traitant de malhonnête véreux. Ayant prouvé qu'en cette affaire je n'avais été qu'un agent d'exécution tenu, par son serment, d'obéir et de servir ses chefs, je porte plainte contre

M. de Villermoz pour avoir porté atteinte à mon honneur.

« J'ajoute que je n'aurais jamais exhibé les feuilles prouvant sa compromission s'il n'avait tenté de se décharger de sa responsabilité sur moi et de m'abandonner à la Justice. »

Le président déclara que l'instance qualifiée serait saisie de la plainte verbale de Wangrin.

L'audience se termina dans une atmosphère qui augmenta encore la morosité des Européens. Ceux-ci exprimaient leur mécontentement envers le tribunal qui, au lieu de couper la langue à Wangrin, lui permettait de demander réparation d'une injure qu'il n'avait fait que mériter.

L'après-midi du même jour, Wangrin fut convoqué au bureau des affaires politiques du gouvernement général. On lui demanda de retirer sa plainte pour éviter de perpétuer un scandale qui pourrait lui coûter sa place, et peut-être plus...

Wangrin, en tant qu'interprète, n'était pas novice en matière de procédés politiques de l'administration coloniale. Il questionna : « Quel sera mon avantage si je retire ma plainte?

– L'affaire des bœufs sera classée et tu rejoindras ton poste avec un dédommagement des frais entraînés pour toi. »

Wangrin accepta le marché. On lui donna, sur la caisse noire, une somme de deux mille cinq cents francs.

Peu de temps après, le comte de Villermoz s'arrangea pour rencontrer Wangrin. S'approchant de lui, il lui dit :

« Espèce de sale nègre! Tu as gagné, mais tu me paieras cela un jour. Qu'il ne sorte jamais de ta mémoire que partout dans le monde où je te rencontrerai, je t'abattrai comme un chien. Mais je te fais trop d'honneur en te comparant à un chien. Cet animal ne trahit jamais son maître ou son bienfaiteur alors que toi, tu ne mords que la main qui t'a nourri. Salaud!

– Partout où vous me rencontrerez, Monsieur le comte, répondit Wangrin, je serai sur mes gardes et saurai me défendre tout aussi énergiquement. »

Wangrin consacra quelques jours à faire de multiples achats puis prit le chemin de Diagaramba, où il rentra sain et sauf, comme l'avait prédit Tierno Siddi.

Entre temps Diagaramba avait été pourvue d'un nouveau grand commandant. Celui-ci se garda bien de faire appel aux services exclusifs de Wangrin. Il le détestait foncièrement, mais n'en laissait rien paraître.

Il demanda confidentiellement la mutation de Wangrin en raison de ce qui s'était passé et de l'excessive popularité que son retour sans égratignures lui avait conféré parmi les indigènes.

– 9 –

L'âne et le miel

Un beau matin, le grand commandant reçut, dans le courrier officiel, une décision octroyant à Wangrin un avancement en grade, comportant, hélas pour lui, une mutation pour Goudougaoua, à cinq cents kilomètres environ de Diagaramba.

Si Wangrin avait pu choisir, il aurait mille fois préféré une rétrogradation lui permettant de rester à Diagaramba plutôt qu'un avancement qui l'en éloignait. Mais les ordres sont les ordres. Wangrin ressentit amèrement la gifle administrative qui lui était administrée, mais il ne pouvait s'en plaindre puisqu'elle était enveloppée dans une récompense réservée aux bons fonctionnaires.

Lorsque Wangrin revint de son travail ce soir-là, il gagna directement sa « maison d'homme », contrairement à son habitude de se rendre d'abord chez ses femmes avant de se déshabiller.

Sa femme préférée, qui était ce jour-là chargée

de préparer le repas, remplit un gobelet d'eau qu'elle porta à son époux auquel elle souhaita le bon retour à la maison, après une longue journée de bureau et de palabres.

Wangrin répondit avec une voix qui semblait tomber dans son boubou, tant elle était sourde. Il prit le gobelet des mains de sa femme qui se tenait dans la position respectueuse « sonsoron » (63), mais trempa à peine ses lèvres dans l'eau. Il jeta sur sa femme un regard étrange, sans rien dire, puis se détourna.

La pauvrette se troubla. Elle courut trouver la première femme qui est, traditionnellement, le refuge de ses co-épouses.

« Bamuso (64)! lui cria-t-elle. Dutigui (65) est fâché! Il a jeté sur moi un regard plus sombre qu'une nuit de tornade et d'orage, et sans boire. Qu'ai-je pu faire? Qu'a-t-on pu lui raconter sur moi?

– Sur nous, plutôt, rectifia Bamuso.

– Va vite voir, car si ce n'est point contre nous qu'il est fâché, alors quelque nouvelle désagréable aura percuté son tympan ». Et le coin de sa bouche, qui dessinait d'habitude un sourire dispensateur de joie, se tira en une grimace pitoyable.

– C'est en effet la première fois qu'il regagne directement sa maison d'homme avant de venir nous saluer » reconnut Bamuso.

La première épouse se rendit auprès de Wangrin, qu'elle trouva défiguré par une inquiétude indescriptible.

« Qu'as-tu, Dutigui?

– On ne saurait rire tous les jours. La joie et la peine sont comme le jour et la nuit. Elles se succèdent tour à tour dans le cœur de l'homme. Elles agissent au dedans puis se manifestent sur l'état extérieur.

« Ce qui me plonge dans la tristesse, c'est un papier du gouverneur parvenu par le courrier de ce jour. Il me disgrâcie tout en enveloppant mon infortune d'une couverture trompeuse.

« Je suis affecté à Goudougaoua, en pays mossi. Nous devons quitter Diagaramba dans trois jours. »

Bamuso fut plus catastrophée encore que son époux. Des larmes abondantes et chaudes coulèrent de ses yeux. Force fut pour Wangrin de venir au secours de sa femme. Il la réconforta et lui demanda de ne rien laisser apparaître de sa douleur, pour ne pas troubler outre mesure les membres de la famille.

« Nos ennemis se réjouiraient trop de savoir que cette mutation est pour nous un malheur, lui dit-il. Or, quand des ennemis ourdissent un complot pour te faire du mal, il faut savoir garder le sourire dans l'adversité. Ainsi tes ennemis perdront-ils l'occasion qu'ils avaient escomptée de se réjouir. Ils douteront d'avoir réussi. Cela leur fera autant de mal que celui qu'ils voulaient te faire. Pouvoir se comporter de manière à décevoir son ennemi est une force qui permet à l'homme de se venger avec dignité, sans rien laisser apparaître.

« Je m'attendais à des ennuis. En effet, quand je suis revenu de Dakar, j'avais rapporté un trousseau d'habillement et quelques autres articles dont les marabouts sont habituellement friands. Je les ai offerts à Tierno Siddi. Or, il me les a refusés en alléguant qu'il n'avait pas prié pour moi moyennant salaire, mais par pitié, obéissant à la recommandation du Prophète selon laquelle chaque homme, ne serait-ce qu'une fois dans sa vie, doit, par pitié, violer la justice.

« Il me savait coupable dans l'affaire des bœufs. Néanmoins il a prié pour moi, par compassion. Il m'a dit : « Tu rencontreras de grandes difficultés sur ton chemin. J'ai peur pour toi. Ton destin finit dans une obscurité qui m'empêche de voir ta fin. »

« Est-ce déjà le commencement de cette nuit de mon destin? Je ne sais. Quoi qu'il en soit, toi, sois forte et veille à ce que tes co-épouses ne découvrent pas la vérité sur mon état d'âme. »

Quelques heures après, presque tout Diagaramba apprenait que Wangrin était muté.

Il régla ses affaires en suspens avec Abougui Mansou, à qui il confia son troupeau.

La waaldé – l'association de jeunes à laquelle Wangrin s'était affilié à son arrivée – tint conseil et décida de l'honorer en donnant un grand festin d'adieu. En effet, c'est l'un des paradoxes de l'Afrique que bonheur et malheur, joie et peine se fêtent pareillement.

La waaldé de Diagaramba, très affectée par la perte d'un membre actif en même temps que bienfaiteur, fêta le départ de Wangrin comme on célèbrerait des funérailles, par un grand dîner qui fut suivi d'une séance de musique et de chants.

Le lendemain, cinquante chevaux accompagnèrent Wangrin jusqu'à un village situé à dix-huit kilomètres de Diagaramba.

Laissée à elle-même, la petite caravane de Wangrin, composée de dix personnes : femmes, enfants et serviteurs, chemina durant huit jours avant d'arriver à Yagouwahi, résidence d'un grand roi.

Wangrin devait prendre là, avec sa famille, un repos de quelques jours avant de poursuivre son voyage. Tout laissait à penser qu'il le passerait agréablement, car l'interprète du grand commandant de Yagouwahi était un concitoyen à lui : Romo Sibedi.

Ce dernier n'était pas un interprète provenant de l'Ecole des otages, comme Wangrin, mais était issu de « Fantrimori » (66), tout comme Racoutié, et parlait comme lui le « forofifon naspa ».

Romo Sibedi n'était pas n'importe qui. De forte corpulence, il mesurait un mètre quatre vingt-cinq et pesait cent trente kilos. Il avait fait partie de ces jeunes gens qui avaient juré de faire payer au conquérant Yorsam les atrocités sans nom qu'il avait commises dans la région de Noubigou. Rescapés de la première tourmente, ils avaient fait serment de ne prendre ni repos ni répit tant que Yorsam demeurerait vivant ou en liberté. Ils s'engagèrent dans l'armée française en masse. Jusqu'à la décolonisation, ce fut le cercle de Noubigou qui compta le plus d'anciens militaires au Mali.

Romo Sibedi, après avoir servi sous le commandement de plusieurs officiers de la conquête du Soudan occidental, tels que Mangin, Marchand, Quipandon, etc., termina sous les ordres du capitaine Gouraud.

Ayant obtenu le grade de sergent (67), il s'engagea dans le corps des gardes de cercle (68). Il gravit rapidement tous les échelons et fut libéré avec le grade de brigadier-chef. C'est en récompense des bons services rendus à la France qu'il avait été nommé interprète indigène.

Il fut très heureux de recevoir son compatriote

et collègue Wangrin. Il l'hébergea chez lui, lui affectant l'une de ses propres chambres, et logea les femmes, enfants et serviteurs de Wangrin avec sa propre famille.

Romo Sibedi, qui était la deuxième personnalité du cercle, venait immédiatement après le grand commandant. Le petit commandant pouvait en effet ignorer certains secrets. Romo Sibedi, aucun. Tout passait par lui.

Mieux logé qu'un chef de province, Romo vivait dans une telle opulence que Wangrin n'en pouvait croire ses yeux. Il était si obéi qu'à part les chefs, personne ne lui parlait debout ou n'élevait la voix en sa présence.

Le roi avait plus beoin de lui qu'il n'avait besoin du roi.

Comparé à Diagaramba, le cercle de Yagouwahi était semblable à un homme jouissant de ses deux yeux par rapport à un borgne, semblable au paradis par rapport au purgatoire.

Wangrin restait assis durant de longues heures dans un coin du marché pour admirer les richesses et les beautés de ce pays, qui semblaient sorties tout droit d'un récit des *Mille et une nuits.*

Les filles peules, blanches comme des mulâtresses, les filles mossis et bambaras, noires comme de l'ébène sahélien, étaient si élancées et d'une telle grâce qu'en les voyant au marché on se serait cru à une foire organisée pour un concours de beauté.

Les bœufs étaient si nombreux que le chanteur Belko Ilo avait pu dire : « Les parcs peuls de ce pays comptent plus de bovins que les fourmilières et les termitières ne comptent de bestioles. »

Le commerce avec le Namaci était si florissant

qu'on pouvait rencontrer par centaines, sur la route menant à Mapata, sa capitale commerciale, les caravanes d'ânes et de bœufs porteurs convoyant de riches marchandises.

Chaque nuit, durant une semaine, Romo Sibedi donna en honneur de son hôte une grande séance de musique animée par dix guitaristes, assistés de chanteuses et de batteurs de calebasse, séance qui se poursuivait jusqu'à une heure avancée de la nuit.

Mil, riz, miel, beurre de vache aromatisé, lait frais, lait caillé, quartiers de mouton, bosses grasses de jeunes taureaux, tabac fin de Tombouctou, bonbons européens, thé, sucre en tablettes et en pains coniques, en un mot tout ce que gourmands et gourmets pouvaient souhaiter manger se trouvait chez Romo Sibedi, au point que sa maison pouvait être confondue avec une boutique d'épicerie – mais qui se serait approvisionnée sans payer et livrerait à merci.

Romo Sibedi vivait mieux que le roi lui-même. Mais il vivait sans vanité.

Un drame intérieur plongea Wangrin dans un assombrissement qu'il ne pouvait cacher. Tout le faste que Romo avait déployé pour lui être agréable n'avait fait qu'aviver l'égoïsme et la cupidité qui lui rongeaient le cœur.

A la vue des belles femmes, des beaux chevaux, de la spontanéité avec laquelle les chefs comblaient Romo de cadeaux et de « pots de vin » divers, Wangrin oublia morale et bienséance, justice et reconnaissance. C'étaient là notions bonnes pour distraire l'oreille et endormir le cœur.

Pour lui, la vie était devenue une lutte cruelle.

Il fallait détruire ou périr, jouer des tours ou les subir.

Sa conscience et sa concupiscence se livrèrent en lui une lutte désespérée. Mais en un rien de temps, le mauvais penchant terrassa le bon. La voix de sa conscience naturelle fut étouffée, devint comme un lointain écho puis alla s'amenuisant jusqu'à s'évanouir totalement.

La mort de la conscience native chez Wangrin suscita en lui une force unilatérale : celle qui devait le pousser à n'avoir plus de sentiment que pour son propre bien-être, plus d'objectif que la satisfaction de ses penchants.

Le soir même où s'accomplit cette révolution intérieure, il se mit au lit avec la ferme volonté de revenir à Yagouwahi, et tant pis si, pour cela, il fallait supplanter son gentil compatriote!

« On peut être impudent, mais rester franc, se dit Wangrin. Dès demain je préviendrai mon hôte de mon intention arrêtée de le faire partir d'ici pour occuper sa place. »

Aussi le lendemain, après le petit déjeuner qui en valait bien un grand par son volume, Wangrin s'adressa-t-il à Romo Sibedi :

« Mon frère, lui dit-il, je dois continuer mon voyage. Dans quelques heures, je quitterai Yagouwahi pour Goudougaoua.

« Je me dois de te remercier de ta généreuse hospitalité. Je ne me suis jamais aussi bien amusé. Je te dois beaucoup de m'avoir fait découvrir cette ville. Jusqu'ici, je considérais comme des plaisantins ceux qui croyaient à l'existence d'un paradis terrestre. Désormais, je ne leur ferai plus de grimaces car je viens, grâce à toi, de constater qu'il existe sur terre certains endroits privilégiés qui ne sauraient être autre chose qu'une dépendance de l'Eden!

« Tu ne saurais donc m'en vouloir si je fais tout mon possible pour revenir servir ici en ton lieu et place. »

Romo Sibedi pensa que son concitoyen plaisantait et répondit, comme entrant dans le jeu :

« As-tu jamais vu quelqu'un entrer au paradis et en sortir?

– Oui, répondit Wangrin. S'il faut en croire la tradition, notre père Adam et son épouse maman Eve vivaient au Paradis. Mais ils en sont sortis...

– Doucement Wangrin! Ils n'en sont pas sortis de leur plein gré. C'est un ange-gendarme, armé de lames de feu, qui les a forcés à quitter l'Eden.

– Mon frère Romo, apprends que l'histoire est un perpétuel recommencement. Les actions tournent, vont et reviennent périodiquement. Elles ne font que changer d'acteurs. C'est ainsi que, dans quelques semaines, se reproduira à Yagouwahi ce qui s'est passé dans l'Eden entre Adam et l'ange-gendarme.

– Je te suis très mal. Explique-toi plus clairement, mon cher Wangrin.

– C'est clair, pourtant. Je trouve qu'un ancien conducteur de mulets, bien qu'il soit successivement devenu sergent de tirailleurs sénégalais, brigadier-chef de gardes et finalement interprète, ne cessera jamais d'être un valet. Il serait inconvenant qu'un « goujat » (69) se pavanât dans un paradis, y assourdissant tout le monde avec les accents de son « forofifon naspa », alors que des hommes lettrés, sur qui doivent descendre bénédiction et miséricorde du ciel et de la France, peinent dans l'enfer de la pauvreté.

« C'est pourquoi j'ai décidé de revenir ici comme interprète. Je sais que tu ne voudras pas partir de plein gré. C'est pourquoi je te compare à Adam et moi à l'ange-gendarme. Mais sois tranquille, je ne me servirai pas de flammes pour te chasser d'ici. Je n'aurai besoin que de quelques lignes d'écriture couchées sur un papier de format 21/27. Cela s'appelle, au cas où tu ne le saurais pas, une décision. »

Romo Sibedi fut complètement hébété par cette déclaration si inattendue. N'était-ce pas là le plus grand témoignage d'ingratitude qu'un étranger pût exprimer à son logeur?

Romo se demanda intérieurement si Wangrin n'était pas saoul. Sinon, il ne pouvait s'agir que d'une crise subite d'aliénation mentale, se manifestant par ces paroles cyniques et outrageantes!

Wangrin, qui n'avait jamais été plus lucide et plus indifférent à la bienséance traditionnelle qu'il qualifiait d'encombrante, devina le monologue muet que Romo se tenait à lui-même. Il s'écria :

« O mon frère Romo! Ne creuse pas davantage ta cervelle. Je ne suis ni saoul, ni fou. Je suis simplement – et c'est rare – un honnête impudent, un ennemi malappris qui dévoile ses intentions et ses batteries avant l'engagement. A toi de jouer pour ne pas te laisser manger par le vautour que je suis.

– Serais-tu armé de flammes, Wangrin, s'écria Romo qui avait enfin repris ses esprits, que je les éteindrais. Certes, tu ne peux être que l'enfant naturel d'une femme troussée dans de la paille par des canailles, et pour rien encore!

– Ohé, Romo! ne salis pas ta bouche en m'injuriant. Il vaut mieux pour toi te mettre sur tes gardes contre moi, Wangrin, dit « Gongoloma-Sooké. »

« Tu me dis bâtard, comme si mon père ne m'avait pas donné mes nom et prénom dans les délais légitimes. Mais mon état civil n'a rien à voir en cette affaire. Ce qui comptera dans notre compétition pour la place d'interprète à Yagouwahi, ce seront mes astuces, mon aplomb et mes pouvoirs occultes.

« Mais aussi tu ne dois t'en prendre qu'à toi-même. Tu as été, sans doute involontairement, le promoteur de ma conduite ingrate vis-à-vis de toi. O mon frère! As-tu oublié l'anecdote de l'âne du vieux dioula? (70). Si tu ne t'en souviens plus, je vais te la conter pour te rafraîchir la mémoire.

« Il y avait à Kong, cité sainte et métropole du commerce de l'Ouest africain, bâtie à l'orée des forêts du sud il y a mille ans, un vieux dioula, nommé Soriba. Il ne possédait plus rien au monde, sinon un âne.

« L'animal était courageux et fort. Soriba gagnait quelque argent en transportant des marchandises sur le dos de son âne et cela suffisait à les faire vivre tous les deux.

« Soriba nourrissait convenablement son âne d'herbe sèche, de son et d'un peu de sel gemme à lécher dix minutes chaque nuit, ce dont se contentait l'animal.

« Or, un jour, l'âne travailla si bien que Soriba gagna beaucoup plus que d'habitude. Cela lui donna l'idée de faire plaisir à son âne. Il se rendit donc à la foire où il acheta beaucoup de denrées et de condiments divers, ainsi que plusieurs vases de bon miel.

« Puis il convia ses concitoyens à un dîner. Tout le monde répondit, afin de voir ce que Soriba, le vieux loqueteux qui vivait presque de mendicité, pouvait avoir à offrir.

« Soriba servit à ses hôtes des mets et des rafraîchissements que le roi de Kong lui-même n'aurait pas dédaignés. Le dîner fut suivi d'une séance de musique où tambourineurs, violonistes, guitaristes, monocordistes et flûtistes bercèrent l'assemblée de leurs accords du début jusqu'à la fin du repas.

« Soriba fut congratulé par tout le monde et quand ses invités voulurent le quitter, il leur dit : « Attendez! Je vais devant vous témoigner à mon âne dévoué, compagnon fidèle de mes jours maigres, mon amour et ma reconnaissance. » Et il porta à son âne une grande calebasse pleine d'eau coupée de miel, une boisson royale que l'âne but à grands traits.

« Tout le monde s'exclama : « O Wallahi! Vieux Soriba, tu as donné un dîner qui n'a jamais eu son pareil même à la cour du roi, car jamais un âne n'y a bu du miel! »

« En se réveillant le lendemain matin, Soriba constata qu'il n'avait plus un cauri (71) en poche. Il alla donc détacher son âne pour se rendre au travail. Il présenta à l'animal une calebasse d'eau que celui-ci avait coutume de boire avant d'aller au travail. Mais l'âne refusa l'eau. Son travail s'en ressentit, car il perdit ses forces dès la première moitié de la matinée.

« L'âne continua de refuser à boire et, finalement, se laissa mourir de soif, Soriba ne pouvant plus lui offrir de miel.

« La morale de cette histoire est qu'il ne faut jamais faire goûter du miel à l'âne, sinon il ne pourra plus s'en passer.

« Si tu ne m'avais fait goûter, mon frère Romo, les douceurs variées et les richesses de ce pays, l'envie ne me serait pas venue de te ravir ta place.

« Ohé, mon aîné, apprends que celui qui se refuse à payer d'ingratitude les bienfaits qu'il reçoit, risque de mourir dans l'esclavage. »

Romo Sibedi laissa éclater sa rage :

« Je n'en croirai rien jusqu'à ce que tu me mettes devant le fait accompli. Alors, ce jour-là, je t'apprendrai à me parler sur un autre ton. Tu sauras qui je suis. »

Après cette terrible et pénible entrevue, Wangrin et les siens reformèrent leur caravane et prirent la route de Goudougaoua. Ils avaient encore une semaine de chemin à parcourir, sur une route parsemée de campements dont les pancartes étaient parfois insolites. Sur certaines d'entre elles, on pouvait lire : « Méfiez-vous des lions », sur d'autres : « Méfiez-vous des moustiques » ou encore : « Méfiez-vous des reptiles ». Mais la plus complète était celle du campement de « Zindinnguesse » (72) sur laquelle on pouvait lire, en gros caractères : « Méfiez-vous des voleurs, des moustiques, des lions et des reptiles. »

En arrivant devant la pancarte de Zindinnguesse Wangrin se dit en lui-même : « Eh bien! C'est ici le rendez-vous général de tout ce que ce pays a de mauvais. » Il n'avait pas achevé sa pensée qu'un gros crotale se mit à faire vibrer sa sonnette mortelle. Wangrin eut tout juste le temps de s'écarter et d'envoyer le serpent rouler plus loin d'un coup de son gros bâton. L'animal ayant quelques annelets brisés ne put filer assez vite pour éviter le coup fatal qui lui écrasa la tête.

Pour Wangrin, c'était un bon augure. Il eut comme la certitude intuitive qu'il pourrait vaincre tous ses ennemis tout comme il venait de tuer le crotale.

Les inscriptions n'avaient rien exagéré. En effet, un gros lion s'introduisit la nuit dans la cour du campement. Il cassa le cou à un âne et blessa gravement l'un des chevaux de Wangrin. N'ayant pu emporter sa proie, le lion passa une partie de la nuit à rugir tout autour du campement.

Bien qu'aucun des membres de la petite caravane n'eût fermé l'œil tant à cause des moustiques que des rugissements de ce lion malencontreux, personne n'avait vu un voleur qui s'était glissé dans le campement et avait raflé une charge renfermant les ustensiles de ménage des femmes de Wangrin.

Celui-ci ne devait jamais oublier la nuit de Zindinnguesse!

Le septième jour après son départ de Yagouwahi, il arriva enfin à Goudougaoua, sous une pluie battante. Ne sachant où aller, il se fit conduire au campement administratif.

A cette époque, Goudougaoua n'était pas encore une ville composée de blocs et de quartiers séparés par des rues et des ruelles, mais un immense terrain plat parsemé d'une multitude de petits hameaux de cultures vivrières. On pouvait dire que chaque famille de Goudougaoua habitait au milieu de son lougan (73).

Le lendemain de son arrivée, Wangrin, muni de ses papiers officiels, se présenta au bureau du personnel, dirigé par M. Quinomel. Mais écoutons plutôt Wangrin nous le décrire :

« C'était un homme qui mesurait un mètre soixante-cinq et pesait, à vue d'œil, la moitié de ce qu'aurait dû être son poids normal. L'abus des liqueurs fortes avait enluminé son visage et rendu son teint couperosé.

« Sa voix était caverneuse et sa conversation entrecoupée de hoquets qui contractaient sa bouche en un semblant de rire ridicule. Il fallait être maître de soi-même pour contenir l'envie de rire à laquelle sa vue donnait lieu.

« Son nez tombant venait presque s'enfoncer dans la broussaille d'une moustache drue qui se terminait en queue de scorpion sur une lèvre retroussée. Il se tenait voûté à force d'avoir porté le barda réglementaire dans l'ancienne infanterie.

« Quinomel avait été un mauvais soldat. En vingt-cinq ans de service, il avait écopé trois cent soixante-quinze punitions. En revanche, c'était un risque-tout. Volontaire incorrigible pour les missions les plus périlleuses, il se conduisit en héros durant les quatre années de la grande guerre ainsi qu'au Proche-Orient.

« Dégradé à deux reprises alors qu'il avait atteint chaque fois le grade de sergent, il put regagner des galons et fut retraité avec le grade d'adjudant-chef. La légion d'honneur, la médaille militaire et la croix de guerre, avec trois palmes, figuraient parmi les dix décorations qui témoignaient du baroudeur que fut Quinomel.

« Il avait gardé une passion de la vie militaire et nourrissait un faible pour les anciens tirailleurs qu'il avait vus à l'action sous un climat lointain.

« Les Européens n'aimaient pas Quinomel. Ils l'évitaient, après l'avoir méchamment surnommé « dame-jeanne vivante » (74). Quinomel, qui avait mille fois bravé la mort, souffrait énormément du mépris de ses compatriotes et fuyait devant leur dédain comme un couard. Voulant noyer ses soucis, il se retrancha dans l'alcool où son âme de preux fit naufrage. Ainsi devint-il maniaque et solitaire. »

Wangrin s'était informé sur le gouverneur, le secrétaire général et son chef de cabinet, le directeur du personnel, le commandant de cercle, le commissaire de police et le roi du pays. Il s'informa également sur les quatre ministres traditionnels du roi qui avaient chacun une fonction bien définie. Chacun d'eux était tenu d'assister, chaque matin, à la cérémonie du lever du roi et de renouveler sa fidélité en jurant sur le fétiche tutélaire du pays.

Wangrin savait que Quinomel avait l'oreille paresseuse et que, chaque fois qu'il n'était pas ivre mort, il entrait en état d'ébullition contre tout-venant – sauf un ancien militaire – et montrait ses dents noircies par l'alcool et le tabac. Même le chef de cabinet du gouverneur n'échappait pas à la règle.

Wangrin comprit qu'avec Quinomel il n'existait qu'une seule possibilité de lui plaire et de se faire accepter, c'était de se présenter comme un ancien militaire.

Sous ses dehors bizarres, Quinomel était foncièrement sentimental et généreux. Il partageait sa solde avec les pauvres qu'il voyait autour de lui. Il aimait à plaisanter en disant : « Je préfère mes malheureux bougres de nègres, mes princes fils de bagnards, mes rois loqueteux, mes nobles palefreniers, à tous les coloniaux européens ! »

Tel était l'homme que Wangrin trouva devant lui.

Dès son entrée dans le bureau de Quinomel, Wangrin se figea au garde-à-vous tout comme un chevronné de la garde impériale et déclina ses nom, prénom et titre. Cette attitude exerça sur Quinomel un effet magique. Au lieu de se mettre à grogner selon son habitude, il sourit largement, tendit la main et dit :

« Nous ne sommes plus dans l'armée. Repos, mon ami, assieds-toi. Voyons... depuis quand es-tu arrivé?

– Hier soir, mon lieutenant...

– Certes, certes, j'aurais pu être lieutenant, mais hélas ma conduite m'en a empêché. Deux fois sergent, deux fois cassé, je me suis amendé trop tard. J'ai pu, néanmoins, être nommé adjudant-chef. Mais c'est de l'histoire ancienne... Voyons dans quelle sauce on va te manger. »

Quinomel appela : « Tramen! Tramen! donne-moi le dossier personnel de M. Wangrin. »

Tramen, le commis expéditionnaire chargé de la garde des dossiers, apporta celui de Wangrin qu'il avait reçu quelques jours auparavant. Quinomel le parcourut rapidement puis, se renversant sur le dossier de sa chaise : « Bon! Bien! dit-il. Je vois dans ton dossier que tu es intelligent. Tu parles correctement le français et cinq langues africaines. On ne saurait demander mieux pour un interprète. Quelle est ta religion?

– Je n'en ai pas de bien définie, répondit Wangrin. En tant qu'interprète, je dois ménager tout le monde. Aussi suis-je autant à mon aise dans la mosquée que dans le bois sacré des villages animistes.

– Où penses-tu pouvoir le mieux servir?

– Mon souhait personnel serait de servir à Goudougaoua, car c'est au chef-lieu que l'on s'instruit le mieux. Néanmoins, c'est à Yagouwahi que je rendrai le plus de services au gouvernement. Or, je tiens à cela plus qu'à mon désir propre. Je parle toutes les langues usuelles de Yagouwahi et je connais bien le pays, qui est limitrophe avec le cercle de Diagaramba, où j'ai servi longtemps. »

Quinomel demanda le dossier de l'interprète de Yagouwahi. Tramen lui apporta le dossier de Romo. Quinomel se pencha pour l'examiner et, après en avoir pris connaissance, s'exclama : « Oh - oh ! Romo Sibedi est un excellent fonctionnaire. Il est fortement pistonné par des « huiles ». Je ne te promets rien, Wangrin, mais je verrai ce que je pourrai faire pour toi.

« En attendant, va t'installer. Tu as une semaine pour cela. Jusqu'à nouvel ordre, tu relèves de la direction du personnel. »

Wangrin profita de ce délai pour nouer des relations utiles et gagner à sa cause la jolie fille peule qui partageait la vie de Quinomel. Il distribua des cadeaux aux femmes et aux enfants de Tramen. Il réussit à intéresser à lui le personnel du cabinet du gouverneur. Il offrit son amitié à Demba Dicko, premier commis expéditionnaire et secrétaire particulier du gouverneur.

Par ailleurs, il alla visiter les trois grands marabouts Abaldi, Madaou et Oulmaye, qui résidaient dans la ville, et les fit travailler pour lui. Le premier, réputé pour ses connaissances en sciences occultes, devait nouer magiquement la langue de Romo et de son commandant de cercle et les empêcher de réagir contre la mutation de Romo.

Quant aux deux autres, ils devaient prier en vue de bien disposer les chefs blancs de qui dépendait le pouvoir de décider la mutation de Wangrin à Yagouwahi.

Outre ces interventions cachées et mystérieuses, Wangrin pouvait d'ores et déjà être assuré de l'aide de Tramen et de Demba Dicko.

Quinomel proposa au gouverneur l'affectation de Wangrin à Yagouwahi, en remplacement de Romo Sibedi qui, de son côté, devait venir servir au cercle de Goudougaoua. Pendant la petite enquête administrative d'usage, Demba Dicko sut plaider la cause de Wangrin au cabinet du gouverneur, en invoquant ses qualités et les services exceptionnels qu'il pourrait rendre à Yagouwahi, poste-frontière entre deux territoires importants.

Lorsque l'enquête fut close, Tramen rédigea le projet de décision qui fut soumis à la signature du gouverneur.

Rien n'avait transpiré de l'affaire, jusqu'au moment où la signature du gouverneur fut enfin apposée au bas de la décision de mutation. Un télégramme officiel fut envoyé à Yagouwahi pour annoncer l'affectation de Wangrin et la mutation de Romo.

La décision fit l'effet d'une bombe. Jamais nouvelle n'avait autant surpris tout Yagouwahi. On croyait Romo immuable et inamovible. Ne disait-on pas partout que le pays était comparable à un coche traîné par deux étalons, l'un symbolisant le roi, l'autre le commandant de cercle, tandis que Romo était le cocher de cette puissante voiture qu'il conduisait comme il voulait et entendait?

Placé devant le fait accompli, le commandant de

cercle ne put qu'accepter sans répliquer la décision du haut lieu. Après avoir élogieusement noté Romo, il l'invita à se tenir prêt pour la passation de service réglementaire qui devait précéder son départ.

Wangrin mit une semaine pour arriver à Yagouwahi. Au cours de son voyage, il s'était bien gardé de passer la nuit à Zindinnguesse, le carrefour des mauvaises rencontres...

Arrivé en ville de très bon matin, il se rendit au campement officiel, ne voulant pas aller directement dans la demeure de Romo afin d'éviter un drame possible.

Le commandant de cercle Jean Gordane, de son côté, ayant pris connaissance du dossier personnel de Wangrin, avait compris qu'il aurait là un auxiliaire plus apte que son prédécesseur, mais sans doute aussi plus astucieux et plus audacieux. Il lui arrivera d'ailleurs parfois de regretter son brave vieil interprète, docile comme du cuir corroyé. Wangrin, en effet, ne pouvait être comparé à Romo qui, toute sa vie, n'avait fait que servir les Européens et leur obéir comme un robot - ce qui d'ailleurs ne l'empêchait pas d'obtenir d'eux ce qu'il voulait, sans qu'ils s'en doutassent...

Le matin même, dès l'ouverture des bureaux, Wangrin se rendit au cercle. Le commandant le mit en rapport avec Romo afin de procéder à la passation de service d'usage. Romo, le visage fermé, désigna laconiquement à Wangrin les dossiers en cours, puis quitta définitivement son bureau pour se rendre dans la demeure d'un parent où il avait déjà fait porter tous ses bagages, abandonnant à Wangrin son luxueux logement de fonction.

Avant de quitter la ville, il demanda une entrevue

à Wangrin, que celui-ci lui accorda. Quand ils furent seuls, Romo laissa enfin exploser ses sentiments :

« Ainsi, fils de putain, tu es arrivé à tes fins criminelles. Tu as osé payer ma bonté de la plus noire des ingratitudes. Je te jure que je n'aurai de repos jusqu'au jour où je t'arrêterai de mes propres mains pour te conduire en tôle. Ta prison sera douloureuse, car je veillerai à ce que tu y manges tes excréments et y boives ton urine. C'est avec grand plaisir que je verrai ton ventre enfler comme une outre et crever comme un ballon :

– Oh - oh ! mon cher grand frère et compatriote, je vois que c'est une déclaration de guerre en bonne et due forme que tu me fais là. Tu as tort, car je me tiendrai sur mes gardes. Le jour où tu viendras pour m'arrêter, ce jour-là je te jouerai un tour plus terrible encore que celui qui maintenant te fait sortir de ton paradis. et tu n'auras pas la joie de me conduire en prison. Tu peux par avance, de dépit, t'en mordre le doigt jusqu'à la deuxième phalange.

« Puisque c'est la guerre entre nous, je m'en vais une fois de plus te donner un bon conseil. Ne laisse pas ici ton fils Doumouma Romo, surveillant temporaire des travaux routiers.

« En ce moment nous ne sommes dans cette pièce que trois : Dieu, toi et moi. Je sais que Dieu ne me dénoncera pas. Je peux donc tout dire. Je ne tiens pas à voir ton fils ici. Je suis venu pour voler et m'enrichir, tout comme tu le fais depuis des années. Je n'ai pas l'intention de laisser traîner entre mes jambes un espion tel que ton fils. Si tu ne l'emmènes pas, je te promets que je saurai le soustraire à la circulation et le faire coffrer pour en débarrasser mon chemin. »

Romo Sibedi, qui avait cru vexer Wangrin en lui parlant injurieusement, en fut pour ses frais. Mais par bravade il répliqua :

« Je refuse d'emmener mon fils. Il demeurera ici et sera pour toi une source constante d'inquiétude. Il notera tes faits et gestes. Il me renseignera. Et, sois tranquille, je te ferai appréhender au corps un de ces jours, je t'en donne ma parole !

– Tu auras voulu le malheur qui frappera ton fils, répondit Wangrin. Nous n'avons plus rien à nous dire maintenant. Aussi je te prie, mon cher grand frère Romo, de me débarrasser de ta masse éléphantesque. Sinon, je te considérerai comme un provocateur ayant violé mon domicile avec intention de me faire un mauvais coup. C'est un délit qui me donne le droit de déposer une plainte contre toi... Choisis!... »

Romo Sibedi savait à ses dépens ce dont Wangrin était capable. Il insulta ses père et mère, le voua à tous les enfers et sortit.

Wangrin ramassa ostensiblement la poussière des traces de pas de Romo et la dispersa au vent en criant : « Ohé, pachiderme! Détourne-toi pour voir un vent de malheur souffler et emporter la poussière de tes pieds affectés d'une goutte incurable! »

La rage au cœur, Romo enfourcha son cheval et partit rejoindre les siens, prêts pour le voyage.

Wangrin n'était ni imbécile ni inconscient. Il savait bien qu'il s'était créé un puissant ennemi. Il se dit à lui-même : « Wallaye! Mon Wangrin, tu viens de t'emparer de la queue d'une grosse bête féroce. Il s'agit de ne pas lâcher et de veiller à ce que l'animal ne se détourne et ne te tue net. »

Puis il rentra chez lui, prit son petit déjeuner

s'habilla joliment et se rendit au cercle où il allait commencer son travail.

Le commandant Jean Gordane était un fonctionnaire ponctuel. Il exigeait de lui-même plus qu'il ne demandait à ses collaborateurs. Chaque jour, il était le premier à venir au bureau et le dernier à en partir. Aussi Wangrin fut-il surpris de trouver le commandant déjà installé à son travail. Il comprit qu'il devrait régler sa montre sur celle de son patron s'il voulait que tout marchât comme sur des roulettes :

Il frappa à la porte du commandant. Sur son invitation, il entra et récita la litanie sacramentelle :

« Bonjour, mon commandant. Mon commandant a-t-il passé une bonne nuit?

– Bonjour Wangrin », répondit le commandant, sans aucune marque de sympathie.

Quelque peu interloqué; Wangrin ajouta : « Je dois prendre mon service aujourd'hui. Je viens en conséquence demander si mon commandant veut bien me donner des instructions, voire des conseils, afin que je serve mon commandant comme il le désire. »

Le commandant Gordane leva les yeux et fixa Wangrin. « J'ai parcouru ton dossier, lui dit-il. Tu es noté comme excellent fonctionnaire. J'espère que tu continueras à servir avec dévouement et que je n'aurai point à regretter mon brave vieux Romo Sibedi.

– Je vous le promets, mon commandant.

– Je vois que tu parles très bien le peul, que Romo parlait imparfaitement. Or, cette langue est la seconde dans ce pays.

– Oui, mon commandant. Je parle très bien

le peul et je vous promets de vous aider avec dévouement. »

Puis Wangrin ajouta : « Puis-je, mon commandant, vous faire une confidence à titre d'information?

– Pourquoi pas, vas-y !

– Eh bien, mon commandant, le vieux Romo s'est permis, avant de quitter la ville ce matin, de forcer ma porte pour m'abreuver de toutes sortes d'injures grossières. Il se propose de me créer toutes sortes de difficultés pour me dégoûter d'être venu le remplacer. Or, je ne suis pour rien dans mon affectation. C'est la direction qui a décidé de renouveler le personnel des circonscriptions en mutant tous ceux qui avaient plus de cinq ans de séjour dans le même poste. Romo est, par le fait, victime d'une mesure générale plutôt que de ce qu'il appelle « mes intrigues ».

– Sois tranquille, lui dit Jean Gordane. Je ne tolérerai pas que l'on vienne semer du désordre dans mon cercle. Je me moque de vos rancœurs et rancunes et, par ailleurs, je ne puis croire que Romo accepterait de me jouer un mauvais tour. Néanmoins j'aviserai, par prudence.

– Il vaut mieux vous tenir sur vos gardes, mon commandant. Le proverbe dit : « Les fesses courent un danger tant qu'un scorpion reste dans la culotte, si « bouffante » soit-elle (76) ! » Romo est un Peul de Noubigou, mais un Peul quand même. Or, un Peul peut fermer les yeux sans pour autant dormir (77. »

Wangrin sortit du bureau du commandant avec la certitude que celui-ci se méfierait désormais de

Romo et de ses acolytes, et notamment de son fils resté en service à Yagouwahi.

Il regagna le petit bureau qui lui avait été affecté, attenant au bureau du commandant. En plus de ce bureau, il avait également à sa disposition une chaise postée sous la véranda, juste à côté de la porte du bureau du commandant.

Au bout d'un mois de travail, le commandant Gordane fut si satisfait de la manière de servir de Wangrin qu'il lui accorda une confiance presque totale – ce qui ne l'empêchait pas de recevoir de temps à autre chez lui, en secret et de nuit seulement, des informateurs personnels afin de procéder à des recoupements d'information, comme c'était la coutume pour presque tous les commandants de cercle.

Aucun interprète ne pouvait accepter une telle mesure sans chercher à la déjouer. Pour sa tranquillité, Wangrin devait découvrir qui étaient les informateurs clandestins de son chef et, pour ce faire, il lui fallait disposer de quelqu'un à lui chez le commandant...

Le maître d'hôtel et la « mousso » du commandant étaient les mieux indiqués – cette dernière plus encore que le maître d'hôtel.

La mousso de Jean Gordane se nommait Rammaye Bira. Ce n'était pas une beauté. Petite et très chétive, elle était complexée par son physique. Elle sortait peu et ne fréquentait que les membres de sa famille. N'ayant jamais pu trouver un soupirant africain, Rammaye Bira en voulait à tous les mâles de sa race. D'aucuns voyaient en elle une femmelette gonflée de son importance et rendue méprisante par une union inespérée. Pour d'autres, elle était complexée par le fait de n'avoir pas trouvé un parti africain et d'être devenue le « calme-nerfs » d'un « annassaara » (78) qui ne l'emmènerait jamais dans son pays.

Wangrin ne s'embarrassait point de toutes ces considérations. Ce qui importait pour lui, c'était de trouver un moyen de mettre Rammaye Bira dans son jeu et de s'en servir pour espionner le commandant.

Sachant qu'un enfant africain ne désobéit que très difficilement à sa mère, fût-elle excessive, Wangrin jugea nécessaire d'entrer dans les bonnes grâces de la vieille Reenatou, mère de Rammaye Bira. Mais comment s'y prendre?

Fort versé dans la tradition, Wangrin savait mettre en pratique les enseignements des adages, proverbes et paraboles. Or, un proverbe peul ne déclare-t-il pas : « Les abeilles sont attirées par les fleurs en raison de l'odeur parfumée qu'elles dégagent et les personnes âgées se laissent charmer par la politesse de leurs jeunes gens (79). »

Un dimanche après-midi, Wangrin, habillé comme un épi de maïs (80), monta sur son cheval richement harnaché et se dirigea vers la demeure de la vieille Reenatou, accompagné de quelques amis tous également bien habillés et montés sur de bons chevaux.

A quelques mètres de l'entrée de la maison de Reenatou, Wangrin invita le griot qui l'accompagnait à chanter ses louanges pendant qu'il ferait caracoler sa belle monture, si bien dressée qu'on l'avait surnommée « Cheval-savant ». Le griot entama son chant :

« O! Hommes, femmes, enfants de Yagouwahi,

sortez vite pour voir ce qui, par sa beauté et son brillant, frappera votre imagination, éblouira vos yeux et désemparera votre raison.

« Qu'il est beau, Wangrin, bouche du commandant Gordane (81) et oreilles de Moussé Gafornère (82) de tout le territoire choisi entre trois cent trente-trois Gofornères, tous blancs-blancs, blancs de la France de Bordeaux et de Marseille, ports d'attache des « bateaux à fumée » (83) et points terminus de deux étroites routes métalliques (84) parallèles comme deux jumeaux couchés et étendues comme deux boas démesurés, sur lesquelles glissent des pirogues terrestres (85) à la vitesse de l'épervier qui fonce sur sa proie!

« Ohé! Venez voir « Cheval-savant ». Il n'est pas oreillard. Il n'est pas courtaud. Il n'a pas une encolure de taureau. Il n'est ni arqué ni cagneux. Il n'a pas une croupe de mulet. Il n'est ni rétif ni ombrageux. Il sait aller tous les pas : cadencés, écourtés, relevés. Il sait sautiller et sauter. Que ne sait-il pas? Moi je ne sais pas.

« Je continuerai à vous crier ohé! Venez voir la merveille qu'est ce bel étalon qui boit du lait et fait la courbette aux belles filles qu'il croise sur son chemin. Venez voir « Cheval-savant » qui est à la fois pur-sang de course, d'armes et de parade.

« Nous venons, continua le griot, rendre une visite de respectueuse considération à notre belle-maman (86) Reenatou, mère de notre sœur Rammaye Bira, ambre pur serré dans une tabatière d'or.

« L'odeur exquise émanant des aisselles de Rammaye Bira nous a guidés jusqu'à la source dont elle est la concrétion intestinale (87) aromatisée au musc. »

C'était la première fois qu'une délégation de jeunes gens venait saluer la famille de Rammaye Bira. Un tel événement ne pouvait passer inaperçu. Aux cris du griot et au bruit des sabots des chevaux, tout le quartier fut en émoi.

Des enfants accouraient de partout, se bousculaient à qui verrait le mieux, criaient, appelaient, pleuraient. Des adultes, qui n'avaient pas jugé nécessaire de sortir de chez eux pour voir ce qui se passait, vinrent à leurs portes, derrière leurs murs ou montèrent sur les terrasses de leurs maisons pour observer la scène. On regardait la troupe de Wangrin comme on aurait fait des acteurs d'une réjouissance publique.

Reenatou ne comprenait rien à ce qui lui arrivait. C'était la première fois de sa vie qu'elle voyait sa demeure si achalandée. Personne, jusqu'alors, n'était jamais venu la saluer par galanterie pour sa fille.

La vieille femme se troubla. Elle se mit à entrer et sortir de sa maison sans savoir pourquoi, déplaçant machinalement des nattes qu'elle mettait à la place des peaux de prière et mettant celles-ci à la place des ustensiles de cuisine.

Wangrin et ses amis pénétrèrent sous le hangar construit en auvent devant la maison de Reenatou. L'abri était spacieux et tapissé de sable blanc très propre.

Bien qu'étant placé en face de Reenatou, Wangrin passa par le griot pour s'adresser à elle, ainsi que le voulait la décence traditionnelle. Celui-ci prit la parole :

« Ce jour est pour moi comparable au jour où l'on engrange une bonne récolte produite par une semence issue des céréales des sept années d'abondance de l'Egypte, sous le vizirat de Yuusuf (Joseph), le Prophète de Dieu.

« Ce jour est pour moi semblable au lever d'un soleil de richesses dont les rayons dorés vont chasser les ténèbres de ma pauvreté. Plus jamais je ne porterai ce vieux pantalon autour de ma taille, ceinturée de durillons à force d'être piquée par des poux innombrables qui épuisent mon sang à force de le sucer.

« Ces poux étaient si nombreux que chaque fois que j'étendais ma loque de vieux pantalon au soleil, ils le tiraient pour le ramener à l'ombre, à mon plus grand désespoir.

« Allâh, merci! Finie la misère pour moi comme finie la sècheresse quand vient l'hivernage!

« Wangrin! Wallaye! Tu es aussi riche et plus généreux que la saison des pluies. Oui, certes, l'hivernage donne ses eaux mais en tonnant et parfois en foudroyant hommes, bêtes et végétaux. Tandis que toi, Wangrin, sans grondement ni éclairs, tu fais pleuvoir de grands biens sur les pauvres, sur les personnes âgées et sur nous, tes insatiables griots.

« Alors que de nobles pingres, dont la main droite est rivée au cou (88) et la main gauche collée dans le dos, nous éloignent d'eux par une œillade louche et méprisante, Wangrin, ton sourire engageant nous invite à venir à toi. Tu nous donnes tout et toujours sans jamais te lasser.

« Wangrin, au nom de tous tes obligés apparents et cachés je te dis merci. Merci est un bien modeste petit mot mais il ne sort de la bouche que sous l'effet d'un acte qui inspire de la gratitude.

« On peut naître noble et cependant perdre sa

noblesse par avarice et cupidité. La vraie noblesse est celle que l'on acquiert par sa valeur. Il en est de la noblesse comme d'un édifice. Il y a les fondations, les murs et la toiture. On hérite des fondations, mais on construit soi-même les murs et la toiture, faute de quoi l'édifice reste en ébauche et risque de retourner à l'état de terrain vague.

« Tel n'est point ton cas, ô Wangrin! Tu as hérité une solide fondation de noblesse (89) sur laquelle tu as su ériger des murs solides et une toiture si belle que les oiseaux s'arrêtent de voler pour l'admirer et que les hommes ne peuvent en croire leurs yeux. »

Après ces louanges dithyrambiques à l'adresse de Wangrin, le griot se tourna vers Reenatou et dit :

« O maman de Rammaye Bira! Wangrin, accompagné de tous les jeunes gens que tu vois de tes yeux respectables, est venu te donner en ce dimanche, jour sacré des « annassaaras » (90), une marque d'attention déférente.

« Quand Allâh donne une fille belle et honnête à une femme, c'est qu'il désire la voir respectée et servie par les jeunes gens. Wangrin est venu dans ce but, te demander de le considérer désormais comme ton fils et ton serviteur. Il considère Rammaye Bira comme sa sœur et son amie.

« Elle pourrait devenir son amante possible ou sa femme en puissance – car qui connaît de quoi accouchera demain, sinon Allâh seul? Certes, la vie est plus longue que ne le sont, mises bout à bout, toutes les étapes entre tous les pays de la terre!

« Ce qui est réconfortant, dans une conversation avec les personnes âgées, c'est l'avantage qu'elles ont de comprendre les choses même quand elles ne sont dites qu'à mots couverts, ou simplement mimées.

« On ne se présente pas chez sa belle-mère les mains vides. C'est pourquoi Wangrin t'offre une vache laitière âgée de quatre ans et allaitant une belle génisse de cinq mois. Il t'apporte en outre le trousseau que voici, contenant des vêtements blancs pour ta prière. Il te donne la somme de cent francs pour que tu puisses faire face aux dépenses du mois de Ramadan attendu cette semaine.

« Quant à moi, votre griot à tous, j'ai reçu de Wangrin deux boubous brodés avec sous-boubou et deux pantalons pour remplacer mon vieux pantalon, nid de poux et lieu de repos des puces et punaises. Dans la poche de chaque boubou, il a déposé la somme de dix francs. De la main à la main, il m'a donné trente francs. Ainsi, en cette journée bénie pour toi, ô maman Reenatou, bénie pour ta fille Rammaye Bira et enfin doublement bénie pour moi, ai-je reçu de l'intarissable Wangrin cinquante francs. Je me paierai l'un des plus beaux étalons du pays. Je le nommerai « Grâce-à-Wangrin » et lui donnerai Bira pour yettoore (91). »

Reenatou se précipita à l'intérieur de sa maison et jeta un coup d'œil rapide sur un grand miroir que le commandant Gordane avait offert à sa fille. Elle voulait voir son propre visage afin d'être sûre qu'elle n'avait pas été changée en quelque princesse peule, par un tour de passe-passe de la « calamiteuse » Njeddo-Dewal, magicienne légendaire qui se plaît à jouer des tours aux pauvres personnes qu'elle rencontre sur son chemin.

Ne pouvant concevoir que tant d'égards pussent s'adresser à sa personne, Reenatou remonta mentalement le cours de sa vie. Elle ne vit tout d'abord qu'une petite orpheline de père et de mère, habillée d'un seul vieux pagne teint en indigo puant, aux petits talons couverts de gerçures saignantes, aux petites mains dont les paumes étaient épaissies et durcies à force de tirer l'eau de puits profonds de plusieurs dizaines de mètres.

Elle ne vit ensuite qu'une demoiselle décharnée à la chevelure ébouriffée que le vent balançait en tous sens comme une herbe dans la plaine. Elle vit une marcheuse portant sur sa tête une grande calebasse remplie de lait dans lequel nageaient des boules de beurre. La pauvrette allait de village en village offrir sa marchandise. S'arrêtant à chaque porte, elle était tantôt éconduite poliment par des âmes charitables, tantôt chassée par un chien méchant, souvent volée par un citadin malhonnête. Et toujours, sur le chemin du retour vers le campement situé en bordure d'un village, elle devait affronter mauvais garçons, chaleur, froid, pluie ou obscurité inquiétante.

Elle se vit ensuite, femme miséreuse, épouse d'un homme miteux qui n'avait que ses services à louer aux autres.

Elle vit naître sa fille Rammaye, en un jour où elle ne disposait pas d'un seul mouton à immoler, selon la coutume, pour l'imposition d'un nom et d'un surnom à sa fille.

Mais tout cela s'était évanoui comme un mauvais songe. Rammaye était devenue la mousso du commandant Gordane et voilà que, pour combler ce bonheur inespéré, l'interprète, deuxième personnalité du pays, venait à elle, Reenatou, l'ancienne habitante du « village d'ordures » (92).

Elle remercia Allâh du plus profond de son cœur et sortit, rayonnante comme une déesse. Elle s'adressa au griot et dit :

« O griot de bon augure! Bienvenu soit mon fils Wangrin, bienvenus soient ceux qui l'accompagnent et, enfin, bienvenu sois-tu, toi qui parles en leur nom. Il est des moments où la joie et l'intensité du bonheur ressenti collent la langue dans la bouche, font obstruer la gorge par la luette et empêchent la parole de sortir avec la puissance qu'elle devrait. Je me trouve dans ce cas et te demande, pour être brève, de dire à Wangrin : Merci! Oui, je l'accepte comme fils et ma fille sera sa sœur. Allâh vous bénisse tous! »

Ainsi, Wangrin était entré dans les bonnes grâces de Reenatou qui avait naïvement ajouté foi à tout ce que le griot, payé pour cela, avait débité avec emphase et volubilité.

La coutume peule interdisant de consommer quoi que ce soit (93) chez les parents d'une jeune fille ou d'une femme pour laquelle on éprouve quelque passion amoureuse – ceux-ci étant assimilés, par extension, aux beaux parents (94) –, Wangrin prit congé de sa nouvelle mère, belle-mère et complice inconsciente. Il offrit un grand « méchoui » à ses amis. Ce fut un dimanche de ripaille et de beuverie mémorable, égayé par les sons des guitares et les chants des femmes. On tira d'innombrables et retentissants coups de fusil à blanc.

Wangrin avait fait croire au commandant que cette réjouissance avait pour but de fêter la naissance d'une association de jeunes gens intitulée « les Amis de la France ». Le commandant envoya deux caisses de vin rouge et vint en personne, accompagné de Rammaye Bira, honorer la fête de sa présence, symbole de celle de la France.

Il remit à l'association, au nom du gouverneur représentant le gouverneur général, chef de tous les Blancs qui travaillent en Afrique occidentale, un grand drapeau tricolore. Ainsi, une association qui n'existait pas était-elle officiellement reconnue par l'Etat! C'était du Wangrin tout pur.

Rammaye Bira avait été extrêmement touchée des égards manifestés à sa mère. Lors d'une rencontre ultérieure, elle dit à Wangrin :

« Je ne sais comment te prouver la reconnaissance que j'éprouve à ton égard pour avoir honoré ma mère entre toutes les mères de mon pays.

– Si, un jour prochain, ma sœur m'accordait un tête-à-tête, je lui dirais comment une belle femme bien élevée peut manifester se reconnaissance à un frère porté vers elle par de tendres sentiments, répondit Wangrin.

« Pour atteindre sa valeur la plus haute, l'or doit passer entre les mains d'un orfèvre et recevoir pour support la beauté d'un corps de femme. Je suis tel un lingot d'or. J'ai besoin que tu sois à la fois mon orfèvre et le corps de femme indispensable à ma mise en valeur. Aucun de nous ne le regrettera.

– Je ne sais où tu veux en venir, mon frère. Cependant, j'aimerais être nette avec toi autant que tu fus respectueux et large avec ma mère. Ce que tu lui as donné ne représente pas, à mes yeux, une fortune. Grâce à mon mari, je peux lui en donner cent fois plus. Mais c'est la manière de donner qui fut inégalable. C'est elle qui m'inspire une reconnaissance profonde.

« Malgré cela, le souvenir de ton bienfait ne m'incitera pas à me livrer à toi. Je serai ta sœur et non pas ton amante. Je n'ai jamais trompé mon mari. Je n'ai connu d'homme que lui et ne tiens nullement à en connaître un autre hors du mariage.

– O Rammaye ma sœur! répondit Wangrin. Merci d'être si directe et si précise. Rien n'est plus agréable que de parcourir une route nette et bien droite. J'aurais désespéré à en mourir si tu m'avais dit : « Je ne connaîtrai aucun autre homme après mon premier mari... » L'espoir fait vivre. Le commandant Gordane n'est pas un autochtone. Il rentrera un jour ou l'autre dans son pays et, ma foi, le mariage n'étant pas exclu entre Peuls et Bambaras, je te laisse deviner mon intention?

« Vois-tu Rammaye, je ne te souhaite pas de devenir « Tubabu-Muso-Koro » (95). C'est une étiquette malheureuse qui fait baisser des trois quarts la valeur d'une femme africaine aux yeux de ses compatriotes. C'est une bêtise, peut-être, mais combien de fois la bêtise humaine n'a-t-elle pas fait pâtir les hommes sur cette terre ?

« Je te promets mon bras. Tu le saisiras quand tu voudras et je suis sûr d'une chose : tant que tu t'appuieras sur moi, tu ne tomberas pas, patatras, dans le mépris. Mon nom te fera respecter et ton intelligence m'aidera à mieux préparer mon avenir, dont je souhaite qu'il soit également le tien.

« Tu me donneras de beaux enfants et tu leur choisiras les prénoms qui te plairont. Je te cèderai ainsi le droit, pourtant cher aux pères, de donner le prénom à leur progéniture. »

Rammaye Bira sourit, baissa les yeux et dit : « Tu permettras que je te quitte avant que mon « imberbe- moustachu » (96) ne s'impatiente de mon absence. »

Wangrin, heureux d'entendre cette plaisanterie câline sortir d'une manière inattendue de la bouche de Rammaye Bira, la saisit par la main et l'attira à lui, esquissant un geste de caresse vers ses reins. Mais la jeune femme résista et dit : « Sois sérieux, mon frère. Ne vole pas. Si je t'offrais dès maintenant l'occasoin de me prodiguer des frôlements doux et agréables, que me donneras-tu quand je deviendrai ta femme?

– O ma sœur Rammaye je me retiens pour te plaire, mais apprends que l'amour est comme un fleuve. Son eau roule, s'écoule et passe, mais jamais il ne tarit ni ne varie d'état.

« Va retrouver ton bienheureux « imberbe-moustachu ». Et chaque fois qu'il te tiendra dans ses bras, abandonne-lui ton corps, il y a droit; mais réserve-moi ta pensée. Elle me permettra d'attendre avec patience une nuit qui comblera mon âme assoiffée. »

Rammaye Bira chaussa ses babouches, se couvrit la tête d'un voile de mousseline brodée et sortit en disant : « Puisses-tu passer une bonne nuit avec ta femme! » Ces paroles firent comprendre à Wangrin que Rammaye, tel un silure (97), venait de mordre dans l'appât et ne tarderait pás à avaler l'hameçon. En effet, pour qu'une femme africaine mentionne la femme ou l'amante de l'homme qui est en train de lui faire la cour, il faut qu'elle éprouve quelque penchant pour son galant. C'est là une sorte de taquinerie que l'on appelle « les doux coups de pied que donne la femelle avant de se donner ». Le mâle qui sait les encaisser avec patience sera comblé.

Mais on n'apprend pas à un vieux singe à faire la grimace, ni à Wangrin comment séduire une femme ou réduire à sa merci un chef de canton, voire un commandant de cercle. Rammaye Bira devait l'apprendre à ses dépens...

Wangrin répliqua à la jeune femme : « Arrange-toi pour que jamais ton « moustachu » ne se doute que je t'aime d'amour.

– Sois tranquille, lui dit-elle. Mon mari sait que je ne suis pas un « abreuvoir » (98) pour les passants. »

Les deux amoureux en puissance se quittèrent, convaincus d'avoir trouvé, l'une un futur époux autochtone, donc authentique traditionnellement parlant, et l'autre une acolyte inconsciente mais qui promettait d'être efficace.

– 10 –

Le fils de Romo et la belle Pougoubila

Le temps passa.

La vie du cercle allait son train, de la plus agréable des manières. La maison de Wangrin était devenue un véritable club. Ceux qui s'y rendaient chaque samedi soir pour y passer la nuit constituaient la crème de la ville. Leur seule préoccupation consistait à se gaver de mets délicieux et variés agrémentés de thé préparé à la manière maure, à boire de l'alcool à profusion, à écouter langoureusement une musique dispensée par une dizaine de guitaristes et ensuite, ma foi - sauf le respect que je dois à vos oreilles, cher lecteur - ces débauches de table et de musique se terminaient, pour les uns dans un sommeil de plomb et, pour d'autres, dans les bras de quelques beautés venues là pour prodiguer leurs faveurs au plus offrant et dernier enchérisseur.

Par le truchement de son club, Wangrin organisa

un réseau de renseignement si puissant que rien ne pouvait se passer dans le cercle sans qu'il en fût le premier et le mieux informé.

De son côté, et sans s'en rendre compte, Rammaye Bira le renseignait sur tout ce qui se passait chez le commandant. Wangrin put ainsi identifier les agents privés dont se servait le commandant pour se renseigner à l'insu de son interprète. Ils étaient environ douze. Tous tombèrent dans les filets de Wangrin, se retrouvèrent en prison ou perdirent la confiance du commandant.

La plus notable de ces victimes fut le surveillant des travaux publics, Doumouma, le fils de l'interprète Romo, celui-là même dont Wangrin avait promis l'emprisonnement à son père s'il le laissait sur les lieux. Voici comment les choses se passèrent.

Quelques jours après le départ de Romo pour Goudougaoua, Wangrin avait fait venir Doumouma Romo chez lui et lui avait tenu le langage suivant :

« Mon cher fils, je suis ton père (99) au même titre que Romo. Celui-ci, plein de rancœur parce que je suis venu le remplacer, a pu me prendre pour son ennemi et te mettre en garde contre moi. Il n'en est rien. Serais-je même en lutte ouverte contre Romo que je ne m'abaisserais pas à combattre son fils, que je considère comme mon enfant. Si cela était et si je te faisais la guerre, nos parents de Noubigou m'en voudraient à mort et je perdrais la face, car tu n'es ni mon rival ni mon égal.

« Je suis ton père. Considère-moi donc comme tel. Ma maison est la tienne. Viens-y quand tu voudras et fais-y tout ce qu'un fils peut faire chez son père.

« Mais garde-toi d'écouter et de fréquenter mes

ennemis, de peur qu'en les frappant impitoyablement, je ne t'assomme par mégarde avec eux.

« Demande-moi tout ce que tu voudras et je te le donnerai : argent, or, bovins, chevaux, mil, riz et même, si tu en as envie, une femme. »

Wangrin ayant ainsi ouvert largement les portes de sa maison et les lacets de son porte-monnaie à Doumouma, celui-ci usa des faveurs à lui offertes avec un sans-gêne surprenant.

Par ailleurs, Wangrin avait soudoyé le facteur des postes. Celui-ci lui apportait en bloc tout le courrier des fonctionnaires européens et indigènes du cercle, à charge pour Wangrin d'en assurer la distribution.

Profitant de cette combinaison irrégulière, Wangrin décacheta et lut les correspondances des agents qui lui paraissaient antipathiques ou douteux. Il surprit ainsi une correspondance par laquelle Romo félicitait son fils des renseignements recueillis et fournis sur le personnel du cercle, et dans laquelle il ajoutait : « Ce qui m'intéresse le plus, c'est ce que fait Wangrin. Ce salaud me doit un tour de cochon. Il me le paiera un jour bien proche. »

Wangrin, qui se méfiait déjà, redoubla de surveillance autour de Doumouma. Grâce à une indiscrétion de Rammay Bira, il apprit que Doumouma se rendait nuitamment chez le commandant Gordane et y amenait des individus louches.

En tant que surveillant des travaux publics, Doumouma était chargé de lever et de répartir sur les chantiers la main-d'œuvre prestataire, forte d'environ mille personnes, jeunes gens et jeunes filles.

Malheureusement pour lui, Doumouma n'était pas « maître de son pantalon », (100) et cela, Wangrin le savait. En outre, il aimait l'argent. Wangrin le savait également.

Un jour, Wangrin le fit venir chez lui et s'adressa à lui en aparté : « Je viens d'apprendre certaines choses sur ton compte, mon fils. J'en suis consterné, car je n'aimerais pas devoir sacrifier un taureau noir aux yeux rouges (101). Fais en sorte que tout cela ne soit pas vrai. »

Mais Doumouma Romo, outre son amour des femmes et ses besoins d'argent immodérés, était un petit fat. Parce que le commandant Gordane le rencontrait à l'insu de Wangrin soit chez lui, soit sur les chantiers, Doumouma Romo avait cru fermement que son heure avait sonné. Au lieu de prendre garde, il se permit un jour de déclarer dans un cabaret : « Je suis Doumouma, fils de Romo Sibedi. On croit que je ne suis qu'une fourmi rouge. Tant pis pour l'éléphant qui me laisse m'introduire dans sa trompe car je le ferai mourir d'un trépas ridicule. Je dois le faire, pour prouver à mon père que je suis digne de lui.

« Les Peuls ne disent-ils pas : « Sois patient avec l'assassin de ton père jusqu'à ce que tu aies un bon poignard et que le meurtrier soit à bonne portée de ta main. Alors, frappe au cœur des deux mains, les deux yeux bien fermés (102). »

Ce propos de Doumouma avait été fidèlement rapporté à Wangrin, qui se mit à rire et dit : « Le rejeton de Romo confond une dent de jeune phacochère avec la défense d'un vieil éléphant. Il sort trop tôt de son cocon. Ses cocoricos commencent à troubler mon sommeil. Il va falloir que je l'enveloppe dans quelques haillons et le dépose à l'ombre-chaude (103). »

Wangrin se décida à mettre son nez dans les affaires de Doumouma. C'était, pour ce dernier, le commencement de la fin...

Wangrin ouvrit une enquête en vue de savoir de quelle manière Doumouma Romo disposait des travailleurs qu'il levait dans le pays. Il apprit que Doumouma fournissait à des particuliers des manœuvres moyennant finances. Par ailleurs, des prestataires aisés se rachetaient en lui versant de l'argent, tandis que les femmes et jeunes filles payaient de leur personne. Elles constituaient, pour notre libidineux surveillant, un harem à merci.

Wangrin s'assura du concours d'un ancien tirailleur, nommé Tennga, qu'il plaça comme aide-surveillant auprès de Doumouma, avec mission non seulement de le surveiller mais surtout de le pousser à s'empêtrer dans des fautes graves. Tennga savait flatter Doumouma qu'il appelait « mon captenne » et auquel il ne s'adressait qu'au garde-à-vous.

Grâce aux renseignements transmis par Tennga et provenant également d'autres sources, Wangrin réunit assez de faits contre Doumouma pour étayer une dénonciation qu'il envisageait de faire par personne interposée. Mais une occasion des meilleures allait s'offrir et lui faciliter la tâche.

Doumouma s'étant rendu dans le canton de Togo y recruta cent cinquante prestataires, dont vingt-cinq jeunes filles. L'une d'entre elles était d'une beauté remarquable. Elle s'appelait Pougoubila.

Doumouma, qui s'arrangeait toujours pour conserver quelques beautés destinées à son bon plaisir, refusa la somme d'argent que les parents et le fiancé de la jeune fille proposaient en rachat de ses prestations. Il envoya la jeune fille sur une nouvelle route en construction située à trente kilomètres de son village. Ainsi Pougoubila, trop éloignée des siens, était-elle obligée de rester sur place jusqu'à la fin de sa période de prestation, soit pendant vingt jours.

Doumouma la prit à part et lui dit : « Tu t'occuperas de ma nourriture et de mon campement. Ce sera ton travail. Tu me masseras les pieds, les bras et le dos chaque fois que j'en éprouverai le besoin. Je te trouve trop belle et bien faite pour aller excaver et transporter de la terre. Quand tu auras fini ton temps de corvée, je te donnerai de beaux habits et de l'argent. Je ne veux pas que tu te fatigues. Tu me plais. Je suis un grand « captenne ». Je fais ce que je veux.

« Le commandant, l'interprète, le « porte-plume » (105), même Rammaye Bira, tout le monde passe par moi pour être bien servi.

« Si tu te montres gentille avec moi, tes parents n'iront plus faire de corvée. Par contre, si tu me résistes, c'est toi qui auras voulu que chaque semaine l'un des tiens aille travailler sur la route à la réfection des canivaux, ou effectuer quelque portage de lourds colis... »

Pougoubila l'avait écouté sans rien dire, beaucoup plus par peur que par manque d'envie de lui répliquer vertement. Elle resta donc au campement où elle préparait les repas de Doumouma, mais résista aux avances réitérées de celui-ci.

Doumouma ne pouvait souffrir qu'une simple villageoise lui tînt tête. N'avait-il pas tous les moyens de l'obliger à se plier et à demander grâce?

Ne pouvant parvenir à ses fins, il entreprit de rendre la vie saumâtre à Pougoubila. Il trouvait mille prétextes pour l'attraper et lui faire refaire deux ou trois fois la même chose. Pour un oui ou pour un non il la giflait violemment. Rien n'y fit.

Doumouma ne parvenait pas à dompter son transport pour cette fille. Son désir était devenu une obsession. Il en était malade à perdre l'appétit. Il la lui fallait posséder à tout prix. Il n'y mettrait donc plus aucune forme.

Un après-midi, on vit venir au camp un vieil homme de petite taille, couvert de gris-gris, portant en bandoulière un sac en peau de chèvre. L'homme eut un long entretien avec Doumouma, après quoi celui-ci lui remit une somme de dix francs contre un sachet contenant une poudre de plante.

Profitant d'un moment d'absence de Pougoubila, Doumouma jeta la poudre dans la nourriture que la jeune fille avait mise de côté pour le soir. Puis dans la soirée, lorsque Pougoubila eût consommé son dîner, Doumouma lui fit donner l'ordre de venir le masser, comme il le faisait fréquemment.

Lorsque la jeune fille se présenta à lui, il se montra si gentil qu'elle se demanda ce que pouvait cacher cette nouvelle amabilité. Mais elle obtempéra à l'ordre de son surveillant et bourreau et commença à le masser.

Au bout d'un quart d'heure, elle sentit une grande lassitude envahir tout son corps. Petit à petit, elle perdait le contrôle de ses nerfs. Sa bouche, malgré elle, se mit à s'ouvrir et à se fermer convulsivement. Elle lutta contre la torpeur qui alourdissait sa tête et l'empêchait de bien masser Doumouma. Elle redoutait une gifle, car à l'ordinaire chacun de ses bâillements lui valait un revers de main sur la joue. Dans la brume qui l'envahissait, elle eut la surprise de voir Doumouma sourire et même essayer de soutenir gentiment sa tête qui retombait sur sa poitrine. Puis elle sombra dans un sommeil cataleptique.

Doumouma Romo tenait donc maintenant à sa merci cette fille tant convoitée! La sensibilité de Pougoubila étant complètement suspendue, il pouvait faire d'elle ce qu'il voulait, sans résistance ni empêchement. Elle était là comme un cadavre entre les mains du laveur de morts.

La dose de somnifère que Doumouma avait fait préparer par le petit vieillard couvert de gris-gris devait endormir la jeune fille au moins pour dix heures consécutives.

Doumouma dévêtit sa victime et l'étendit de tout son long sur la couchette. Il contempla la nudité juvénile de cette créature que le Créateur n'avait pas sculptée à la hâte.

Pougoubila était belle comme une statue. Tout en elle était proportionné. Sa peau bronzée était lisse comme du duvet, ses dents belles et blanches comme de l'ivoire. Aucun mâle ne pouvait la regarder sans en concevoir du désir. Doumouma se mit à caresser son corps.

Soudain, une étincelle de conscience se fit jour en lui et l'arrêta : « Si je prenais cette fille dans des conditions pareilles, se dit-il, quel serait le risque? Ne serait-ce pas un détournement, un abus? Son fiancé et ses parents ne pourraient-ils pas m'attaquer en justice? »

Mais ces sages réflexions qui s'agitaient dans sa cervelle furent submergées par la passion sexuelle.

Or, quand celle-ci apparaît, la raison se trouble. Le plus sage devient la proie de ses instincts les plus grossiers.

Doumouma se jeta sur la jeune fille sans défense. Elle était vierge. Il la dépucela.

Après coup, il réalisa le poids de sa faute et la gravité des conséquences qui pouvaient en découler. Il fit disparaître toutes les traces du sang virginal et, se chargeant de la jeune fille à demi-morte, il alla la coucher dans son abri situé non loin du sien et de celui de Tennga (106).

Ce dernier, en tant qu'espion à la solde de Wangrin, avait pour habitude de ne jamais s'endormir avant Doumouma. Depuis le jour de l'arrivée de Pougoubila, il n'avait rien ignoré des intentions du surveillant-chef dont il avait soigneusement noté tous les faits et gestes à l'égard de la jeune fille afin d'en informer Wangrin. Celui-ci lui ayant promis qu'il remplacerait Doumouma quand ce dernier serait convaincu d'exactions ou de malversations, il ne laissait rien échapper.

Le viol d'une jeune fille, il le savait, relevait du tribunal indigène de deuxième degré, section « affaires criminelles ». Mais pour qu'il y ait action judiciaire, il faut une plainte régulière...

Pougoubila se réveilla tard dans la matinée. Elle ne mit pas longtemps à se rendre compte qu'elle avait été déflorée. Elle couvrit son visage de ses mains et se mit à pleurer doucement, en versant des larmes abondantes.

Tennga, qui savait tout et qui surveillait la jeune fille pour enregistrer ses réactions, vint à elle et lui dit : « Qu'as-tu, ma fille? Doumouma t'a encore maltraitée ce matin, n'est-ce pas?

– Non, répondit-elle, mais j'ai la nostalgie de ma mère. Je me sens malade. Je voudrais rentrer chez moi, mais je dois encore une semaine de corvée. »

Tennga, désireux d'entendre de la bouche de Pougoubila ce qui lui était arrivé, l'interrogea :

« Que s'est-il passé entre toi et Doumouma cette nuit?

– Rien. Il m'avait ordonné de le masser comme d'habitude. J'étais en train de le faire quand je sentis ma tête peser lourdemant sur mes épaules. Je me mis à bâiller, à me balancer de droite à gauche et à tomber en avant. Contrairement à son habitude, Doumouma ne me frappa pas lorsque je baîllai. Puis j'ai sombré dans le sommeil et n'ai rien su jusqu'au matin.

– Comment as-tu regagné ton abri puisque tu te trouvais dans celui de Doumouma au moment où le sommeil t'a terrassée?

– Je me le demande moi-même. Je n'en sais rien.

– C'est certainement un « diable-porteur » qui t'a chargée sur ses épaules et transférée jusqu'ici... »

Pougoubila ne répondit pas.

Or, dans sa surveillance de la nuit, Tennga avait surpris Doumouma au moment où celui-ci cachait la couverture tachée de sang dans une botte de paille. Une fois Doumouma rentré chez lui et endormi, Tennga vint s'emparer de cette irréfutable pièce à conviction.

Tôt le matin, avant le lever du soleil, Doumouma se rendit à sa cachette pour récupérer la couverture compromettante et la détruire. Ne la trouvant pas, il ne sut que penser. Peut-être un chat sauvage ou un chien errant avait-il emporté la pièce à cause de l'odeur du sang ? pensa-t-il. L'idée n'était pas géniale, mais quand on a peur de la réalité, l'esprit accepte n'importe quelle création de l'imagination pourvu qu'elle apaise son inquiétude.

Tennga se rendit auprès de Doumouma. Il lui dit :

« Tu sais, j'ai peur qu'il ne soit arrivé cette nuit quelque accident grave à Pougoubila. Je l'ai aperçue le visage caché entre ses mains, versant un torrent de larmes.

« Elle m'a dit avoir une nostalgie de sa mère. Mais j'ai remarqué que sa démarche n'était pas normale. Elle semble blessée en quelque partie cachée de sa personne, mais ne veut pas l'avouer. Je te conseille, puisque tu es le chef, de renvoyer cette fille auprès de sa mère. Il n'y a pas de temps à perdre. Si son état exigeait des soins spéciaux, ses parents y pourvoiraient à temps ».

Doumouma, qui de coutume envoyait Tennga bouler au diable chaque fois qu'il essayait de présenter quelque suggestion, l'écouta sans l'interrompre. Puis il lui dit :

« Pougoubila doit encore une semaine de corvée. Comment faire... ?

– La maladie est un cas de force majeure, reprit Tennga. Tu pourras toujours l'évoquer pour justifier son congé. »

Se rangeant à ce raisonnement, Doumouma renvoya Pougoubila dans ses foyers.

La mère de la jeune fille ne fut pas dupe. Elle ne tarda pas à découvrir que sa fille avait perdu sa virginité, et ce dans des circonstances inhabituelles.

Pour porter plainte, il faut des preuves. Or,

Pougoubila ne se souvenait de rien. Certes, elle avait été très poursuivie par les assiduités de Doumouma, mais elle ne pouvait affirmer catégoriquement que c'était bien lui qui l'avait déflorée.

Les parents de Pougoubila pensèrent, un moment, qu'un diable libertin, poussé par ses mœurs déréglées, avait pu se glisser dans l'abri de Pougoubila et accomplir son forfait pendant le sommeil de la jeune fille.

Pour en avoir le cœur net, ils allèrent consulter Bila Kuttu, un grand géomancien. Bila savait interroger l'invisible et faire parler les diables, les esprits et les génies.

Il dressa un grand thème. Puis, ayant interprété les données apparues dans les seize maisons géomantiques, il dit :

« Oh! Les diables ont bon dos. Certes, le « domicile intime » de votre fille a bien été violé, mais point par un diable. Le fauteur est un fils d'Adam, jeune, vigoureux, de teint foncé. Mais ce n'est pas n'importe qui. Je vois son double assis à l'ombre d'un grand arbre, ce qui signifie qu'il est protégé par une force. L'arbre représente ici la chefferie.

« Si vous voulez que justice vous soit rendue, il faudra sacrifier à nos ancêtres deux poulets. Vous en distribuerez la viande à des gamins que vous trouverez en train de jouer au marché après avoir eu soin de jeter les tripes à un chien roux. »

Les parents de Pougoubila sacrifièrent aux ancêtres dans les conditions indiquées, et attendirent.

Le même jour, Tennga s'en fut trouver Wangrin. Il lui raconta les faits en détail, sans omettre la visite du petit vieux couvert de gris-gris.

Wangrin fit rechercher celui-ci et, l'ayant retrouvé, le cuisina si bien que ce dernier lui vendit le secret de Doumouma.

« Il ne te reste plus, dit Wangrin au petit vieux, qu'à venir demain matin au cercle déclarer au commandant que Doumouma Romo t'a obligé à lui donner un puissant somnifère pour un usage que tu ignores, et que tu viens décliner ta responsabilité pour le cas où le remède provoquerait quelque accident. »

Wangrin ajouta : « Si tu ne le faisais pas et que l'affaire éclate – or, elle va éclater incessamment – tu serais considéré comme complice et tu risquerais une peine de prison de très longue durée. »

Le lendemain matin, Wangrin attendit tranquillement l'arrivée du petit vieux guérisseur. Il l'introduisit auprès du commandant de cercle, à qui le petit vieux présenta sa déposition par l'entremise de Wangrin.

Le commandant n'entrevit pas, dès l'abord, ce qu'il pouvait y avoir de grave dans le fait d'avoir fourni un somnifère. « Peut-être, se dit-il, Doumouma Romo avait-il besoin de quelque ingrédient pour dormir profondément afin de réparer ses forces, épuisées par de longues journées au soleil? »

« Dans ce pays, lui dit Wangrin, le somnifère est toujours utilisé à des fins criminelles. Seuls de grands malfaiteurs s'en procurent. Or, il m'est revenu que Doumouma Romo, désireux de coucher avec une jeune prestataire, avait vainement essayé tous les moyens : cajoleries, cadeaux et cravache. Je ne serais nullement surpris qu'il ait eu recours à un puissant somnifère pour arriver à ses fins.

– Débrouille-moi cette affaire, fit le commandant, et constitue au besoin un dossier.

– Je préfèrerais que vous confiiez une telle enquête à votre adjoint, rétorqua Wangrin. Au cas où il y aurait effectivement délit, je ne voudrais pas que Romo puisse dire que je me suis débarrassé de son fils par haine envers lui. »

L'adjoint au commandant de cercle fut donc commissionné pour cette affaire et ouvrit une enquête contre Doumouma Romo.

Par personne interposée, Wangrin lui fit parvenir tous les renseignements qu'il avait recueillis au jour le jour sur le comportement de Doumouma. En une semaine, le dossier le plus compromettant que l'on puisse constituer contre un fonctionnaire était mis en état : malversations, emploi illégal de la main-d'œuvre, sévices moraux et physiques, relations sexuelles abusives avec les femmes recrutées, etc. Mais tous ces faits ne relevaient que du tribunal du premier degré et Doumouma ne risquait tout au plus qu'une peine de prison relativement sévère.

Cela ne faisait pas tout à fait l'affaire de Wangrin. Il lui fallait trouver, pour le fils de son rival, une peine diffamante qui comporterait, non seulement une longue peine de prison, mais un bannissement. Pour atteindre ce but, le dépucelage illégitime était un délit des mieux indiqués. Malheureusement, le seul cas commis par Doumouma n'avait pas été signalé.

Wangrin envoya un émissaire chez les parents de Pougoubila en les priant de venir chez lui à l'heure dite des « rats, quêteurs et voleurs » (107).

Quand le père et la mère de la jeune fille furent arrivés chez lui, il leur dit :

« Allez demain trouver le petit commandant, et dites-lui ceci : « Notre fille a été dépucelée par Doumouma Romo. Nous nous sommes tus jusqu'à présent par peur, Doumouma ayant déclaré que les femmes et jeunes filles mises à sa disposition pour le « macadamage » des maisons et des routes lui appartenaient corps et âme durant toute leur période de corvée, et que celles qui refuseraient d'obéir seraient mises en prison et leurs parents gravement inquiétés. Les « Nassaara-sablaga » (108) étant de grands chefs, nous pensions qu'ils avaient tous les droits sur les « Nin-sablaga » (109). Mais, Dieu merci! on vient de nous détromper. Il n'a jamais été question que Doumouma pût coucher à volonté avec les femmes et filles recrutées pour le « macadamage ».

« Puis vous ajouterez : « Nous avons appris que le petit commandant ordonnait à tous ceux qui avaient des griefs contre Doumouma Romo de venir faire leur déposition ». Et vous déposerez. »

Les parents de Pougoubila exultèrent. Leur sacrifice aux ancêtres avait donc été exaucé. Leur fille allait être vengée et leur honneur réhabilité. En outre, ils se sentaient soutenus par Wangrin, « bouche et langue » du commandant.

Le lendemain de cette entrevue nocturne, les parents de Pougoubila se présentèrent au bureau du petit commandant. Ils déposèrent contre Doumouma Romo pour avoir violé leur fille mineure.

Le petit commandant recueillit leur déposition. Puis il fit venir Pougoubila et demanda au médecin capitaine chef du dispensaire de procéder à un examen médical. Le résultat fut positif. La jeune fille avait été dépucelée tout récemment.

Doumouma, interrogé, nia âprement, tout en tremblant de tous ses membres, sans qu'on puisse dire si c'était d'indignation ou de peur.

Pougoubila, de son côté, relata les faits jusqu'au moment où elle avait perdu connaissance. Le petit commandant lui demanda comment elle s'était sentie en se réveillant. La jeune fille avoua avoir constaté la perte de sa virginité. Puis elle ajouta que Tennga avait été la première personne à l'avoir vue après son réveil.

Tennga fut interrogé. Il affirma que Doumouma avait défloré la jeune fille après lui avoir fait absorber un puissant somnifère. Doumouma protesta violemment, accusant Tennga de « l'enfoncer » pour pouvoir prendre sa place.

C'est alors que Tennga alla chercher la couverture maculée de sang cachée dans la nuit par Doumouma. Il la produisit devant l'assemblée.

A la vue de cette preuve accablante, Doumouma fondit en larmes et s'écria : « Je suis perdu! Ayez pitié de moi, mon commandant! » Puis il passa aux aveux complets.

Déféré devant le tribunal de deuxième degré, il fut condamné à huit ans de prison et à dix ans d'interdiction de séjour à Yagouwahi et révoqué de son emploi de surveillant des travaux publics.

Quand Romo apprit cette triste nouvelle, sa rage redoubla contre Wangrin. Dans sa fureur, il pensa un moment se rendre à Yagouwahi pour supprimer Wangrin purement et simplement. Mais sa femme, Binta Sangaré, l'en dissuada. « Patiente! lui dit-elle. Ne prête pas le flanc. Wangrin est incontestablement très fort. Attends une occasion meilleure. Les jours se suivent et ne se ressemblent pas... »

Romo sut faire taire sa colère. En attendant une heure plus propice, il recruta beaucoup de marabouts qu'il fit travailler contre Wangrin afin que le destin le mît enfin à sa merci.

Doumouma avait été transféré de la prison de Yagouwahi à la prison centrale de Goudougaoua. Enfin, Wangrin avait les mains libres! Romo n'avait plus personne sur place pour le renseigner, à part Moy Fala, un marabout sans grande audience.

Quant à Tennga, il fut nommé, Wangrin aidant, surveillant des travaux publics à la place de Doumouma Romo.

A peine l'affaire de Doumouma Romo était-elle réglée et celui-ci transféré à Goudougaoua qu'un événement survint qui allait permettre à Wangrin de donner la pleine mesure des intrigues dont il était capable pour gagner de l'argent.

– 11 –

La mort d'un grand chef et ce qui s'ensuivit...

Un jour qu'il était assis devant la porte du bureau du commandant, en train de réfléchir afin de trouver une machination qui lui ferait gagner plus d'argent encore qu'à Diagaramba, Wangrin entendit soudain :

« Salaamu aleykum! La paix sur vous! (110) »

Il leva la tête. Il vit devant lui un jeune Peul, habillé de blanc et chaussé de bottes de cavalier. Le jeune homme, l'expression hagarde, devait avoir quelque chose de très important à dire. Cela se lisait sur son visage défait.

« Aleykum salaam! Et sur vous la paix! (111) » répondit Wangrin.

Puis, flairant l'odeur d'une affaire possible :

« Qui es-tu? D'où viens-tu? interrogea-t-il.

– Je suis un envoyé de Loli, fils du chef de la

province de Witou et de Gouban. Je ne suis pas porteur d'une bonne nouvelle.

« En effet, je suis venu annoncer au commandant de cercle que, cette nuit, Brildji Madouma Thiala, le chef de province, est décédé chez lui vers 23 heures.

« Selon sa volonté, il a été lavé et inhumé avant le lever du jour.

« J'ai été chargé de t'apporter cette nouvelle à toi Wangrin, en premier lieu, à charge pour toi de la faire parvenir aux oreilles du grand commandant d'abord, puis à celles du roi Bana Griti, de l'imam et, enfin, des notables de toute la ville de Yagouwahi. »

Wangrin introduisit l'envoyé de Loli auprès du commandant Gordane, à qui il annonça le décès de Brildji Madouma Thiala. Le commandant en éprouva une vive émotion. Il portait en effet une haute estime au défunt qui administrait sa province de la manière la plus heureuse.

Brildji Madouma Thiala n'était pas seulement un chef qui, en importance, venait immédiatement après Bana Griti, mais il était également un marabout très instruit et la première fortune de tout le pays. Il était si généreux que les griots le comparaient à l'hivernage qui répand ses pluies sans les mesurer.

Le commandant Gordane demanda à Wangrin ce qu'il convenait de faire, conformément à la tradition.

« Si Brildji n'avait pas été déjà inhumé, lui répondit Wangrin, vous auriez dû honorer son enterrement de votre présence. Mais puisqu'il a voulu un enterrement discret, il vous suffira de m'envoyer présenter vos condoléances à ses veuves, orphelins et parents. Si, en outre, vous offriez une bête à immoler en vue de nourrir les étrangers qui viendront de partout manifester leur douleur devant la perte d'un homme tel que Brildji, ce serait de très bonne politique. Tout le monde apprécierait votre geste. »

Le commandant remit à Wangrin neuf cents francs, somme suffisante pour couvrir l'achat de trois gros taureaux.

Après de rapides préparatifs, Wangrin enfourcha son cheval et, en compagnie de l'envoyé de Loli, prit le chemin de Witou.

Avant d'arriver à cette localité, on devait passer à Gouban où résidait Karibou Sawali, demi-frère puîné de Brildji et prétendant légitime à la succession de la chefferie de Witou.

Wangrin arrêta sa monture à l'entrée de Gouban et se tourna vers l'envoyé de Loli : « Précède-moi à Witou, lui dit-il, et annonce mon arrivée pour demain matin, à l'heure de la fin de la traite des vaches (112). Je m'arrête ici pour la nuit. Je dois m'entretenir avec Karibou Sawali et j'espère qu'il m'accompagnera à Witou demain.

« J'ai l'intention de loger au campement administratif. Fais le nécessaire afin qu'il soit bien nettoyé et approvisionné en eau. »

Après le départ de son compagnon, Wangrin entra dans la ville et se présenta chez Karibou Sawali. Il le trouva dans sa cour, entouré d'une foule de futurs courtisans et de gens qui désiraient s'assurer par avance la bienveillance, la complaisance ou la faveur du futur lamido (113).

Sans descendre de son cheval, Wangrin salua de la main à la manière des Blancs. Tout le monde se leva. De partout on se mit à s'exclamer : « Wangrin wari! Wangrin wari! Simmilla ma Wangrin, foofo-ma! » (« Wangrin est venu! Wangrin est venu! Sois ici à tes aises, ô Wangrin, salut à toi! »)

Un serviteur aida Wangrin à descendre de son cheval. Karibou prit sa main et la lui serra entre ses deux mains. Il lui fit apporter une chaise en bois, expressément achetée pour permettre à tout blanc-blanc ou noir-blanc en visite chez lui de s'asseoir comme il avait coutume de le faire.

Wangrin n'était pas fou. Il refusa la chaise et dit : « Je ne suis pas dans un bureau, mais chez un honorable frère, issu d'une haute lignée. Je préfère m'asseoir comme tout le monde, sur une natte. »

Sans attendre trop longtemps, Wangrin aborda le but de sa visite. « Je suis envoyé par le grand commandant auprès de ta famille, dit-il à Karibou Sawali, pour vous exprimer à tous la peine éprouvée par la France à la perte d'un serviteur aussi illustre et dévoué que ton frère Brildji Thiala.

« Avant de me rendre à Witou, j'ai préféré m'arrêter ici et te présenter les condoléances officielles de la France, du gouverneur du territoire, du commandant de cercle Jean Gordane et de moi-même, en tant que frère.

« Je passerai la nuit chez toi et demain matin tu m'accompagneras à Witou où je dois saluer les veuves et orphelins du défunt et m'incliner sur sa tombe.

« Le commandant m'a remis, au nom de la France et du gouverneur qui la représente, une somme de neuf cents francs, destinée à payer trois gros bœufs afin de participer aux funérailles de Brildji. »

Sur quoi Wangrin remit publiquement la somme à Karibou Sawali, qui en fut touché aux larmes. Tout le monde remercia la France, le gouverneur, le commandant de cercle et Wangrin, le grand interprète de circonscription!

Wangrin fut hébergé dans l'un des appartements de Karibou Sawali, ce qui devait leur permettre, à une heure avancée de la nuit, de s'entretenir librement.

Après un dîner substantiel souligné de nombreuses et bruyantes éructations, manière traditionnelle de prouver sa satisfaction et sa satiété après un bon repas dans l'Afrique de la savane, Wangrin s'adressa en aparté à Karibou Sawali : « Quand tout le monde aura éteint sa lampe, lui dit-il, et que tout bruit de pas aura cessé dans la cour, viens me voir. J'ai à te parler. Il en va de ton bonheur aussi bien que de ton honneur.

« La nuit sera d'autant plus discrète que le ciel ne sera éclairé que par les étoiles, qui ornent la voûte céleste plus qu'elles n'illuminent l'espace. »

Le moment venu, Karibou Sawali, drapé dans un grand pagne sombre, gratta à la porte de Wangrin. Lorsque ce dernier lui eut ouvert, il entra et s'assit. Wangrin alluma sa lampe, mais prit soin de l'éborgner de manière que la lumière n'en fût point perçue au dehors. Puis il prit la parole.

« Il a été rapporté au grand commandant, dit-il à Karibou, que tu n'as point conduit la dépouille de ton frère à son tombeau. Est-ce vrai?

– Oui, répondit Karibou. Mon frère est mort au milieu de la nuit. Ses fils et captifs (114) procédèrent à sa toilette mortuaire et l'inhumèrent dans la nuit, à l'insu de tout le monde. C'est seulement après qu'ils envoyèrent quelqu'un pour m'avertir.

« Je me suis rendu à Witou où l'on m'affirma avoir obéi aux dernières volontés de mon frère. Bien qu'indigné et blessé dans mon amour propre, le moment était mal indiqué pour exhaler ma colère.

– Ainsi, tu n'as rien dit? demanda Wangrin.

– Que pouvais-je dire, ou faire, contre la volonté d'un mort? J'ai accepté avec amertume l'affront que m'avait fait mon frère. D'autre part, j'étais placé devant le fait accompli...

– Karibou Sawali! l'apostropha Wangrin. Il ne me serait jamais venu à l'idée qu'un homme peul, de ta naissance et de ta trempe, pût accepter de gaieté de cœur que son honneur et ses intérêts héréditaires fussent bafoués par des enfants et des captifs.

« Qui plus que toi, appelé à succéder à Brildji, avait le droit de disposer de sa dépouille? Loli, fils aîné de Brildji, est ton fils (115). Par conséquent, il vient bien après toi. Il n'a pas droit à la parole, et moins encore à l'action, sans ton autorisation. Si tu te laisses faire sans aucune réaction, c'en est fait de ta position.

« Comment pourrais-tu prétendre remplacer un chef qui fut enterré sous ton nez et à ta barbe, et sans toi? Non, Karibou Sawali! Il faut réagir, et de la manière la plus violente, pour prouver que l'autorité d'un homme, si puissant fût-il, cesse avec l'extinction de son souffle. Tu es le chef de la famille royale des Thiala. Il faut le prouver en frappant un grand coup.

– Quel coup puis-je frapper, après avoir perdu la face devant tout le monde?

– Il ne tient qu'à toi. Je suis ton ami. J'ai dans

mon esprit autant de malices qu'il en faut pour déraciner coteaux et collines. Si tu y mettais le prix, je pourrais mettre mes moyens à ton service.

« Puisque nous sommes entre amis, je me dois de te dire la vérité. Je ne suis pas venu à Yagouwahi pour « faire de la religion » en vue d'un paradis situé dans l'au-delà, mais pour gagner de l'argent, et je suis disposé à servir celui qui saura me payer bien et discrètement.

– Et quel est le coup que tu comptes me faire frapper si je te paie bien?

– Je ferai exhumer feu ton frère. Ainsi, tout le monde saura que tu es le chef. Tu mèneras son deuxième enterrement et conduiras sa dépouille à un lieu que tu choisiras.

– Combien me demandes-tu pour cela?

– Cent taureaux de chacun dix ans. »

Karibou Sawali était prêt à payer le prix demandé. « Où faut-il livrer ces bêtes? » demanda-t-il.

Wangrin sourit. « Je n'ai indiqué un nombre de taureaux, répondit-il cyniquement, que pour servir de base au calcul de ce que tu dois me donner en numéraire. En effet, comment veux-tu que passent inaperçus cent taureaux pointant en l'air et entrechoquant leurs deux cents grandes cornes et beuglant à tue-tête leurs « mou-maa » (116) interminables ! Il ne saurait être question que j'accepte des animaux. Tu règleras leur prix en métal royal : l'or. Ce grand jaune est muet, ce qui ne l'empêche nullement d'agir efficacement là où échouent bien des bras vigoureux.

« Cent taureaux à trois cents francs la tête, cela fait trente mille francs. Avec cette somme, à raison de trois francs le gramme, on peut acquérir dix kilos d'or pur extrait des mines du Bouré (117). »

Le marché fut conclu. Karibou Sawali et Wangrin topèrent leurs mains en signe d'accord.

Karibou Sawali n'était pas aussi riche que son frère Brildji, première fortune de tout le pays, mais il avait de très grands biens. Son bétail s'élevait à plus de vingt-cinq mille bovins et au double en ovins et caprins. Il comptait à son service plus de cinq cents « captifs de case » (118). Personne ne pouvait chiffrer ses biens en or, argent et autres parures précieuses, ambre, agate et cornaline.

Très épanoui à l'idée qu'il pourrait se venger de l'affront calculé que lui avait infligé son aîné, Karibou Sawali quitta Wangrin et s'en alla dormir de son plus beau sommeil.

Le lendemain de bonne heure, les captifs de Karibou Sawali se mirent à jouer de leurs flûtes l'air royal de Witou et de Gouban, qui se jouait chaque matin à la porte de feu Brildji pour annoncer son réveil. Les sons des flûtes étaient accompagnés de battements de tam-tam. D'aucuns chantaient : « Louange à Guéno (119) qui a décidé d'enrouler le turban (120) de Witou et Gouban autour de la tête du valeureux puîné de Sawali, notre seigneur Karibou. »

En effet, la principauté de Gouban, résidence du dauphin, constituait en quelque sorte un petit Etat dans un grand. Les habitants des deux arrondissements de Witou et de Gouban ne vivaient sans doute pas à couteaux tirés, mais en rivalité très aiguë.

Durant sa longue vie et son règne, Brildji avait souffert de cet état de choses et en avait toujours tenu rigueur à son demi-frère Karibou Sawali. C'était là, dit-on, la cause pour laquelle il avait demandé que ce frère rival ne contemplât pas sa dépouille.

« Ote à mon frère le plaisir de me voir couché, à moitié puant, inerte et impuissant », aurait-il recommandé à Diofo, le chef de ses captifs, confident et homme de confiance. C'est pourquoi il avait été enterré de nuit, à l'insu de Karibou Sawali.

Une troupe de cavaliers, composée de Wangrin, Karibou Sawali et d'une dizaine de courtisans, griots, chanteurs et guitaristes, quitta Gouban pour Witou, distants de dix kilomètres. Sans aucun égard pour le triste motif de leur voyage, flûtistes et tambourineurs de la troupe se mirent à jouer un hymne improvisé que des griots chanteurs modulaient sur le mode de « Eeerel-Maana » (121).

Quand les maisons de Witou furent en vue, Karibou Sawali ordonna aux dix cavaliers de Gouban de faire une fantasia. Ceux-ci se précipitèrent au galop et s'en donnèrent à cœur joie. Ils parvinrent jusqu'au campement préparé pour l'hébergement de Wangrin en une parade équestre remarquable, mais combien blessante pour les parents du défunt!

Loli, fils aîné de Brildji, entouré d'une cinquantaine de notables, attendait l'interprète Wangrin, envoyé spécial du grand commandant. Mais il ignorait que celui-ci transportait, dans son coffre de voyage en bois, dix kilos d'or de Bouré offerts par Karibou Sawali désireux de se venger, de réparer son honneur et de consolider une réputation sans laquelle il ne pourrait jamais porter sur sa tête le turban de Witou et de Gouban.

Diofo, le chef des captifs, et Loli se regardèrent.

Ils avaient chacun compris, à leur manière, le comportement des gens de Karibou Sawali.

Diofo se porta vers Wangrin après avoir dit à son jeune maître Loli : « L'eau ne change son état naturel que lorsqu'on y ajoute un corps étranger. L'attitude de ton oncle couvre quelque chose d'équivoque.

– Et même de suspect, surenchérit Loli. Mais le soleil de la vérité se lèvera sans tarder, et nous saurons ce qui « gonfle » mon oncle au point de l'amener à oser piétiner la mémoire de son aîné et seigneur Brildji. »

Après ces brèves paroles, amères mais discrètes, Diofo et Loli saluèrent Wangrin comme il se devait. Loli aida Wangrin à descendre de son cheval et Diofo en fit autant pour Karibou Sawali.

Les traits du visage de Diofo, captif fidèle au point que, pour lui, il n'y avait de dieu sinon son maître Brildji et de saints sinon les enfants de celui-ci, exprimaient assez ce que son cœur en deuil contenait de consternation. Il sut néanmoins se dominer et dire à Karibou Sawali :

– Seigneur! Similla-similla! Bienvenue-bienvenue! N'attribue mon profond abattement et les traits désolés de mon visage qu'à la mort de mon seigneur et maître, ton illustre frère. Seule la mort pouvait l'abattre. Or cette dernière est invincible. Elle a abattu des rois, des saints, des héros, des savants. Elle aura raison de toutes les existences, hormis celle de l'Eternel Dieu Unique. Seigneur! Similla-similla. »

Karibou Sawali comprit que son comportement avait profondément blessé la famille de Brildji. Comme il avait précisément recherché cet effet, il en éprouva un certain plaisir, qu'il se garda cependant de manifester. Il s'appuya sur l'épaule de Diofo et descendit de sa monture. Tout le monde rejoignit un grand hangar où de belles nattes et de grands coussins avaient été bien disposés pour recevoir Wangrin et sa suite.

Quelques minutes après, ce fut une pluie de grosses noix de cola (122) et une cascade de calebasses de lait. En cadeau de bienvenue, Loli immola cinq gros taureaux et dix « moutons de case » (123).

Après avoir bu une gorgée de lait, Wangrin prit une noix de cola. Il l'ouvrit en deux et se mit à la mâcher à belles dents.

« Similla-similla Wangrin! dit Loli. Tu es parti de chez toi et tu es venu. Tu es ici chez toi. Sois-y à l'aise et ne te gêne nullement parmi nous. Nous sommes tes obligés et, en conséquence, tes serviteurs. Ordonne, tu seras obéi. Désire, et tu seras satisfait. Similla Wangrin! similla-similla!

A son tour, Wangrin prit la parole et dit : « Fils de ma mère (124), combien j'aurais aimé être parmi vous pour une occasion plus gaie que celle qui nous réunit aujourd'hui! Mais le Seigneur Allâh fait ce qu'il veut.

« Je suis venu au nom du grand commandant, qui représente le Goforner, qui représente son grand frère Goforner Zenderal, qui représente Franci (125), pour assister à l'enterrement de Brildji Thiala.

« Le grand commandant devait venir lui-même. Mais il a été convoqué à Goudougaoua pour une réunion des commandants de cercle. Il viendra plus tard s'incliner sur la tombe d'un des plus grands serviteurs que la France ait jamais eus dans ce pays. »

A la phrase « assister à l'enterrement », les

assistants se regardèrent mutuellement, bouche ouverte et yeux écarquillés. Tous les habitants de Witou furent plongés dans une inquiétude manifeste. Un silence de cimetière plana sur l'assistance.

Diofo, les yeux pleins de larmes et la voix noyée, s'écria :

« Wangrin! Brildji est déjà enterré et il a demandé que sa tombe demeurât inconnue. J'ai exécuté les dernières volontés de mon maître. Je te demande, au nom de Dieu, de tout le respect que nous devons à nos morts, et au nom des veuves, orphelins et parents éplorés de Brildji, d'arranger cette affaire. Nous t'en serons éternellement reconnaissants et saurons mériter tes bonnes dispositions d'esprit.

– Arranger quoi? reprit Wangrin, le visage éclairé par un regard qui ne laissait présager rien de bon pour les parents du défunt.

« Tu prétends que Brildji a demandé à être inhumé incognito. Or il était lettré en langue arabe. Peux-tu me montrer un écrit de sa main exprimant ses dernières volontés...? Non, tu ne peux le faire, parce qu'il n'en existe point.

« Comment veux-tu qu'un homme, connu de tout le monde et vénéré dans plus de douze pays qui s'étendent du levant au couchant du continent africain noir, puisse être enterré comme un manant banni par les siens!

« Reviens de ton erreur. Le grand commandant n'avalera jamais ton histoire, parce qu'elle est loin d'être un morceau de bonne viande bien apprêté. Ton misérable rôti est de mauvais goût. Tu le mangeras seul et, seul, tu roteras des conséquences de ton audace, de ton manque de discernement, sinon de ta complicité.

« Crois-tu, Diofo, que les Tubab (126) boivent de l'eau par leurs narines (127) et dorment la nuit sur leurs oreilles, la langue serrée entre les dents, comme les animaux qui hibernent sous terre?

« Le grand commandant est exactement renseigné des faits et gestes de tous ses administrés. Crois-tu que la mystérieuse corde de fer qui est tendue partout à travers le pays est là pour rien? As-tu jamais appliqué ton oreille contre l'un des poteaux qui soutiennent cette corde de fer? Si oui, tu auras entendu le langage secret que la corde bourdonne constamment (128). C'est ainsi qu'à votre insu la « corde-espionne » renseigne le commandant sur tout ce qui se passe au loin.

« Le commandant pense que Brildji a été assassiné. Pour en avoir le cœur net, il m'a dépêché pour enquêter et décider si un dogotoro (129) doit venir pour expertise médicale. Le Goforner et le grand grand chef de toute la France exigent que les causes du décès de leur valeureux serviteur Brildji soient rigoureusement déterminées. J'ai ordre de faire déterrer Brildji et, au cas où son corps présenterait des traces suspectes, de faire venir le dogotoro.

« Demain matin, en présence de l'imam et des notables, nous procéderons à l'exhumation ordonnée. Si tout est en ordre, on enterrera de nouveau le corps de Brildji, sous les yeux de son frère Karibou Sawali, son frère et successeur éventuel. »

Diofo n'en put croire ses oreilles! Déterrer Brildji? Quel déshonneur pour le défunt et les siens!

Consternés, Diofo et Loli quittèrent Wangrin. Un à un, les assistants se levèrent et partirent après avoir pris congé de Wangrin, chacun de manière quelque peu différente.

Wangrin, Karibou Sawali et la suite de celui-ci demeurèrent sous le hangar, éclairé par plusieurs lampes tempête réquisitionnées dans le village.

Karibou Sawali, qui ne s'était point attendu à un événement aussi bouleversant, ne put s'empêcher de dire à Wangrin : « Mon ami, tu es un homme fort! En plus des cent taureaux je t'en donne dix autres, pour te marquer ma satisfaction. » Puis il prit congé de Wangrin et regagna son domicile, car il avait une demeure personnelle à Witou, tout comme à Gouban.

Quelques courtisans et griots de Karibou Sawali et quelques hommes à Wangrin continuèrent la causerie sous le hangar, tout en écoutant les guitares de Yidi Mama et d'Idrissa Gadiaga, les deux meilleurs guitaristes du royaume.

Les derniers bruits humains, les derniers cris des animaux domestiques, hormis de lointains aboiements espacés, se turent. Les feux s'éteignirent. La ville de Witou fut enveloppée dans l'ample et sombre couverture d'une nuit sans lune. Tout semblait dormir. On ne veillait encore qu'au campement ou gîtait Wangrin.

Une ombre se faufila à travers les ruelles de la ville et atteignit le campement par le côté opposé à l'entrée principale. Après avoir hésité un moment, l'ombre enjamba la murette qui ceinturait le campement et avança à pas de félin vers le hangar, tout en restant dans l'obscurité.

Etait-ce un voleur, ou quelqu'un venant attenter à la vie de Wangrin à cause de sa promesse de déterrer Brikdji le lendemain? Il n'en était rien. Ce n'était que Diofo, travesti.

Celui-ci tentait de joindre Wangrin pour lui faire une proposition, mais il ne voulait point être vu des hommes qui l'entouraient. Il s'assit, comme s'il était assuré qu'une occasion lui serait offerte d'arriver à ses fins.

Après une longue attente dans l'obscurité, Diofo allait abandonner lorsqu'il entendit quelqu'un demander : « Où peut-on pisser ici? »

Wangrin répondit : « Derrière le hangar. »

L'homme, qui venait de quitter la lumière, n'aperçut pas Diofo, camouflé derrière un arbre, non loin de l'endroit où lui-même s'arrêta.

Diofo attendit que l'homme eût fini. Puis il dit tout doucement, en changeant sa voix : « Je suis un ami, n'aie pas peur. Tiens, voici une pièce de cinq francs en pur argent blanc de Franci. Va dire à Wangrin en aparté qu'un ami l'attend sous cet arbre pour lui parler d'une affaire pressante qui ne souffre aucun retard. Demain matin il serait trop tard. »

L'homme, quelque peu ahuri, prit la pièce. Ce n'était pas, à l'époque, un mince pourboire. Revenu sous le hangar il appela Wangrin à part, lui montra la pièce et lui fit la commission du mystérieux donneur.

Wangrin était courageux comme une lionne-mère, et il le prouva en répondant à une invitation lancée dans l'obscurité par un inconnu qui pouvait être aussi bien un assassin. Il ne prit d'autre soin que de dire à ses convives : « Je m'éclipse un moment. Attendez mon retour, quelle que soit la durée de mon absence. S'il le faut, restez jusqu'à demain matin. »

Puis il s'enfonça dans l'ombre comme un pêcheur dans une poche d'eau.

Après son départ, les causeurs se mirent à se reprocher d'avoir laissé Wangrin tout seul aller donner de la tête dans ce qui ne pouvait être qu'un astucieux guet-apens.

« Qui pourrait oser, dans ce pays, toucher à un cheveu de l'interprète du grand commandant? se demandèrent-ils. S'il lui arrivait le moindre mal, nous serions tous rasés au moyen de tessons de bouteille avant d'être cuits dans une friture chauffée à l'aide de feux puisés dans le septième enfer!

– Assez parlé! s'écria Idrissa Gadiaga. Je ne vois pas pourquoi vous appelez la calamité sur vos têtes alors que Wangrin n'est ni un idiot ni un aveugle paralytique.

– Quant un homme embouche un scorpion, enchaîna en riant Yidi Mama, c'est qu'il a gaîné sa langue d'invulnérabilité (130). » Et il continua de pincer les cordes de sa guitare.

– 12 –

Le guet-apens

Pendant ce temps, Wangrin s'était approché de l'arbre où Diofo l'attendait. A quelques pas de l'arbre, il aperçut une ombre qui se détacha du tronc en déplaçant ses pieds d'une manière ferme, mais prudente.

« N'avance plus! cria Wangrin, sinon ta mère aura accouché d'un cadavre prématuré. Reste où tu es et dis-moi qui tu es. Serais-tu une marcotte (131) de cet arbre transformée en homme-diable, je te tuerais par la vertu de mon Korté (132). Il me suffirait de propulser ses effluves meurtriers au moyen des paroles magiques que voici :

« Kothiema sunsun
baathiema sunsun
sunsun fla ani sunsun. »

« Diospiros au milieu d'un lac
diospiros au milieu d'un fleuve
Le double diospiros et le diospiros unique (133). »

Ce discours audacieux et calme, prononcé en des circonstances où beaucoup d'hommes courageux pisseraient de terreur, coagula le sang de Diofo dans ses veines. Il trouva néanmoins le courage de répondre :

« Ne fais rien, Wangrin! Rengaine ton fétiche, si jamais tu l'as sorti. Je ne suis ni diable, ni lutin, ni démon, ni facétieux, ni farfadet Je suis ton dimadjo (134). Je suis Diofo.

– Et que me veux-tu, pour t'envelopper d'une nuit sans lune où certaines étoiles sont blêmes et les autres blafardes? Pourquoi n'es-tu pas venu de jour, ou tout au moins n'es-tu pas entré par la grande porte?

– Le secret est une semence qui pourrirait et ne germerait point si elle était exposée au grand jour. La très grande envergure du baobab, roi des végétaux, est tout entière contenue dans le secret de sa gemmule et cachée dans l'obscurité de sa graine. J'ai à cœur un secret plus grand que le plus puissant des baobabs.

« Je voudrais, ô combien! que tu fusses la terre fertile où je pourrais semer ce secret. Il ne m'appartient d'ailleurs pas.

– Et à qui appartient-il ? demanda Wangrin.

– Il appartient aux veuves, fils, frères, et captifs de case de Brildji Thiala, ce maître, père et mari que nous pleurerons jusqu'au jour où, nous tous, irons le retrouver au village à terrasses rases (135).

– Je t'écoute, Diofo, parle. La nuit a assez vieilli et mes paupières ploient sous le poids de son âge (136). Fais vite!

– Il me faut d'abord te demander de me suivre jusqu'à la demeure de feu notre maître, où son fils aîné et ses femmes t'attendent pour te demander conseil, en souvenir des bonnes relations que Brildji avait entretenues avec toi de son vivant.

– Allons-y, répondit Wangrin qui n'éprouva pas le besoin d'avertir les amis qui l'attendaient sous le hangar. »

Les deux hommes prirent la direction de la demeure de feu Brildji Thiala. Comme beaucoup d'Africains, Wangrin pouvait voir dans l'obscurité, suffisamment pour se guider ou se situer dans l'espace. Il n'oublia pas, dans ces circonstances aventureuses et risquées, d'exercer cette précaution quasi élémentaire.

De ruelle en ruelle, Diofo, évitant toutes les artères principales de Witou, amena Wangrin à une petite porte discrète. Celle-ci donnait accès, par un escalier, au premier étage de la demeure où avait vécu et où était mort Brildji Thiala. Les deux compagnons montèrent et se dirigèrent vers la porte principale, qui restait fermée. Diofo poussa un cri de chouette. Une voix, venant de l'intérieur de la pièce, demanda :

« Qui es-tu?

– Hibou huppé, » répliqua Diofo.

Le grand battant s'entrouvrit légèrement sous la poussée de quelqu'un que l'on ne voyait pas. La salle était plongée dans l'obscurité.

Diofo se tourna vers Wangrin : « Entre, lui dit-il,

je ferai de la lumière. La lampe est à droite de la porte. Va droit devant toi. »

Sans aucune méfiance, Wangrin avança. Il fit quelques pas dans le fond de la pièce, puis s'arrêta et attendit que Diofo eût allumé la lampe.

Diofo avait pris soin de fermer la porte et de la caler avec un gros morceau de bois placé en diagonale. Puis il alluma tour à tour trois grandes lampes à beurre de karité.

Wangrin découvrit qu'il se trouvait dans une salle immense, celle-là même qui servait aux palabres que Brildji tenait avec ses grands notables.

Diofo cria : « Aywa (137)! Venez, Wangrin est là! »

Quatre captifs, bâtis en hercules, armés chacun d'un gros « ngollooru », casse-tête en bois à long manche, sortirent par quatre portes qui ouvraient sur la salle.

Comprenant ce qui se passait, Wangrin, avec un calme qui troubla Diofo, éclata de rire et dit :

« O Diofo! Je ne pensais pas être en danger de mort pour que tu prisses la peine de me faire entourer par des gardes du corps aussi rébarbatifs, même pour celui qu'ils doivent défendre... Où sont donc Loli et les parents de Brildji qui m'ont invité par ton entremise?

– Trêve de plaisanterie, Wangrin! Il n'y a, dans cette salle, pas plus de L'oli ou de parents de Brildji qu'il n'y a de beurre de vache dans une pierre. Tu as devant toi quatre tueurs. Ces hommes que tu vois là ont décidé, depuis la disparition de Brildji, de se fiancer avec la mort. Ils ont hâte de consommer leur mariage. Et je partage leur décision.

« Du vivant de Brildji, nous n'avons jamais souffert

que quelqu'un levât les yeux et osât lui dire « non ». Ses désirs étaient pour nous des ordres. Nous sommes trois cent trente-trois jeunes captifs bien bâtis, choisis entre les deux mille huit cent douze captifs de Brildji. Nous constituons sa garde spéciale. Nous avons renversé tous ceux qui s'étaient mesurés à lui et avons envoyé au cimetière tous ceux qui avaient tenté de l'humilier ou de le supprimer.

« Depuis le décès de Brildji, la vie sent mauvais pour nous. Il ne sied pas à notre fidélité de lui survivre. Notre sang aurait dû servir à pétrir l'argile qui recouvre la niche de sa tombe. Mais, hélas! la religion musulmane, que nous avons embrassée à la suite de notre maître et pour lui plaire, interdit le sacrifice humain et le suicide. Nous sommes cependant décidés à faire mourir quiconque tenterait de découvrir le lieu où repose Brildji.

« Qui n'a pas vu son cadavre ne verra jamais sa dépouille. Il sera plus facile de ressusciter Brildji que de le déterrer, nous vivants.

« Or toi, Wangrin, demain matin, tu te proposes d'exhumer Brildji. Renonces-y. Sinon, ce sera le dernier soleil terrestre que tes yeux auront contemplé. D'ailleurs, tu ne pourras jamais retrouver son corps, à moins de retourner sens dessus dessous toute la terre de Witou de Gouban, ce qui est impossible.

« Il n'y a ni petit ni grand commandant, ni Goforner qui tiennent! Brildji restera dans sa tombe inconnue. Il ne sera pas déshonoré par un déterrement honteux.

« Par contre, si tu laisses tomber l'exhumation et arranges l'affaire, ta fortune est faite. Je te donnerai, séance tenante, toute somme que tu exigeras, plus un cadeau supplémentaire en reconnaissance de ta bonne volonté.

« Résumons-nous. Voici, à portée de ta main, la fortune ou la mort. A toi de choisir. Fais-le avant que ne chante le premier coq du quartier. Je souhaite que les premiers braiments des baudets ne soient pas accompagnés de tes râles d'agonie. »

Wangrin n'avait écouté que d'une oreille le discours mi-prometteur mi-macabre de Diofò. Son esprit en alerte évaluait la profondeur du pétrin dans lequel il était tombé d'une manière si malencontreuse et cherchait un moyen d'en sortir, la tête bien en place sur les épaules.

Eurêka! Le cerveau artificieux et rusé de Wangrin venait de pondre un œuf de sa production. Son courage n'avait plus qu'à le couver et à le faire éclore avant que ne chantent les coqs et ne braient les ânes au petit matin.

L'audace – accompagnée d'un humour machiavélique – était ce qui manquait le moins à Wangrin. Il allait les mettre en œuvre pour tenter de se tirer de ce mauvais pas.

– Jusqu'ici, déclara-t-il brusquement, on m'avait laissé croire, et je le croyais fermement, que les captifs de case peuls étaient les hommes les plus simples et sans malice, pour ne pas dire idiots et imbéciles. Mais ne voilà-t-il pas que je risque de payer cher cette odieuse opinion? Bien que je sois dans une situation désespérée, je dois avouer que le grand mépris que j'éprouvais jusqu'alors pour votre caste, ô captifs de case peuls, cède la place à une admiration pleine de sympathie. En effet, sans me vanter, le lièvre lui-même (138), si réputé pour sa ruse, n'aurait pu me posséder aussi facilement que tu viens de le faire, ô Diofo ! »

Tout en parlant, Wangrin fit mine de s'approcher de l'un des tueurs...

« Arrête! s'écria celui-ci. Un pas de plus et c'en est fait de ta boîte crânienne. Les choses seront ainsi toutes dites...

– Bien sûr, répliqua Wangrin. Mais j'ai perdu la notion du quantième de la lune, du jour de la semaine où nous nous trouvons, et, surtout, de l'heure de la nuit. Bientôt, ô mon père! ô ma mère! les maudits ânes vont faire un mauvais rêve et pousser des braiments, leurs cris intempestifs vont faire chanter les coqs du quartier et, ma foi : bupp - bapp - Kaw - Waw - pan – pan ! et voilà les huit os de ma boîte crânienne réduits en vulgaires tessons, mon pauvre cerveau en marmelade et mes deux glandes génitales éjectées comme une pierre lancée. Je commence à croire que les tueurs de Witou sont capables de tuer la mort elle-même...

« O mon Dieu! Qu'il est dégoûtant d'être un rejeton des Bambaras. Ces rustres n'apprennent à leurs enfants que l'art d'aller chercher des termites pour les poulets et des souris et des sauterelles pour les gamins. Le jour où l'on ramène un varan ou une gueule-tapée (138), c'est la bamboula du ventre plein... »

Subitement, Wangrin se mit à tourner sur lui-même tel une toupie, l'expression affolée, empoignant et tortillant ses vêtements à pleines mains, tout en criant : « A-â-âh ! Au secours, un scorpion me darde, je me meurs!... »

Instinctivement, deux des tueurs et Diofo se mirent

à chercher dans les vêtements de Wangrin pour tuer l'arachnide venimeux.

Tout en tournant sur lui-même, Wangrin manœuvra de manière à pouvoir se saisir à la fois des deux tueurs par la main. Avec une rapidité d'épervier il les attira, entrecogna leurs deux têtes et les poussa sur Diofo qui, tout en tombant, s'empêtra dans ses boubous.

D'un bond de léopard, Wangrin atteignit la porte. Il s'empara d'une lampe à huile et la lança contre ses adversaires. Profitant de leur panique, il arracha la cale qui immobilisait la porte, ouvrit celle-ci, sortit et referma la porte, cette fois-ci à l'aide de la serrure extérieure.

Pendant que ses « séquestreurs » étaient affairés à éteindre le début d'incendie allumé par la lampe à huile, Wangrin, en athlète qu'il était, sauta de la grande terrasse sur une autre plus basse et, de celle-ci dans la grande rue qui menait au campement. Il courut comme une hyène dératée et ne s'arrêta qu'à quelque vingt-cinq mètres du campement où l'attendaient ses compagnons, assommés par une violente envie de dormir. Une lampe flamboyait, mais les bouches étaient muettes sous des paupières mi-closes.

Wangrin respira profondément plusieurs fois, comme il avait appris à le faire au cours des exercices de gymnastique enseignés à l'Ecole des otages de Kayes. Il reprit son souffle et avança calmement, comme si de rien n'était.

« Espèces de femmelettes, cria-t-il à l'adresse de ses amis, réveillez-vous! Le sommeil n'est pas fait pour les mentons velus et les talons rugueux (140) mais pour les femmes et les hommes médiocres. »

Tout le monde se réveilla en sursaut. Jidi Mama demanda : « Où étais-tu allé, ô Wangrin? Tu nous as donné beaucoup d'inquiétude.

– Allez vous coucher, leur dit Wangrin, et avant de dormir, dites-vous bien qu'il y a des hommes que la nuit ne saurait manger (141). »

Puis il regagna lui-même sa couchette et dormit d'un sommeil paisible, comme s'il ne venait pas de passer un des plus mauvais moments de sa vie.

Si Wangrin avait pu dormir comme un juste, il en avait été tout autrement de Diofo et de toute la famille de Brildji. En effet, leur coup raté, Diofo et les quatre tueurs avaient alerté les chefs captifs de la maison de Brildji. Ils se réunirent avant l'aube et tinrent un grand conciliabule présidé par Loli, fils aîné et héritier de Brildji.

« Nous avons, déclara Diofo, en plus de notre deuil cruel, deux affaires calamiteuses sur le dos : l'exhumation du corps de Brildji et le guet-apens manqué contre Wangrin. En voulant éviter un destin funeste, nous tombons sur une mort implacable.

« Pour nous, la terre est en feu et nous ne pouvons grimper dans les cieux. Que faire?

– Mourir jusqu'au dernier! entendit-on de plusieurs côtés.

– Proposition idiote! tonna Diofo. Les morts augmentent les tertres du cimetière. Ils ne peuvent se venger et l'honneur demeure entaché.

– Que faire, demanda Loli, puisque Diofo ne veut pas que nous mourions tous ensemble?

– Ecoute, Loli, reprit Diofo. Nous sommes à la tête de la première fortune du pays. Nous pouvons compter, dans nos cinquante parcs à bovins, cinquante mille têtes adultes. Nous sommes deux mille huit cent douze captifs adultes, tous en âge de porter les armes. Nos femmes et nos enfants nous triplent. Vendus à l'encan, nous vaudrions une fortune qui pèserait le poids d'une montagne.

« Nous possédons, au bas mot, trois millions de grammes d'or jaune malléable extrait des mines du Bouré. Nos greniers sont pleins de perles précieuses, nos vastes magasins regorgent de cauris, que sais-je encore...

« Loli, si avec tout cela nous n'arrivions pas à nos fins, c'est que nos mères n'auraient accouché que de méprisables charognards!

– Feu mon père, dit Loli, avec tout son grand savoir, son immense fortune, son monde considérable et sa vaste audience auprès de tous les grands de son temps, te laissait agir, Diofo. Je serais mal venu de faire le contraire. Je sais que tu aimes mon père et ses enfants plus qu'ils ne peuvent s'aimer eux-mêmes. Ordonne et je ferai pendre celui qui ne marchera pas ! »

– Non, Loli il n'est besoin de pendre, ni même de gifler, qui que ce soit. Tes captifs ne connaissent et ne connaîtront d'autre maître que toi et d'autre chef que moi.

« Je vous demande à tous de me laisser faire. Apprêtez les poudres, mais n'y mettez pas le feu sans mon ordre. »

Diofo finissait de parler lorsque retentit la belle voix du muezzin lançant les premiers appels à la prière.

« Alhamdu lillâh! (142) dit Diofo. Cet appel est pour nous un heureux augure. L'avenir, par la grâce du Seigneur, ne saurait plus nous réserver que bonheur et satisfaction. Chassons donc de nos cœurs toute mauvaise conjecture. La richesse est cet agent qui dit à son possesseur et maître : « Exprime tes souhaits afin que je les comble plus rapidement que tu ne l'espères et bien au-delà de tes désirs. » Or la fortune ne nous manque pas.

– Va, lui dit Loli, et fais pour le mieux. Que Dieu appuie tes démarches!...

– Amen-Amen! » répondit Diofo, qui s'en alla vers le campement, après avoir demandé à chacun de rentrer chez soi.

Le disque du soleil plaquait sur l'horizon oriental son immense rond jaune d'or quand Diofo pénétra dans le campement.

Wangrin, aussi matinal qu'un coq, était déjà levé. Diofo le trouva assis dans une chaise longue, les pieds étendus sur le dépliant. Il avait autour de lui cinq personnes, avec qui il semblait se concerter ou discuter gravement.

Diofo n'hésita pas. Il s'approcha et lança :

« Djam-waali, Wangrin (143)?

– Djam-tan! (144) répondit celui-ci.

– Wangrin, je suis venu m'informer de tes bonnes nouvelles et te faire part de celles de la famille de Brildji et des miennes propres.

– J'ai fait cette nuit un cauchemar, dit Wangrin. Mes oreilles en bourdonnent encore et mes mains et mes talons en sentent la chaleur.

« Figure-toi, Diofo, que j'ai rêvé cette nuit être chassé par cinq hyènes fantasmagoriques. Quatre d'entre elles avaient des dents en forme de casse-tête. Je courais comme un guépard poursuivant une biche et sautais par-dessus terrasses, murs et murettes. Je ne saurais dire comment se termina mon rêve. Ta vue me rassure, car j'espère que tu me trouveras un marabout interprétateur de songes.

– En effet, répliqua Diofo, je connais un éminent interprète des songes. Je l'ai si souvent fréquenté et consulté pour mon maître Brildji, les siens, et pour moi-même, que je suis quelque peu devenu moi-même, sur les bords, interprète de songes. Je puis t'expliquer les grandes lignes de ton rêve.

– Je t'écoute, répondit Wangrin.

– Terrasses et murailles symbolisent les difficultés d'argent semées sur la route de la vie. Sauter par-dessus signifie qu'une immense fortune sera acquise, soit par don, soit par ses propres efforts.

« J'en conclus donc, grosso modo, que ton rêve n'est pas de mauvais augure. Il va sans dire que le marabout Tierno Taali, grand interprétateur de songes, saurait te donner plus de détails. Si tu le désires, je te conduirai auprès de lui.

– Merci, nous verrons cela quand le soleil sera dans le ciel à la hauteur d'une hampe de lance », dit Wangrin.

Il ajouta : « Et qu'est-ce qui me vaut ta si matinale visite, Diofo ?

– J'ai un conseil à te demander en privé, si cela est possible.

– Il n'y a pas de refus à cela, ô Diofo. Si tu veux me suivre, nous serons plus à l'aise dans ma chambre personnelle. »

Wangrin se leva et Diofo, le suivant, entra dans la pièce occupée par Wangrin. Quand ils furent seuls, Diofo attaqua sans ambages :

« Wangrin, dit-il, tu es plus fort que nous et nos aïeux réunis. Tu as prouvé que nous n'étions que des pantins. Mais en tant que noble Bambara descendant d'une famille de chefs, tu comprendras facilement qu'un captif bien traité par son maître est capable de donner sa vie s'il le faut pour sauver celle de son maître ou préserver son honneur. Ce fut mon misérable cas, que je viens de plaider en invoquant ton cœur et ton rang social traditionnel.

« Wangrin, le noble fils de nobles chefs que tu es doit plutôt plaindre ma bêtise de captif engraissé. J'ai oublié que je n'étais qu'une vilaine hyène et me suis attaqué au noble lion que tu es. Pitié! Brise mes os si tu le veux, je l'ai mérité par ma vanité. Mais, au nom de l'honneur de tous les « horons » (145) de tous les temps et de tous les pays, épargne à la dépouille de Brildji une exhumation inconvenante.

« Durant toute sa vie, Brildji a exhalé une odeur suave. Il parfumait l'air sur son passage. Tu ne vas pas déterrer un Brildji qui empesterait l'atmosphère? Si tu exhumais Brildji, sa mauvaise odeur ferait fuir tout le monde et attirerait de hideux charognards espérant une curée.

« Non, Wangrin. Tu as sucé un noble lait et c'est du sang pur qui coule dans tes veines de prince. Tu ne déshonoreras pas un homme de même rang que toi, que la mort a privé de tout moyen de défense. Ce serait une lâcheté abominable et tu n'es pas déshonnête au point de violer la bienséance due par un homme noble à la dépouille d'un autre noble. L'identité de vos rangs et conditions sociales te crée des obligations.

« J'en ai terminé, Wangrin, non sans te redire qu'or, argent, belles captives, bovins et ovins gras à n'en plus finir sont là, à portée de ta main. Donne-moi ta parole de « horon » et dis-moi ce que tu veux afin que Loli, mon jeune maître, te comble sans restriction.

« Si tu refuses, tu devras enjamber les cadavres de cinq à six mille hommes avant de découvrir la tombe de Brildji et déterrer sa dépouille.

« A toi de choisir...

« J'attends ta réponse avant de prendre congé en te serrant la main pour la dernière fois, si tu disais non à ma proposition. »

Wangrin était filou, certes, mais son âme n'était pas insensible. Son cœur était habité par une intense volonté de gagner de l'argent par tous les moyens afin de satisfaire une convoitise innée, mais il n'était point dépourvu de bonté, de générosité et même de grandeur. Les pauvres et tous ceux auxquels il était venu en aide dans le secret en savaient quelque chose. Son comportement, cynique envers les puissants et les favorisés de la fortune, ne manquait cependant jamais d'une certaine élégance.

Le discours de Diofo l'avait remué profondément. Deux lourdes larmes roulèrent sur ses joues. « Diofo, dit-il, j'ai oublié mon rêve. Rien ne s'est passé entre nous cette nuit. Reviens me voir quand le soleil sera au zénith et que l'ombre de toute chose se rétractera sous le pied de ce qui l'avait projetée. Ma tête et mon cœur vont s'entretenir et ma langue te communiquera leur décision.

« Va, Diofo ! Va en paix et salue de ma part Loli et ses parents. »

Ayant dit, Wangrin tira de sa poche un morceau de toile blanche de forme carrée. Il s'en moucha, après s'en être servi pour essuyer ses deux larmes. Puis il remit le morceau de toile dans sa poche et serra la main de Diofo en disant machinalement : « Va-t'en, Diofo, va-t'en vite ! »

« Billaye - Wallaye ! (146) se dit à part Diofo. Wangrin est non seulement un horon, mais également un « noir-blanc » parfaitement réussi. Ne voilà-t-il pas qu'il sait se moucher et essuyer ses larmes à la manière des blancs-blancs ? C'est exactement ainsi que j'ai vu faire à tous les Blancs que j'ai approchés à l'occasion des fêtes du quatranjuliye (147). »

– 13 –

La couvée de l'oiseau calamiteux

Wangrin prit son petit déjeuner. Quand il l'eut terminé, il ouvrit en deux une belle noix de cola rose et la mit à sa bouche. Tout en mâchant sa cola à la manière d'une chèvre qui rumine, Wangrin réfléchissait à un moyen de se tirer d'affaire.

Il lui fallait trouver un moyen pour ne pas avoir à exhumer Brildji, sans pour autant se mettre à dos Karibou Sawali. Dix kilos d'or provenant des trésors de ce dernier ne lestaient-ils pas déjà son coffre à bagages?

Wangrin se dit en lui-même : « Je me trouve dans le cas implacable de l'homme ayant vu la couvée de Kilinti-Kolonto. l'oiseau calamiteux qui pond deux œufs. En effet, si l'on voit la couvée de l'oiseau calamiteux, on se trouve devant trois possibilités aussi tragiques les unes que les autres : ou bien prendre un œuf seulement et perdre son père, ou bien prendre les deux œufs et perdre sa mère, ou bien ne rien prendre et s'en aller, et mourir soi-même. »

Les yeux perdus au loin, ses mâchoires s'activaient à bien mâcher sa cola. Puis il expira bruyamment l'air de ses poumons et adressa à son fétiche la prière suivante :

« Kothiema sunsun !
ô Bathiema sunsun !

« ô toi qui connais, par avance, le sexe d'un fœtus
dans la matrice hermétique de sa mère !
ô toi qui te souviens de tout ce qui s'est passé
depuis les premiers pas du temps !
ô toi qui es présent
parce que tu es Présence permanente,
ô toi qui connais le dénouement d'une action
avant qu'il ne survienne,

« je suis ton adorateur docile qui ne doute point de ta puissance. Je suis pris dans le piège de ma propre action.

« Délivre-moi et dicte-moi, par sons de voix ou songes prémonitoires, ce que je dois te sacrifier, où et quand je devrai le faire, avec ou sans l'aide d'un tiers.

« O Kothiema sunsun! Parle-moi vite, inspire-moi comme il faut. J'ai foi et confiance en toi. »

Wangrin « faisait salame » (148), mais cela ne l'empêchait point de recourir de temps à autre aux dieux traditionnels de son terroir et aux mânes efficaces de ses ancêtres.

Il se retira dans sa chambre et donna ordre à Badgi, son palefrenier, serviteur et en même temps garde du corps, de ne laisser personne le déranger avant que le soleil surplombât les têtes et les houppiers des arbres. Il avait également pris soin de faire avertir Karibou Sawali de n'avoir point à se déranger avant l'appel à la première prière de l'après-midi.

L'isolement total dans lequel il s'était retiré permit à Wangrin de méditer profondément et longuement sur son problème, qu'il ne pensait point pouvoir résoudre à bon compte.

Tout à coup, juste avant le retour de Diofo, une inspiration le traversa. Il en exulta, avec la joie d'un égaré mourant de soif dans le désert et tombant inopinément sur une oasis inespérée.

Il était en train de se lisser la barbe de plaisir quand Diofo entra et dit :

« Salamale-kum ! La paix sur vous ! (149)

– Mbaaa ! (150) répondit Wangrin. Simílla Diofo ! Simílla ! »

« Cet accueil est de très bon augure », pensa Diofo en se déchaussant à la porte. Puis il diminua sa taille en se courbant respectueusement et marcha ainsi, cassé en deux, pour venir s'accroupir au pied de la chaise longue où Wangrin s'était étendu pour méditer. Il s'empara d'un rond de paille qui traînait par terre et se mit à éventer Wangrin, après avoir déposé furtivement devant la chaise longue un paquet de colas et une grosse tabatière en peau historiée d'argent.

En se remettant sur son séant, Wangrin aperçut le paquet de colas et la belle grosse tabatière.

« Je n'avais encore jamais vu de ces grosses tabatières historiées par les bijoutiers de Djenné (151), dit-il. Tu m'en donnes là une bonne occasion. Je t'en remercie de tout mon cœur, ô Diofo.

– Tu verras, elle contient un excellent almundialla (152) »

Wangrin se saisit de la tabatière. Elle était beaucoup plus lourde qu'il ne s'y attendait et il fut obligé de se servir de ses deux mains pour la soulever. Il l'ouvrit et la trouva remplie de poudre d'or de Bouré.

Habitué à voir beaucoup d'or et à recevoir des pourboires somptueux, il ne fut point ému par la contenance de la tabatière, mais par les manières déférentes, élégamment spontanées et heureusement discrètes du geste de Diofo.

« Pourquoi ce tabac en poudre de métal précieux, Diofo?

– Loli, en fils dévoué, se doit de donner du tabac au père que tu es pour lui. C'est pourquoi il t'envoie ce paquet de colas et cette tabatière pour ta collation pré-déjeuner.

– Et que sera le déjeuner lui-même? demanda Wangrin.

– Il sera ce que Wangrin mon maître, commandera en quantité et en qualité.

– Wallaye! Wallaye! Diofo! sous les coups de l'enclume et du marteau que constituent tes deux mains et sous l'effet magique de ta langue incantatrice, le plus résistant et le plus dur des métaux devient de la cire molle que tu façonnes à volonté.

« Tu as gagné, Diofo! La dépouille de Brildji restera inviolée dans la niche secrète de sa tombe introuvable. Seule la trompette de la résurrection en fera sortir ton maître, mon défunt ami, Brildji. »

Ayant pris congé de Wangrin, Diofo partit presque en courant. Seule sa qualité de chef suprême des captifs l'empêchait de faire des entrechats et des sauts périlleux pour manifester sa joie.

Arrivé chez Loli, il s'écria : « O Loli! Sacrifie à Allâh le plus que tu pourras! Ton père dormira dans sa tombe. Il ne sera vu qu'au jour de la résurrection, parmi les élus odoriférants. Et tant pis pour ceux qui espéraient pouvoir se boucher le nez en disant avec jactance : « Personne ne se serait douté que Brildji était si infect et dégoûtant! »

Loli se dressa : « O papa Diofo (153)! Wangrin se serait-il prononcé ?

– Oui! Il a dit : « Seul le son de la trompette d'Azraael (154) sortira Brildji de sa tombe. »

– Crois-tu que Wangrin pourra tout à la fois tenir tête à mon oncle Karibou Sawali et tenir sa promesse? demanda Loli, haletant d'émotion et d'incertitude.

– J'en donnerais ma gorge à trancher et mes tripes à dévider! répliqua Diofo. Wangrin est une crapule de grande dimension, un combinard de grand talent, mais c'est également, et paradoxalement, un chevalier sur les bords. Incontestablement, c'est un coriace qui n'a peur ni de Dieu et moins encore du diable.

« Je crois à sa parole, sans pouvoir dire dans quelle sauce il plongera Karibou Sawali pour l'empêcher d'exiger l'exhumation de Brildji. Mais patience! Car ce qui, de l'obscurité, va vers la lumière finira par être discerné.

« Wangrin a donné, paraît-il, rendez-vous à Karibou Sawali cet après-midi, à l'heure de l'appel à la première prière. Ce temps viendra immanquablement, car le temps ne ment jamais. »

Au moment même où Diofo finissait de parler, on entendit :

« Allaahou akbar! Allaahou akbar! ... »

C'était la belle et puissante voix du muezzin de la grande mosquée de Witou. Du haut du minaret, son appel psalmodié invitait les fidèles à se préparer à la prière rituelle musulmane, faite pour bien disposer le corps, tranquilliser l'âme et apporter la paix aux esprits accablés par le sort.

« Allaahou akbar! Allaahou akbar!...
Dieu est incommensurable!
Il est le Seul Dieu
et Muhammad est son Apôtre... »

Diofo se tourna vers Loli : « Karibou et son cortège ne vont plus tarder à sortir pour aller au campement, lui dit-il. Il faut envoyer l'un de nos hommes s'infiltrer dans la foule pour essayer de recueillir quelques renseignements. »

Bila Tonel fut désigné. Il partit comme une flèche vers le campement.

Il va sans dire que, dans l'esprit de Karibou, Wangrin donnerait l'ordre, après la prière, de montrer la tombe de Brildji et d'exhumer son corps.

On sortit Barewal, le cheval de Karibou. La bête était blanche comme un clair de lune et richement harnachée. Un jeune dimadjo (155) la tenait au moyen d'une belle bride marocaine, achetée à Fez.

Le bel animal, prêt à être chevauché, trépignait et tournait autour de son palefrenier qui avait quelque peine à le faire tenir tranquille. Barewal hennissait. Diambouri – c'était le nom du jeune dimadjo – se mit à lui parler comme à un être humain :

« Tiens-toi tranquille, Barewal !
Je te panserai comme il convient.
Tu boiras du lait frais ce soir.
Si tu ne m'écoutais,
tu t'en repentirais,
car les talons éperonnés de Karibou
tiendront un autre langage
et tes deux côtes verseront
des larmes de sang.
Tu regretteras mes mains
qui caressent ton encolure,
grosse bête ! »

Karibou sortit tout de blanc vêtu, à l'exception de ses bottes d'un jaune « jus de cola », brodées de soies multicolores, et de son grand turban bleu foncé. Ce turban, de fabrication haoussa (156), était ingénieusement lustré par un procédé connu des seuls haoussa du Nigeria et jalousement gardé par eux. Il brillait au soleil comme un miroir. C'était tout à la fois un diadème royal et un bandeau, insigne de grosse fortune. Les Peuls donnent encore, de nos jours, le nom de « Pilkol-bugué » à ces sortes de turbans.

Karibou avança, porté par les cris des griots chantant des louanges improvisées en son honneur, au milieu des you-you stridents soulignant la devise des Thiala que déclamaient à qui mieux mieux trois griots à cheval et trois autres à pied.

Karibou s'élança sur Barewal avec une aisance qui dénotait sa grande maîtrise dans l'art de l'équitation. Si Brildji passait pour la première fortune du pays, Karibou, lui, passait sans doute possible pour en être le meilleur étrier.

Une fois Karibou en selle, Barewal comprit qu'il avait son maître sur le dos et qu'il valait mieux, pour lui, prêter attention aux sollicitations des mains et des talons de Karibou plutôt que de s'agiter.

Karibou ouvrit la marche. Son cheval avança en dansant doucement, entouré d'une dizaine d'autres chevaux et de plus de vingt piétons. Toute cette troupe se porta vers le campement où attendait Wangrin.

« Salamale-kum! Salamale-Kum! La paix sur vous! » s'écria en arrivant le grand griot Yidimaama, attaché à la personne de Karibou en tant que porte-voix.

– Mbaaa! Similla-similla! » répondit Wangrin

Quand tout le monde fut assis sous le hangar, Wangrin s'adressa à Karibou : « Viens avec moi dans mon appartement, lui dit-il. Nous avons à nous entretenir de ce dont ta suite et la mienne n'ont pas à avoir connaissance : affaire de chefs, donc affaire ultra-confidentielle. »

Quand ils furent seuls, Wangrin montra à Karibou pics, pioches et pelles rangés dans un coin de la pièce. « Comme convenu, lui dit-il, j'ai fait venir le grand imam Souleymane et lui ai dit de se tenir prêt pour assister à l'exhumation du corps de Brildji.

« L'imam fut si troublé par mes paroles que je crus, à voir son air hagard et inquiet, qu'il venait d'être pris d'une crise d'épilepsie. Ma crainte ne fit que croître lorsque je le vis tomber là, sur cette natte, privé de connaissance, un liquide à demi visqueux coulant de ses narines et des deux coins de sa bouche.

« Pour la première fois de ma vie, à ce spectacle, j'éprouvais la frayeur d'un homme en train de se noyer. Ne sachant comment lui venir en aide, je me mis à lui faire, comme je l'ai appris à l'Ecole des otages, des exercices de respiration. Dieu merci, il revint enfin à lui-même.

« Lorsqu'il eut complètement retrouvé ses esprits, je lui demandai le motif de son évanouissement. Voici ce qu'il me répondit :

« Je suis arrivé, me dit-il, aux trois quarts de ma quatre vingt deuxième année. Je n'ai jamais ouï de mes oreilles une chose aussi abominable que celle que tu viens de me proposer : exhumer un cadavre! Satan lui-même s'en garderait bien. Il est écrit, dans les textes sacrés, qu'un destin funeste sera, sur cette terre, la part de celui qui ordonnerait l'exhumation d'un cadavre. Et les enfers septièmes seront la demeure de celui qui prendrait plaisir à voir exhumer un cadavre.

« Comment – ajouta l'imam – oses-tu, Wangrin, me proposer d'assister à une telle entreprise sacrilège! Tu ne trouveras personne, dans tout le pays, pour t'aider. »

« Cela dit, Souleymane me quitta. Son air était si méprisant que j'eus peur, un moment, qu'il ne me crachât sur la face.

« Pourtant, en dépit de ce qu'a dit l'imam, moi, je suis prêt à affronter textes sacrés et fournaises infernales, si toi, tu peux affronter l'opinion de tes coreligionnaires et de ton peuple, sans parler du destin funeste prévu par des écrits qui ne sauraient mentir.

« Mais il m'est venu une idée qui nous permettra de sauver et ta face et la mienne et, surtout, de rehausser la cote de ta popularité. Un homme impopulaire risque, en effet, de tout perdre dans son pays. Si ma suggestion t'agrée, tu rattraperas en prestige le plaisir que la non-exhumation de Brildji t'aura ôté.

– Quelle est cette suggestion? demanda Karibou.

– Je vais manœuvrer Loli et Diofo. Ils conduiront une délégation qui, au nom des veuves, héritiers et parents de Brildji, te présentera publiquement des excuses pour avoir inhumé le corps de Brildji sans t'en avoir averti. Ils te demanderont d'intervenir auprès du commandant et du Goforner par mon entremise afin que n'ait pas lieu une exhumation contraire à la coutume et à la religion du pays. »

Karibou réfléchit que, tout compte fait, cette solution était de beaucoup plus efficace pour ses aspirations que la vue du corps de son frère.

« Tu es mon ami, dit-il à Wangrin. Je le vois et j'accepte que tu agisses désormais en faveur de mes intérêts apparents et cachés. »

Après son départ, Wangrin envoya chercher Loli et Diofo. Il les instruisit de ce qu'il y avait lieu de faire auprès de Karibou afin de tout arranger au mieux pour tout le monde.

Bien entendu, Wangrin avait inventé de toutes pièces la scène avec le grand imam. Quand Loli et Diofo furent partis, il fit venir l'imam.

« O imam, lui dit-il, j'ai une pénible tâche à accomplir qui consiste à exhumer le corps de Brildji afin de constater qu'il n'a pas été assassiné. Je n'ai jamais, de ma vie, entendu parler de l'accomplissement d'une œuvre aussi macabre. Il ne viendrait à l'idée de personne au Soudan, au Sénégal et moins encore en Mauritanie, que l'on puisse accepter un tel sacrilège.

« Aussi voudrais-je te demander d'accompagner Loli et Diofo qui conduiront une délégation auprès de Karibou, pour le prier de venir me demander de surseoir à l'exhumation prescrite par les blancs-blancs, chefs du pays.

– O Wangrin, répondit l'imam, l'Islam et la tradition peule ignorent l'exhumation. Un double devoir m'astreint donc à m'élever contre cette opération. C'est avec plaisir que j'accompagnerai Loli auprès de son oncle dans le but que tu suggères. »

Quelques heures plus tard, avant la deuxième prière de l'après-midi, Loli, Diofo et l'imam Souleymane, à la tête d'une délégation composée des membres de la famille de Brildji, se présentèrent auprès de Karibou Sawali. Ils le trouvèrent assis à l'ombre de son grand hangar, entouré de nombreux notables de Witou et de Gouban.

La délégation ayant pris place, l'imam prit la parole :

– Karibou Sawali! Je suis l'imam de Gouban et aussi l'un des doyens d'âge de notre tribu. Loli et Diofo sont venus me trouver pour m'exposer un fait dont j'avais entendu parler mais auquel je n'avais pas voulu croire avant leur affirmation. Il s'agit de l'exhumation de la dépouille de Brildji, ordonnée par le grand commandant et à laquelle doit procéder Wangrin pas plus tard que cet après-midi...

« Karibou Sawali! Si une telle chose a lieu alors que tu es encore en vie, l'opinion publique oubliera ce que Brildji a pu te faire en fait d'affront ou de méchanceté pour ne plus se souvenir que de ton indifférence. Et d'aucuns parmi tes détracteurs – on en a toujours, qui que l'on soit – seront heureux de trouver là une occasion de te nuire. Ils proclameront partout que c'est toi qui as machiné et monté cette affaire. Une telle propagande te causerait, pour toute ta vie, un tort considérable et t'écarterait de toute affaire honorable. Tu descendrais bien bas dans l'estime des gens.

« En effet, notre grand ancêtre Butorin (157) a dit : « Maudit soit mon descendant qui honorerait quelqu'un de ma race qui aurait déshonoré un cadavre, fût-il celui d'un ennemi. »

« Or je ne vois pas de déshonneur plus grand, pour un cadavre, que d'être exhumé après son enterrement.

« Non, Karibou Sawali, tu ne dois pas laisser exhumer ton frère. Va tout de suite trouver Wangrin. Interviens auprès de lui. Dis-lui que déshonorer le cadavre de Brildji serait faire honte à tous les Peuls vivants.

« Par ailleurs, les parents et captifs de Brildji sont disposés, moyennant ton intervention, à te présenter des excuses publiques ».

Yidi Mama, grand griot-guitariste, chanteur et généalogiste de Karibu, se leva. Il pointa son index vers Karibou et s'écria :

« Karibou! fils de Sawali le preux, petit fils de Mawnde le vaillant pasteur qui, vingt fois au cours de sa vie, armé d'un simple bâton en liane flexible, fit fuir le lion féroce qui venait voler dans son parc' Mawnde est mort dans l'honneur, sans jamais avoir déshonoré qui que ce fût. Il blessait grièvement, tuait même impitoyablement ses ennemis, mais ne les déshonorait jamais.

« Ferais-tu ce que refusa de faire Boori-Moodi, ton autre ancêtre?

« Bila Wobogo, le prince mossi, avait juré de faire boire à ses propres femmes le lait des vaches blanches spécialement élevées pour nourrir les femmes de Boori-Moodi. Bila Wobogo, dit « le léopard enragé », fondit sur les trente bergers qui gardaient le parc. Il en tua dix, en blessa dix, et les dix autres prirent la fuite.

« Boori-Moodi, averti de l'affront, sortit et monta sur son alezan pur sang. Il rejoignit Bila Wobogo entre Gorongorou et Kumbila, là où seuls les cris d'oiseaux et l'écho répondent à l'appel d'un homme.

« Il héla Bila Wobogo. Celui-ci lui répondit en lui décochant une pluie de flèches empoisonnées. Boori-Moodi les esquiva en se couchant de tout son long sur le dos de sa monture, qui bondissait comme le lion fauve du Sahel.

« Avant que Bila ne réarmât son arc, le cheval de Boori heurta le sien et les envoya tous deux, cavalier et monture, s'empêtrer dans un bosquet d'épineux. Avant d'avoir pu se relever, Bila avait la pertuisane de Boori sur sa poitrine.

« Boori! lui dit-il, tue-moi, mais ne déshonore pas mon cadavre en le laissant à la merci des charognards. » Boori tua Bila, mais l'inhuma de ses propres mains.

« Quand du sang d'un tel noble coule dans les veines et artères d'un homme, dans tes artères, ô Karibou Sawali, tu ne saurais souffrir et moins encore te complaire à voir déshonorer ton frère, alors que ton aïeul a sauvé l'honneur de son voleur et ennemi Bila Wobogo le mossi. »

Karibou Sawali expira l'air qui gonflait ses poumons et dit : « Je remercie Dieu de m'avoir donné de bons conseillers qui m'évitent d'obéir aux sataniques inspirations de mon cœur.

« Imam Souleymane! Mon frère restera en paix dans sa sépulture.

« Que l'on selle mon cheval. Je m'en vais demander à Wangrin de ne rien faire. Au besoin, je pousserai jusqu'à Yagouwahi pour voir le commandant, ou jusqu'à Goudougaoua pour voir le Goforner. »

En grand cortège, Karibou se rendit au campement. Il s'entretint avec Wangrin et lui demanda de surseoir à l'exhumation. Il lui dépeignit les torts que l'opération porterait à sa réputation en milieu traditionnel.

Wangrin leva les bras en l'air et dit à Karibou :

« J'aime mieux que les choses se passent ainsi, car elles me donneront un moyen de mieux plaider ta cause. Je me dois de te dire, en effet, que tu n'as pas encore sur la tête le turban de Witou et Gouban. Il faudra compter avec la bizarre détermination des blancs-blancs à vouloir, coûte que coûte, nous faire vomir nos us et coutumes pour nous gaver des leurs.

« Par ailleurs, ils tiennent tant à ceux qui sont passés par leurs écoles et leurs armées que je ne serais nullement surpris qu'ils préférassent mettre Loli à la tête de la province plutôt que toi. En effet, Loli a fait son service militaire et ce durant la grande guerre kattos (158). C'est pour lui un grand atout.

« Dans leur manie de préférer la ligne droite en toute chose, il se peut également qu'ils envisagent de faire remplacer Brildji par son fils Loli, tout comme Louis XIV a succédé, chez eux, à son père Louis XIII.

« Il va nous falloir travailler efficacement afin d'éviter toute surprise désagréable. »

Wangrin venait de faire d'une pierre, non pas deux coups, mais plusieurs. En effet, non seulement il s'était tiré, et à bon compte, de cette macabre proposition d'exhumer le corps de Brildji, mais il gardait les dix kilos d'or touchés à cet effet. En outre, en semant le doute dans l'esprit de Karibou, celui-ci oublierait tout, désormais, pour ne plus penser qu'au turban de Witou et de Gouban qui risquait de lui échapper.

Wangrin alla prendre congé de tout le monde, après avoir exhorté publiquement les membres de la famille de Brildji à suivre les conseils de Karibou Sawali et à ne rien entreprendre sans l'en avertir.

« Il y a pour toi, dit-il à Loli, plus d'intérêt à suivre ton père Karibou qu'à t'opposer à lui. Je désire d'ailleurs avoir une dernière entrevue avec toi au sujet des relations qui devront être les tiennes avec Karibou Sawali. »

Wangrin et Loli s'isolèrent un moment pendant que tout le monde, y compris Karibou attendait sous le grand hangar du campement.

Quand ils furent seuls, Wangrin regarda Loli droit dans les yeux et lui dit : « Mon petit, es-tu convaincu maintenant que j'ai plus d'une corde à mon arc et plus de ruses dans ma tête qu'il n'y en a dans celle d'un vieux lièvre ?

– Certes, concéda Loli...

– Eh bien Loli, écoute-moi. C'est en tant que vieil ami de ton père que je parle. Oui, un jour ton père me prit à part et me dit : « Wangrin, j'ai un souci mortel dans l'âme. – Quel est ce souci, Brildji ? lui demandai-je. – Je soupçonne Romo de manigancer dès maintenant, continua-t-il, afin que mon fils Loli ne puisse me remplacer à la tête de la province.

« Je sais que, traditionnellement, mon puîné doit me succéder et hériter de tout. Mais cette coutume est contraire à la loi musulmane, d'une part, et à la loi au moyen de laquelle la France nous gouverne, d'autre part. Dieu merci Romo a été balayé de ce pays comme une feuille morte. Ta venue fut pour moi un bon signe. Aussi voudrais-je que nous soyons amis dévoués mais discrets, comme des connivents allant opérer une razzia. Si je mourais alors que tu es en vie, me dit ton père en terminant, je compte sur toi pour tout faire afin que mon fils reçoive le turban de Witou et Gouban. »

« Te souviens-tu, Loli, continua Wangrin, qu'à l'occasion des fêtes du dernier kattos souliye ton père t'avait pris par la main et, la mettant dans la mienne, avait dit : « Wangrin, voici notre premier fils. Je te le confie... »

Effectivement, cette scène avait bien eu lieu lors de la dernière fête nationale française. Wangrin, qui savait tirer parti de tout et de rien, s'en était souvenu et allait l'exploiter pour dresser l'un contre l'autre Loli et Karibou Sawali, afin d'en tirer un nouveau grand profit.

« Je me souviens parfaitement de tout ce que tu viens de me révéler, ô papa Wangrin! dit Loli. Je suis ton fils, ton protégé, et ton pupille. Je serai docile et attentif. Je suivrai sans détour ni bifurcation la route que tu me traceras. Je m'arrêterai à toutes les haltes que tu indiqueras. Je suis sûr qu'avec un guide comme toi j'irai au bon village, en évitant montées arides, pentes glissantes et précipices béants. Avec toi, ô papa Wangrin, j'enjamberai ruines et catastrophes.

– Eh bien mon garçon, s'il en est ainsi, parlons plus franchement. Tu es prince. Tu as la fortune, c'est-à-dire l'agent efficace pour mettre à portée de ta main l'objet de tes désirs, même les plus fantaisistes. Si, avec ta fortune immense, ta qualité d'ancien tirailleur, engagé volontaire, ayant par surcroît combattu durant quatre ans les « casques pointus », ennemis redoutables et anciens vainqueurs des Français, si, te dis-je, avec tant d'atouts étayés par mon appui qui est loin d'être un étai pourri, tu te laissais ravir le glorieux et très majestueux turban de Witou et Gouban, tu serais le plus avorton des princes peuls. Et, je m'excuse de te le dire vertement, mieux aurait valu que ton germe fût du sang menstruel. Ainsi ta mère t'aurait-elle évacué discrètement, puis se serait lavée rituellement, ainsi qu'il est d'usage. »

Piqué dans son orgueil – le Peul étant, par nature, porté à s'estimer avec quelque excès – Loli répliqua :

« S'il me faut, pour obtenir le turban de Witou et de Gouban à la suite de mon père, faire tomber des étoiles du ciel, je suis prêt à payer le bâton qui les gaulera !

– Calme ton ardeur juvénile et fanfaronne, mon fils. Mets-toi à l'école du vieux caméléon que je suis : ma marche sera prudente. Je changerai de couleur selon l'ambiance. J'userai de ma langue très longue, mais ma tête restera inexorablement dirigée vers le but visé, en l'occurrence ta nomination à la tête de la province.

– Quelle somme d'argent veux-tu, papa Wangrin, pour tout ce que tu as à faire afin que tout se passe aussi facilement et agréablement que le lait maternel glisse dans le gosier du bébé?

– Il faut une première mise. Elle équivaudra au prix de mille cinq cents taureaux à trois cents francs la tête, soit quatre cent cinquante mille francs que tu pourrais arrondir à cinq cent mille. Cela me permettra de faire face aux divers pourboires que je devrai verser aux boys, cuisiniers, ramasse-papiers de bureaux, commis « tapeurs à la machine » et classeurs de dossiers, etc. Seuls ces derniers sont capables de me glisser les papiers carbone servant à taper les correspondances confidentielles.

– Qu'est-ce qu'un « papier carbone » ?

– C'est un papier fait avec une matière magique colorante, généralement noire. On place ce papier entre deux feuilles blanches. Il vomit sur la feuille placée sous lui tout ce qui est imprimé, à la main ou à la machine, sur la feuille placée au-dessus de lui. Mais ce merveilleux papier garde sur lui tout ce qu'il a vomi. Et c'est là sa magie. Il me suffira de renverser le papier-carbone et de l'exposer à la lumière pour lire la confidence consignée. Ainsi informé, il me sera facile d'utiliser ces renseignements dans ton intérêt.

– Je marche pour cinq cent mille francs, déclara Loli, pour qui cette somme n'était qu'une goutte tombant d'un vase rempli d'eau.

– Tu me paieras en poudre ou en anneaux du noble métal, l'« homme jaune ». Il sait aisément ouvrir toutes les portes sans bris et sans bruit. »

Wangrin et Loli convinrent que l'or serait envoyé discrètement à Yagouwahi par l'entremise de Moumal, le muet. C'était un des grands captifs de Brildji. Il avait pour charge la garde du trésor. On l'appelait parfois « Biibaafe » ou « Clés ».

Wangrin prit congé de tout le monde, puis retourna à Yagouwahi après cinq jours d'absence. Il ne manqua pas, au passage, de réaffirmer à Karibou son amitié et son appui.

– 14 –

Un turban encombrant

Il s'arrangea de manière à n'arriver à Yagouwahi qu'en fin d'après-midi, après les heures de bureau, afin de pouvoir se rendre directement au domicile du commandant. Il lui présenterait ainsi son compte rendu à l'abri de tout dérangement, et le trouverait plus dispos.

Il arriva dans la ville au moment précis où le soleil, prêt à se coucher, répandait sur la nature une lumière jaune d'or. De partout on entendait des bêlements, des beuglements, des braiments et des hennissements du gros et menu bétail domestique, chaque animal réclamant qui son petit, qui à boire, qui sa pitance. De loin en loin, les sons des derniers coups de pilon tombant dans les mortiers se mêlaient aux voix des hommes, femmes et enfants qui riaient, s'interpellaient ou s'exclamaient. Chaque voix semblait vouloir être entendue avant que l'obscurité n'obstruât la vue et que la nuit n'imposât son silence.

Les branches des grands fromagers et balanzas (160) du village étaient chargés d'aigrettes blanches, semblables à de grosses perles stylisées serties dans le vert délavé du feuillage.

Les vieux vautours de Bana Griti, le roi du pays, qui jadis se nourrissaient des cadavres des condamnés à mort et qui, maintenant, devaient se contenter de leur propre chasse, étaient toujours les derniers à se poser. Ils planaient et tournaient en rond, puis se posaient sur une terrasse ou sur une autre, allongeaient leurs cous rasés et leurs têtes chauves et plongeaient un regard avide dans les cours avec espoir de trouver quelques morceaux de chair ou le cadavre d'un petit habitant de la basse-cour, jeté sur un tas d'ordures.

Au moment où Wangrin passait non loin de la rôtisserie, située à quelques pas de l'abattoir, il trouva une nuée de vautours perchés sur la terrasse du hangar de la boucherie. A son approche, les rapaces s'envolèrent en battant lourdement des ailes. Ils allèrent se poser, dispersés, sur les grands caïlcédrats plantés tout autour de la résidence.

Wangrin vit là un avertissement. En dépit de son courage léonin, Wangrin, comme d'ailleuus tous les Africains de son époque, croyait fermement aux présages tirés des événements. Le hasard ou l'événement fortuit n'existait pas dans son esprit. Tant pis pour celui qui refuse de se mettre à l'écoute des avertissements que les forces supérieures, qui gouvernent l'univers, donnent parfois sans paroles audibles...

Il boucha les conduits auditifs de ses oreilles au

moyen de ses deux auriculaires, et ses deux narines avec ses deux pouces. Les paumes de ses mains étaient tournées vers le ciel et les trois doigts – index, majeur et annulaire – de chaque main étaient appliqués de chaque côté de son cou. Il ferma énergiquement sa bouche en repliant ses lèvres. Il attendit ainsi un moment, puis cracha trois fois à terre. Il déboucha alors ses orifices et prêta l'oreille. Il entendit quelqu'un dire : « Donne ici la pintade, n'aie pas peur, il n'y aura rien. »

Wangrin en conclut qu'il lui fallait faire l'aumône d'une pintade avant son compte rendu. Il dépêcha son fidèle serviteur chez lui, avec ordre d'attraper dans son poulailler une belle pintade et d'aller la donner en aumône. Puis il attendit sur place que son sacrifice fût fait.

Son palefrenier fit grande diligence et revint quelques instants après. Convaincu de s'être ainsi garanti contre mauvais tours et dénonciations désastreuses, Wangrin se présenta chez le commandant Gordane.

« Bonsoir, mon commandant.
– Bonsoir, Wangrin.
– Bonsoir, Rammay Bira.
– Bonsoir, Wangrin, Similla... »

Après cet échange courant de salutations entre visiteur et visité, Wangrin aborda son sujet :

« Commandant, je viens d'arriver et j'ai tenu à venir directement vous rendre compte de ma mission.

– Rammaye! Va voir à la cuisine afin que ce

ratatiné de Noga ne me fasse pas de la ratatouille au dîner. »

Rammaye comprit que son mari avait besoin d'être seul avec son interprète et s'éclipsa, en lançant sur Wangrin un regard difficile à définir. Celui-ci lui sourit, avec son sans-gêne habituel. Quand elle fut sortie, il s'adressa au commandant :

« Commandant, la famille de Brildji et tout le pays de Witou et Gouban me chargent de vous exprimer leur reconnaissance, à vous et à la France, « notre mère Patrie à tous ».

« Malheureusement, la mort de Brildji a créé, dans tout le pays, une atmosphère irrespirable et pénible. Contrairement aux apparences, il ne règnait pas un accord parfait entre Brildji et Karibou Sawali. Ils étaient frères seulement par leur père. Or ce lien, chez les Peuls, crée un devoir d'entraide, mais pas forcément un lien d'amour fraternel. Les demi-frères consanguins sont souvent rivaux mortels, dit-on.

« Quelques proverbes courants illustrent le fait mieux qu'une longue explication. En voici deux. Le premier dit : « Les dents de ton demi-frère consanguin peuvent être blanches, mais n'oublie pas qu'elle sont, à ton intention, toujours plantées dans des alvéoles remplies de sang (161). » Le second dit : « Ton demi-frère consanguin peut ne pas souhaiter ta honte, parce qu'elle pourrait rejaillir quelque peu sur lui, mais ta mort ne lui déplairait pas, parce que ta place lui reviendrait. »

« Une grande tension existait entre Brildji et Karibou. Pour en avoir le cœur net, je me suis permis de proposer à Karibou d'exhumer Brildji (162), ce dernier ayant manifesté le désir d'être inhumé incognito dans le but d'ôter à son demi-frère le plaisir de contempler son cadavre...

– Tu as osé faire une telle proposition, Wangrin?... Espèce d'abruti, imbécile! s'écria le commandant Gordane.

– Je vous demande pardon, mon commandant, je ne suis ni imbécile, ni moins encore abruti. Je savais bien que pour rien au monde les notables de Witou n'accepteraient qu'eût lieu une telle opération sacrilège. Mais l'acceptation ou le refus de Karibou me fixait sur le degré de sa rancœur contre son frère et, par voie de conséquence, contre ses fils, Loli en tête.

« Karibou a marché. Il a fallu l'imam Souleymane pour le raisonner. Ainsi, mon commandant, nous sommes politiquement fixés. Karibou a souhaité le déshonneur posthume de son frère, alors qu'un demi-frère consanguin peut à la rigueur souhaiter la mort de son frère, mais non le déshonneur, ainsi que le dit le proverbe. Il est donc capable de mettre à feu et à sang la province pour y effacer jusqu'au plus petit souvenir de Brildji.

« Ce sera une guerre entre Peuls. Elle peut durer longtemps, causer de nombreuses victimes et entraîner un grand gaspillage d'argent. Le cercle de Yagouwahi connaîtra une perturbation politique importante, motivant l'envoi fréquent d'agents secrets de la Sûreté générale, puis d'inspecteurs des Affaires administratives, qui fourreraient leur nez fouinard là où il faut et, peut-être, là où il ne faudrait pas.

« Moi-même, votre interprète, Rammaye votre femme, votre cuisinier, nous étions tous de grands amis de Brildji. Il nous avait fait de bons cadeaux selon l'usage. Si un drame éclatait, il serait possible, pour peu que Karibou disposât de complices adroits, de nous mêler à une affaire qu'il nous serait, sinon difficile, du moins pénible d'expliquer.

« Je vous propose, mon commandant, d'attendre que la période de deuil soit écoulée. Puis vous enverrez Karibou Sawali et Loli à Goudougaoua afin que le gouverneur, par l'entremise de son bureau politique, liquide la succession de Brildji et procède à son remplacement à la tête de la province.

« La désignation, venant de Goudougaoua, exercera un effet qui pèsera sur tout le monde et les bouches seront closes. En effet, le poids d'une décision augmente en proportion de la hauteur d'où elle émane...

« Croyez-moi, mon commandant, l'expression « le gouverneur a ainsi décidé... » constituera un verdict sultanien sans appel. Il serait vraiment dommage qu'à quelques mois de la fin de votre séjour, vous récoltiez des ennuis qui pourraient se solder par un blâme ou par un retard dans l'avancement que vous avez tant mérité.

« Au nom de l'amitié que j'ai pour Rammay et sa famille et de la fidélité que je vous dois, je vous conjure, mon commandant, de suivre le conseil que je viens de vous proposer. Il résulte de ma connaissance profonde de la mentalité peule et de la psychologie des gens de ce pays de Yagouwahi. »

Le commandant Gordanc avança nonchalamment ses bras. Il se saisit, de la main gauche, d'un grand verre et, de la main droite, d'une bouteille de « labissanti » (163) dont il se versa une bonne dose qu'il coupa d'un peu d'eau. Puis il alla s'asseoir sur sa grande chaise pliante et se renversa sur le dossier. Ainsi couché, il leva son verre de la main droite, tout comme s'il voulait boire à la santé de son interprète.

Il regarda fixement Wangrin, gémit doucement... puis avala d'un trait le contenu de son verre. Après quoi il lança brutalement l'objet fragile contre un mur où il se brisa en miettes.

Wangrin ne comprit pas quel sentiment avait mû Jean Gordane, pour l'amener à se comporter de cette manière inquiétante. Mais ce n'était pas le moment, pour lui, de céder ni de se laisser intimider.

Il attendit que la liqueur avalée exerçât son effet et plongeât Gordane dans cette éphémère sensation de bien-être et cette illusoire satisfaction que procurent l'alcool ou les stupéfiants.

Les yeux de Gordane ne tardèrent pas à briller. On les sentait imbibés de larmes prêtes à s'écouler. Il se mit à tâter machinalement son menton et ses joues, à lisser doucement ses moustaches. Il baîlla plusieurs fois, puis se redressa sur son séant et dit : « Je ne suis pas prêt à perdre le bénéfice de mon travail pour une histoire qui ne me regarde point, une histoire de fous...

« Je vais encore cette nuit y réfléchir. La nuit porte conseil. Je m'éveillerai demain avec un esprit plus dispos et plus serein.

« Sois par avance assuré d'une chose : je ne te laisserai pas tomber. Tu peux percevoir au besoin des pourboires – nous savons que tous les interprètes le font, et c'est parfois nécessaire pour mettre en confiance ceux qui donnent; cette confiance sert la politique administrative – néanmoins, sois prudent et mesuré.

« Tiens, Wangrin! Emporte cette bouteille de sirop. Tu la serviras aux marabouts qui viendront te saluer. » Et le commandant lui tendit une bouteille.

Wangrin masqua par un large sourire l'énorme soupir par lequel il expira l'air qui lui comprimait la poitrine. L'angoisse qu'il avait éprouvée du fait de l'attitude énigmatique de Gordane en était la cause.

Ayant pris la bouteille et salué le commandant, Wangrin regagna son domicile, situé à huit cents mètres de celui du commandant, mais plus à l'est.

La maison de Wangrin était déjà remplie de griots, musiciens, quémandeurs des deux sexes, demandeurs et défenseurs en justice, courtisans, représentants de chefs de canton, etc. Tout ce monde avait, de bouche à oreille, appris le retour du grand « manitou » du cercle et chacun tenait à lui plaire pour éviter sa colère, gagner ses faveurs, ou simplement entrer dans ses bonnes grâces. En effet, pouvoir dire « Je suis bien avec le Grand Interprète du Grand Commandant » équivalait à un titre de noblesse et arrondissait bien des angles dans la vie courante de l'époque coloniale.

Wangrin salua rapidement l'assemblée. Après quelques minutes, il prétexta la fatigue du voyage pour congédier ses visiteurs qui ne demandaient qu'à rester davantage.

Le lendemain, Wangrin distribua beaucoup de cadeaux discrets, particulièrement aux mendiants aveugles dont beaucoup étaient déjà ses informateurs régulièrement rétribués, puis aux marabouts, sans oublier les vieillards et les indigents, comme à son habitude.

– 15 –

Où chacun a sa part

Pendant ce temps, Karibou et Loli vivaient, dans leur province, à la manière du serpent et de son chasseur (164).

Un long mois s'écoula sans que rien d'anormal vînt troubler la vie quotidienne, ni dans la province ni au cercle.

Le commandant Gordane, qui avait mené une petite enquête parallèle à celle de son interprète, avait constaté qu'effectivement, la succession de Brildji ne serait pas aussi facile à régler que les successions habituelles. Il décida de s'en laver les dix doigts afin de ne pas risquer de se faire taper dessus inconsidérément.

Il fit venir au cercle Karibou, Loli et Diofo et les dirigea sur Goudougaoua, conduits par Wangrin, lui-même porteur d'un long rapport confidentiel à l'intention du gouverneur.

Une fois à Goudougaoua, Wangrin se présenta, seul d'abord, chez le chef de cabinet du gouverneur.

Il lui remit le rapport du commandant Gordane et lui brossa un rapide, mais très complet, tour d'horizon sur la situation dans la province de Witou et Gouban.

Le Gouverneur, ayant pris connaissance du rapport, l'annota de cette phrase : « Bureau politique – Etudier et m'en parler la semaine prochaine ».

Ce fut M. Réardris, administrateur en chef des colonies et directeur du bureau des Affaires politiques pour le territoire considéré, qui étudia le dossier. Il interrogea Karibou, Loli et Diofo et prit le conseil de notables africains versés dans la tradition.

Selon la coutume peule du pays de Witou, c'était Karibou qui devait hériter de tout ce qu'avait laissé son frère Brildji. Par contre, il était tenu d'épouser en secondes noces toutes les veuves du défunt et de prendre à sa charge les enfants de son frère. Cette coutume heurtait l'esprit de l'administrateur en chef Réardris. Il la trouvait bizarre et contraire à l'usage du bon sens courant.

Wangrin réalisa toute l'exploitation qu'il pouvait tirer des dispositions d'esprit de Réardris afin d'aider Loli à succéder à son père. Mais si Karibou sortait de cette affaire les mains vides, il pourrait réagir. Romo, l'ancien interprète de Yagouwahi, ennemi juré de Wangrin, était en service à Goudougaoua. Il épaulerait Karibou, et Wangrin pourrait bien se retrouver avec quelques arêtes fatales coincées dans la gorge.

Chaque fois qu'il n'était pas occupé au bureau politique, Wangrin parcourait la ville de Goudougaoua. Il allait demander conseil aux uns et aux autres. Il sondait l'opinion publique afin de

je t'en avais déjà donné. Donne des pourboires somptueux, vois des marabouts, des griots, des femmes courtisanes écoutées des puissants... Agis vite, Wangrin! »

Wangrin fit venir sept marabouts qu'il présenta à Karibou. Durant une semaine, ces marabouts allaient faire des prières spéciales - pour lesquelles ils seraient grassement récompensés.

De son côté, le commandant Réardris était parti en tournée pour une quinzaine de jours. Wangrin avait donc le temps d'agir auprès de Loli.

Il se rendit auprès de ce dernier et, le prenant à part, lui dit :

« Je viens d'apprendre que le gouverneur n'était pas très favorable à ce que des jeunes gens inexpérimentés fussent d'emblée placés à la tête des grandes chefferies. Il préfère les voir d'abord exercer des fonctions de coadjuteurs, et pendant longtemps.

« L'homme exprime ses désirs, mais ils ne peuvent modifier les rescrits d'Allâh l'Omnipotent!

« Le commandant Réardris est absent pour quinze jours. A son retour nous serons fixés. »

Les quinze jours s'écoulèrent. Ils avaient semblé aussi longs qu'une éternité à Loli aussi bien qu'à son oncle Karibou. Quant à Wangrin, il veillait à ce que Romo, à l'affût, ne sût rien de l'affaire qui l'avait amené à Goudougaoua.

Le jour même du retour du commandant Réardris, Wangrin alla le saluer. Il lui demanda quel jour il pouvait amener Loli et son oncle afin qu'ils fussent informés de la solution envisagée pour eux. Réardris fixa la rencontre au vendredi suivant, dans la matinée.

Wangrin vint voir Loli et lui dit :

« Nous sommes convoqués pour vendredi prochain. Je puis par avance te dire ce que le gouverneur a décidé : tu ne seras pas immédiatement nommé à la tête de la province, mais tu hériteras de toute la fortune de ton père.

« Or, avec cette fortune, en quelques années tu pourras éclipser le nom de ton oncle si tu sais donner et à qui donner. Ton oncle aura sur la tête un turban sans argent. En effet, ce qu'il possède ne suffira pas aux dépenses qu'il sera amené à faire pour succéder à Brildji.

« Ne refuse pas la solution que le gouverneur vient d'envisager. Elle a pour but de te mieux préparer à prendre un jour le commandement de la province. Ce jour ne saurait tarder d'ailleurs. J'y veillerai. Nous avons des moyens multiples et efficaces à mettre en chantier. »

Après avoir ainsi prédisposé Loli à accepter la fortune de son père contre la chefferie, Wangrin entreprit de préparer Karibou. Il lui dit :

« J'ai vu le commandant Réardris. Il m'a confidentiellement mis au courant de la décision du gouverneur. Celui-ci, on ne sait pourquoi, est revenu sur l'intention qu'il avait de faire succéder, politiquement et matériellement, Loli à son père. Quand je dis : « on ne sait pourquoi », cela vaut pour les autres, car nous, nous savons bien que ce sont les pieuses et ferventes prières adressées en ta faveur à Allâh, Dieu unique qui peut tout sans peine et sans transition, qui ont agi sur l'esprit du gouverneur et l'on amené à modifier sa décision. Il est gouverneur quand il s'agit de nous. Mais quand il s'agit de Dieu, il n'est pas plus puissant qu'un pou de poulet.

« Le commandant Réardris m'a donc fait part de la décision du gouverneur de te donner le commandement de la province, à l'exclusion de la fortune de Brildji qui sera attribuée, en totalité, à ses héritiers, avec Loli comme responsable et gérant.

« Au cas où tu exigerais l'application de la tradition instituée par les Peuls rouges Thiala, il t'opposerait la loi musulmane, que tu as embrassée, – à moins que tu n'abjures publiquement ta foi, ce qui te mettrait dans la pire des situations.

« D'autre part, raisonnons. Comment et où Brildji a-t-il puisé sa fortune ? N'est-ce pas dans la chefferie ? En t'octroyant cette même chefferie, il me semble qu'involontairement le gouverneur te confie la source possible d'une immense fortune.

« Loli et toi vous vous trouvez être, l'un par rapport à l'autre – lui héritant de la fortune procédée de la chefferie et toi héritant cette chefferie même – comme un homme qui reçoit une vache laitière tandis que l'autre ne reçoit que le produit de la traite de cette vache.

« Par ailleurs, tu n'as rien à redouter, car Loli n'a pas emprunté le bon chemin. Il s'est adonné à l'alcool comme un maudit du sort, il boit nuit et jour et fait boire autant d'ivrognes et d'ivrognesses qu'il en trouve dans un village.

« Et encore, s'il ne buvait et ne faisait boire que du dolo (167), je lui donnerais plusieurs années pour venir à bout de son immense fortune. Mais il ne consomme que des liqueurs fortes européennes : absinthe, Pernod-fils, rhum, mangoustant, Bitter fille de genièvre, anis Berger et alcool de menthe cru. Il fait venir chaque semaine, de la maison Peryssac située à trois cent cinquante kilomètres de Witou, cent, deux ou trois cents caisses de douze bouteilles.

« Ne distribue-t-il pas sans trêve des sommes folles aux griots et aux femmes? Sa dernière folie ne fut-elle pas d'habiller tous les arbres du village natal de Rumba Diallo, son amante officielle? N'a-t-il pas immolé cinquante taureaux un jour où la même Kumba était allée se faire tresser les cheveux à Gouban?

« Brûlant ainsi sa fortune par le dedans et par le dehors il s'achemine vers un dénuement qui le jettera un beau jour à plat ventre sous tes pieds. Je te conseille donc vivement d'accepter le turban contre la fortune. »

Ainsi préparés et disposés, Loli et Karibou se présentèrent au bureau politique où le commandant Réardris, avec cérémonie, leur annonça la décision du gouverneur, ajoutant qu'elle avait été prise dans l'intérêt même de la tranquilité publique au sein de la province.

Ensuite, le gouverneur en personne reçut les deux protagonistes. Il les exhorta à la discipline, au respect de la loi et du droit des hommes.

Par ailleurs, non seulement il félicita Wangrin, mais il lui attribua un témoignage officiel de satisfaction et le décora de la médaille d'honneur du travail, en argent.

Ainsi Loli riche, Karibou « enturbanné chef » et Wangrin une belle médaille épinglée sur la poitrine, revinrent-ils à Yagouwahi, où il donnèrent une fête qui dura trois jours et trois nuits.

A cette occasion Loli dépensa plus de six millions, dont une bonne moitié alla augmenter l'avoir de Wangrin.

– 16 –

Le songe de la bergère peule

Jusqu'au mois de mai 1921, tout fut extrêmement favorable aux diverses entreprises de Wangrin. Sa réussite était telle qu'au tréfonds de lui-même il en vint à penser qu'aucune contingence malencontreuse ne viendrait jamais plus ternir l'éclat de son soleil, et qu'aucune sécheresse ne viendrait tarir les sources abondantes de ses recettes, aussi faciles qu'elles étaient illicites.

Un jour du début de ce mois de mai 1921, à l'heure où Wangrin allait se coucher pour siester, une vieille bergère peule vint frapper à sa porte. Wangrin reçut la vieille femme en grognant entre ses dents. « Cette bougresse, se dit-il, ne pouvait-elle pas attendre que j'aie terminé ma digestion! Je n'ai plus le temps, maintenant, de me reposer et mon repas pèse comme une pierre dans mon estomac.

« Mais voyons ce que me veut cette vieille

descendante d'Ilo Yaladi (168). Un Peul est toujours doublé d'un génie. Qui voit un Peul sans voir son double n'a rien vu. »

Wangrin fit entrer la vieille bergère et lui demanda : « Pourquoi as-tu affronté la chaleur de midi pour venir me voir alors que tu pouvais attendre un moment plus frais pour te déplacer?

– Je viens à toi, Wangrin, pour te conter un songe que j'ai fait ce matin, entre l'appel à la prière et le lever du soleil. J'ai vu une vaste étendue d'eau où de grands flots s'élevaient sous l'effet d'une bourrasque. Celle-ci semblait venir de divers points à la fois.

« Sur cette eau agitée voguait une immense pirogue métallique. Du milieu de cette pirogue bizarre sortait, par un gigantesque foyer, un panache de fumée noire, drue comme un « tiba duule krum », le nuage d'orages et de giboulées.

« La barque métallique eut raison des vagues et accosta. Beaucoup de blancs-blancs et quelques noirs habillés en blancs-blancs débarquèrent. Parmi les blancs-blancs, il y en avait un qui appelait à tue-tête : « Wangrin! Wangrin! Où es-tu? »

« Au même instant, je vis une grande dune de sable. Tu te tenais courbé derrière cette dune. Elle te cachait à la vue de tout le monde, mais non à celle d'un noir géant qui fonça sur la dune. Il se mit à y donner de grands coups de houe. La dune s'écroula sur lui, mais il s'en sortit avec les cheveux, la bouche et les vêtements pleins de sable. Il se mordit le doigt droit jusqu'à la deuxième phalange. Puis il jeta sa houe et s'évanouit à mes yeux pendant que je te voyais courir comme un chien de chasse lancé.

« Je m'éveillai presque abrutie par ce rêve pénible. J'en fus si hantée que je n'ai pas voulu attendre plus longtemps pour venir te mettre au courant de ma vision. Je suis partie de chez moi au lever du soleil et il est en ce moment au zénith. Il faudrait que tu te fasses interpréter ce songe avant que le soleil ne se couche.

« J'ai fini de parler. Adieu! »

Sans attendre, la vieille bergère ramassa sa petite gourde en calebassier qu'elle avait laissé traîner à terre. Elle chaussa les sandales en peau de bœuf tannée qu'elle avait déposées à la porte et disparut aussi rapidement qu'elle était venue.

Wangrin, quelque peu interdit, ne put arrêter la vieille pour en savoir davantage. Au moment où il revint à lui-même, elle n'était plus à sa portée.

Dans l'incapacité de reprendre sa sieste, il envoya immédiatement chercher Moulaye Hamidou, un marabout maure réputé pour sa vaste science occulte. Quand celui-ci fut arrivé, il lui raconta le songe fait par la vieille bergère peule et lui en demanda la signification.

Moulaye Hamidou n'eut point besoin d'aller consulter son livre de magie. Il avait son grimoire en tête. Il réfléchit un moment et dit :

« Wangrin, la fumée noire sortant d'une cheminée pour se répandre signifie difficultés et embûches dans le ciel de ta vie. Il te faudra lutter durement pour te garantir des pluies d'ennuis qui vont commencer à tomber sur toi.

« Un ennemi farouche, fort, armé et bien décidé essaiera de démolir le barrage de forces occultes qui constituait jusqu'ici ton appui et ta protection. C'est ce que signifie l'attaque de la dune derrière laquelle tu étais tapi quand le blanc-blanc, débarqué de la mystérieuse « pirogue à fumée » (169), t'a interpellé. Il va falloir te méfier de tous les blancs-blancs qui viendront dans le territoire à partir de samedi prochain. Parmi eux, il y en aura un prêt à payer n'importe quoi pour t'avoir à sa merci, et il sera loin d'être de ceux qui se soucient d'épargner ta vie.

– Moulaye Hamidou, dit Wandrin, accepterais-tu de travailler pour me garantir contre mes ennemis blancs-blancs, noirs-blancs et noirs, et pour combien?

– Oui, Wangrin, je l'accepte. Mais quant à te fixer un prix, je me refuse à le faire. Je ne suis pas un vendeur de prières au plus offrant et dernier enchérisseur. Je prie Allâh, mais je ne vends pas son nom.

– Eh bien! reprit Wangrin, prie pour moi. Je saurai reconnaître tes services.

– Tu nourriras, durant un mois, sept orphelins et sept veuves sans ressources. Tu les habilleras somptueusement. Tu jeûneras toi-même durant sept jours en t'abstenant absolument de tout rapport sexuel. »

Wangrin n'était pas un fidèle fervent. Il pratiquait plutôt une sorte d'opportunisme qui lui permettait d'embrasser, sans gêne, la foi de ceux dont il souhaitait l'aide ou le silence – mais il ne s'en cachait nullement, ce qui ôtait à son attitude tout caractère d'hypocrisie. Toujours est-il qu'il appliqua à la lettre les conseils du marabout.

Moulaye Hamidou n'avait pas fini de prier et Wangrin de nourrir ses veuves et ses orphelins qu'un matin des derniers jours du mois de mai 1921, un grand bateau à vapeur venant de Marseille entra dans la rade de Dakar.

Un nouvel administrateur adjoint des colonies était à bord, s'apprêtant à débarquer. Il était en grande tenue, comme l'exigeaient les réglements. Il portait fièrement à l'extrémité des manches de sa veste blanche en « drill » des parements en or sur fond noir. Son képi ressemblait à s'y méprendre à celui d'un général de brigade. Il arborait de belles épaulettes dorées et portait un sabre mince à poignée stylisée.

Paradoxalement, son visage était à la fois souriant et vaguement triste. Son œil droit était armé d'un monocle cerclé d'argent qui ajoutait quelque gravité à son visage.

Il descendit doucement les marches de l'échelle de débarquement. Un administrateur adjoint de même grade, chargé de l'accueillir officiellement, l'attendait à terre. Le nouvel arrivant se présenta :

« Jean-Jacques, comte de Villermoz, administrateur adjoint de première classe des colonies. »

L'accueillant lui tendit la main et, à son tour, déclina : « Paul, Louis, Vincent Casse-Carreaux, (170) administrateur adjoint de même grade. Enchanté! »

Les deux collègues, entourés de quelques camarades, échangèrent quelques paroles banales, puis allèrent prendre un fiacre qui les attendait à la sortie du port.

Le comte de Villermoz fut conduit à la « case de passage » (171). C'était un assez bel appartement réservé aux administrateurs des colonies transitant par Dakar.

Le lendemain même, de Villermoz se présenta au

cabinet du G.G. (173) Il fut reçu par le directeur puis, très rapidement, par le G.G. lui-même.

Il devait passer une semaine à Dakar avant de recevoir une affectation définitive. Selon un rituel devenu sacramentel, il devait rendre des visites dans l'ordre de préséance suivant :

– Le S.G. du G.G. (secrétaire général du gouvernement général);
– le représentant du député du Sénégal;
– le gouverneur du Sénégal;
– le général commandant supérieur des troupes du groupe de l'A.O.F.;
– les inspecteurs des Affaires administratives;
– les directeurs généraux des services;
– le maire de Dakar;
– le président de la chambre de commerce et d'industrie;
– l'évêque de Dakar
– et, enfin, le secrétaire du syndicat des administrateurs des colonies pour l'A.O.F.

Profitant de sa visite à la Direction générale du personnel, le comte de Villermoz demanda où servait l'interprète Wangrin. On le lui dit sans peine. Il suffisait, en effet, de jeter un coup d'œil sur les listes dressées par ordre alphabétique et par cadres pour situer n'importe quel agent en service.

Selon son tic habituel, le comte se mordit légèrement la lèvre inférieure. Etait-ce de plaisir ou de dépit?... Quoi qu'il en soit, il entreprit des démarches en vue d'être affecté dans la colonie où Wangrin servait depuis quelques années.

Il ne rencontra aucune difficulté pour obtenir satisfaction. Ce territoire, nouvellement créé, était en effet situé loin de la mer et il y manquait encore beaucoup de choses indispensables à la vie d'un Européen en Afrique. On considérait presque comme une demi-punition le fait d'y être affecté. N'y étaient envoyés que des volontaires ou des disciplinaires.

Qu'il soit dit en passant que ce territoire devint, par la suite, un petit paradis, grâce aux qualités humaines et administratives de son premier gouverneur, assisté d'un excellent secrétaire général. Ils surent en faire une colonie où il faisait bon vivre.

Les habitants du pays, et notamment les griots de Diorogourkou (173), ne chantaient-ils pas :

« Elle est bien mystérieuse
notre belle patrie.
Loin des mers,
elle est comme un joyau
caché au milieu des terres.
Aux étrangers elle fait verser
leurs larmes par deux fois :
Par appréhension, l'étranger pleure
quand on lui dit : « va dans ce pays! »
Mais il pleure à en mourir
quand on lui dit : « va-t-en!
quitte ce pays où chaque homme
habite dans son champ
et où chaque chef de famille
est un roi bien servi. »
Notre patrie est un paradis caché.
Il faut la découvrir
pour en croire ses yeux. »

Par arrêté du G.G., le comte de Villermoz fut mis à la disposition du gouverneur du territoire. Il quitta Dakar et mit trente-cinq jours pour arriver à Goudougaoua. Il avait été nommé commandant de cercle de Danfa Mourga.

Romo, en apprenant l'arrivée dans le pays du comte et connaissant le différend qui l'avait opposé à Wangrin, parvint à le rencontrer. Il lui fit le récit des tours pendables que Wangrin lui avait joué en paiement de sa large hospitalité à Yagouwahi. Puis il conclut sans ambages : « Tout seul, je n'arriverai jamais à me venger de Wangrin. Si je pouvais compter sur votre appui, je pourrais vous fournir discrètement tous renseignements sur les malversations de Wangrin à Yagouwahi. J'ai des preuves et je pourrais en avoir davantage si l'on me réaffectait à Yagouwahi ou si l'on profitait de l'inspection administrative annuelle pour me mettre à la disposition, en tant qu'interprète, de M. l'inspecteur qui se rendrait à Yagouwahi.

– Donne-moi le temps de me familiariser avec le pays et avec mes collègues, répondit le comte, et nous reparlerons de Wangrin. Mais je me dois de te le dire : Wangrin n'est pas un œuf facile à casser.

– Placé entre nous deux, mon commandant, rétorqua Romo, Wangrin sera tel un œuf entre une masse et l'enclume. Nous le briserons. »

Romo prit congé du comte de Villermoz. Celui-ci ne s'était nullement attendu à trouver si facilement une aide contre Wangrin. Il jugea néanmoins indispensable d'en savoir plus long sur Romo et procéda à une petite enquête. Les renseignements recueillis étaient tous très bons. I apprit que Romo avait été un grand baroudeur sous les ordres de Gouraud.

De son côté, Wangrin avait terminé, comme le lui avait prescrit Moulaye Hamidou, de nourrir et d'habiller les veuves et les orphelins. Mais son cœur n'était apaisé ni par son sacrifice ni par son jeûne. Il sentait, vaguement, que quelque chose d'indéfinissable le suivait pas à pas. Cette ombre se dérobait chaque fois qu'il essayait de l'identifier ou de la situer.

Un matin, le courrier de la semaine apporta le Journal officiel de la première quinzaine du mois de juillet 1921. Ayant dépouillé le courrier, Wangrin jeta un coup d'œil rapide sur les nouvelles nominations et affectations. Tout à coup, son regard tomba sur les lignes suivantes : « L'administrateur adjoint de 1re classe, M. Jean-Jacques, comte de Villermoz, nouvellement mis à la disposition du Gouverneur du territoire, est nommé commandant de cercle de Danfa Mourga en remplacement de Jules Fernand Edouard Quatrebras (174), évacué pour raisons de santé. »

Ces quelques lignes eurent, sur Wangrin, l'effet d'un violent courant invisible. Il entendit tinter ses oreilles comme s'il venait de se cogner la tête contre une barre de fer. Il vit des étincelles jaillir autour de lui comme si une nuée de minuscules vers luisants venait de s'envoler de sous ses pieds. Ses yeux s'ouvrirent tout grands. Il sentit ses nerfs se crisper et son sang monter d'un trait de ses orteils à son crâne.

Il voulut se raidir pour réagir. Peine perdue. le mystérieux coup qui venait de l'assommer n'était pas de ceux que l'on peut esquiver ou amortir. C'était de ces chocs qui, comme la foudre. vous atteignent à l'improviste. Ce genre de coup frappe dur et sans bruit. Il abat sa victime sans pitié, la jette à terre et l'y abandonne. pantelante, pour des heures, des jours et parfois pour toujours.

Wangrin s'affaissa comme s'il venait d'être frappé par un accés d'épilepsie. Le garde-planton se précipita. Il appela au secours : « Venez, criait-il, ô fils de ma mère! Wangrin se meurt. Venez vite, ses membres se convulsionnent! »

Le commandant Gordane sortit de son bureau. Quand il vit son interprète dans un état aussi grave, il interdit de le toucher et envoya quérir en toute hâte le médecin capitaine Lelamentin.

Celui-ci arriva en courant. Il commença par se pencher sur le corps de Wangrin étendu de tout son long et posa son oreille sur sa poitrine.

« Ce n'est pas bien grave, dit-il en se relevant, mais il est difficile de dire comment cela est arrivé. Je présume néanmoins que ce malaise résulte en grande partie d'une commotion physique ou d'une brusque émotion. »

Wangrin fut transporté sans connaissance au dispensaire où il fut ranimé grâce aux soins du docteur Lelamentin.

Une fois revenu à lui, Wangrin rentra chez lui et profita des trois jours de repos que lui avait ordonnés le médecin pour faire venir discrètement Moulaye Hamidou et quelques marabouts. Il promit à ces derniers autant d'argent qu'ils voudraient en échange de leurs prières. Puis il s'adressa à Moulaye Hamidou :

« Mon plus mortel ennemi, le comte de Villermoz, est revenu de France avec un pouvoir beaucoup plus grand que celui qu'il avait à Diagaramba, lorsque nous eûmes notre terrible histoire.

« Cette affaire avait été portée devant le grand tribunal des blancs-blancs de Dakar, et le comte eut le dessous. Ce fut pour lui une honte. L'affaire lui aurait d'ailleurs coûté sa carrière s'il n'avait pas été « le comte de Villermoz ».

« Moulaye Hamidou, continua Wangrin, tu es, après Tierno Siddi, de Diagaramba, le plus véridique et le plus fort des marabouts qu'il m'a été donné de rencontrer. Aussi, je te fais entière confiance. N'es-tu pas celui qui m'a donné l'interprétation du songe de la vieille bergère ?

« Ce songe prophétique me trouble. Depuis que je l'ai entendu, mon esprit ne tourne plus à l'aise sur ses charnières. En effet, le blanc-blanc qui m'appelait dans ce songe ne peut être que le double du comte de Villermoz. La preuve en est qu'il s'est fait affecter dans le même territoire que moi afin que nous ayons, comme disent les Peuls, « nos deux cous engagés dans l'échancrure d'un même boubou » (175). Quant au grand escogriffe qui, dans le même songe, s'attaquait à la dune qui me protégeait, ce ne peut être que le double de Romo Sibedi, ce grand galapiat aux membres gonflés d'éléphantiasis, et sa hideuse houe symbolise la médisance dont il usera contre moi.

« Ce songe, où l'on voit en même temps Romo et le comte de Villermoz, présage que mes deux ennemis vont s'unir pour essayer de me posséder. Mais ils ne m'auront pas... Vos prières me garantiront contre eux... Dieu vous récompensera mieux que moi. »

Les marabouts acceptèrent de l'aider et, une fois rentrés chez eux, se mirent en prières. De son côté, Wangrin se mit aux aguets... Quant au comte de Villermoz, il rejoignit son poste.

– 17 –

Presque dans la gueule du lion...

Le pays de Danfa Mourga était réputé, entre autres choses, pour la beauté de ses femmes – particulièrement des Peules –, pour la pureté du sang de ses chevaux – une race spéciale de coursiers de grande taille à robe exceptionnellement belle –, et pour son riche cheptel. Ce pays aurait éte un véritable paradis s'il n'avait été infesté par la plus féroce des races léonines : celle des lions noirs à grande crinière, espèce dite « mange-homme ». Contrairement aux lions rouges, qui ne s'attaquent pas délibérément à l'homme et ne le dévorent que très rarement, les lions noirs le chassent jusque dans les villages.

Les lions noirs de Danfa Mourga étaient si féroces et si entreprenants que l'administration avait été obligée de construire des campements dans les branches des grands arbres à l'intention des voyageurs surpris par la nuit sur la route, car les villages étaient, dans cette région, très éloignés les uns des autres.

La première préoccupation du comte de Villermoz fut d'entreprendre une campagne héroïque qu'il baptisa « délionisation de Danfa Mourga ». Il envoya dans ce but un rapport circonstancié au gouverneur, dans lequel il demandait le renouvellement de son peloton de gardes de cercle (176). Il insistait afin que les nouvelles unités fussent toutes de « bons-tir » – on appelait ainsi les anciens militaires indigènes réputés pour la précision de leur tir.

Le gouverneur Bernard Linguet apprécia grandement l'initiative du comte de Villermoz. Il ordonna d'affecter au peloton de Danfa Mourga les meilleurs « bons-tir » de tout le territoire. En outre, il demanda la mise hors cadres de l'adjudant d'infanterie coloniale Sourgens et son affectation à Danfa Mourga en tant que chef du bureau militaire, chargé de l'administration du peloton spécial de « délionisation ».

Qui était Sourgens?

Le meilleur fusil du Soudan, de la Haute-Volta et de la Côte d'Ivoire, titulaire de cinq grands prix de tir de l'A.O.F. Il ne connaissait pas de loisirs ou de distractions plus agréables que la chasse et l'équitation. Il avait, disait-on, plus de fusils que de costumes et aimait mieux son fusil que sa « mousso » (177).

Sourgens, placé hors cadres, fut chargé de choisir vingt-cinq « bons-tir » pour aller renforcer le peloton des gardes de Danfa Mourga. Ayant consulté les dossiers de tous les gardes en service dans le territoire, il en choisit vingt-cinq qu'il qualifia de

« passe-goulot de bouteille », ce qui ne pouvait mieux souligner leurs qualités exceptionnelles de tireurs.

Sourgens et son peloton prirent le chemin de Danfa Mourga. Du jour où ils arrivèrent, l'arrêt de mort des lions noirs était signé.

En trois mois, la colonie léonine fut entièrement décimée. Le trophée fut constitué par les peaux de cent douze lions, cent panthères, deux cents hyènes et dix boas. Par ailleurs, vingt lionceaux capturés furent expédiés aux divers zoo d'Europe, d'Afrique occidentale, du Maroc et d'Algérie. A lui seul, le comte de Villermoz avait tué huit lions et Sourgens vingt-trois! Ce nettoyage valut une grande réputation au comte et à son assistant.

La vie allait ainsi son train, aussi bien à Yagouwahi, qu'à Goudougaoua et Danfa Mourga.

Wangrin avait quelque peu retrouvé ses esprits, mais il n'en continuait pas moins à se demander si le silence du comte n'était pas semblable à celui d'un fusil chargé... En cela, il n'avait pas tout à fait tort, nous le verrons plus loin.

Malheureusement, le commandant Gordane, qui était devenu le grand défenseur de Wangrin, arrivait à la fin de son séjour colonial, et dut quitter Yagouwahi. Il fut remplacé par l'administrateur des colonies Hubert, Léon, Jacques, comte du Pont de la Roche.

Lorsque celui-ci prit son service, il ne fit appel aux services exclusifs de Wangrin que durant une semaine, juste le temps de prendre contact avec son monde. Par la suite, et contrairement à la tradition établie par l'usage chez les administrateurs coloniaux, il se servit indistinctement, comme interprètes, de

Metiogo Makara, interprète auxiliaire, de Souyoufi Kadjité, commis expéditionnaire chargé du secrétariat du commandant de cercle, et enfin de Wangrin lui-même.

« L'eau ne saurait changer d'état, si ce n'est sous l'effet d'un corps étranger », se dit Wangrin. Il ne se trompait pas. Le silence qu'il redoutait était bien chargé et n'avait attendu, pour exploser, que le départ du commandant Gordane dont la présence était le cran de sûreté qui empêchait le coup de partir.

L'administrateur des colonies comte du Pont de la Roche avait été affecté dans le territoire en même temps qu'un autre collègue, Georges Sauvage, qui fut maintenu à Goudougaoua et nommé directeur du personnel.

Tous deux camarades de promotion du comte de Villermoz, ils n'ignoraient rien des difficultés que celui-ci avait rencontrées par la faute de Wangrin.

Le directeur du personnel avait toute latitude pour muter les fonctionnaires indigènes selon son bon plaisir, quand cela correspondait aux nécessités du service. Ainsi, deux mois après son arrivée à Yagouwahi, le comte du Pont de la Roche reçut une lettre confidentielle de la direction du personnel lui demandant s'il ne voyait pas d'inconvénient à ce que Romo Sibedi fût réaffecté à Yagouwahi en remplacement de Wangrin, placé en instance de mutation.

Le comte de Villermoz lui écrivit personnellement pour appuyer cette demande. Comme on pouvait s'y attendre, l'avis de du Pont de la Roche fut favorable à la mutation proposée (178).

Wangrin, qui avait des intelligences à la direction

du personnel, apprit qu'un grand mouvement allait être opéré parmi les interprètes et qu'il ne serait pas épargné. Il ne s'en étonna pas. Mieux valait pour lui quitter Yagouwahi plutôt que de continuer à souffrir ce que tout interprète de grand commandant ne saurait considérer que comme un manque de confiance et un mépris caractérisé. Tel un mari monogame, le bon commandant ne doit avoir qu'un seul interprète.

Wangrin s'était donc préparé à recevoir une mutation pour un autre poste, et il l'attendait même avec quelque impatience.

Une semaine plus tard, alors que Wangrin, rêveur, se tenait assis sur son banc non loin de l'entrée du bureau du commandant, celui-ci cria : « Planton!

– Ma commandant?...

– Appelle-moi Wangrin.

– Wangrin! Commandant i peler toi. »

Wangrin, comme le voulait la tradition, courut vers le bureau du commandant. Il s'arrêta à la porte et dit : « Me voilà, mon commandant!

– Entre! lui ordonna du Pont de la Roche. »

Wangrin entra. Le commandant lui tendit un télégramme officiel sur papier jaune. Wangrin le prit et y lut les lignes suivantes :

« Gouverneur à commandant de cercle Yagouwahi. Décision ce jour affecte interprète titulaire Romo Sibedi à Yagouwahi en remplacement interprète titulaire Wangrin affecté à Danfa Mourga Stop. Dirigez immédiatement Wangrin sur nouveau poste via Ayka. Bernard Linguet. »

Le coup qui avait foudroyé Wangrin lorsqu'il avait pris connaissance de l'affectation du comte de

Villermoz dans son territoire aurait dû n'être qu'une caresse à côté de celui que lui portait cette nouvelle. Elle équivalait en effet à sa condamnation à mort, sans espoir d'aucune grâce, pas même celle du Bon Dieu. Pourtant, curieusement, Wangrin lui-même ne sut jamais pourquoi cette catastrophe le laissa aussi impassible que s'il ne s'était pas agi de lui. Tout au contraire, il eut la force étonnante de répliquer, avec un aplomb qui décontenança le comte du Pont de la Roche : « Ainsi donc, j'aurai une fois de plus l'occasion de faire la connaissance de mon vieil ami Jean-Jacques, comte de Villermoz! Nous pourrons reparler de nos beaux taureaux qui « évacuaient » des louis d'or (179). »

Le comte du Pont de la Roche tapa sur la table : « Espèce de salopard! cria-t-il. Si tu me tiens encore un pareil langage, je te foutrai en prison pour le reste de tes sales jours. F... moi le camp et si jamais tu passes cette nuit à Yagouwahi, je te ferai révoquer pour désobéissance et rébellion !

« Brigadier-chef !

– Ma commandant?

– Si Wangrin n'a pas quitté Yagouwahi avant seize heures aujourd'hui, tu l'arrêteras et le conduiras en prison jusqu'à nouvel ordre. »

En sortant du bureau, Wangrin s'en fut trouver le révérend Père supérieur de la mission catholique de Meba. Il lui fit connaître l'intention du comte du Pont de la Roche de le mettre arbitrairement en prison. Puis il rentra chez lui, attendant tranquillement la suite des événements.

A seize heures, lorsque le brigadier-chef se présenta, non seulement Wangrin était toujours là, mais il refusait de s'en aller malgré les injonctions, d'abord, puis les prières, du brigadier-chef. Celui-ci, en exécution des ordres reçus, dut se résoudre à l'arrêter et le conduisit à la prison de Yagouwahi.

Dès son incarcération, Wangrin envoya un mot au révérend Père supérieur de la mission de Meba pour l'informer qu'il avait effectivement été emprisonné, comme il lui en avait exprimé la crainte.

Le révérend Père supérieur se rendit auprès du commandant de cercle pour intervenir en faveur de Wangrin, mais il était absent pour toute la journée.

Lorsque le commandant revint, tard dans la nuit, le brigadier-chef qui l'attendait lui rendit compte de l'événement ainsi que de la visite du révérend Père supérieur de la mission de Meba.

Le commandant, conscient de l'arbitraire de sa mesure et redoutant le témoignage du prêtre, se trouva très ennuyé. Il donna ordre de libérer Wangrin immédiatement. Celui-ci refusa de sortir de la prison et, avec un revolver qu'il avait pris la précaution d'emmener avec lui, il menaça de brûler la cervelle à quiconque voudrait l'extirper de sa cellule avant le lendemain.

Le lendemain, le révérend Père supérieur vint trouver le commandant. Ce dernier confessa au prêtre combien il était navré que son imbécile de brigadier eût appliqué à la lettre une mesure dictée dans un moment de colère. Il le pria de bien vouloir calmer Wangrin.

Le prêtre se rendit à la prison et demanda à Wangrin de laisser tomber cette affaire. Wangrin y consentit, mais ajouta : « Je promets de ne pas me servir de ce fait tant que ce ne sera pas indispensable à la défense de ma vie. » Puis il quitta Yagouwahi pour Danfa Mourga via Ayka, conformément aux termes de la décision.

Cet itinéraire lui avait été imposé pour l'empêcher de passer par Goudougaoua et le priver ainsi de toute occasion d'intéresser à son cas quelque cœur généreux du chef-lieu.

Quand Wangrin arriva à Ayka, c'est-à-dire à mi-chemin entre Goudougaoua et Danfa Mourga, il descendit au campement administratif où il installa sa famille. Le lendemain matin il prit sa bicyclette et fonça sur Goudougaoua. Avant de partir, il avait donné à sa femme les instructions suivantes :

« Si demain soir tu ne me vois pas revenir, tu iras au cercle et tu diras ceci au commandant : « Mon mari m'a quittée hier avec intention d'aller faire une partie de chasse. Or il n'est pas encore de retour alors que nous devions continuer notre route sur Danfa Mourga. J'ai peur qu'il ne lui soit arrivé quelque accident. »

Wangrin pédala comme un évadé. Il arriva à Goudougaoua dans l'après-midi même, avant la fermeture des bureaux. Il alla directement trouver l'inspecteur des Affaires administratives Robert Rando, connu pour son esprit de justice et son courage, et déposa entre ses mains un rapport détaillé sur l'affaire des bœufs de Diagaramba. Il protesta contre son affectation à Danfa Mourga sous les ordres du comte de Villermoz, son ennemi juré.

Il déposa ensuite une copie de son rapport au parquet de Goudougaoua et signala au procureur général que son affectation était due à une machination montée par le comte de Villermoz et ses deux camarades : le comte du Pont de la Roche et Georges Sauvage, respectivement commandant de cercle de Yagouwahi et directeur du Personnel du territoire.

Le Procureur général, André Cols, mit Wangrin en garde contre une accusation formelle lancée contre trois administrateurs à la fois. « J'ai des preuves, monsieur le procureur », lui répondit-il.

L'inspecteur des Affaires administratives Robert Rando se rendit au cabinet du gouverneur et communiqua à ce dernier le rapport de Wangrin. Le gouverneur en prit connaissance, puis fit venir l'administrateur des colonies Georges Sauvage, directeur du Personnel, pour lui demander des explications sur la nécessité de la mutation de Wangrin à Danfa Mourga. Sans doute les raisons avancées par ce dernier n'obtinrent-elles pas l'agrément du gouverneur, car ordre fut donné de diriger la famille et les bagages de Wangrin de Ayka sur Goudougaoua.

Plusieurs jours avaient passé.

Le commandant de cercle d'Ayka, qui avait organisé une battue non pas pour faire sortir du gibier mais pour retrouver Wangrin que l'on croyait égaré dans la brousse, ne put en croire ses yeux quand il reçut le télégramme du gouverneur relatif à la famille de Wangrin. Mais il exécuta l'ordre sans délai.

Wangrin fut maintenu à Goudougaoua pour ordre. Il y attendit trois semaines, pendant lesquelles il n'eut pratiquement rien à faire.

Pendant ce temps, le commandant du Pont de la Roche fut convoqué à Goudougaoua ainsi que le comte de Villermoz. Nous ignorons ce qui se passa lors de leur entrevue avec le gouverneur, car rien ne transpira. Ils s'en retournèrent à leur poste.

Mais quelques jours après, une nouvelle décision du gouverneur rapporta la décision antérieure mutant Romo à Yagouwahi et Wangrin à Danfa Mourga. Romo fut désigné pour aller servir à Danfa Mourga et Wangrin fut affecté au cercle de Goudougaoua.

Ainsi, encore une fois, l'habileté et l'audace de Wangrin lui avaient-elles permis d'échapper à un grave danger. Mais la solution n'était pas des plus heureuses. Wangrin se sentait à Goudougaoua comme un épervier en cage. « Il me faut partir de cette prison », disait-il à ses amis.

Malheureusement, quelque temps après, le gouverneur Linguet, l'inspecteur Rando et le procureur de la République Cols partirent tous les trois en congé de longue durée.

Le comte de Villermoz fut affecté à Goudougaoua en tant que commandant de cercle. Une fois de plus, Wangrin allait donc se trouver sous ses ordres. Or, il était bien difficile à un fonctionnaire indigène – et même européen – de tenir tête aux administrateurs des colonies, qui n'étaient pas appelés sans raison « les dieux de la brousse ». Ils étaient plus forts que tous les blancs-blancs de la colonie et avaient des droits incroyables sur les indigènes.

Wangrin demanda une mutation en rappelant son rapport et en invoquant l'annulation de la première décision le plaçant sous les ordres du comte de Villermoz. Mais Georges Sauvage fit la sourde oreille et ne donna pas suite à la demande de Wangrin.

Vint le jour où le comte de Villermoz arriva à Goudougaoua et prit le commandement du cercle.

Pour éviter d'avoir à se présenter à son nouveau chef et ennemi de longue date, Wangrin s'en fut trouver un guérisseur. Il lui acheta pour un franc un petit sachet de poudre pour se donner une fausse entérite, et un autre dont la propriété était de faire verser des larmes et de défigurer le visage pour un certain temps.

Wangrin avala sa « poudre-entérite », puis en attendit les effets, qui ne tardèrent point à se manifester. Il se rendit au dispensaire, amenant ses selles au médecin Victor Diabade. Avant d'entrer dans la salle de consultation, il aspira par les narines une pincée de la « poudre-défigure-visage » (180). La face ravagée et les yeux versant des larmes, Wangrin entra dans la salle et s'adressa au médecin : « Major, lui dit-il, depuis cinq jours, je suis pris de douleurs dans les intestins. J'ai des coliques et de la diarrhée. J'ai amené pour examen mes selles, que voici. J'ai du feu dans le ventre... je souffre!... »

Le docteur Diabade était le seul médecin européen pour un dispensaire où passaient cent à cent cinquante malades par jour. Il jeta un coup d'œil rapide sur ce que Wangrin lui avait apporté :

« Avec une telle entérite, tu peux t'estimer heureux de pouvoir tenir sur tes jambes et d'avoir pu venir jusqu'ici, déclara-t-il tout naturellement.

– J'ai également mal à la tête, mon nez me brûle, mes yeux sont en feu, ajouta Wangrin. »

Le docteur Diabade le regarda. « Il faut que tu sois un rude taureau pour conserver ton état général avec deux feux, l'un dans la tête et l'autre dans le ventre! Je n'ai matériellement pas le temps de m'occuper de toi. Tu vas entrer immédiatement à l'hôpital où l'on procédera à des examens plus approfondis. »

Muni d'un bulletin d'entrée, Wangrin se présenta à l'Hôpital central. Il y fut admis et confié à la garde de l'aide-médecin major Sanaye Biamdou qui, comme lui, était originaire du Soudan. On le plaça en observation.

Wangrin avoua son subterfuge à Sanaye Biamdou. Celui-ci ayant la haute main sur les trois agents chargés des analyses, allait user de cette autorité pour aider son compatriote à se tirer des griffes du comte de Villermoz. Il leur tint en secret le discours suivant :

« Pourquoi, quand Messieurs Sauvage et du Pont de la Roche prêtent leur concours pour livrer Wangrin au comte de Villermoz, nous, Soudanais, ne prêterions-nous pas le nôtre pour sauver notre compatriote?

« Notre conscience professionnelle se trouve ici en conflit avec la pitié. Dans le cas qui nous occupe, sachons donner la préséance à la pitié. Nous sauverons un homme de la mort. C'est là une action qui ne nous écartera pas, bien au contraire, de l'idéal médical qui consiste précisément à sauver les gens de la mort. »

Les trois laborantins, tous Soudanais, avaient une grande admiration pour leur chef. Ils furent d'autant plus émus que Sanaye Biamdou était un homme honnête, qui ne faisait jamais rien moyennant salaire. Aussi acceptèrent-ils de bon cœur d'aider Wangrin et s'arrangèrent-ils pour que les analyses établissent une entérite nécessitant une hospitalisation prolongée. Il va sans dire que Wangrin, n'étant plus obligé de feindre, versa le restant de ses potions dans son pot sanitaire...

Pendant qu'il était à l'hôpital, Wangrin écrivit une lettre au gouverneur intérimaire qu'il réussit à lui faire remettre par son maître d'hôtel. Il rappelait, dans cette lettre, les circonstances qui avaient amené le gouverneur titulaire Linguet à rapporter sa première décision. Il sollicitait, en conséquence, une mutation afin de ne pas se trouver placé sous les ordres du comte de Villermoz. De son côté, le médecin-chef du dispensaire délivra un certificat établissant l'inaptitude de Wangrin à servir à Goudougaoua pour raison de santé.

Une fois de plus, Wangrin fut donc muté, cette fois-ci pour Dioussola. Il fit ses bagages et rejoignit son nouveau poste, sans avoir revu le comte de Villermoz.

Celui-ci avait d'ailleurs adopté à son égard une attitude de mépris, semblant faire peu de cas de lui. Il n'en parlait presque jamais. La seule appréciation qu'on l'entendit porter sur Wangrin, et qui ne varia jamais, était la suivante : « Wangrin est une immense fripouille, culottée comme je n'en ai jamais rencontrée. Il est bien dommage qu'un sujet aussi remarquablement intelligent et courageux soit on ne peut plus véreux (181)... »

De son côté, Wangrin reconnaissait l'attitude de grande noblesse du comte. « Il répugnait au comte, disait-il, qu'on sût que nous étions aux prises. C'était mon ennemi, mais il ne manquait pas de dignité. »

Il n'en disait certes pas autant des deux camarades du comte, le commandant du Pont de la Roche et l'administrateur Sauvage. Ceux-ci étaient les plus acharnés. Du Pont de la Roche semblait craindre que Wangrin ne dénonçât son emprisonnement arbitraire, et Sauvage qu'on ne découvrît les semonces qu'il avait reçues et qui n'étaient pas de nature à favoriser son avancement. Ce dernier vit d'ailleurs ses pouvoirs diminuer en matière de mutations. Le chef de cabinet du gouverneur supervisait désormais les projets de décision et les arrêtés relatifs au personnel.

– 18 –

Où Wangrin repart d'un bon pied

Le cercle de Dioussola, où Wangrin prit ses fonctions, était commandé par le baron Arnaud de Bonneval, surnommé par la population « commandant Pifff-Pafff », tant il aimait cravacher les hommes et les bêtes qu'il trouvait à portée de sa main nerveuse.

Lors de son arrivée, Wangrin se présenta au cercle. Le commandant le reçut dans son grand bureau. Wangrin remarqua immédiatement une cravache posée sur le bureau et une autre suspendue à côté du portrait du président de la République française, tout comme si cet instrument de correction faisait partie des armoiries de la IIIe République !

« Bonjour, mon commandant! salua Wangrin.

– Ah, te voilà, nouvel interprète! Entre et dis-moi ce que tu as dans la caboche, et ce que tu es venu faire à Dioussola. »

Une longue expérience avait appris à Wangrin que, bien souvent, les impressions résultant du premier contact décident de ce que seront les relations entre un administrateur des colonies et ses auxiliaires, particulièrement son interprète. Il savait également, s'étant informé au préalable, qu'au tréfonds de lui-même, le baron Arnaud de Bonneval était plus neurasthénique que méchant. L'armée l'avait aigri. Il s'y était engagé avec l'espoir de redorer le blason de sa famille et de renflouer ses finances, qui n'étaient guère brillantes. Mais hélas! sa carrière avait été brisée par un supérieur peu amène envers les hommes dont les noms s'ornaient d'une particule, que ce fût « de », « du » ou « de la ». Le baron ne put jamais dépasser le grade de capitaine, alors que son ambition et ses hautes études le prédisposaient à devenir un général distingué.

Wangrin fit une révérence bien profonde et répondit à son nouveau commandant de cercle :

« Mon commandant! Je suis Wangrin, votre nouvel interprète. Quant à ma caboche, elle est telle une écuelle en bois neuve, donc absolument vide et disposée à recevoir ce qu'il vous plaira d'y mettre.

« Je suis venu ici pour vous servir comme il vous plaira d'être servi. Je ne connais de religion que mon service. Plaire à mon commandant équivaut pour moi plaire à la force supérieure d'en haut. Je « fais salame », mais je ne suis pas bigot. Je n'aime pas les chauvins, je suis pour la civilisation et particulièrement enthousiaste pour la civilisation française, mère des droits de l'homme et anti-esclavagiste!

– Dis donc, fit le commandant, où as-tu appris à parler si bien le français?

– A l'École des otages de Kayes, et aussi à force de lire Dumas, Lamartine, Victor Hugo, Leconte de Lisle, Voltaire. La Fontaine, Alfred de Musset et Boileau. Je connais par cœur la phrase célèbre de Victor Hugo qui m'offre le moyen mnémotechnique de retenir la liste de mes auteurs préférés.

– Et quelle est cette phrase ?

– La voici, mon commandant : « Corneille, perché sur les Racines de La Bruyère, Boileau de La Fontaine Molière. »

– Eh ben mon cochon ! Tu es plus qu'un interprète... On m'a dit que tu avais eu des ennuis avec un certain comte de Villermoz?

– Non, mon commandant, jusqu'ici, je ne puis dire qu'il m'a causé des ennuis. Il m'a plutôt placé dans des situations qui ne me permettaient pas de rester ce qu'un interprète doit être vis-à-vis de son commandant. Le comte me fit faire quelques opérations qui n'étaient nullement malhonnêtes, mais simplement incompatibles avec les fonctions que l'un et l'autre nous exercions.

– Quelles étaient exactement ces opérations ?

– Mon commandant comprendra que, tenu par le serment que j'ai prêté de ne jamais dévoiler à quelqu'un d'autre ce que mes chefs hiérarchiques, et notamment les administrateurs des colonies, font par mon entremise, je ne saurais dire ce que le comte m'avait fait faire. »

Arnaud de Bonneval se mit à marteler son bureau des doigts de sa main droite, tout en regardant fixement Wangrin comme s'il voulait l'hypnotiser.

Wangrin soutint son regard avec l'attitude de quelqu'un qui n'a rien à se reprocher et à qui on n'en impose pas facilement.

« Combien de langues parles-tu, Wangrin?

– Je parle parfaitement le bambara, ma langue maternelle, le peul, le dogon, le mossi, le djerma, le haoussa et, passablement, le baoulé et le bété.

– Tu seras mon interprète personnel. En ce qui me concerne je ne te ferai pas faire d'opérations irrégulières, mais j'attache un prix exceptionnel à ce que mes ordres soient exécutés ponctuellement. J'ai l'habitude du commandement. Je n'ai pas peur de la responsabilité. Je la revendique toujours...

– Mon commandant, je serai votre homme. Je n'ai jamais fait de sentiment dès lors qu'il s'agit d'exécuter un ordre. Un jour, ma mère m'a dit, en me montrant son sein qu'elle tenait dans sa main droite : « Mon fils, la vie est une cité dont personne ne sortira vivant. Avoir peur de la mort est donc une couardise inutile. Cela étant, ôte toute peur de mourir de ton âme. Sois viril devant le danger et fidèle à ta parole. Respecte les vieillards. Fais du bien aux pauvres, même s'il faut arracher aux riches leur fortune. »

– Ta mère serait une bonne chrétienne, Wangrin.

– Ma mère est une bonne animiste, mon commandant.

– La morale et le courage ignorent la frontière des races et des religions, mon ami. Allez, va-t-en; Wangrin, et viens lundi matin commencer ton travail. Il y aura du boulot.

Après avoir congédié Wangrin, le commandant de Bonneval décrocha sa cravache, emboucha sa grosse pipe et sortit. Il monta son bel étalon et s'éloigna, suivi de son brigadier-chef également à cheval. Durant deux longues heures, chaque matin, il visitait ainsi tous les chantiers de la ville avant de revenir au bureau se mettre au travail. Sa gestion aurait été une bénédiction s'il n'avait pas eu coutume de cravacher chaque fois une ou deux personnes et d'en ramener en prison deux ou trois autres coupables du crime de n'avoir pas salué le commandant à son passage à vingt-cinq mètres de distance. Un commandant de cercle à cheval était tel un soleil au zénith. Il n'y avait que les mauvais sujets français pour ne pas le voir à vingt-cinq, cinquante ou même cent mètres de distance!

Certains administrateurs des colonies punissaient cette faute de quinze jours de prison ferme. C'était là un avantage attaché à la dignité de grand et petit commandant de cercle. Ces condamnations, relevant du code de l'indigénat, étaient prononcées sans jugement.

Il faut dire, à la décharge du baron de Bonneval, qu'il usait modérément de sa prérogative de punir à volonté qui il voulait. Il n'infligeait jamais plus d'un ou deux jours de détention aux sujets français ayant négligé soit de le saluer, lui, commandant de cercle, soit de saluer le drapeau français lors du salut aux couleurs, fait qui ne pouvait passer inaperçu puisqu'il avait lieu au son du clairon.

Wangrin profita de ses trois jours de repos pour rendre des visites de courtoisie à toute la notabilité : les chefs de province présents à Dioussola, les directeurs des maisons de commerce de la place, l'évêque catholique, les marabouts – en commençant par le grand imam – et enfin les notables et fonctionnaires indigènes.

La population accueillit Wangrin comme il se devait. On lui offrit des moutons de case, des taureaux, du mil et de grands et nombreux paniers de riz.

De son côté, Wangrin distribua beaucoup de « cadeaux souvenirs » ramenés de Goudouagaoua. Il visita le cours d'eau sacré qui traversait la ville et offrit, en sacrifice, à manger aux poissons qui le peuplaient. Ce geste toucha beaucoup les anciens du pays. Ils assurèrent à Wangrin qu'il pouvait désormais compter sur l'assistance de la population.

Wangrin s'installa avec sa famille. La beauté du site dans lequel était installée la ville lui plut énormément. Les chaînes de collines coiffées de verdure étaient séparées par des vallonnements de terre jaune-rouge que le soleil dorait et faisait briller de loin en loin, trouant l'immense tapis vert nuancé par les herbes et les arbres. La beauté du paysage lui fit oublier bien vite le pays inexorablement plat de Goudougaoua.

Non seulement Dioussola était la capitale commerciale du territoire, plaque tournante d'échanges entre plusieurs pays, mais c'était également un pays extrêmement fertile, habité par une population laborieuse et très accueillante.

Après avoir visité tout le monde et s'être amplement informé sur les uns et sur les autres, ainsi que sur les interdits coutumiers à respecter, Wangrin, un soir, voulant profiter de la fraîcheur de la nuit, monta sa chaise longue sur la terrasse de sa maison et interdit qu'on le dérangeât. Ainsi étendu, bien délassé, les yeux perdus dans le ciel à travers l'immense forêt des étoiles, il se mit à méditer.

Son esprit, rapide comme la lumière, fit un retour en arrière. Il fit dérouler rapidement, devant son regard intérieur, toute son existence. Il revit le petit garçon bambara, ventre bedon, corps tout nu et gris de poussière, portant en bandoulière une petite besace rectangulaire faite de bandes de coton teintes en jaune lavé. Ce petit diable courait comme un forcené, tantôt derrière une souris ou un lézard blessé à coups de caillou, tantôt derrière un écureuil qui, pris au piège, trainait l'appareil dans les herbes pour s'en débarrasser.

Il vit la jeune recrue de l'École des otages, vêtue d'une culotte et d'une blouse d'étoffe grise, coiffée d'une petite chéchia ronde de couleur rouge au pompon de soie bleue et marchant nu-pieds.

Il revit le jeune circoncis qui, durant trois mois, avait vécu avec quarante-cinq camarades, habillé d'un boubou jaune fait d'une seule pièce, coiffé d'un bonnet en gueule de caïman (182), écoutant l'enseignement du Sema (183), chantant ou dansant autour d'un feu sacré, durant de longues heures.

Il revit le jeune moniteur habillé à l'européenne et portant toujours un crayon derrière le pavillon de l'oreille.

Puis il vit tout en un : Racoutié, son premier rival et agresseur, le commandant de Brière, qui lui donna son premier cadeau politique, etc. Mais son attention s'arrêta plus longuement sur le comte de Villermoz et ses deux amis, du Pont de la Roche et Georges Sauvage, et sur leur gros chien détecteur, Romo Sibedi. Oui, ces quatre acolytes acoquinés étaient, pour Wangrin, comme une grosse pierre suspendue au-dessus de sa tête par un fil d'araignée. Pour la première fois, Wangrin frissonna, sans pouvoir dire si c'était de peur ou d'indignation.

Il aspira largement l'air frais de la nuit, rendu

plus frais encore par la brise légère qui soufflait sur la terrasse, et par le calme total qui régnait sur la ville endormie. Puis il expira bruyamment l'air de sa poitrine. Il se sentit soulagé. Il se fit à lui-même une grimace et ricana pour se moquer de ses appréhensions morbides.

« N'ai-je pas, se dit-il, grâce à Allâh, à mes deux engendreurs et à mes marabouts, notamment Tierno Siddi et Moulaye, n'ai-je pas, dis-je, boulé et tourné en bourrique épaisse tous ceux, Blancs et Noirs, qui s'étaient mis en travers de mes affaires?

« Au lieu de me faire de mauvaises idées, alors que je me trouve dans un paradis terrestre, ne devrais-je pas plutôt rendre un tribut de gratitude aux forces supérieures et me considérer comme la grenouille de la fable ?

« On conte que la mégère Niédjougou trouva, un jour, une pauvre grenouille assoiffée en train de peiner tout autour de son canari rempli d'eau. La bête espérait que quelques gouttes d'eau lui tomberaient dans la gueule. Niédjougou s'empara de la petite grenouille et, après l'avoir cinglée de fort vilains et méchants mots, elle la lança au loin en terminant son chapelet d'injures par un « Va au diable crever d'une soif d'enfer implacable, espèce de batracien! »

« Mais voilà, la mégère avait lancé la grenouille si fort et si loin qu'elle alla retomber dans une grande mare où flottaient de larges feuilles de plantes aquatiques, hérissées de fleurs jaunes, blanches et bleues. Et dans cette mare, il y avait suffisamment de bestioles pour nourrir toute une colonie de grenouilles.

« N'en est-il pas de même pour moi ?

« Quitter Yagouwahi au moment où, à force d'avoir reçu des cadeaux, je commençais à redouter quelque dénonciation, c'est plutôt une chance. »

Le lendemain, frais et dispos, Wangrin revêtit une blouse en percale blanche sous un gilet marocain en drap à longues manches. Ce gilet était brodé de ganses de soie formant des arabesques entrelacées d'un très bel effet. Par-dessus le gilet, il passa un grand boubou bazin dont les dessins représentaient des feuilles de bambou. Puis il enfila une large culotte en étoffe imprimée appelée « limeneas », dont les rebords étaient garnis de petits galons de soie blanche.

Pour compléter cette riche toilette, Wangrin portait une belle paire de bottes brodées et un casque colonial tout neuf. Il tenait à la main une canne en bois d'ébène sculptée. Il s'était gardé de se parfumer, ignorant si Arnaud de Bonneval était de ces administrateurs qui ne supportent pas l'odeur des aromates africains, fussent-ils de l'odeur la plus suave.

Il monta à cheval et, suivi de son fidèle palefrenier, se rendit aux bureaux du cercle. Il avait devancé l'heure d'ouverture des bureaux afin de pouvoir s'entretenir avec le planton qui veillait à la porte du commandant et, le cas échéant, avec d'autres fonctionnaires.

Une fois arrivé dans la cour des bureaux, il descendit de son cheval qu'il abandonna à son palefrenier. Il s'avança de l'allure majestueuse convenant à son rang et pénétra sous le hangar des bureaux. Il y trouva des fonctionnaires, quelques gardes-cercle, des représentants de chefs de canton. Tout ce petit monde, sachant que le nouveau grand interprète allait prendre son service, avait tenu a venir le saluer et à lui manifester, sincèrement ou hypocritement, son amitié.

Le commis expéditionnaire Tiombiano Treman fut le premier à tendre la main à Wangrin en déclinant, à la manière des blancs-blancs, ses nom, prénom et titre. Puis ce fut le tour du brigadier-chef Thié Sarama Ouattara et enfin, à qui mieux mieux, tous les autres...

Wangrin comprit qu'à Dioussola, comme partout ailleurs, le grand interprète était un personnage de premier plan. Il se comporta comme il l'avait vu faire aux grands chefs blancs-blancs lorsqu'on leur présentait des fonctionnaires : il serra rapidement les mains en souriant plus ou moins largement selon le grade et le cadre auquel appartenait l'interessé. Il adressa quelques questions rapides et fit de petits éclats de rire – rire propre au politicien, parce qu'il ne vient pas du cœur mais prend naissance entre la luette et le bout de la langue.

Wangrin se tirait de son rôle à merveille. Excellent mime, il savait imiter à la perfection et pouvait reproduire à volonté tous les gestes, sons et cris qu'il voulait. Par ailleurs, il aimait beaucoup les plaisanteries.

« Souffrez que je vous abandonne, dit-il à ses nouveaux collègues, pour aller vite me mettre à la porte du grand commandant, afin qu'il ne me trouve pas entouré de vous tous et n'aille pas penser qu'à peine arrivé, je commence à vous monter la tête contre la sûreté de l'Etat français!...»

Tout le monde éclata de rire... Wangrin fit de même tout en disant : « Riez et rions ensemble, car le rire est le meilleur thermomètre de la santé et du bonheur. »

Puis il gagna la grande chaise qui lui était destinée, et s'y assit. Immédiatement, le planton se présenta à lui. Il se mit au garde-à-vous, le petit doigt de chaque main sur la couture du pantalon, la tête relevée, le corps raide comme une barre, et débita : « Je-moi, Bila Kouttou, garde de première classe, matricule 73, ancien caporal Fantiri-mori (184), classe 1912 matricule 903, je faire planton de ma commandant. »

Wangrin, goguenard, pencha la tête à gauche, puis à droite, puis l'abaissa comme pour examiner les pieds de Bila, toujours au garde-à-vous. Il remonta lentement son regard et quand ses yeux arrivèrent à la hauteur de ceux de Bila, il le fixa et dit : « Repos! Rompez! »

Quand Bila Kouttou rompit, Wangrin lui dit : « Entre nous, il n'y a ni garde planton ni interprète. Nous allons être comme des frères utérins. Il faut que nous nous jurions fidélité et assistance et que chacun supplée l'autre en son absence. Pas de secret entre nous. Si ma proposition t'agrée, je te donne rendez-vous chez moi, ce soir, après la prière Saafo (185). »

Pendant que Wangrin et Bila Kouttou s'entretenaient, quelqu'un aperçut le commandant revenant de sa tournée matinale à travers la ville et sur les chantiers en cours.

Le Baron de Bonneval était un bon urbaniste. Il lui arrivait de dire : « Ah! si le gouverneur pouvait forcer la main à M. Nolira, cet harpagon de chef des finances, pour me donner les fonds nécessaires... je ferais de Dioussola ce que le baron Georges

Haussmann a fait de Paris! » Mais hélas Bernard Linguet n'était pas Charles Louis Napoléon et, ma foi, tant pis pour le territoire s'il n'avait pas un Bonaparte à sa tête !

Le Baron descendit de son cheval. Il l'abandonna, sachant que le brigadier-chef et son palefrenier s'en occuperaient. Il traversa la cour tête baissée, comme pour ne pas voir ce que faisaient les gens. Il gravit lestement les marches du perron et regagna son bureau. Une fois installé il appela :

« Planton!

– Ma commandant! répondit Bila Kouttou.

– Appelle le nouvel interprète.

– Me voilà, mon commandant », répondit Wangrin qui s'était, par précaution, placé à portée de la voix de son chef. N'était-il pas un vieux loup qui connaissait les manières et manies des dieux de la brousse?

Wangrin entra dans le bureau où le commandant en personne lui « passa le service » que son prédécesseur, parti avant son arrivée, aurait dû lui transmettre.

Wangrin commença par prendre connaissance des dossiers des chefs de canton et de village, des marabouts, des notables, des émissaires de chefs – appelés « porsantans » (186) –, des agents de renseignement, des gros commerçants et, enfin, des sorciers officiellement catalogués comme tels et surveillés de près au même titre que les marabouts.

Aidé de ces renseignements, il lui fallut peu de temps pour constituer son nouveau réseau, véritable toile d'araignée beaucoup plus vaste et plus solide que celles qu'il avait mises en place à Diagaramba et à Goudouagaoua.

Une occasion de gagner beaucoup d'argent sans grand risque n'allait pas tarder à se présenter. Le gouvernement du territoire répercuta dans tous les cercles des instructions spéciales en vue d'intensifier la campagne dite « produits de la cueillette ». L'industrie de la métropole en avait besoin pour son extension et son expansion.

Il appartenait aux indigènes, sous forme de corvées camouflées, de fournir noix de karité (187), latex, gommes, fibres végétales soyeuses – notamment celles du kapokier – et autres produits divers.

Chaque village devait fournir une quantité fixée par le gouvernement territorial, en fonction des besoins de la chambre de commerce et d'industrie.

Chaque famille villageoise devait envoyer ses membres, petits et grands, hommes et femmes, à travers les ronces et les herbes coupantes, afin de ramasser les noix et les gousses d'arbre en arbre, saigner les ficus et les goïnes, puis ramener sur leur tête la cueillette brute qu'ils devaient ensuite passer de longues nuits à trier et à dépoussiérer au moyen de vans de fortune ou même seulement de leur souffle.

Les produits dégrossis devaient être acheminés, portés sur la tête ou à dos de bétail, jusqu'à des foires parfois distantes de quarante kilomètres du village et toujours situées sur des voies de communication – cours d'eau ou routes carrossables – afin de faciliter aux commerçants l'évacuation des produits acquis pour un prix dérisoire. Ce prix était imposé par la chambre de commerce et malheureusement homologué par le gouvernement local, qui ne pouvait faire autrement.

Wangrin connaissait parfaitement tout cela et en

souffrait intérieurement. Sa grande concupiscence naturelle, qu'il avouait hardiment et qu'il haïssait sincèrement sans pour autant pouvoir s'en corriger, ne l'empêchait nullement, en effet, d'avoir du cœur et d'être enclin à la charité. Certes, pour avoir de l'argent, il était prêt à jouer des tours pendables, mais toujours au détriment des colonisateurs ou des chefs de canton ou des gros commerçants qui, à ses yeux, n'étaient que des exploiteurs de la masse paysane.

– 19 –

Un serment qui porte des fruits

Wangrin avait fait de la terrasse de sa maison un véritable lieu de méditation. Il ne s'agissait pas de la méditation purement spirituelle du Soufi (188), mais de celle d'un lutteur engagé dans un corps à corps implacable pour le gain. Il fallait gagner beaucoup sans y perdre une plume, et ce n'était pas facile.

Prêt à descendre encore une fois dans l'arène, Wangrin avait besoin de s'organiser. Après son dîner qui fut, cette nuit-là, particulièrement frugal, il monta sur sa terrasse où sa grande chaise longue l'attendait. Comme toujours en des occasions semblables, il interdit de le déranger.

La nuit était belle, fraîche et calme. Le ciel, profondément noir, parsemé d'étoiles brillantes, semblait un immense plafond en bois d'ébène incrusté de grosses perles d'argent.

En tête à tête avec lui-même sous un ciel si paré, quelles forces Wangrin allait-il invoquer? Les forces ancestrales ou celles des religions étrangères? Quoi qu'il en fût, il leur demanderait ce qu'il avait toujours demandé : être inspiré pour gagner beaucoup d'argent et être protégé de ses ennemis, Blancs ou Noirs.

Allongé comme un convalescent dans sa chaise longue, Wangrin s'adressa mentalement aux mânes de ses ancêtres :

« O mânes des miens ancêtres, dit-il, vous qui êtes au royaume des forces, venez une fois de plus à mon secours.

« Dans mes veines court votre sang. Il a coulé de vos artères dans celles de mon père, puis dans les miennes. Digne ou indigne, je suis de vous.

« Soufflez en moi la vertu qui permet au caméléon de changer constamment ses couleurs selon l'ambiance afin de passer inaperçu.

« Insufflez en moi la douceur et la tendresse de l'agneau qui me permettront de plaire à tous et de mieux réaliser mes affaires.

« Mais aussi, grands ancêtres! guerriers farouches! armez-moi des griffes du lion et du léopard afin que je puisse déchirer sans pitié et sans quartier ceux qui se mettraient en travers de ma route et qui chercheraient à faire dévier le cours de mes gains vers une caisse autre que la mienne... »

Wangrin n'eut pas le temps d'achever sa singulière prière que le sommeil, toujours plus fort que l'homme, le saisit et l'emporta au royaume d'où l'on revient parfois la bouche pâteuse.

Ce n'est qu'au petit jour que, prenant froid, il

se réveilla. Il descendit de la terrasse et termina son sommeil dans un lit plus chaud et plus confortable.

Il rêva que sa femme avait mis au monde une fille qui avait une tête en argent couverte de cheveux en or lui tombant jusqu'au bas des reins. Il en déduisit que l'époque serait fructueuse pour ses finances.

Wangrin continua à penser à ce qu'il devait faire pour tirer profit de la campagne « produits de la cueillette ». L'argent appelle l'argent, se dit-il finalement. Il faut engager des fonds pour que le rapport soit important. Oui, un grain de mil planté en bonne terre et à temps donne un épi qui contient mille fois plus. Mais encore faut-il qu'il soit planté...

Wangrin fit venir discrètement chez lui dix vétérans acheteurs de produits qui, jusqu'alors, travaillaient pour le compte des grosses maisons européennes de commerce. Il leur tint ce discours :

« Mes amis, je viens de m'apercevoir que vos employeurs blancs vous ont toujours volés. J'ai décidé de vous trouver un employeur blanc qui vous donnerait par kilo cinquante centimes de plus que ce que vous gagnez actuellement, plus une prime de fin de campagne qui reste à fixer.

« Ce patron, Monsieur Louis Rameau, est un riche commerçant de Marseille. Il ne veut pas apparaître, pour ne pas se faire mal voir de ses compatriotes. Vous signerez donc chacun une reconnaissance de dettes pour l'argent qui vous sera avancé par son représentant, Faboukari, qui viendra incessamment de la Côte d'Ivoire avec les fonds nécessaires.

« Mon rôle, dans cette affaire, sera de vous ouvrir toutes grandes les portes des villages producteurs et de vous recommander auprès de l'administration et des chefs indigènes. Mais, je ne dois point vous le cacher, je ne ferai pas ce travail pour les beaux yeux de Monsieur Louis Rameau. Il me donnera une récompense. J'ai cependant exigé que celle-ci ne vînt pas en diminution de votre salaire, et nous nous sommes mis d'accord.

« Désormais, ajouta Wangrin, vous profiterez vous-mêmes de votre travail. Vous cesserez d'être des intermédiaires qui peinent et suent sous le soleil, se font tremper sous les pluies accompagnées de tonnerre, au profit de messieurs qui attendent tranquillement sous leurs moustiquaires, leur verre d'apéritif au frais et à portée de la main, que vous leur apportiez le tonnage qui viendra arrondir leur capital, déjà suffisamment gonflé.

« Jusqu'ici, votre peine ne vous a rapporté qu'un plaisir fallacieux, celui de manipuler, durant cinq mois, des centaines de milliers de francs comme s'ils vous appartenaient.

« Avec M. Louis Rameau, vous pourrez enfin gagner quelque chose. C'est un blanc-blanc commerçant de France. Ce n'est pas un de ces blancs-blancs commerçants coloniaux, qui ne se gênent pas pour tromper l'indigène lorsqu'ils lui achètent la matière première, et le tromper encore quand ils lui revendent la même matière première sous forme manufacturée.

« Vous ne verrez pas M. Louis Rameau venir ici, passer des journées à vous faire des comptes de diable qui dépassent votre intelligence et dont le résultat revient toujours à dire : « Vous restez devoir vingt-cinq ou cinquante mille francs », histoire de vous obliger à travailler l'année suivante pour la même maison. En vérité, vous n'êtes que des rabatteurs en laisse.

« Quelques administrateurs, commandants de cercle et magistrats sont révoltés par cette manière de faire de la majeure partie des commerçants blancs-blancs de la colonie. Ils veulent vous aider, vous, acheteurs et petits commerçants indigènes. Mais les chambres de commerce de Bordeaux et de Marseille veillent et, hélas! elles sont plus fortes que le syndicat des administrateurs, plus fortes que toges, toques et brassards des magistrats et des avocats.

« Dans quelques jours, M. Louis Rameau nous enverra son représentant, un compatriote nommé Faboukari. Celui-ci a fait son service militaire à la Marine française. Il connaît Marseille et Bordeaux comme un rat connaît son trou. Il a voyagé sur presque toutes les mers du monde. Il a connu tous les pays du levant au couchant, des « eaux durcies » de l'extrême nord aux pays perdus dans les immenses océans de l'extrême sud.

« Il parle le français, l'anglais, l'espagnol et l'arabe et sept langues africaines, sans compter le bambara qu'il a sucé à la mamelle. Il connaît l'homme, qu'il soit blanc, noir, jaune ou rouge. »

Qui n'aurait été convaincu par une présentation aussi dithyrambique des choses! Aussi les dix acheteurs acceptèrent-ils de changer de camp.

Wangrin, toujours précautionneux, fit jurer aux dix hommes qu'ils resteraient avec Faboukari quoi qu'il arrivât et que personne ne saurait rien de ce qui venait d'être décidé. Puis il amena une calebasse de lait frais. « Chacun de nous, dit-il, a bu le lait de sa mère pour vivre. Le lait est donc le plus sacré des aliments, et c'est pourquoi il nourrit en même temps qu'il désaltère. Chacun de nous va verser une goutte de son sang dans ce lait que nous allons boire. Ainsi moi, Wangrin, je ne pourrai vous trahir, ni vous me trahir, sans qu'il en résulte pour le traître une mort violente et ignominieuse. Quand Faboukari sera là, nous referons ensemble le même serment. »

La proposition de Wangrin fut acceptée avec enthousiasme.

Deux jours après, Faboukari arriva de la Côte d'Ivoire. Il se rendit au cercle afin d'être présenté au commandant à qui il demanda une audience. Wangrin l'ayant annoncé, le commandant le reçut dans son bureau.

Faboukari, qui était un vieux loup de mer, exposa son cas au commandant :

« Je me suis occupé de l'exploitation de l'or dans mon pays, dans les régions de Noubigou et du Bouré, lui dit-il. Le dieu Sanou (189) me fut largement favorable. J'ai pu étendre mon commerce jusqu'en Côte d'Ivoire et y acheter une grande plantation dont j'assure l'exploitation.

« Mais je désire travailler dans votre territoire où je voudrais engager une dizaine, ou même davantage, d'acheteurs de produits du cru.

– C'est très beau tout ce que tu viens de me dire, mais il faudrait que tu commences par te mettre en règle avec la législation commerciale. Tu dois d'abord créer une société, puis payer la patente, enfin te faire inscrire au registre du commerce et verser une caution d'assurance.

– Je n'ai pas besoin de créer une nouvelle société, car celle que je dirige en Côte d'Ivoire et au Soudan français est valable pour toute l'A.O.F. Il me suffira de payer la patente de première classe exigée par les règlements. »

Le commandant de Bonneval n'en croyait pas ses oreilles... Un indigène, sujet français, payer la patente de première classe jusqu'ici demeurée l'exclusivité des grosses maisons de commerce ?... Çà, c'était plus que fort !...

Il regarda longuement Faboukari et dit : « Tu m'étonnes... Tu mérites d'être soutenu car, Bon Dieu! il est temps que des indigènes se dégagent et reprennent les places qui leur reviennent de droit dans le commerce et l'industrie de leur pays! »

Puis il se tourna vers Wangrin : « Occupe-toi de Monsieur Faboukari, Wangrin. Cet indigène est digne du titre de « Monsieur ». Je le lui donne. Et tant pis si le Président de la chambre de commerce, Monsieur Bodressoul, n'est pas content !

Ainsi, tous les papiers de Faboukari furent précédés du titre de « Monsieur » grandement honorifique pour tout sujet français dont le nom devait invariablement être précédé des mots : « le nommé ». Le titre de monsieur n'était en effet donné qu'aux Européens et aux indigènes originaires des quatre communes du Sénégal : Dakar, Gorée, Saint-Louis et Rufisque, qui bénéficiaient du statut de citoyens français.

Le soir venu, Wangrin, ses dix employés et Faboukari se retrouvèrent au domicile de ce dernier, qui avait acheté une vaste concession dans un quartier populeux dit « Koo-ko ». Le serment que nous connaissons fut renouvelé mais, cette fois-ci, Wangrin ajouta dans le lait trois grains de sel gemme, ce qui tonifiait le serment et liait davantage les conjurés.

Au demeurant, qui étaient Louis Rameau et Faboukari ?

Le premier n'avait jamais existé que dans la prodigieuse cervelle de Wangrin. Quant à « Monsieur » Faboukari, c'était son propre frère puîné, ancien marin, prêt à tout pour son aîné qu'il vénérait comme un dieu. Faboukari était fier de Wangrin comme si c'était ce dernier qui l'avait mis au monde.

De son côté, Wangrin savait que son cadet représentait pour lui une chance inouïe. C'est grâce à son entremise et à son expérience de marin polyglotte qu'il put camoufler ses affaires illicites.

Chaque acheteur reçut cinq cent mille francs de Faboukari et signa une reconnaissance de dette d'un montant égal à la somme perçue. C'était là encore une trouvaille machiavélique de Wangrin.

Quinze jours avant l'ouverture officielle de la campagne, Wangrin envoya les dix acheteurs-jurés dans les plus grandes régions productrices de la cueillette. Incognito, ils achetèrent à l'avance presque le quart de la récolte de l'année. Ils avancèrent la moitié des sommes dues, la seconde moitié étant payable à l'ouverture officielle de la campagne, après livraison de la marchandise à la foire.

Il va sans dire que les chefs de cantons et de villages avaient perçu, des mains de Faboukari, des pourboires qui les liaient et les réduisaient au silence.

Sur instruction de Wangrin, Faboukari avait donné à ses fournisseurs un signe de reconnaissance : à côté de chacune de ses bascules se tiendrait un joueur de tam-tam ou de balafon. Les fournisseurs n'auraient donc qu'à se diriger sur les bascules de ses représentants pour faire peser leurs livraisons et recevoir un ticket de paiement, réglable après la foire.

A chaque foire, Wangrin faisait changer le signe de reconnaissance, ce qui lui permit de déjouer les imitations de ses concurrents.

C'est avec une surprise facile à deviner que les représentants des grosses maisons de commerce virent surgir au milieu d'eux, d'une façon aussi inattendue, un va-nu-pieds de nègre qui détournait à son seul profit presque le quart de la production du cercle de Dioussola et, plus que cela, se créait une place de choix dans les foires des cercles environnants. « Il y a là-dessous quelque chose de louche, se dirent-ils. La chambre de commerce doit agir, et le plus rapidement possible. »

Les commerçants soupçonnèrent le commandant Bonneval ; d'aucuns parmi eux se mirent à le haïr et les commerçants libano-syriens étaient prêts à donner la moitié de leurs capitaux pour lui faire quitter le cercle.

Romo Sibedi, de son côté, n'avait cessé de s'informer sur ce qui se passait à Dioussola, dans l'espoir de surprendre Wangrin en faute et de le dénoncer. Il avait pris contact avec M. Bodressoul, le Président de la chambre de commerce pour le territoire, et lui avait offert son concours en vue de découvrir la combinaison qui avait faussé la campagne de cueillettes du cercle de Dioussola. Il affirmait mordicus que, de près ou de loin, Wangrin devait être pour quelque chose dans l'affaire.

– 20 –

La reconversion

Sur ces entrefaites, Arnaud de Bonneval se trouvant à la fin d'un séjour colonial rentra en France, titulaire d'un congé d'un an. Bodressoul et la maffia du gros commerce profitèrent de son absence pour exiger du gouvernement du territoire la mutation de Wangrin de Dioussola et son remplacement par Romo Sibedi, qui était devenu l'homme de la chambre de commerce.

Une fois de plus, Wangrin fut donc muté. On le dirigeait cette fois-ci sur le cercle de Dougotenkou.

Le nouveau commandant de cercle qui avait remplacé de Bonneval, Henri Tolber, et qui avait déjà eu l'occasion, depuis son arrivée, de découvrir en Wangrin un auxiliaire de grande classe, ne comprit rien à ce qui se passait. Il pensa que la chambre de commerce avait monté une cabale contre lui, et le crut d'autant plus que son prédécesseur l'avait mis en garde contre cet organisme, ainsi que contre les commerçants libano-syriens. « Tant que tu auras Wangrin comme interprète et premier informateur, lui avait-il dit, tu pourras être tranquille. Tu n'ignoreras rien. Il t'aidera à dérouler l'écheveau politique le plus emmêlé. Il déjouera en souriant tous les tours, qu'ils viennent de l'Eglise (191) ou de la chambre de commerce. »

Henri Tolber écrivit au gouverneur du territoire pour demander le maintien de Wangrin. Il reçut en réponse le télégramme officiel suivant : « Mutation Wangrin maintenue. Stop. Sera remplacé par Romo Sibedi interprète très expérimenté. Stop. Assurez mise en route Wangrin dès passation service à successeur. »

Wangrin révéla au commandant Tolber qui était Romo et pourquoi il tenait à venir à Dioussola. « Mon commandant, lui dit-il, Romo est soutenu par trois administrateurs. Par ailleurs, il vient de pactiser avec l'Eglise et avec la chambre de commerce. Sa présence ne vous amènera pas du repos. »

Henri Tolber, comme son prédécesseur, n'aimait pas les prêtres. En outre, il détestait cordialement les commerçants européens qui, à ses yeux, profitaient de l'appui de l'administration pour s'enrichir illicitement.

Il confia à Wangrin qu'il allait demander sa mutation pour protester.

« N'en faites rien, mon commandant, lui répliqua Wangrin. Laissez Romo venir. Nous nous connaissons bien. Il me trouvera en face de lui. Je le neutraliserai.

– Comment pourras-tu le neutraliser, puisque

dès la passation de service tu dois rejoindre ton nouveau poste?

– Je lui passerai mon service, mais je ne quitterai pas Dioussola. En effet, je vous remettrai ma démission à compter du jour où j'aurai passé mon service à Romo.

« J'ai l'intention de m'installer comme commerçant et croyez-moi, mon commandant, je vais devenir une arête dans la gorge de Romo comme dans celle de la chambre de commerce. Et soit dit entre nous, ce n'est pas moi qui irai le dimanche à l'Eglise me confesser et recevoir la communion. Je ne tiens nullement à dépendre inconditionnellement des « grandes barbes » et « chapelet au cou (192).

« Je ne sais quels cabalistes tirent les ficelles de cette affaire, mais leurs menées et leurs intrigues demeureront stériles. Pour y parvenir, il me faut votre confiance et votre appui. Dans un cercle, le commandant peut beaucoup. Mais pour déjouer à temps les machinations de ses ennemis, il lui faut des agents sûrs et intelligents. Je vous fournirai ces agents et je serai leur chef. Il va sans dire que tout cela restera strictement officieux et confidentiel, sans quoi rien ne marcherait. »

Henri Tolber serra la main à Wangrin et lui dit : « Tu peux compter sur moi. »

Lorsque Romo vint se présenter au commandant, celui-ci le reçut bien. Wangrin lui avait recommandé cette attitude politique.

« Ton collègue va te passer le service, dit Tolber à Romo. J'espère que tout se passera bien, et le plus rapidement possible.

– Certainement, mon commandant, répondit

Romo, intérieurement content de n'avoir pas été reçu avec un visage renfrogné et des paroles rudes, comme certains administrateurs ne se gênaient pas de le faire pour en cingler leurs auxiliaires indigènes au premier contact. Pour les uns, c'était en guise de mise à l'épreuve ; pour d'autres, c'était l'effet d'un mauvais caractère tonifié par la chaleur tropicale.

Henri Tolber appela Wangrin et le présenta à Romo. La passation de service entre les deux interprètes se déroula dans une atmosphère pénible de suspicion. En effet, Romo soupçonnait Wangrin et Wangrin se défiait de lui. Les mauvaises intentions qu'ils nourrissaient l'un à l'égard de l'autre se traduisirent en murmures grossiers qui auraient stupéfié tout le monde s'ils avaient été exprimés à haute voix; mais Wangrin et Romo savaient se battre en sourdine, sans attirer l'attention des personnes présentes.

En entrant dans le bureau qu'occupait Wangrin et où étaient déposées les archives, Romo dit à voix basse, de manière à n'être entendu que de Wangrin : « C'est de ce bureau que tu pensais pouvoir continuer à tromper et à voler, espèce de fripouille maudite de sa mère! Je t'en ai expulsé et vais m'y installer pour dénoncer toutes tes intrigues de fils de femme dévergondée, avant de t'envoyer pourrir en prison. Espèce de vaurien, fais vite et passe-moi le service en versant des larmes de sang. »

Wangrin éclata d'un grand rire, comme si Romo venait de chanter ses louanges. Puis il répliqua à voix basse : « Ce bureau sera pour toi le septième gouffre de l'enfer. Tu y vivras un supplice qui te fera désirer la mort, même violente et ignominieuse, afin d'en être délivré. Et je te réserve une surprise.

Elle te secouera si fort que la première gorgée de lait que tu as sucée de la maudite mamelle de ta mère remontera de ton estomac dans ta sale gueule de pachyderme. Tu auras une bouche constamment amère et des fesses constamment en feu.

« Avance, vieux salaud, que la poussière des archives t'aveugle avant que le plancher de cette salle ne te brûle les pieds et que le plafond ne te tombe sur la tête. »

La scène dura ainsi deux jours, sans que personne soupçonnât les coups de boutoir que les deux antagonistes se portaient mutuellement quand ils étaient ensemble pour achever la passation des affaires du service. En dehors du bureau, ils se saluaient comme il faut, se souriaient et même parlaient familièrement comme deux bons vieux camarades.

Enfin Wangrin et Romo se présentèrent chez le commandant Tolber pour l'aviser qu'ils avaient terminé leur passation de service.

« As-tu tout vu? » demanda le commandant à Romo.

Celui-ci répondit honnêtement : « Oui, mon commandant. Mon collègue Wangrin m'a tout montré et bien expliqué.

– Eh bien, eh bien, reprit Tolber, tu n'as plus qu'à t'installer et à travailler comme il faut.

Puis, s'adressant à Wangrin, Tolber, feignant de ne rien savoir de ses intentions, lui dit : « Maintenant que tu as passé ton service, Romo va réquisitionner pour toi les porteurs et montures nécessaires au transport de ta famille. »

Le visage de Romo s'illumina d'un malin plaisir et, avant même que Wangrin n'ouvrît la bouche pour répondre, il s'écria avec vivacité : « Bien, mon commandant! Je veillerai à ce que mon collègue soit bien servi. »

Pour toute réponse, Wangrin sortit de sa poche une feuille de papier. Il la tendit au commandant Tolber en disant : « Voudriez-vous, mon commandant, s'il vous plaît, transmettre à monsieur le Gouverneur cette lettre par laquelle je donne ma démission de mes fonctions d'interprète? »

Puis, se tournant vers Romo, il lui dit en langue bambara : « Ta mère, une fois de plus, a avorté le batârd qu'elle avait conçu pour t'aider à me posséder. »

Romo vit rouge et se mit à trembler (193). Perdant le contrôle de ses nerfs, il s'écria : « Salaud! Tu partiras pour Dougotenkou, car le gouverneur n'acceptera pas ta démission. »

Le commandant Tolber, surpris par la sortie de Romo, le rappela à l'ordre en lui disant : « En quoi la démission de Wangrin te regarde-t-elle ? Comment sais-tu que le gouverneur refusera la démission de Wangrin? Pourquoi l'insultes-tu? »

Romo comprit son erreur et crut trouver une excuse en disant : « Wangrin vient d'insulter ma mère en langue bambara. » Wangrin répliqua en souriant : « Romo ment, mon commandant. Il serait incapable de vous répéter ce que je lui ai dit, soi-disant, en bambara. »

Henri Tolber se tourna vers Romo : « Répète-moi ce que Wangrin a dit de ta mère, afin que je sache si c'est une injure ou non. »

Romo s'exclama, tout vibrant d'indignation réprimée : « Ah non! mon commandant, ne me demandez pas d'outrager ma mère! »

Wangrin, toujours plus astucieux que Romo, venait de jouer sur la coutume. En effet, répéter une injure équivaut, pour la tradition, à la proférer directement. Or un fils ne saurait, pour tout l'or du monde, insulter sa mère. C'était là un acte des plus abominables.

Ignorant cette coutume, Henri Tolber eut la certitude que le pauvre Romo n'était qu'un jaloux accusateur et même quelque peu délateur. Il gronda sévèrement son nouvel interprète.

Romo porta la main à son visage, baissa la tête et, sortant à pas très lents du bureau du commandant, il regagna sa place sous la véranda.

Wangrin sortit à son tour. Il s'arrêta un moment sous la véranda pour prendre congé du personnel africain du cercle.

« Quand vas-tu quitter Dioussola? demanda un porsantan (194).

– Je ne partirai pas de Dioussola, répondit Wangrin. J'ai donné ma démission. Je resterai ici, avec vous. Je vais me faire commerçant et j'espère que vous deviendrez tous mes clients. Je vous donnerai des facilités de paiement à tous. »

Romo, accablé sur sa chaise, assista à cette conversation sans relever la tête, qu'il avait presque entre les jambes et fortement penchée vers la terre. Il ne pleurait pas, mais la sueur de son front disait combien il souffrait.

Wangrin serra la main à tout le monde et dit à l'intention de Romo : « Je t'aurais serré la main si tu avais eu tout à l'heure le courage de répéter au commandant ce que je t'avais dit en aparté. Mais comme tu n'as pas eu ce courage, je garde ma main pour un autre usage, que tu apprendras à tes dépens... »

Romo se dressa de toute sa grande taille. Il étendit son gros bras droit, paume ouverte, vers Wangrin. Il l'en menaça en imitant le geste d'un sabreur et dit : « Wangrin, je savais que ta mère et ton père étaient de mauvaise vie et mœurs, mais ce que j'ignorais et viens d'apprendre, c'est qu'ils étaient également tous deux incestueux.

« Je te renouvelle le serment que je me suis fait de n'avoir ni repos ni répit avant de t'arrêter, de mes propres mains, pour t'envoyer mourir dans un cachot lugubre. Ce jour est proche. Va-t'en ! »

Wangrin, comme toujours, éclata de rire : « Romo ! promesse pour promesse, je te renouvelle la mienne, que voici au cas où tu l'aurais oubliée : le jour où tu viendras pour m'arrêter, je te jouerai un tour qui sera digne d'être célébré par des guitaristes (195). »

Ce ne fut qu'à partir de cette scène que le personnel, qui n'avait rien soupçonné se rendit compte que, contrairement aux apparences, il n'existait entre Wangrin et Romo ni amitié ni aménité.

« Ça promet une bamboula de chasseurs ivres (196). » dit Tiombiano Treman.

Wangrin s'éloigna en chantonnant le refrain trivial des Korojuga, bouffons de la couronne de Ségou, que voici :

Korojuga Zanke ! ee korojuga Zanke !
i baa bonona wolo-la

Denin kelen soroba o keera korojuga ye

. . . .

i makkun de ndowani i makkun de ndowani
i ba keera to so Jo-ye
ee na kee o nan so Jo-ye.

« Bouffon Zanké! ô bouffon Zanké !
Ta mère a enfanté pour rien.
Le seul fils qu'elle engendra est devenu bouffon

. . . .

Tais-toi mon frère, tais-toi mon frère.
Ta mère servit à payer du to (197)
Tu serviras à en payer la sauce. »

– 21 –

Une histoire d'éléphants

En l'espace de quelques mois, Wangrin eut fini de se mettre en règle. Il avait ouvert plusieurs comptoirs dans le territoire, avec Dioussola comme siège principal.

Après six mois d'exercice, il opéra la fusion de son commerce avec celui de Faboukari. Ils donnèrent à leur société le nom de Compagnie Import-Export du Bani. Qu'il soit dit en passant que la fameuse campagne du produit de la cueillette avait rapporté à Faboukari un bénéfice net de quinze millions.

La nouvelle société reçut le sigle de C.I.E.B. Son capital fut fixé à dix millions de francs entièrement versés, somme fabuleuse pour l'époque, car elle correspondait au capital de la F.A.O., l'une des plus grandes compagnies françaises de commerce en Afrique.

Wangrin prit le titre de directeur général de la C.I.E.B. et s'acheta une torpédo qui filait à 90 kilomètres à l'heure – c'était à l'époque où le camion Delahaye ne dépassait pas 30 kilomètres à l'heure.

Avec sa torpédo, Wangrin pouvait se rendre rapidement n'importe où. Il sillonnait toutes les routes de l'ouest et du sud du territoire. Il était présent à toutes les foires.

La C.I.E.B. se mit à soumissionner à tous les appels d'offres. Elle enleva aux gros commerçants plusieurs marchés importants, notamment la fourniture de denrées alimentaires et de viande à une puissante compagnie de chemins de fer dont la ligne était en construction.

Selon les clauses du marché, Wangrin pouvait fournir du gibier pour servir d'appoint à la quantité de viande prévue. Il engagea donc une vingtaine de chasseurs, leur fournit des armes perfectionnées et paya pour eux les permis nécessaires.

Wangrin possédait un fusil rayé – arme dont le port était interdit aux sujets français. Il le passa à Soridian, l'un de ses chasseurs, grand abatteur d'éléphants. « La chasse aux éléphants est interdite, lui dit-il; néanmoins, si tu rencontrais un troupeau, tues-en autant que tu pourras et préviens-moi le plus rapidement possible. »

Pour gagner du temps, Wangrin avait mis à la disposition de Soridian une bicyclette et ses pièces de rechange.

Mais Romo veillait. Il n'avait cessé de faire épier par des hommes à lui tous les faits et gestes de Wangrin. Ayant appris que Soridian abattait des éléphants pour le compte de ce dernier, il envoya Sanoun Ouattara rôder dans la région où opérait Soridian.

Sanoun Ouattara, suivant les conseils de Romo,

entra en relations avec Soridian, lui apportant du tabac et des noix de cola en échange de leçons de chasse. Le fait était courant et ne devait éveiller aucun soupçon. Les choses se seraient passées normalement si Wangrin n'avait pris la précaution de mettre Soridian en garde contre toute personne qui, bénévolement ou spontanément, lui offrirait hospitalité ou amitié.

« Je connais mon vieil éléphant de compatriote Romo, lui avait-il dit. Il m'espionne nuit et jour. Il apprendra sans doute que je t'ai engagé pour tuer des éléphants en raison du prix élevé de l'ivoire et ne manquera pas de te faire filer ou de te glisser un faux ami entre les pattes. Je te recommande donc de me renseigner exactement et rapidement sur tous les gens qui te contactent ou avec qui tu entres en relation, sciemment ou spontanément. »

Quand Sanoun Ouattara s'était présenté à Soridian, il lui avait dit :

« Je suis apprenti chasseur, autant dire malhabile. J'ai besoin d'un maître et n'en puis trouver un meilleur que toi. Ta réputation est trop évidente pour que je puisse en douter. Je voudrais me mettre à ton école. Je suivrai ton enseignement et ferai tout ce que tu me commanderas. J'espère, avant longtemps, être reçu dans la secte des chasseurs dont tu es un des grands maîtres. C'est toi qui me parraineras ».

La candeur et la simplicité de Sanoun étaient telles que Soridian oublia la mise en garde de son patron. Il accepta les colas et le tabac de Sanoun et lui promit de l'emmener avec lui battre la brousse.

Wangrin, qui avait des informateurs sur les mouvements des « grosses viandes » (198), fut discrètement informé qu'un grand troupeau d'éléphants migrateurs remontait, par petites étapes, du sud vers le nord.

Il prit sa torpédo et se rendit à Ranfabo où campait Soridian. Il prit celui-ci à part et lui dit : « Je t'apporte une caissette de munitions. J'ai une importante commande de défenses d'éléphant. Or un énorme troupeau paît en remontant du sud vers le nord. Tu vas descendre à sa rencontre. Tu sais ce qu'il y a à faire. N'hésite pas. »

Il était sur le point de s'en retourner à Dioussola, ayant fini de donner toutes instructions à Soridian, quand il vit venir Sanoun.

« Qui est cet homme? questionna Wangrin.

– C'est Sanoun. Il veut que je lui apprenne la chasse à la « grosse viande » et aux fauves.

– Est-il de Ranfabo ?

– Je ne crois pas. Il semble venu pour essayer de trouver un maître chasseur qui l'entraînerait et finalement parrainerait son admission dans la secte des chasseurs. »

Wangrin prit Sanoun à part et lui dit :

« Soridian ne sait pas qui tu es. Moi, je le sais, mais il n'est pas dans mes habitudes de frapper un ennemi dans l'ombre. Tu es à la solde de Romo et tu es venu pour avoir des preuves que Soridian tue des éléphants pour moi. Tu en as maintenant la certitude, puisque tu m'as vu ici. Il n'y a plus, pour toi, que deux alternatives : ou bien rester au service de Romo et m'avoir contre toi, auquel cas je te briserai la colonne vertébrale sans pitié, ou bien passer dans mon camp et recevoir le triple de ce que Romo te donne.

« Si tu restes au service de Romo, maintenant que

tu es découvert tu ne sauras plus rien de moi, et une balle perdue au cours de la chasse est toujours dans l'ordre des choses possibles et plausibles.

« A toi de choisir. Fais-moi connaître ta réponse par Soridian au plus tard avant trois jours. »

Sanoun fut pris d'une peur indescriptible. Romo lui avait dit que Wangrin était un démon logé dans un corps humain. Il retourna sur ses pas presque en courant.

Soridian, le voyant détaler, demanda à Wangrin ce qui s'était passé.

« C'est un apprenti espion et non un chasseur, lui répondit Wangrin. C'est Romo qui te l'a faufilé pour m'avoir. Mais je pense qu'il passera dans notre camp. Je me servirai de lui contre Romo en attendant qu'il soit grillé. »

Dans la nuit, Sanoun vint trouver Soridian et lui dit :

« Ton « homme Wangrin » est un diable. Je te dois une confession et te demande pardon.

« Romo m'avait recruté pour te suivre, de loin ou de près, et réunir des preuves que tu abats des éléphants pour le compte de Wangrin. Mais celui-ci m'a découvert de la manière la plus inattendue. Il me propose de passer à son service ou de m'apprêter à l'avoir sur le dos. Moi, je ne cherche qu'à gagner de l'argent pour nourrir et habiller ma grande famille.

« Je viens donc te demander d'annoncer à Wangrin que j'accepte de devenir son agent. J'attends ses instructions. »

A cette occasion, Soridian comprit combien Wangrin était difficile à tromper. Cela lui ôta toute envie de l'induire en erreur ou de le duper...

Soridian fit transmettre à Wangrin l'acceptation de Sanoun. Le lendemain, Wangrin revint à Ranfabo. Il eut un conciliabule avec Soridian et Sanoun.

« Tu continueras, dit-il à Sanoun, à faire semblant d'être au service de Romo. Tu le mettras au courant de tous les déplacements de Soridian ainsi que de la marche des éléphants. Je te passerai des renseignements me concernant que tu pourras transmettre à Romo afin de pouvoir continuer à toucher ce qu'il te doit – ce qui ne m'empêchera point de t'en donner le triple. »

Sanoun, le moment venu, se rendit donc chez Romo pour lui faire son compte rendu. En attendant d'être reçu par lui, il croisa dans la cour, un homme nommé Karim Traoré qui semblait sous le coup d'une grande perplexité. Ce dernier ne put s'empêcher de confier à Sanoun le motif de son trouble.

Il venait, en effet, de proposer à Romo un solide pourboire afin d'obtenir son appui dans un procès où étaient en jeu une forte somme d'argent et beaucoup de bétail.

Or, au lieu de recevoir ce pourboire, qui s'élevait à cent mille francs, Romo avait conseillé à Karim de mettre la somme dans un sac et d'aller déposer ce sac dans un canari enfoui en terre, sous un arbre situé dans un champ lui appartenant, à trois kilomètres de la ville (199).

Encore troublé par cette bizarre recommandation, Karim sortit de la cour tandis que Sanoun pénétrait chez Romo pour lui faire son compte rendu selon les instructions de Wangrin.

Lorsque la nuit fut assez avancée, Sanoun se rendit discrètement chez Wangrin et lui fit part, non seulement de sa mission, mais de la confidence de Karim.

C'était le lendemain, au coucher du soleil, que Karim devait aller déposer la somme convenue dans le champ de Romo. Ce dernier lui avait dit de ne point s'inquiéter du sort de l'argent.

Wangrin envoya son palefrenier se poster dans un bosquet à la lisière du champ, après lui avoir dit : « Un homme viendra déposer quelque chose dans un canari enfoui au pied d'un arbre. Dès que l'homme aura quitté le champ, tu iras prendre le sac et tu le remplaceras par cet autre sac, que voici. » Or, Wangrin avait rempli ce sac de petits cailloux et y avait déposé une lettre.

Karim fut exact au rendez-vous. Il marcha d'un pas ferme vers l'arbre qui lui avait été décrit, trouva l'orifice du canari, y glissa son sac contenant cent mille francs en pièces, et referma le canari avec un couvercle qui était posé à côté (200). Karim était bien sûr que personne d'étranger à la famille de Romo ne viendrait visiter le champ avant le lendemain. Tous les travailleurs des champs avaient en effet regagné leur village pour y passer la nuit. Karim prit donc tranquillement la route de la ville.

Lorsqu'il eut disparu derrière les buissons, le palefrenier de Wangrin sortit de sa cachette et courut jusqu'au canari. Il s'empara du sac déposé par Karim et mit, à la place, le sac plein de cailloux que Wangrin lui avait remis. Puis il ramena à celui-ci le sac volé.

Après le dîner, Romo envoya un de ses hommes de confiance chercher un sac qu'il trouverait dans un canari à eau, à l'endroit qu'il lui indiqua.

L'envoyé trouva effectivement un sac bien attaché, qu'il prit et ramena à Romo.

Celui-ci s'empressa de l'ouvrir. Mais il n'y trouva que des cailloux et une lettre. Il la décacheta et lut : « Rends-toi à la banque pour monnayer tes cailloux. Ils valent cent mille francs. Chaque fois qu'un fils maudit de sa mère gaule des fruits, c'est un enfant béni de la sienne qui les ramasse. Signé : Qui tu sais. »

Romo faillit tomber en syncope. Il n'y avait pas de doute pour lui, Wangrin était passé par là. Mais comment s'y était-il pris pour éventer le secret? C'est ce que voulait savoir Romo. Il fit venir Karim et l'interrogea minutieusement sur les personnes avec lesquelles il avait pu parler de cette affaire. Oubliant la brève rencontre de la cour et les paroles échangées dans un moment de stupéfaction, Karim lui répondit : « En dehors de mes propres parents, personne n'a été mis au courant de notre affaire. Or, mes parents n'ont aucun intérêt à me vendre. »

Pendant que Romo, la mort dans l'âme, continait ses investigations, Sanoun continuait ses va-et-vient et mangeait dans les deux râteliers, avec le consentement et la complicité de Wangrin.

Pendant ce temps, le troupeau d'éléphants remontait lentement vers Ranfabo. Soridian alla au devant des bêtes. Il tua trois gros mâles choisis pour la beauté et la grandeur de leurs défenses.

Soridian et Sanoun arrachèrent les défenses des pachydermes et enterrèrent profondément les corps de deux des éléphants. Sanoun reçut de Soridian l'ordre d'aller prévenir Wangrin de ce qu'ils avaient fait.

Arrivé à Dioussola vers vingt-trois heures, il frappa

à la porte dissimulée que Wangrin avait aménagée pour ses entrevues secrètes. Quand celui-ci l'eut fait entrer, Sanoun lui conta comment Soridian, avec une promptitude et une adresse incroyable avait abattu trois grands mâles.

« Qu'avez-vous fait des corps? questionna Wangrin. »

– Selon tes conseils, et de la manière que tu as indiquée à Soridian, nous avons enfoui chaque bête là où elle était tombée, à l'exception d'une seule que nous avons laissée exposée à l'air.

– Tu coucheras en ville, lui dit Wangrin, et demain, à l'appel de la prière, tu iras dire à Romo ceci : le chasseur de Wangrin a tué trois éléphants non loin d'un village aux environs de Ranfabo.

« Romo sera très content de toi et tu n'auras point menti. »

Sanoun regagna sa demeure, et ne tarda pas à s'endormir. Pendant ce temps, Wangrin prit sa torpédo et fonça sur Ranfabo où il arriva avant le lever du soleil. Il fit camoufler dans un bosquet les défenses des deux mâles enterrés et chargea dans l'un des camions destinés au ravitaillement des travailleurs les défenses du troisième éléphant.

Chargé de cette dépouille précieuse. il regagna Dioussola et vint se présenter au cercle, demandant à parler au commandant Henri Tolber.

Romo, qui entre temps avait été prévenu par Sanoun, s'était empressé de faire son rapport au commandant et celui-ci s'apprêtait à envoyer un agent des Eaux et Forêts pour faire le constat et dresser procès-verbal d'infraction quand Wangrin arriva.

« Mon commandant, lui dit-il, je viens vous aviser

qu'un troupeau d'éléphants dévastateurs de plantations s'est rué sur mes chasseurs. Se trouvant en état de légitime défense, l'un d'eux, nommé Soridian, a tué un grand mâle. J'ai apporté avec moi les défenses de la bête qui reviennent aux services des domaines de l'Etat plus qu'à moi.

– Romo m'a dit que ton chasseur avait tué trois mâles et non un seul, répliqua le commandant.

– Je suis étonné que Romo, qui ignore même ce qui se passe dans son champ à trois kilomètres, sache avec précision ce qui se passe à Ranfabo. On l'aura induit une fois de plus en erreur. Les villageois aiment beaucoup majorer les quantités et broder sur les faits. Envoyez un agent des Eaux et Forêts enquêter, mon commandant, et vous saurez la vérité.

« Je me permets en outre de vous rappeler que Romo est mon compatriote, mais qu'il me veut beaucoup de mal. »

Le commandant Tolber envoya les défenses au bureau des domaines afin d'y être vendues aux enchères publiques et, persuadé de la bonne foi de Wangrin, ne jugea pas utile de pousser plus loin l'enquête.

Le jour de la vente arriva. Wangrin se présenta. Il se mit à pousser le prix proposé avec une frénésie qui étonna tout le monde.

« Tu es fou, Wangrin! lui dit quelqu'un. Au prix que tu proposes, quel bénéfice retireras-tu de ton achat? »

– Celui d'énerver mon grand frère Romo, qui sera bien fâché de me voir acquérir ces défenses.

« D'autre part, quand un cultivateur revenant du marché donne l'ordre de réduire sa récolte en cendres, c'est qu'il se sera aperçu que le prix des cendres est plus élevé que celui des graines de céréale. »

Wangrin s'adjugea les deux défenses et, en passant devant Romo, lui glissa en langue bambara : « Encore un coup de plus à avaler. Je vais payer cet ivoire avec l'argent trouvé dans le canari... Salut, grand frère! »

Romo, complètement effondré, regagna sa demeure en parlant tout seul sur son chemin. Jusqu'alors, il n'avait fait que soupçonner Wangrin d'avoir subtilisé ses cent mille francs. Maintenant, c'était une certitude.

Tout à coup, Romo eut comme une étincelle. Il se souvint que le jour où Karim l'avait visité, Sanoun était chez lui. Il en déduisit que, d'une manière ou d'une autre, Sanoun avait pu apprendre quelque chose.

Il fit venir Sanoun et lui dit : « Il s'est passé entre Karim et moi une affaire grave. Or, Karim m'a dit qu'il t'avait imprudemment parlé d'un sac qu'il avait mission de déposer dans le canari à eau de mon champ. La chose a mal tourné et, en dépit de la grande confiance que j'ai en toi, j'ai tout lieu de croire que c'est toi qui as subtilisé le sac de Karim et mis un autre sac à la place. »

Sanoun jura sur les mânes de ses ancêtres et la mamelle de sa mère, serment sacré entre tous, que le sac présenté par Romo ne lui avait jamais appartenu et qu'il ignorait même où se trouvait son champ – ce qui était la stricte vérité.

« Es-tu certain que Soridian ignore que tu es mon agent auprès de lui?

– J'ai gagné la confiance totale de Soridian. Il m'a même présenté à son patron qui vient tous les trois jours visiter ses chasseurs et autres agents.

– Wangrin t'a parlé ?

– Oui.

– T'a-t-il posé des questions sur moi ?

– D'une manière très distraite, il m'a demandé si je te connaissais. « De nom », lui ai-je répondu. Et il n'a pas poussé plus loin. Mais il m'a regardé longuement et tendu un paquet de cigarettes. Et depuis il ne m'a plus parlé.

– Je suis sûr que Wangrin a une idée derrière la tête. Il essaiera de se servir de toi pour me posséder et, si tu résistes, il te nettoiera impitoyablement. Il va falloir que je te mette à l'abri.

« Mais auparavant, puisque tu m'as dit que Soridian chasse avec un fusil rayé, il faut relever le numéro de ce fusil et me le communiquer. Cela te sera facile. Tu es « peseur à la bascule », tu sais donc lire les chiffres. »

Lorsque Sanoun fut revenu à Ranfabo, il profita d'une visite de Wangrin pour lui rapporter sa conversation avec Romo.

« Nous allons amplement donner satisfaction à notre grand frère Romo, déclara Wangrin. Et il communiqua à Sanoun le numéro du fusil, l'adresse de la manufacture et l'année de sa fabrication.

Quand Sanoun apporta ces renseignements à Romo, celui-ci lui dit : « Tu vas disparaître pendant quelques mois, sinon Wangrin te ferait mourir. »

Sanoun accepta le conseil de Romo, mais le soir même en rendit compte à Wangrin, qui ne s'y opposa point.

Bien heureux de se soustraire à si bon compte de la gueule des deux caïmans qui s'affrontaient, Sanoun disparut de la circulation.

– 22 –

Une arrivée inquiétante

Les années passant, Henri Tolber avait terminé son séjour réglementaire de trois ans. Le commandant de Chantalba, un camarade du comte de Villermoz, avait été désigné pour le remplacer. En attendant son arrivée, le service était assuré par l'adjoint au commandant de cercle.

La situation allait changer pour Romo, car si le commandant Tolber se servait parfois de lui, il ne lui vouait qu'une confiance limitée. Désormais, il allait en être tout autrement avec Jacques de Chantalba à qui il avait été chaudement recommandé par le comte de Villermoz et ses deux amis qui, on peut s'en douter, avaient mis Jacques de Chantalba en garde contre Wangrin.

Ce dernier, aussitôt qu'il avait appris la décision de mutation à Dioussola de Jacques de Chantalba, avait entrepris, par l'entremise de ses amis de

Goudougaoua, une enquête sur le nouveau commandant de cercle. Il apprit ainsi que de Chantalba était un ami du comte de Villermoz avec qui il avait été vu, nuit et jour, durant toute la semaine ayant précédé son affectation officielle.

Wangrin en conclut que de Chantalba ne serait pas son ami et qu'il essaierait sans doute de le « pincer ». D'une manière ou d'une autre, il ne lui rendrait pas la vie facile. C'était donc une nouvelle lutte à envisager.

Combien Wangrin regretta de n'avoir plus à ses côtés ses excellents marabouts Tierno Siddi et Moulaye Hamidou! Une fois de plus, ils auraient prié pour le prémunir contre les mauvaises intentions du nouveau commandant.

Mais Wangrin n'était le fidèle exclusif d'aucune religion. Il reconnaissait la puissance divine partout où elle se logeait... A défaut de ses marabouts thaumaturges, il décida de s'adresser à son dieu personnel Gongoloma-Sooké (201) pour lui demander de le préserver contre le mal qui pourrait venir du commandant de Chantalba. La lutte promettait d'être d'autant plus dure que Romo mettrait sans doute la main à la pâte. Or une guerre, si petite soit-elle, doit être préparée...

Wangrin tira du fond d'un sac en peau de chat noir une petite pierre maculée de sang. C'était la pierre symbolisant le lien qui l'unissait à Gongoloma-Sooké. C'est sur cette pierre que Wangrin avait immolé son poulet-offrande d'alliance et d'allégeance.

Il alla acheter un poulet noir et un poulet blanc.

Quand il fut de retour, il posa la petite pierre

devant lui, se saisit du poulet noir de ses deux mains et dit :

« O caillou ! Tu symbolises la première force du cosmos. Tu contiens du fer, lequel contient du feu.

« Tu es, ô caillou, l'habitat de l'esprit de Gongoloma-Sooké, mon dieu protecteur.

« Un orage de malheurs se prépare contre moi. L'atmosphère est chaude pour mon âme. Il n'y aura plus de souffle dans l'air, ni pour mon cœur ni pour mon esprit.

« Un nouveau commandant de cercle va venir à Dioussola. Il a pour nom Jacques de Chantalba. Il ne saurait être que mon ennemi car il a pour amis mes ennemis irréductibles.

« Il sera, à l'égard de ma tranquillité, comme un soleil brûlant qui vous accable. Mon double profond (202) s'enfonce déjà petit à petit dans une nuit de détresse.

« C'est pourquoi, caillou ! Habitat de Gongoloma-Sooké ! je te commande, par « Koo ceema sunsun » et « Baa ceema sunsun » (203), d'ouvrir grandes les petites portes invisibles de ta peau pétrifiée afin que j'y fasse goutter le sang de ce poulet noir, symbole de la nuit de peine qui menace de tomber sur moi.

« Gongoloma-Sooké viendra boire le sang du poulet et me dira ce que je devrai faire pour triompher de mes ennemis. »

Avant d'immoler le poulet noir, Wangrin dit : « Je garderai le poulet blanc en attendant que la nuit obscure qui s'annonce pour moi devienne tel un jour blanc de bonheur. Alors seulement je l'immolerai. » Puis il sectionna la gorge du poulet noir et fit couler quelques gouttes de sang sur le caillou, qu'il laissa exposé au soleil pour y être séché.

Wangrin ne devait pas se contenter de cette cérémonie animiste. Il se dit : « Qui n'a pas le sein de sa mère à téter doit se contenter de la mamelle de sa grand-mère... » Aussi, à défaut de Tierno Siddi et de Moulaye, il estima indispensable de se contenter des marabouts de fortune qu'il trouverait sur sa route. Il en fit venir de plusieurs villes du pays.

En quelques jours, il avait monté un véritable arsenal d'occultistes de tous bords et de tous gabarits : géomanciens, magiciens, interprétateurs de songes et de cris d'animaux, décrypteurs des empreintes d'animaux, etc.

A côté de cette aide occulte, Wangrin, en homme pratique, estima que s'assurer le concours de quelques agents du cercle ne gâterait nullement les choses. Il contacta donc Tiombiano Treman, commis expéditionnaire chargé du courrier. Ce fonctionnaire, responsable de la correspondance, était le mieux placé pour savoir ce que le commandant recevait et envoyait. Si l'interprète était, disait-on, la langue et l'oreille du commandant, le commis expéditionnaire était son crayon et sa plume.

Wangrin, qui était au mieux avec Tiombiano, obtint de celui-ci l'assurance qu'il lui communiquerait toutes les correspondances administratives. Quant à Bila Kouttou, le planton inamovible des commandants de cercle de Dioussola, Wangrin lui proposa un bon prix pour lui communiquer tous les papiers que le commandant jetterait dans le panier et que Bila avait charge de brûler.

Bila accepta avec plaisir, tout en se disant par devers lui : « Il faut être un cinglé comme Wangrin pour acheter des papiers sans valeur. Si ces papiers avaient de la valeur, tu crois que le blanc-blanc, si malin en toutes choses, les déchirerait pour les jeter aux ordures? Je vais être comme un palefrenier qui trouve à vendre le crottin de son cheval... »

Un beau jour, alors qu'il était assis sous la véranda à sa place habituelle, Romo reçut un envoyé spécial en provenance de Goudougaoua qui lui remit une lettre. Il se hâta de la lire. Sans doute les nouvelles n'étaient-elles pas mauvaises, car sa bouche se fendit d'un grand sourire et son visage s'illumina d'une joie semblable à celle d'un condamné à mort recevant la nouvelle de sa grâce. Il tourna plusieurs fois sur lui-même avant d'empocher soigneusement sa lettre, puis alla s'asseoir sur son banc et, contrairement à son habitude, se mit à plaisanter avec les porsantans qui l'entouraient, comme s'ils avaient été ses « sanankouns » (204).

Cette exaltation étonna tout le monde. Le porsantan que Wangrin avait chargé de lui rapporter, jour après jour, les faits et gestes de Romo et l'état de ses humeurs, ne manqua pas de lui signaler le fait.

Wangrin fit aussitôt venir son géomancien gourmantché (205), Kalalempo Kompari. Il lui demanda de « consulter la terre » et de lui prédire les événements qui allaient lui advenir, ainsi qu'à Romo, dans les semaines à venir. « Pour que Romo exulte comme un jeune marié découvrant que sa fiancée était vierge, il faut que les oreilles de ce vieux vampire aient perçu une nouvelle agréable. Or, ce qui fait rire le cœur de Romo fera automatiquement pleurer le mien. Je voudrais que la joie ressentie par Romo meure dans sa poitrine et y pourrisse comme une graine de mil tombée dans l'eau.

– Quand le soleil fermera son œil et que la nuit couvrira tout de son grand pagne noir, répondit Kalalempo, je viendrai. La terre ne parle pas bien quand les êtres qui la peuplent parlent trop haut. »

La nuit vint. Hommes et animaux diurnes regagnèrent leur demeure et se reposèrent. Il arriva un moment où l'on n'entendit plus que quelques aboiements de chiens se répondant de loin en loin, avant de s'éteindre dans le silence.

Kalalempo Kompari prit son attirail de géomancie, qu'il tenait enfermé dans une sacoche en peau de civette, sortit de sa maison et se faufila à travers les rues désertes et non éclairées qui menaient à la demeure de Wangrin.

Il frappa à la porte secrète et poussa un hululement. Wangrin, qui l'attendait, lui ouvrit. Kalalempo entra et s'installa confortablement. Il versa sur une peau tannée du sable très fin que contenait sa sacoche en peau de civette. Il prit une poignée de ce sable et la donna à Wangrin, en lui demandant de se concentrer et d'exprimer mentalement ce qu'il désirait connaître, puis de fixer la poignée de sable et de souffler dessus. Ainsi, lui dit-il, sa pensée serait-elle transférée dans le sable.

Wangrin s'exécuta, puis tendit à Kalalempo la poignée de sable censée être chargée de sa pensée. Kalalempo mélangea la poignée de sable au tas qu'il avait versé sur la peau tannée, puis il étala le tout et en nivela la surface. Au moyen d'osselets de renard, il imprima sur le sable étalé seize figures géomantiques. Il se pencha sur elles un bon moment, puis dit à Wangrin : « Ton double est doublement plus fort que celui de Romo.

« Un grand chef blanc-blanc va venir avant dix couchers et levers de soleil. Il aimera Romo si bien qu'ils boiront dans la même calebasse. Et il te haïra si fort qu'à chaque ordure qu'il verra sur la route il s'écriera : « C'est encore Wangrin qui s'est soulagé là ! » Il t'en voudra à mort parce que le double de son ami, très mal disposé envers toi, l'habitera désormais.

– N'y a-t-il pas de sacrifice conjuratoire possible contre le mal que me voudrait le grand chef blanc-blanc ? questionna Wangrin.

– Il faudrait qu'à son arrivée tu réussisses à lui faire absorber un philtre que je vais préparer. Si ce liquide entre, d'une manière ou d'une autre, dans son estomac, il ne pourra plus cacher son jeu contre toi. Or, un homme prévenu équivaut à un homme immunisé. Par ailleurs, tu donneras pour une semaine de nourriture à cinq familles pauvres, à raison d'une mesure de mil ou de riz par personne et un membre de mouton par famille. »

Wangrin choisit donc cinq familles pauvres. Il mesura pour chacune d'elles autant de riz qu'il fallait et promit de leur envoyer chaque jour, durant une semaine, un quartier de mouton.

Jacques de Chantalba, avant son arrivée, avait envoyé à Dioussola son boy et son cuisinier. Ceux-ci arrivèrent cinq jours avant leur patron et, conformément aux ordres qu'il leur avait donnés, ils allèrent loger chez Romo. C'était là un indice patent des bonnes relations qui allaient exister entre Romo et Jacques de Chantalba. En effet, les boys et les cuisiniers des blancs-blancs de l'époque, et surtout ceux des chefs, ne fréquentaient pas n'importe qui. Ils touchaient de trop près leurs patrons. On aurait pu se servir d'eux pour faire absorber aux blancs-blancs des philtres d'amour ou de haine, voire du poison à retardement...

La prédiction de Kalalempo commençait à se vérifier. Wangrin devrait redoubler de vigilance.

– 23 –

Belle Bichette des carrefours

Une jeune fille nommée Tenin vivait à Dioussola. Elle était d'une beauté extraordinaire, mais d'une personnalité vive et d'un langage leste. On la surnommait tantôt « Belle Bichette des carrefours », tantôt « Aigrette des caravansérails » (206).

Elle avait refusé toutes les propositions avantageuses qui lui avaient été faites pour l'amener au mariage. Combien de blancs-blancs n'avaient-ils pas soupiré pour elle, prêts au besoin à l'épouser devant l'état civil français! « Je ne suis pas folle pour me laisser tuer par un homme, disait-elle en riant, quand mille sont prêts à se faire tuer pour mes beaux yeux et ma belle bouche ! »

Le père de Tenin l'avait confiée, tout enfant, à Wangrin. Celui-ci l'avait élevée, lui avait fait faire de bonnes études de couture, et l'avait lancée dans le monde des relations commerciales où elle faisait merveille. C'était elle qui « lançait » ses étoffes ou certains de ses articles féminins. Il lui suffisait de porter un boubou d'une étoffe nouvelle pour que le lendemain toutes les femmes de la ville voulussent l'acheter dans la boutique de Wangrin.

Tenin vouait un respect filial et quasi religieux à Wangrin. Bien que lui fournissant chaque mois de belles étoffes et des parures, celui-ci ne lui en demandait jamais le paiement, ni en espèces et moins encore en nature. Un adage peul dit : « Veux-tu qu'une femme diminue le respect qu'elle a pour toi, ou même cesse complètement de te respecter? Alors couche avec elle et tu seras largement servi. »

La veille de l'arrivée de Jacques de Chantalba, Wangrin envoya quelqu'un tôt le matin chez Tenin pour lui demander de venir le voir à l'heure de la nuit où les voix humaines et les bruits des pas auraient cessé de se faire entendre dans les rues.

Tenin commença par douter de l'authenticité du message. C'était bien la première fois, en effet, que son grand bienfaiteur lui demandait de passer la voir à l'heure dite des amoureux, des voleurs ou des comploteurs. Elle était d'autant plus perplexe que Wangrin lui demandait de passer par la porte secrète qui donnait directement dans ses appartements privés.

La jeune fille fit immédiatement venir sa vieille confidente Niélé et lui dit : « Mienne bonne vieille mère, j'ai besoin de tes conseils. Mon père et grand bienfaiteur Wangrin me demande d'aller le voir cette nuit, à l'heure du grand silence général de la ville et de la nature!... Que va-t-il me demander? J'ai peur, car le cœur humain est un labyrinthe habité par mille et une passions. Parmi les passions de Wangrin, quelle est celle qui a ainsi trouvé une issue et s'est manifestée, pour qu'il me demande de venir à une heure aussi insolite... ?

« Je voudrais que tu ailles chez lui et lui demandes de ma part si la commission qui m'a été transmise ce matin émanait bien de lui. N'en demande pas plus. »

La vieille Niélé recouvrit sa tête de son pagne blanc et sortit. Elle évita les grandes rues et put parvenir chez Wangrin aussi incognito qu'elle était sortie de chez Tenin.

Elle le trouva affalé dans une chaise longue, à l'ombre du grand manguier planté devant la porte de sa boutique. Il avait les yeux perdus dans une rêverie qui avait emporté son attention au loin. Il ne voyait ni n'entendait ce qui se passait autour de lui tant il était absorbé. Il avait les traits tirés et semblait extrêmement las, comme quelqu'un prêt à tout lâcher.

« Bon après-midi, Wangrin ! le salua Niélé. »

Comme brusquement réveillé d'un profond sommeil, Wangrin sursauta légèrement et dit :

« Pardonne-moi, vieille Niélé, j'ai dû dormir les yeux ouverts, comme cela arrive à certains animaux. Sois ici avec la paix et tout comme chez toi-même. Daigne t'asseoir près de moi et me dire ce qui me vaut ta visite inattendue.

– O Wangrin ! Je ne suis pas porteuse d'une mauvaise nouvelle, mais je suis venue afin que tu m'aides à tirer quelqu'un d'un bien grand embarras. Le proverbe dit : « Quand un animal dont on ignore l'anatomie meurt et qu'il faut dépouiller sa peau, les dépouilleurs sont bien embarrassés. » Autrement dit, lorsqu'on a à faire une chose inhabituelle, on peut être troublé, ressentir une gêne, voire une certaine irrésolution.

– Dis plus clairement ce qui est dans ton ventre, vieille Niélé, car il n'est pas donné à tout le monde de distinguer les larmes d'un crocodile des gouttes de l'eau dans laquelle il nage. Une pensée exprimée par allusion ou par paraboles est parfois semblable aux larmes du crocodile dans l'eau, ajouta Wangrin.

– Ce que j'ai dans le ventre, et qui a activé mes pieds afin de m'amener jusqu'à ta porte, n'est une arête dans la gorge ni pour toi ni pour moi, mais pour ta protégée, Bichette des carrefours. Elle a reçu ce matin, à l'heure où les enfants font sortir les chèvres pour les mener au pâturage, un messager se disant être le tien et qui lui a déclaré : « Aigrette des caravansérails! Wangrin te demande de venir le voir à telle heure de la nuit... » Bichette des carrefours voudrait savoir si la commission était bien de toi. »

Wangrin regarda longuement Niélé et dit : « Sapristi! Voilà que nous sommes quatre à connaître mon secret!

– Ne crains rien en ce qui me concerne, Wangrin protesta Niélé, car je serai telle une tombe. »

Wangrin pensa tout bas, sa bouche esquissant une moue dubitative : « Une vieille femme très discrète et muette comme une tombe...? Elle irait plutôt dans la tombe!.. » Mais il lui répondit : « Entendu, Niélé. Puisque tu promets d'être une tombe, moi je te promets un trousseau de vêtements pour la prochaine fête et les deux paumes pleines de pièces de cinq francs si tu réussis à être maîtresse de ta langue. Au cas contraire, je te promets un canif tranchant pour raser ta tête et tous les endroits de ton corps où poussent des poils, avant de te couper la langue jusqu'à la luette, puis la gorge jusqu'aux os du cou! »

La vieille porta instinctivement la main à sa gorge, comme pour se préserver du canif hypothétique... « Non, Wangrin! dit-elle, je sais que tu n'as qu'une parole, mais tu ne me couperas pas la gorge, n'est-ce pas?...

– Ça dépendra de toi, ma bonne Niélé. Et pour ne pas trop prolonger notre conversation, va dire à Bichette des carrefours que la commission venait bien de moi et que je l'attends à l'heure dite et au lieu dit. Elle est très amie avec l'obscurité de la nuit, et le quartier du mois n'est pas celui où l'indiscrète lune inonde la nature de sa lumière révélatrice. »

Niélé allait quitter Wangrin quand celui-ci lui glissa dans la main deux billets de cent francs et dit : « Pour te payer du lait, ma bonne Niélé... »

L'argent revigora la vieille femme. Ses dents à nu comme celles d'une tête de mouton bouillie, elle mit trois fois moins de temps à s'en retourner qu'elle n'en avait mis pour venir.

En la voyant arriver sourire aux lèvres, Bichette des carrefours pensa que Wangrin avait nié être l'auteur du message... Hélas, la vieille la détrompa, tout heureuse de dire à sa jeune amie : « Oui, la commission vient bien de Wangrin et il t'attend fermement cette nuit. Surtout, ne manque pas d'y aller. »

Belle Bichette se renfrogna et s'attrista comme si l'on venait de lui apprendre la mort de sa mère ou de son oncle maternel. Niélé essaya de lui prodiguer des conseils, après lui avoir rapporté fidèlement son dialogue avec Wangrin.

Perdue dans une brusque rêverie, Belle Bichette ne l'écoutait plus. Son esprit explorait une vaste cité imaginaire, y cherchant un inspirateur qui lui dicterait la conduite à suivre dans sa prochaine entrevue avec son père adoptif. Mais toutes les portes de la cité demeuraient closes.

Rapide comme une succession de décharges électriques, son esprit traversa rues et ruelles de la ville chimérique, mais aucune porte ne s'ouvrit, aucun habitant ne mit le nez dehors. Belle Bichette revint à elle.

« Rengaine ta langue comme il faut, dit-elle à la vieille Niélé, car papa Wangrin sait rire et faire rire sans pour autant s'amuser. Si jamais tu laissais par mégarde tomber dans la rue une bribe de ce que vous vous êtes dit, Wangrin t'égorgerait jusqu'à égorger en même temps la portion de terre se trouvant sous ton cou (207). Mais si tu tiens tes lèvres bien closes, il t'habillera comme un épi de maïs et remplira ton panier d'argent (208).

– Je tâcherai de ne point ressembler à l'homme qui avait un pied dans la gueule du caïman, et n'en continuait pas moins à vouloir pêcher la sardine », répondit Niélé.

La vieille partit et laissa Belle Bichette à sa méditation. Son esprit, tel un fol oisillon, voltigeait entre les deux alternatives : aller au rendez-vous nocturne ou ne pas y aller. « Y aller » finit par l'emporter.

La jeune femme dîna sans appétit : trois poignées

de riz, trois gorgées de lait furent tout ce qu'elle absorba.

A l'approche de l'heure, elle se baigna, puis s'habilla et se para de ses plus beaux atours. Elle se parfuma comme une fleur et prit le chemin qui menait chez Wangrin. Elle n'y rencontra personne, mais elle n'avait pas vu une ombre qui, de loin, la suivait et empruntait derrière elle les mêmes ruelles et les mêmes bifurcations.

Belle Bichette frappa à la porta secrète. Elle attendit cinq bonnes minutes sans qu'âme qui vive se manifestât. Elle allait s'en retourner quand un homme drapé de noir se détacha de l'ombre et dit : « Tu es très impatiente, ma fille. Attends, on va ouvrir. » Il sembla à la jeune fille reconnaître cette voix, mais elle avait trop peur pour que son esprit fût capable de se remémorer quoi que ce fût.

L'homme masqué avança et, contre toute attente, sortit une clef de sa poche, ouvrit la porte et s'effaça en disant : « Entre. »

Transie de peur, Belle Bichette entra, suivie de l'homme masqué. Celui-ci ouvrit la porte de l'appartement et elle pénétra, comme un automate, dans la pièce obscure. L'homme frotta une allumette et alluma une lampe à acétylène qui se trouvait toute prête sur la table.

Quand la lumière eut dissipé l'obscurité, Belle Bichette, quelque peu remise de sa frayeur, cria : « Qui es-tu? Où est papa Wangrin? »

Sans répondre, l'homme jeta son masque et dit : Me voici! » C'était Wangrin.

La jeune fille recula, la bouche et les yeux ouverts ous l'effet de l'étonnement. Puis elle dit : « O papa

Wangrin! Tu es un véritable diable! J'ai failli mourir de peur.

– Je suis allé au-devant de toi afin que quelque vampire, nichant dans les branches de ce vieux fromager hanté qu'est Romo, ne t'interceptât pas en cours de route et ne te livrât à la nuit, laquelle dévore impunément les passants solitaires...

– Merci, papa Wangrin.

– C'est moi, au contraire, qui dois te remercier d'être venue à un rendez-vous insolite à apparence libidineuse...

– Que veux-tu de ta fille... ?

– Je veux de Belle Bichette une chose facile et en même temps difficile, mais que toute belle fille peut offrir.

– Sois clair et direct, papa Wangrin. Je meurs d'angoisse par peur que tu ne me demandes quelque chose que je ne puisse t'offrir. Car toi, tu m'as tout donné. Ta protection, ta bonté et tes largesses m'inspirent une reconnaissance profonde et un attachement que rien ne saurait détruire. Que veux-tu ?

– J'ai besoin de toi pour faire verser un philtre magique dans la soupe du nouveau commandant qui va arriver dans quelques jours. Il s'agit de manœuvrer soit le cuisinier qui prépare la soupe, soit le boy qui la lui servira. »

Belle Bichette leva les bras en l'air. « Maa-Ngala! (209) dit-elle, je te remercie d'avoir fait que mon papa ne me demande pas ce qu'une fille, si délurée fût-elle, ne saurait donner à son père... »

Wangrin, très ému, lui dit : « Que pensais-tu que j'allais te demander, ma fille?

– J'avais pensé que tu me demanderais de donner mes charmes. C'est pourquoi je me suis ainsi habillée, parée et parfumée.

– Et si je te l'avais demandé ? questionna Wangrin.

– Je te les aurais donnés, mais en te quittant je serais allée me jeter dans le vieux puits ancestral d'où personne n'est jamais remonté vivant ! »

Wangrin pressa la jeune fille contre son cœur. « Je ne suis pas un vieux libertin, lui dit-il, et je sais que tu me considères commme ton père, et mes épouses comme tes mamans. »

Se redressant, Belle Bichette déclara d'un air décidé : « Je ne sais pas comment je vais m'y prendre, mais le nouveau commandant boira ton philtre autant de fois que tu le voudras! »

Wangrin raccompagna la jeune fille jusqu'à sa maison.

La nuit continua à bercer les dormeurs jusqu'à l'approche du lever du jour. Les premiers chants de coq réveillèrent les ménagères qui se mirent à piler le mil servant à préparer le premier déjeuner de la journée. Les premiers coups de pilon réveillèrent les muezzins qui montèrent sur les terrasses des mosquées et se mirent à lancer des appels à la prière qui, à leur tour, réveillèrent les fidèles. Les voix humaines, mêlées aux cris d'animaux, commençaient à se faire entendre. Le bruit s'amplifiait au fur et à mesure que s'élevait le soleil.

Le même jour, vers quinze heures, dans toute la ville de Dioussola on se mit à jouer des instruments de musique. Des chants improvisés s'élevaient de toutes parts. Une cohue humaine s'écoulait dans les rues comme un torrent en direction de la Résidence.

Le nouveau commandant devait en effet arriver à Dioussola entre dix-sept et dix-huit heures.

Tous les habitants de Dioussola, en boubous de fête, devaient de gré ou de force, comme pour un jour de revue, aller s'aligner sur les deux côtés de l'artère principale qui traversait la ville et menait à la Résidence. L'ordre avait été donné de crier, d'agiter les mains et les mouchoirs. Le représentant de la France ne devait point lire de tristesse sur les visages de ses administrés, ce qui aurait signifié qu'ils ne voulaient point de lui. Une pareille injure ne serait pas faite à Jacques de Chantalba. Romo son ami, qui allait devenir le « sous-dieu » du cercle, veillerait à ce que son dieu fût convenablement honoré.

Vers 17 heures 45, une voiture arborant un fanion tricolore déboucha de la grande route de Goudougaoua et pénétra dans la ville. Les tams-tams, les balafons, les castagnettes, les flûtes, les cornes-trompes, les battements de mains, les yous-yous des griotes, les vociférations des bouffons redoublèrent d'intensité comme si chacun voulait gagner un premier prix.

Un commandant de cercle, c'est toute l'autorité francaise en miniature. Aussi vit-on Jacques de Chantalba se lever et, debout dans sa voiture, saluer de la main à droite et à gauche, tout comme le gouverneur, le gouverneur général et même le ministre des Colonies, grand patron et responsable des administrateurs qui, d'ailleurs, n'avaient peur que de lui.

Romo, monté sur un superbe cheval, escortait la voiture comme s'il avait été responsable de la vie du commandant.

Wangrin avait pris place parmi les directeurs des grosses maisons de commerce de la ville. Un préau situé devant le bureau du commandant avait été réservé aux officiels, aux missionnaires et aux directeurs des maisons de commerce. Grâce à sa patente, Wangrin y était bien placé.

Quand Jacques de Chantalba en eut fini avec la foule indigène, il s'avança cérémonieusement vers le préau où se trouvaient ceux que l'on avait coutume d'appeler les « corps constitués » et qu'une mauvaise plaisanterie avait baptisés « corps constipés ».

Il serra des mains, dit quelques mots aux uns, prodigua un sourire aux autres tandis que certains avaient droit à un coup d'œil rapide ou distrait. Ce fut l'évêque qui le retint le plus longuement.

Quand le tour de Wangrin arriva, Jacques de Chantalba lui serra la main d'une manière très légère et dit : « J'ai beaucoup entendu parler de vos affaires. J'aimerais bien vous connaître davangage.

– Grâce à la France, mes affaires prospèrent, mon commandant, lui répondit Wangrin, et je suis entièrement à votre disposition pour me faire connaître. »

La présentation générale étant terminée, la foule se dispersa, tandis que des rafraîchissements et des boissons diverses étaient distribués aux officiels. Wangrin se contenta d'un verre de limonade.

Le lendemain de son arrivée, le commandant prit son service et, comme il fallait s'y attendre, Romo occupa auprès de lui la première place. Dès le départ, tout fut mis en œuvre pour confondre Wangrin et consommer sa perte.

– 24 –

D'une pierre... deux coups

Le cuisinier du commandant de Chantalba s'appelait Bouraboura. Un jour il se rendit au marché afin d'y acheter de la viande. Soudain, il se sentit enveloppé d'un suave parfum de femme. Il se retourna et se trouva presque nez à nez avec la plus belle créature qu'il eût jamais vue. Il se troubla et fit un grand écart en arrière pour laisser passer cette femme, qui ne pouvait être qu'une reine, ou l'épouse de quelque grand seigneur !

Tenin - Belle Bichette sourit de toutes ses belles dents et dit : « O mon frère! Pourquoi un si grand écart? Je ne suis pas « toucher-mourir » (210) pour que tu t'éloignes ainsi. Mais puisque tu as peur, libre à toi de fuir comme un lapin! »

Bouraboura, qui descendait des rois gourounsis de Léo, avait de la dignité dans le cœur et du sang royal dans les veines. Ce double héritage lui remonta jusqu'aux narines. Il se ressaisit et répliqua :

« Petite sœur ! Dis-moi où tu habites et tu verras si je suis un couard.

– C'est à l'assoiffé de chercher où se trouve l'onde fraîche, répondit-elle. Au revoir, mon frère... »

Bouraboura la regarda s'éloigner de sa démarche gracieuse, puis termina ses achats, les régla et regagna la demeure du commandant. Il ne pouvait chasser de son esprit l'image de cette femme et son odorat réclamait la senteur qui l'avait chatouillé au moment où cette déesse de beauté lui était apparue.

Bouraboura, tout en cuisinant, se mit à chantonner le couplet « denin cee kanyi » : « La fille est belle... » Il était si distrait qu'il fut obligé, lui que l'on considérait comme la meilleure casserole du pays après le célèbre Biga, de recommencer tous ses plats, trop ou pas assez salés, ou même brûlés.

Après son travail, contrairement à son habitude, il abandonna ses ustensiles sales dispersés dans la cuisine et descendit en ville. Il se mit à chercher celle qui, toute la journée, avait rempli sa pensée et dont il ignorait jusqu'au nom. Il espérait entendre parler d'elle ou la rencontrer fortuitement, comme cela s'était passé le matin.

Il se promena en vain à travers la ville et rentra très tard. Romo avait commencé à s'inquiéter lorsqu'il avait vu Zoumana, le boy, rentrer avant Bouraboura, contrairement à ce qui se passait chaque jour.

Ayant posé quelques questions, Romo ne put obtenir d'explications et ne voulut point tracasser davantage le cuisinier qui, après tout, était un adulte et ne devait compte de ses allées et venues à personne.

Il crut cependant devoir lui conseiller d'éviter les mauvaises fréquentations de Dioussola...

Durant dix jours, Bouraboura ne cessa de chercher partout Belle Bichette. « Allons, se dit-il, je vais confier mes peines à une vieille femme. Peut-être m'aidera-t-elle à retrouver cette fille qui me coupe sommeil et appétit, ou me donnera-t-elle un philtre qui me la fera oublier. »

Or, il y avait une vieille vendeuse de beignets de riz, nommée Wassa Ouattara, qui s'installait chaque matin à quelques pas de la boucherie où Bouraboura venait faire ses provisions.

Bouraboura s'approcha d'elle et lui dit : « Vieille bonne tante, veux-tu me servir pour dix centimes de beignets? » Puis il jeta une pièce de cinquante centimes sur le van en feuilles de rônier placé devant la vieille Wassa.

Celle-ci s'esclaffa et dit : « Où veux-tu que je trouve quarante centimes à te rendre? Tu es mon premier client ce matin.

– Tu n'as rien à me rendre. Je cherche une mère, et si tu consentais à en devenir une pour moi, alors tu pourrais garder les quarante centimes comme cadeau offert par ton fils adoptif.

– Eh bien! mon bon garçon, je ne sais pas si je serai pour toi une bonne mère, mais il y a des manières de donner qui obligent à accepter. Aussi ne puis-je refuser de te servir de mère, et puissent les mânes de mes ancêtres me venir en aide pour ne pas te décevoir...

« Comment t'appelles-tu?

– Je me nomme Bouraboura le Gourounsi. Je suis le cuisinier du grand commandant de cercle. »

Wassa donna son adresse à Bouraboura et l'invita pour le déjeuner.

Vers treize heures, son travail terminé, Bouraboura enfourcha son vélo et se rendit chez la vieille Wassa où un bon plat de riz au poisson l'attendait. Il avait trouvé une mère à qui il pouvait confier des secrets qu'il n'osait dire à Romo.

« Mère! lui dit-il, je meurs d'amour pour une femme que j'ai rencontrée au marché. » Et il décrivit la fille de ses rêves avec une telle précision que Wassa n'eut aucune peine à reconnaître Tenin-Belle Bichette des carrefours.

« O mon fils! s'écria-t-elle, je connais cette fille. Fuis-la comme tu fuirais la peste. Ta solde d'une année ne suffirait pas à payer le parfum qu'elle use en une semaine. Ce serait plutôt un morceau pour ton commandant s'il n'avait pas déjà sa femme de France.

– Peux-tu, mère, t'arranger pour que Tenin vienne me voir, soit chez toi, soit chez moi à la Résidence, où le commandant a aménagé un logement pour son boy Zoumana et un pour moi-même?

– Je vais essayer, lui promit-elle. »

Le soir même, Wassa s'en fut trouver Tenin-Belle Bichette. Elle lui parla de Bouraboura.

Contrairement à son attente, Tenin lui déclara : « Bouraboura est un très beau garçon. Il a su plaire à mon cœur. Je l'aime pour son beau corps que Dieu a façonné avec art et symétrie. Mais je crains d'être pour lui une cause de malheur. Je vais cependant réfléchir et, dans deux ou trois jours, j'irai chez toi, mère Wassa, te mettre au courant de ma décision. »

Le même jour, le commandant Jacques de

Chantalba, flanqué de son brigadier-chef des gardes et de Romo son interprète favori, visitait à cheval le quartier Lartawa où, précisément, demeurait Tenin - Belle Bichette.

Dans une tenue très provocante, celle-ci vint s'asseoir dans le vestibule de sa demeure, de manière à être bien à portée de vue des passants.

Quand Jacques de Chantalba arriva à sa hauteur, Tenin, comme pour présenter ses respects au commandant, se leva et se mit à agiter ses belles mains en signe de félicitation. Cette façon d'être applaudi par une des plus belles femmes qu'il avait jamais vues en Afrique lui plut énormément, mais le corps splendide de Tenin bien davantage encore que ses applaudissements.

Romo, ce vieux rusé, ne fut point dupe. Il comprit que Tenin venait de taper dans l'œil du commandant et qu'elle ne tarderait point à cueillir son cœur. C'était pour lui une conjoncture inquiétante car Tenin, personne ne l'ignorait, était la fille adoptive de Wangrin.

Romo se mit à raisonner. Si Tenin s'emparait du cœur du commandant, n'était-ce pas, pour Wangrin, un facteur favorable? Il fallait donc empêcher cela à tout prix afin que Wangrin n'eût pas un pied chez le commandant. Il savait bien qu'il suffirait à Wangrin d'avoir un petit doigt dans l'intimité du commandant pour que tout son corps ne tardât pas à le suivre.

Deux jours après cette visite du quartier Lartawa, Jacques de Chantalba fit venir Romo chez lui, après la sortie des bureaux. Il lui fit servir un grand verre de limonade et prit lui-même deux doigts de Pernod-fils coupé d'eau.

Chacun des deux convives but la moitié de son verre, le déposa et attendit. Romo se doutait bien que Chantalba l'avait appelé pour une confidence personnelle, car les affaires officielles se traitaient au bureau, quelle que fût l'heure de la journée.

Chantalba passa rapidement sa langue sur ses lèvres pour y effacer toute trace de boisson, puis regarda fixement Romo et prit la parole :

« Vieux Romo, lui dit-il, je suis le commandant de cercle de Dioussola mais, par ailleurs, je suis un homme sujet à toutes les contingences que connaissent les êtres humains. Je dois t'avouer un grand secret de mon cœur. Depuis que j'ai vu cette belle fille au quartier de Lartawa, je ne puis passer cinq minutes sans penser à elle. Il faut que tu me la fasses amener très discrètement ici... »

Romo sentit un grand froid lui monter des orteils au sommet du crâne. Ce qu'il redoutait était en train de s'accomplir.

Il domina son trouble et finit par dire : « Mon commandant, Tenin est une belle fille, très belle même, mais elle est délurée et audacieuse. Elle est capable de nous faire chanter si je lui demande de venir vous voir discrètement.

« Je pense que le meilleur moyen serait de trouver une peccadille à lui reprocher. On la convoquerait dans votre bureau et, là, vous lui parleriez directement et lui promettriez de lui éviter une poursuite judiciaire pouvant se traduire par une condamnation à la prison. Or, dans la mentalité indigène, la peine de prison est la chose la plus infâmante qui soit. Un notable serait prêt à donner toute sa fortune pour éviter de faire un seul jour de prison. »

Jacques de Chantalba réfléchit un moment, replia ses deux lèvres dans sa bouche comme s'il avait voulu les avaler et dit : « Va pour la peccadille, et nous verrons. »

Romo rentra chez lui, aussi ennuyé que le commandant était amoureux. Il envoya chercher l'infirmier d'hygiène chargé de la propreté de la ville et lui donna des instructions : « Ordre confidentiel du commandant de cercle, lui dit-il. Demain matin, tu feras un tour au quartier de Lartawa. Tu te posteras en face de la demeure de Tenin - Belle Bichette. Dès que sa servante jettera de l'eau de ménage dans la rue (211), tu dresseras procès-verbal contre Tenin pour avoir fait verser sur la voie publique des eaux sales et des ordures ménagères. »

Le lendemain, avant huit heures et demie, le procès-verbal télécommandé était sur la table du commandant. A neuf heures, Romo rédigeait une convocation au nom de Tenin - Belle Bichette. Vers dix heures, celle-ci recevait le papier lui intimant l'ordre de se présenter à onze heures au commandant de cercle pour « affaire la concernant ».

Tenin, affolée, se rendit chez Wangrin. Elle lui montra la convocation et lui conta son aventure. Après quelques minutes de silence, Wangrin dit : « Je serais fort étonné qu'on te demande de te présenter au grand commandant uniquement pour un peu d'eau sale versée sur la vóie publique. Ce délit mineur relève habituellement du petit commandant. Tout me porte à croire que Jacques de Chantalba voudrait te voir de près...

« Romo t'a-t-il jamais demandé quelque service? questionna-t-il.

– Non, répondit Tenin qui crut devoir ajouter : On dit que la graisse a tué « le gros nerf » de Romo.

– N'en crois rien, riposta Wangrin. Romo est un taureau entier, et parfaitement viril. Mais il est fidèle à ses femmes, tout comme les anges le sont à la Prière.

« Quoi qu'il en soit, tu vas avoir l'occasion de voir le commandant en personne, et peut-être en tête à tête. Heureusement que tu parles le français. Si tu entrais tant soit peu dans le cœur du commandant, cela pourrait contrebalancer l'influence de Romo et cela m'arrangerait. Alors joue la candide, sois câline, mais n'accepte pas son canapé de bureau. Tu me rendras compte dès ton retour. Et méfie-toi de Romo ! Il est gros et gras, mais très loin d'être un imbécile. »

Tenin, dopée par les conseils de son cher papa, rentra chez elle, revêtit ses plus beaux atours, se para, se parfuma puis se rendit au bureau du commandant de cercle.

Dès qu'elle entra sous la grande véranda, sa senteur embauma toute la place. Un murmure intense s'éleva et ricocha de bouche à oreille : « Voici Tenin! Voici Tenin! » et en quelques minutes, la moitié du personnel était au-dehors pour voir cette femme qui affolait tous les hommes sans pour autant leur céder. Sa mauvaise réputation tenait en effet beaucoup plus à sa liberté d'allure et à sa langue, qui ne mâchait pas ses mots, qu'à une réelle dépravation de sa part.

Romo se porta au-devant de Tenin qui, les yeux baissés par respect, lui tendit la convocation.

« Suis-moi », lui dit-il.

Quand ils furent dans le bureau du commandant, Romo annonça Tenin et s'effaça.

Avec le sans-gêne qui la caractérisait vis-à-vis de certains hommes, Tenin fixa le commandant et dit : « Me voici, commandant. »

Celui-ci la regarda longuement. Puis, essayant de l'intimider : « Alors, lui dit-il, l'hygiène de la ville t'importe peu? Que les mouches se multiplient et que les moustiques pullulent, cela t'est indifférent? Le docteur me demande de t'infliger deux jours de prison pour manque d'hygiène. Or, en France, les médecins sont aussi puissants que les guérisseurs ici. On ne les contredit pas, sous peine d'aller en prison. Ils sont responsables de la santé publique, des vies humaines comme des vies animales. »

Tenin sourit et répliqua : « Si le docteur veut me punir parce qu'il est le plus fort, qu'il y aille. Mais prétendre que je manque d'hygiène, c'est insultant pour moi et étonnant de sa part. »

Jacques de Chantalba comprit rapidement que Tenin n'était pas facile à effrayer. Il ne serait donc pas aisé de la duper.

« Donne-moi cette convocation, lui dit-il en tendant la main, et assieds-toi un moment. »

Tenin s'assit, sur une chaise placée près du bureau, posa sur ce dernier ses deux coudes et tint sa tête entre ses mains.

Le commandant sourit et dit : « Je vais demander au docteur de te pardonner pour cette première fois, et aussi parce que je me souviens avec plaisir que tu m'avais applaudi gentiment lorsque j'ai visité ton quartier. Il serait dommage qu'une belle fille comme toi fasse de la prison. »

– Merci, commandant, tu es gentil.

– Es-tu mariée, Tenin?

– Non, je n'ai pas encore trouvé le partenaire qu'il me faut.

– Veux-tu devenir ma femme?

– Non! Il paraît que les femmes blanches-blanches tirent sur leurs rivales. Je n'ai pas envie de me faire descendre par ta femme.

– Ma femme est en France, à Bordeaux.

– Oui, mais vos fils de fer transmetteurs de nouvelles sont trop indiscrets.

– Tu n'as rien à craindre. Tu pourrais me visiter deux fois par semaine.

– Je vais y réfléchir et te ferai connaître ma réponse par ton cuisinier, Bouraboura, que j'aperçois de temps en temps à la boucherie, non loin de chez moi. »

Le commandant se leva et ouvrit son armoire. Il y prit cinq billets de cent francs qu'il donna à Tenin. Il caressa le menton et la joue de la jeune femme. Celle-ci, jouant la prude, esquissa une défense molle, mais ne repoussa pas la main nerveuse de Jacques de Chantalba.

« Commandant protesta-t-elle, j'ai honte par rapport à ton interprète, papa Romo. Je perdrais la face si tu le mettais au courant de ce qui pourrait se passer entre nous. Puis-je compter par avance que tu ne lui diras rien de moi? De plus, le vieux ne m'aime pas beaucoup parce que j'ai refusé d'épouser un blanc-blanc qui était passé par lui pour me décider. Ce n'est pas que le vieux Romo soit mauvais, mais les vieillards de chez nous pardonnent mal qu'on leur résiste. Ils considèrent cela comme un échec qui leur fait perdre la face.

– Entendu! Romo est mon homme de confiance, mais je ne lui dirai rien de ce qui se passera entre nous.

« De quel pays es-tu, Tenin ?

– Je suis née à Léo, en pays gourounsi, inventa la jeune femme.

– Ça tombe bien, mon cuisinier est également originaire de ce pays. »

Dès que Tenin fut sortie du bureau du commandant, Romo entra.

« Mon commandant! A-t-elle marché? » demanda-t-il.

Le commandant remua la tête. « Pas encore, dit-il. Ce ne sera pas facile. Je changerai de manière de faire. Pour le moment, laissons Tenin de côté et occupons-nous de choses plus sérieuses. »

Romo ressentit une certaine gêne planer entre eux. Il regagna sa place et se plongea dans une méditation profonde sur cette affaire. Que s'était-il passé entre Tenin et le commandant? Qu'est-ce que cette fille avait pu lui dire? Quels étaient les motifs de son refus, ou les conditions de son acceptation? Tout cela ne sentait pas bon aux narines de Romo.

Il fut sur le point de conseiller au commandant de se méfier de Tenin parce qu'elle était au mieux avec Wangrin, mais hésita. « Attendons, se dit-il, d'avoir des motifs plus convaincants pour la charger auprès du commandant. » Et il se promit de tendre un véritable réseau d'espionnage autour de la jeune femme.

Quant à Tenin, aussitôt sortie de chez le commandant, elle se rendit chez Wangrin. Elle lui fit part de tout ce qui s'était passé et lui présenta les cinq cents francs offerts.

« Très bien travaillé, ma fille ! s'exclama Wangrin. Le plus beau de tout, c'est le coup de la naissance à Léo. Cela nous servira. Mais il va falloir désormais sortir le moins possible de chez toi et surveiller étroitement tous ceux et celles qui te visiteront. Romo va lancer autour de toi son filet. Il fera tout pour te desservir auprès du commandant de peur que je ne me serve de toi pour l'atteindre.

« Il faut agir vite, afin que Jacques de Chantalba absorbe mon philtre avant que les choses ne se gâtent, car tôt ou tard, Romo nous découvrira. »

En sortant de chez Wangrin, Tenin passa chez la vieille Wassa et lui dit : « Quand ton fils Bouraboura viendra te saluer, tu lui diras que je serais heureuse de le voir ce soir, chez moi. J'ai pour lui une commission très importante. »

Bouraboura, qui ne passait jamais une journée sans venir dire bonjour ou bonsoir à sa mère Wassa, arriva vers quinze heures. Wassa lui dit : « Tenin est venue ici vers treize heures. Elle te demande de passer chez elle avant que tu ailles au travail cet après-midi. Elle a une commission pour toi. »

Bouraboura ne pouvait en croire ses oreilles. Il se mit à monologuer de joie : « Moi ! Invité par Tenin alors que j'ai cherché vainement à la joindre... Ce n'est pas possible... C'est un rêve... O non ! ce n'est pas un rêve, c'est la réalité, parce que mère Wassa lui a parlé de moi. Elle avait dit qu'elle m'avait trouvé beau garçon, qu'elle réfléchirait et me donnerait sa réponse. Sans doute veut-elle me voir pour me donner cette réponse, que j'augure favorable... et me voir où ça... ? chez elle, oui, chez elle !... Wallay ! Chez elle !...

« Que Dieu me métamorphose en gorille si, pour

une nuit de Tenin, je n'accepte pas d'aller en prison pour cinq ou dix ans! »

Tout à son transport, Bouraboura sortit, oubliant même de prendre congé de mère Wassa. Il fonça comme un lièvre et se présenta chez Tenin. Il la trouva assise sur une natte de fabrication haoussa. Elle portait une tenue négligée qui mettait discrètement en valeur son corps si bien proportionné.

Bouraboura, troublé jusqu'à la moelle, la salua en disant : « Bonne année » à la place de : « Bonjour ».

Gouailleuse, Tenin répliqua : « Il faut que tu sois pourchassé par toute une armée d'archers pour perdre ton assurance au point de confondre le nouvel an et la journée...

– Ce qui m'a bouleversé est plus fort qu'une armée. C'est ton appel, joint à mon désir de te voir. J'ai tari les larmes de mes yeux et la salive de ma bouche à force de t'appeler en vain. Comment veux-tu, Tenin, que je demeure celui que j'étais quand je suis prêt à devenir celui que tu voudras que je sois...

– Mais tu parles comme Dieu lui-même!... (213), frère Bouraboura. Aussi vais-je te demander de me suivre dans ma chambre où aucune oreille indiscrète ne percevra ce que le frère et la sœur auront à se dire.

– Tu as raison, Tenin. Le vestibule d'une maison est le symbole non seulement d'un lieu public, mais encore d'une oreille qui ne sait pas garder ce qu'elle reçoit. »

Tenin se leva, Bouraboura la suivit, et tous deux

entrèrent dans la demeure privée de Tenin, composée de trois grandes pièces, de toilettes et d'un débarras.

Un grand lit doré, très haut sur pieds, garni de quatre porte-moustiquaire, occupait le beau milieu d'une des trois pièces. Les murs de la pièce centrale, ornés de très beaux portraits encadrés, étaient flanqués de quatre longs canapés réservés aux visiteurs. Des nattes en couleur tapissaient le sol, bien que celui-ci fût cimenté.

Jamais de sa vie Bouraboura n'avait mis les pieds dans une maison africaine si propre, si agréablement ornée et si odoriférante. Il ne savait que faire. Devait-il s'asseoir avant d'y être invité, tout comme un maître de maison qui rentre de son travail, ou un amant en titre, ou bien fallait-il attendre que Tenin lui fît signe? Il opta pour cette dernière solution en se disant : « Soyons patient, car l'accoucheuse trop pressée risque de se saisir de ce qui n'est pas la tête du bébé (214). »

Pendant que Bouraboura se parlait ainsi en lui-même Tenin étudiait les réactions de sa proie. Comme un lapin se trouvant en face d'un boa, Bouraboura, hypnotisé par la beauté et le parfum de la jeune femme, attendait d'être avalé sans aucune réaction.

Tenin s'assit sur l'un des canapés. Elle attira Bouraboura par la main et l'assit à côté d'elle. Au contact de la main de Tenin, le jeune homme reçut une commotion pareille à celle que provoque Ntiguin, le poisson électrique. Il se mit à trembler.

« Tu trembles, mon frère? lui demanda Tenin.

– Oui, ma sœur, mais pas de peur. Je tremble de désir pour toi. Je t'aime, et sens que je t'aimerai toujours, quoi qu'il puisse arriver.

Tenin comprit qu'elle pouvait tout obtenir sans peine de Bouraboura :

« Repose ta tête sur mes jambes (215), lui dit-elle, et résorbe ton émotion. Je ne puis mieux te prouver mes sentiments pour toi. Il te faut maintenant récupérer toute ta tranquillité pour écouter ce que j'ai à te dire.

– Je t'écoute, Tenin, répondit le jeune homme.

– Ce matin vers onze heures, ton patron, le commandant de cercle, m'a convoquée dans son bureau. Il veut faire de moi son épouse ou son amante... Ce désir complique ma vie, et ne facilitera pas la tienne.

« Or, j'ai un père adoptif très averti des choses de la vie africaine et également grand connaisseur des mœurs des blancs-blancs. Je suis allée lui avouer le penchant que j'éprouve pour toi et lui faire part de celui que le commandant m'a manifesté.

« Mon père adoptif t'est favorable, mais il ne m'a pas caché les risques que nous courrions si le commandant s'apercevait qu'il ne peut m'obtenir à cause de toi. Comme il connaît tous les marabouts, magiciens, noueurs de cordes et sorciers du pays, il a fait préparer un philtre qui aura pour effet de neutraliser toute mauvaise action du commandant contre toi et moi. Si le commandant absorbe ce philtre, il sera entre nos mains tel un boa qui aurait avalé une biche (216). Il te suffira de verser le philtre par petite quantité dans son potage ou dans l'eau servant à cuire ses aliments. En une semaine, il aura fini d'absorber la quantité nécessaire.

– Qui est ton père adoptif, Tenin?

– Mon père n'est aimé ni de Romo ni de ton

commandant. Mais Dieu merci, ils ne pourront rien contre lui. Il est formidablement protégé par des forces invisibles. En outre, il est très très riche et très large avec ses amis. Par contre, je dois l'avouer, il est dur, et même très dur, avec les gens qui se mettent en travers de son chemin. Il vaut toujours mieux l'avoir avec soi que contre soi.

– Ton père adoptif ne serait-il pas Wangrin, par hasard?

– Tu l'as exactement nommé. Mais comment as-tu fait pour le deviner?

– Le commandant et Romo parlent beaucoup de Wangrin. Le boy Zoumara et moi-même avons reçu la consigne de ne jamais le fréquenter, ni un membre de sa famille, ni même un quelconque de ses amis.

– Le destin se moque de Romo et du commandant! s'exclama Tenin en riant. Car voici qu'il a décidé que ton commandant et toi-même tomberiez follement amoureux de la fille de Wangrin. Mais dis-moi, continues-tu à m'aimer malgré ma filiation?

– Oui, Tenin, je t'aimerais même si tu étais la fille du plus grand vampire ou criminel du monde!

– Merci, mon frère! » s'écria Tenin. Et ce disant, elle se pencha si fortement que sa poitrine frôla le visage de Bouraboura qui était couché sur le dos, la tête reposant sur les jambes de sa bien-aimée.

Ce geste, d'une intimité extrême, acheva d'assurer Bouraboura que Tenin le portait ardemment dans son cœur. Il n'y avait pas pour lui de meilleure réplique que d'assurer Tenin par serment que, désormais, il aurait les mêmes amis et les mêmes ennemis.

Prenant Bouraboura au mot, Tenin lui dit :

« Romo est mon ennemi et celui de Wangrin. Or, Wangrin est mon père, donc le tien.

« Je te propose ceci, enchaîna-t-elle. Allons sur le champ demander à Wangrin ce que nous devons faire pour nous garantir de Jacques de Chantalba et de Romo. C'est une précaution précieuse et indispensable. Par rapport à Romo, nous ne sommes que deux œufs de pigeon devant une grosse pierre. Il aurait vite fait de nous réduire en miettes.

« Il en serait tout autrement si nous nous placions sous la protection de Wangrin, le père audacieux aux mille moyens pour neutraliser un ennemi. Il nous aidera de ses conseils, de ses ressources financières et des prières des occultistes avec lesquels il est en relation. »

Bouraboura se leva comme s'il avait été éjecté par un ressort invisible caché dans les jambes de Tenin. Il se dressa droit sur ses pieds comme un jeune rônier et dit :

« Je partirais en guerre contre toute la terre si elle s'interposait entre toi et moi. Je m'allierais avec le diable si cela devait me faire triompher. Aussi, ne perdons pas une minute de notre temps, allons tout de suite chez Wangrin...

– Doucement ! s'écria Tenin. Peut-être ma maison est-elle étroitement surveillée par Romo. Son espion pourrait nous suivre adroitement et voir que nous sommes allés chez Wangrin. Laisse-moi y aller toute seule. Je m'y rends au moins deux fois par jour régulièrement. Mon déplacement ne sortira donc pas de l'ordinaire. Quant à toi, tu attendras ici. Je t'enverrai quelqu'un qui te dira ce que tu auras à faire.

– Va vite, et fais-moi attendre le moins de

temps possible, lui répondit-il, car les minutes vont me paraître aussi longues que des journées sans déjeuners ni petit ni grands, ou que des nuits sans souper où l'on sert de souper aux moustiques... »

Tout en revêtant un ample boubou pour sortir, Tenin lui dit en riant : « J'irai aussi vite qu'une étincelle « guide-foudre » et mon envoyé sera aussi diligent qu'une pensée d'amoureux. »

Puis elle sortit et se dirigea vers la maison de Wangrin. Elle trouva son père adoptif installé dans sa chaise longue, à l'ombre du grand manguier de la cour. Il semblait préoccupé par une idée tracassante qui n'allait cependant pas jusqu'à altérer les traits de son visage.

« Bonjour, papa, salua Tenin.

– Bonjour, ma fille », répondit Wangrin qui avait quelque mal à s'extraire du fond de sa chaise longue.

Tenin le mit rapidement au courant du miraculeux changement opéré en Bouraboura, qui demandait à le voir pour recevoir ses conseils et se placer sous sa protection.

« Wallaye! Tenin! Maa-Ngala et ses agents, principaux ou subalternes, sont avec nous. Au lieu d'un œil, grâce à toi ma fille, je vais avoir deux yeux braqués sur Jacques de Chantalba et sur mon cordial ennemi et triste compatriote, Romo. »

Wangrin se leva. Suivi de Tenin, il entra dans ses appartements. Il sortit, d'une grande malle en bois, une tenue de marchand ambulant haoussa, vendeur de poudres médicinales et de plantes guérisseuses, tenue composée d'un pantalon bouffant, d'une blouse à longues manches, d'un tourti (217), d'un grand boubou, d'un grand turban et d'un gros sac en cuir censé être bourré de sachets de médicaments. Il remit le tout à son domestique Maatemimbo et lui dit : « Cours plus vite qu'un guépard et va chez Tenin. Tu trouveras dans sa chambre un homme nommé Bouraboura. Tu lui diras de se vêtir en marchand de remèdes et de venir me rejoindre chez Niéba Sanoun, la cabaretière. »

Wangrin et Tenin devancèrent Bouraboura chez Niéba Sanoun, voisine très dévouée à Wangrin et à sa famille. Bouraboura, habillé en marchand haoussa et guidé par Maatemimbo, ne tarda pas à les rejoindre. Niéba Sanoun leur abandonna sa maison afin qu'ils pussent converser tranquillement.

Wangrin s'adressa au jeune homme :

« Je suis heureux, lui dit-il, d'apprendre que tu me fais confiance et que tu veux me confier ta tête. Je veillerai sur elle tout comme je veille sur celle de ma fille bien-aimée Tenin, et je demanderai à Maa-Nala de veiller sur nous tous. Quand on a Romo pour ennemi, on ne peut être mieux doté !

« Vois-tu, Bouraboura, si Tenin se refuse au commandant, avant deux semaines elle aura les pires ennuis, et toi aussi (218). Musèle donc ta jalousie et dis-toi que tu n'as pas encore de droits sur Tenin, bien qu'elle m'ait avoué éprouver de l'amour pour toi. Prends ton mal en patience. Le commandant sera obligé de partir un jour prochain (219) et, en attendant, même s'il avait quelques soupçons à votre égard, il ne pourra vous nuire si tu exécutes à la lettre mes instructions, que voici :

« Premièrement, rien de ce qui se passe entre nous ne doit parvenir aux oreilles de Romo. Tu multiplieras tes visites chez lui et si, par hasard, mon nom était prononcé au cours de vos entretiens, soit par Romo soit par quelqu'un d'autre, tu diras le plus grand mal de moi.

« Deuxièmement, tu diras au commandant de la part de Tenin que celle-ci accepte sa proposition, mais qu'elle vient d'avoir ses règles, lesquelles durent habituellement cinq à six jours. Elle lui fera savoir où et quand le rencontrer dès qu'elle sera libérée.

« Le commandant ne sera pas surpris de ta démarche, car Tenin l'a averti qu'elle passerait par toi pour lui donner sa réponse.

« Troisièmement : pendant que Tenin sera censée être en état menstruel, toi, tu verseras le philtre que voici dans tout ce que mange et boit Jacques de Chantalba. Il faut qu'en sept jours il ait absorbé la demi-bouteille que voici.

« C'est ici même, chez Nieba Sanoun, que tu pourras me rencontrer. Tu viendras entre quatorze et dix-sept heures, toujours déguisé. »

Lorsque leur entrevue fut terminée, Bouraboura changea de vêtements et se rendit à son travail, emportant la précieuse bouteille contenant le liquide magique.

Bouraboura était heureux et il manifestait son bonheur en déclamant des chants de son pays, si bien que Zoumana, le boy, vint lui demander ce qu'il avait avalé de si enthousiasmant pour chanter ainsi. Au lieu de répondre, le jeune homme entonna :

« Ce que mes oreilles ont perçu,
ma langue ne saurait l'exprimer.
Celle qui fait courir tout le monde
a couru après moi et m'a dit : « attends! »

Je pensais avoir mal entendu,
mon cœur me dit : « on t'appelle...
celle que tous appellent t'appelle. »
J'ai répondu en titubant de joie.
Ses belles jambes me servirent de coussin.
Mon corps se délassait
mais mon imagination travaillait.
J'étais ivre de sa senteur
que je buvais par mes narines.
Ma main droite voulut folâtrer,
la gauche lui dit : « halte!... attends! »
et mon cœur battit la rumba.
Ah! Zoumana, fils de ma mère,
si tu savais ce qui m'est arrivé
tu m'aurais dit : « aîné, chante,
chante à faire tomber feuilles et fleurs,
chante à faire crouler les murailles ! »
Celui qui est aimé peut mourir.
La mort pourrait se tuer elle-même,
mais elle ne saurait tuer l'amour. »

Le soir même, le thé et la soupe du commandant étaient copieusement assaisonnés de philtre.

Quand le commandant eut fini de dîner, pendant que Zoumana faisait la vaisselle, il appela Bouraboura à part. Avant même que le commandant ouvrît la bouche, Bouraboura prit la parole :

« Mon commandant, lui dit-il, j'ai une commission pour vous de la part de ma cousine Tenin. Elle est toute disposée à venir vous tenir compagnie, mais elle est « entrée dans la lune » (220)! Dès qu'elle en sortira, c'est-à-dire dans cinq ou six jours, elle vous donnera signe de vie.

– Comment! Comment! s'exclama Jacques de Chantalba, Tenin est ta cousine?

– Oui, mon commandant. Un échange de conversation et de généalogie nous a permis de nous situer au point de vue parenté.

– Ça tombe très bien, Bouraboura, à condition que tu ne me fasses pas cocu avec elle...

– « Jamais la vie (221)! » mon commandant, de peur que vous ne me coupiez mon outil ! En outre, il y a interdit de relation sexuelle entre Tenin et moi, sauf en cas de mariage béni par les anciens réunis dans l'antichambre à palabres sacrées. »

La leçon avait été bien apprise. Bouraboura venait en effet de réciter à son patron une tirade mise au point par Wangrin et destinée à endormir sa méfiance.

En l'espace de six jours, Bouraboura eut terminé de faire absorber au commandant la demi-bouteille de philtre.

Chaque nuit, il se rendait en secret chez Tenin et, pour lui, elle n'était ni « dans » ni « à côté » de la lune. Elle se conduisait en amante chaleureuse, car elle s'était sincèrement éprise du jeune homme.

Au bout de six jours de délai, Tenin dut se résoudre à devenir la maîtresse de Chantalba.

Wangrin était maintenant assuré que, grâce au philtre, le commandant se trouvait ligoté par des forces occultes et que ses entreprises contre lui ne pourraient pas aboutir.

Mais si le commandant avait absorbé un philtre, ce n'était pas le cas de Romo qui, lui, ne dormait pas et recherchait avidement un moyen de prendre Wangrin en faute, avec une énergie redoublée lorsqu'il sut que Tenin, deux ou trois fois par semaine, était, comme on dit, « dans le lit » de Jacques de Chantalba, Bouraboura servant d'agent de liaison.

Ce qui rassurait Romo, c'était de voir que le commandant était toujours animé de sentiments hostiles à l'égard de Wangrin et que, par ailleurs, Bouraboura semblait impatient de trouver une occasion qui permettrait d'envoyer Wangrin à la rôtisserie en plein air (222) de la ville.

Bouraboura, que Wangrin ne laissait manquer de rien en habits, vivres, argent et autres petits plaisirs, jouait en effet admirablement son rôle.

– 25 –

Chaude alerte !

Pour prendre Wangrin, Romo avait placé partout des pièges, mais ceux-ci ne retenaient que ce que Wangrin voulait bien laisser prendre. Aussi les chasseurs de Romo rentraient-ils chaque jour plus bredouilles que la veille.

Un jour cependant, Tontori Mapou, un ancien tirailleur retraité dont la pension n'était pas suffisante pour vivre, vint spécialement de Nedouna pour faire savoir à Romo que le boutiquier de Wangrin vendait des liqueurs fortes sans patente adéquate. Romo déborda de joie. Il donna un beau cadeau à Tontori Mapou et l'amena au commandant de cercle pour dénoncer Wangrin.

Le Commandant enregistra la dénonciation et se promit d'envoyer le lendemain un huissier pour procéder discrètement à un constat et, le cas échéant, dresser procès-verbal.

Le soir, à l'heure du dîner, Romo vint trouver le commandant pour lui donner un complément d'information. Bouraboura était sous la véranda lorsqu'il entendit la voix de Romo : « Mon commandant, disait celui-ci, il faut que l'huissier parte de bonne heure afin d'arriver au moment de l'ouverture des boutiques. De cette manière, le boutiquier de Wangrin sera surpris... »

Bouraboura, faisant semblant de n'avoir rien entendu, entra dans la salle à manger, demanda la dépense pour le lendemain, salua le commandant et Romo, puis sortit et prit le chemin de la ville.

Il se rendit chez Nieba Sanoun, la cabaretière. Au bout d'un moment, Wangrin l'y rejoignit et il lui rapporta la bribe de conversation qu'il avait surprise.

« Mon boutiquier a été vendu, fit Wangrin, mais je réserve à son acheteur Romo un suc amer de mon caïlcédrat (223). Avant que la saveur ne lui en passe, ses charlatans et magiciens compteront de nombreuses lunes. »

Wangrin n'attendit pas le lendemain. Une heure après, il partait sur Nedouna dans sa torpédo qu'il avait fini par baptiser « bolide des brousses ».

A la tombée de la nuit, il vida sa boutique et ses magasins de toutes les caisses de liqueur forte qui s'y trouvaient. Il ne laissa sur place que les sirops et limonades dont la vente était libre. Il envoya trois caisses d'apéritif à la foire de Moboro avec ordre de les confier au gardien du campement administratif, en attendant ses ordres.

La même nuit, il prit la route de Goudougaoua où il arriva vers sept heures du matin. Il s'en fut trouver le sergent Bourgeois, chargé de la popote des sous-officiers et lui proposa trois caisses d'apéritif contenant du Pernod, du rhum, etc.

« Je peux vous les obtenir au prix de revient, lui dit-il, à condition que votre commande soit antidatée de vingt jours, pour une question d'écritures commerciales. Par ailleurs, pour me permettre de me rattraper, vous pourriez me donner à partir de ce mois le marché d'une partie du ravitaillement du bataillon en vivres ainsi que les boissons du mess, en attendant l'ouverture de la cantine. »

Le sergent Bourgeois, persuadé d'avoir trouvé en Wangrin un chic type et un commerçant avisé, lui passa une commande antidatée de trois caisses d'apéritif et lui confia le marché de la fourniture de vivres au bataillon.

L'après-midi, Wangrin quittait Goudougaoua et, dédaignant de passer par Nedouna, rentrait directement sur Dioussola, comme si de rien n'était.

Pendant ce temps, l'huissier commis pour le procès-verbal fouillait magasins et boutiques sans pouvoir mettre la main sur les caisses signalées par Tontori Mapou. Pendant les deux jours qu'il passa à Nedouna, il recueillit des informations selon lesquelles Wangrin, par l'entremise de son boutiquier, vendait clandestinement des liqueurs fortes aux anciens tirailleurs. Mais quant à mettre la main sur le corps du délit, il en fut incapable.

Revenu à Dioussola, il fit son rapport au commandant. Celui-ci et Romo en étaient pour leurs frais.

De son côté, Wangrin avait rédigé un mot en « forofifon naspa », l'avait fait recopier par un écolier et l'avait envoyé au domicile de Romo. Voici quel en était le texte :

« Mon cher Romo,

« Moi écri toi mon secret. Tu metté mon secret dans zoreil ma commandant. Houissié i parti Nedouna pour mïré bouteils pinar-fort, Wangrin y vendit. Mais son zoy pour Houissié y clairé pas beaucoup. Wangrin malin malin comme lièvre. Lui plus malin toi, plus malin Houissié. Wangrin porté campement Moboro beaucoup beaucoup pinar-fort. Wangrin faire avec caisses alcool comme maman-chat y faire avec son petit petit. I caché là, i caché là-bas, i caché partout partout. Je mon lettre y arrêter là. Je moi, ton zami, Bougouri Ken Nyeenan. »

Quand Romo reçut cette note, il se mordit la lèvre. Il n'était pas dupe. Bougouri Ken Nyeenan n'avait jamais existé. Il ne pouvait s'agir que de Wangrin qui, une fois de plus, se moquait de lui. En effet, en langue bambara, « bougouri ken nyeenan » signifie « mets de la poussière dans mes yeux ».

Romo se garda bien de montrer la lettre au commandant, mais envoya quelqu'un demander au campement de Moboro si Wangrin y avait déposé des caisses d'alcool. Le résultat fut positif. Il en informa immédiatement le commandant qui envoya sur place son adjoint aux fins d'interroger le gardien et de dresser procès-verbal. Cet acte d'instruction judiciaire ayant été accompli, le commandant demanda la poursuite de Wangrin pour vente illicite de liqueurs fortes.

Heureusement pour lui, Wangrin fut cité devant le tribunal français. S'il avait été justiciable des tribunaux indigènes, que présidaient le commandant de cercle ou son adjoint, c'en était fait de lui.

Il reconnut avoir déposé au campement de Moboro trois caisses d'apéritif, mais déclara que ces caisses ne lui appartenaient point. Il les avait achetées au prix coûtant pour le compte de la popote des sous-officiers de Goudougaoua. Il exhiba la commande en règle, dûment antidatée.

« J'ai parfaitement le droit, déclara-t-il, d'acheter pour des particuliers autant d'alcool qu'ils m'en demandent. Ce qui m'est interdit, par contre, c'est de réaliser un bénéfice à la revente ou d'exposer ces alcools en étalage dans ma boutique. Or je n'ai rien fait de la sorte. »

Wangrin fut acquitté. En sortant de la salle d'audience, il aperçut Romo qui était venu dans l'espoir de le voir condamner.

Avec son rire habituel, Wangrin marmonna à l'adresse de Romo : « Tes oreilles ont été déçues et ton vilain cœur trompé dans son attente. Tu as entendu le contraire de ce que tu voulais entendre, n'est-ce pas, grosse viande des marais ?

– Fumier de sa mère! répliqua Romo sur le même ton. Apprends que le serpent et le talon, qui sont constamment en vadrouille sur la terre, finiront par se rencontrer tôt ou tàrd et, ce jour-là, il y aura un cadavre.

– A moins qu'il n'y en ait deux, répondit Wangrin, car le piqué, avant de mourir, peut tuer le piquant. »

Le lendemain du procès, Wangrin se rendit au cercle et demanda à voir le commandant. Celui-ci, prétextant ses occupations, refusa de le recevoir.

Wangrin écrivit le mot suivant, qu'il demanda au planton de remettre au commandant :

« Mon Commandant,

« Je suis un commerçant régulier et parfaitement honorable. Si vous continuez de croire tout ce que Romo débite sur mon compte, vous ne cesserez de commettre des erreurs qui pourraient engendrer une injustice regrettable.

« Afin de pouvoir acheter et vendre des liqueurs fortes à volonté, je me suis fait inscrire ce matin à l'Agence spéciale (224) sur les rôles spéciaux. Ma patente est de première classe.

« Avec l'assurance de ma grande admiration pour la France que j'aime, je crie : Vive les bons Français épris de justice ! ... »

signé : Wangrin Gongoloma-Sooké ».

Jacques de Chantalba n'apprécia guère cette lettre, où il ne vit que l'expression d'une ironie jaune.

De son côté, Wangrin ouvrit, non pas une boutique où l'on vendait simplement de l'alcool, mais un véritable établissement où l'on pouvait également consommer.

– 26 –

Où Romo tient sa promesse...
et Wangrin la sienne.

Quelque temps après, Romo apprit que Soridian, le chasseur de Wangrin, continuait d'abattre des éléphants. Il en fit part au commandant. Il lui revint soudain en mémoire que Sanoun Ouattara lui avait donné les caractéristiques d'un fusil rayé, arme de guerre, dont le port était interdit aux indigènes non citoyens français. Or Wangrin n'était que « sujet français » et non pas citoyen.

Le commandant de Chantalba sauta sur l'occasion et convoqua Wangrin.

« Tu possèdes un fusil de guerre et tu t'en sers, Wangrin lui dit-il. Détiens-tu un permis de port d'arme ?

– Non mon commandant, répondit Wangrin. Ce fusil vient de mon oncle, chef de province. Il lui avait été donné par le gouvernement général à titre de cadeau d'honneur.

– Et où sont les papiers?

– Je ne m'en suis jamais préoccupé.

– Eh bien! Amène-moi ce fusil. Je le confisque dès maintenant. Et tu peux te considérer en état d'arrestation imminente. »

Cette fois-ci, la situation était dangereuse. Une affaire d'arme, à la colonie, était toujours très grave. Par bravade et confiance excessive en sa propre chance, Wangrin avait inconsidérément tendu la perche pour se faire prendre. Pour une fois, son cerveau restait muet et comme privé d'expédients. Il ne sut que faire... sinon apporter le fusil au commandant.

La chambre de commerce, Romo, le commandant de Chantalba, le comte de Villermoz, tout ce monde grouilla et s'activa en haut lieu afin que Wangrin fût mis en état d'arrestation et jugé pour le grave délit de port illégal d'arme de guerre. Le commandant de Chantalba obtint enfin l'autorisation d'arrêter Wangrin et de le mettre sous les verrous avant l'instruction de son affaire.

Mais Bouraboura avait surpris une conversation où le commandant annonçait que Wangrin serait incessamment arrêté et jugé. Il en avisa Wangrin, qui en profita pour mettre ses affaires en ordre.

Parmi les petits commerçants européens, Wangrin comptait deux amis sincères, nommés Tronédon et Gourbidan. Le premier était un ancien administrateur qui avait démissionné de ses fonctions et s'était installé commerçant. Docteur en droit et avocat de son état, Tronédon aimait plaider en faveur des indigènes. Cet état d'esprit l'avait fait considérer comme indésirable dans le corps des administrateurs des colonies, et c'est ce qui l'avait amené à démissionner.

Wangrin s'en fut trouver ses deux amis et leur fit part du risque qu'il courait. Il donna procuration à Tronédon pour défendre sa cause, et demanda à Courbidan de veiller sur ses affaires.

Quatre jours après la réception de l'ordre de mise en accusation, Jacques de Chantalba se décida à arrêter Wangrin. Il fit venir Romo dans son bureau.

« Je vais faire arrêter Wangrin aujourd'hui à neuf heures, lui dit-il. Penses-tu qu'il se laissera facilement arrêter où est-il capable d'opposer quelque résistance ?

– Avec Wangrin, on ne sait jamais. Il faut s'attendre à tout. Pour moi, voici enfin venu le grand jour que j'attendais depuis des années : celui de l'arrestation de Wangrin. »

Romo se mit à genou comme pour prier Dieu. Il joignit les deux mains et dit, presque en pleurant :

« Commandant, mon commandant, je vous en conjure par ce que vous avez de plus sacré au monde, chargez-moi de l'arrestation de Wangrin ! Je prendrai autant de gardes de cercle qu'il faudra. Je ferai proprement ce travail et me considérerai comme vengé. Notre ami le comte de Villermoz et tous ceux qui ont souffert des machinations de Wangrin le seront également.

« Je vous en prie, mon commandant, ne me refusez pas l'honneur d'arrêter Wangrin ! »

Le commandant fut très ému. D'une main fébrile, il remplit un imprimé de mandat d'arrêt. Il le tendit à Romo : « Tiens! prends quinze gardes avec toi et va arrêter ce salopard. »

« Mais – car il y a un mais – il faudrait que tu acceptes de m'accorder quelques minutes pour ranger mes livres dans mon armoire, que tu vois sur le comptoir et contre le mur... Je ne sortirai donc pas de la boutique.

– Je suis tranquille, Wangrin. Quand bien même sortirais-tu de cette boutique que tu ne pourrais sortir de ta demeure. Et comme je dispose de tout mon temps pour prolonger ton agonie, va, range tes livres où tu voudras et comme tu voudras. »

Wangrin monta sur le comptoir et se mit à transporter ses livres et autres papiers dans l'armoire. Quand il ne resta plus rien à enfermer, il dit à son boutiquier : « M. Gourbidan veillera sur la marche de nos affaires jusqu'à l'arrivée de Faboukari, qui viendra de Côte d'Ivoire. »

Toujours debout sur le comptoir, Wangrin s'adressa à Romo : « Il ne me reste plus que ce livre à classer. Mais, au fait, tu as omis de m'exhiber mon mandat d'amener ?

« On voit bien que tu es loin d'être un agent de la « judiciaire ». Sinon, tu saurais que j'ai le droit d'examiner ce document pour constater sa légalité. Aussi, je te prie de me le montrer, ou je refuse de te suivre. C'est la loi. Si tu l'ignores, moi je la connais. »

Romo sortit le mandat d'amener de sa poche et, le tendant à Wangrin : « Penche bien ta tête de phacochère, lui dit-il, maudit de sa mère, pour lire ton malheur ! »

Wangrin s'inclina comme pour lire le papier que Romo tenait presque négligemment dans la main gauche et exhibait avec une goguenardise méchante. Soudain il cracha dans les yeux de Romo la mâchure prolongation, auquel cas j'aviserai et lui « commanderai » une maladie qui fatigue sans faire mourir.

« Je ne souhaite pas qu'il prolonge son séjour à Dioussola. Mais je voudrais qu'avant son départ tu lui fasses cracher les trois quarts de ses économies pour t'installer et épouser l'homme de ton cœur, Bouraboura. Voilà comment tu vas t'y prendre. Tu vas disparaître pendant quinze jours, et viendras te cacher chez moi où Bouraboura pourra venir te voir à volonté. Nous allons voir quelle sera la réaction du commandant et je dresserai mon plan de campagne contre lui en conséquence.

« N'oublie pas qu'il faut que je prenne ma revanche sur lui et lui fasse sentir le tort qu'il a eu de vouloir me nuire, sans autre raison que celle de vouloir plaire à ses amis. Il a failli à ses devoirs d'administrateur en mettant son autorité au service de ses sentiments personnels. Il mérite que je mette dans le caisson de sa mémoire un souvenir « made in Wangrin »! Je compte sur toi et sur Bouraboura pour m'y aider. »

Tenin accepta la proposition de Wangrin et en avisa Bouraboura, qui marcha également.

La nuit où Tenin devait rendre visite à Jacques de Chantalba arriva. Elle avait coutume d'arriver vers vingt heures. Ne la voyant pas venir, à vingt heures et quart, Chantalba se mit à table.

« La soupe! » cria Zoumana pour prévenir Bouraboura que le patron était prêt pour le dîner. Bouraboura réchauffa vite la soupe, pendant que le boy attendait. Quand il la versa dans la soupière, Zoumana lui dit : « N'en mets que pour une personne, car Tenin n'est pas encore là.

– Où est-elle? fit négligemment Bouraboura.

– Le commandant te le demandera certainement, puisqu'elle est ta cousine et non la mienne », ricana Zoumana.

Zoumana était parfaitement au courant des relations existant entre Bouraboura et Tenin, mais il était « sanankoun » (228) de Bouraboura et ne pouvait donc le trahir, sous peine d'être maudit par les dieux et les mânes des ancêtres.

« Si tu ne détales pas de ma cuisine, je te logerai mon pied quelque part, espèce de petite panthère. Allez va-t'en! s'écria Bouraboura.

– Si jamais tu me fais ça, répliqua Zoumana en riant, je te jouerai une « wangrinerie », car je mettrai de la poudre de piment dans la soupe du commandant. Il aura du feu sur la langue et il t'en demandera des comptes...

– Allez! amène vite la soupe avant qu'elle ne se refroidisse », conseilla Bouraboura.

La soupe fut servie. Le commandant n'en prit qu'une petite louche, et une ou deux cuillerées seulement de tout ce qu'on lui servit ensuite.

Vingt heures trente. Chantalba ne voyait toujours pas venir Tenin. Il appela Bouraboura.

« Je ne sais pas ce qui se passe, lui dit-il. Tenin n'est pas encore là. Va vite chez elle lui demander ce qui la prend pour me faire attendre si tard. »

Bouraboura n'avait nullement besoin d'aller chez Tenin. Aussi se dirigea-t-il directement sur la maison de Wangrin et dit à celui-ci : « Le commandant est inquiet. Il m'envoie pour connaître la cause qui a pu empêcher Tenin d'aller chez lui cette nuit. Il n'a consommé que le quart de son repas. Il attend que je lui apporte une réponse ou que je lui amène Tenin.

– Retourne dire à Chantalba ceci, lui dit Wangrin : « Tenin a quitté son domicile ce matin vers dix heures. On l'a vue dans la boutique de Wangrin et, depuis, on ignore où elle a pu passer. Elle n'a laissé aucune commission. »

Bouraboura retourna chez son patron, porteur de cette nouvelle qui ne pouvait qu'augmenter encore son agitation d'esprit.

En voyant arriver son cuisinier, Chantalba s'avança vers lui : « Alors? Où est Tenin? demanda-t-il.

– On ne sait pas, mon commandant. Elle est partie de chez elle ce matin aux environs de dix heures. Elle est passée dans la boutique de Wangrin et, depuis, personne ne sait où elle est.

« Elle n'a laissé aucune commission. Wangrin seul pourrait donner des indications utiles. Tenin a pu lui confier ses intentions...

– Oui, je sais... On m'a dit, mais je l'ai appris trop tard, que Tenin n'avait pas de secrets pour Wangrin. Elle le considère comme son père adoptif. J'avoue que cela n'arrange pas les choses pour moi.

« Je tiens à retrouver Tenin, mais mes fonctions m'obligent à user de beaucoup de mesure. Or, j'aime Tenin comme je n'ai jamais aimé aucune femme, pas même celle que j'ai légalement épousée dans mon pays... »

Pendant que Chantalba épanchait sa douleur dans les oreilles de Bouraboura, il lui fendait le cœur sans s'en apercevoir. Le jeune homme ne pouvait en effet écouter avec sérénité un autre homme lui parler de son amour pour Tenin. Mais que pouvait-il contre un blanc-blanc, à plus forte raison quand ce blanc-blanc était administrateur des colonies, par surcroît son patron et, il fallait bien le dire, son bienfaiteur ?

Bouraboura écouta donc, le cœur angoissé, les confidences de son patron et rival inconscient. Quand celui-ci eut terminé, Bouraboura lui dit :

« Mon commandant, à votre place, je demanderais à Wangrin de m'aider. Si vous ne pouvez lui demander ce service de vive voix, je pourrai le faire pour vous, car moi aussi cela me peine de voir ma cousine se débiner ainsi sans en donner le motif. »

Chantalba ne souhaitait pas donner à ce lascar de Wangrin un lasso dont il pourrait se servir pour l'étrangler sans difficulté et sans laisser de traces. Il hésita à parler. S'en apercevant, Bouraboura lui dit :

« Commandant, il faut vous hâter avant que les choses ne se gâtent. Vous ne pouvez pas éviter l'une de ces deux alternatives : ou bien être lacéré par l'amour de Tenin qui remplit les quatre cases de votre cœur et vous suffoquera au point de vous empêcher de travailler en paix, ou bien passer par Wangrin qui, moyennant quelques concessions de votre part, saura sans doute porter remède à votre mal, et d'une manière discrète. Wangrin, pour être le roi des farceurs, n'en est pas moins un homme de parole qui, blague mise à part, sait agir courageusement et sérieusement. Il tient toujours sa parole. J'ai entendu son plus mortel ennemi, Romo, l'avouer publiquement. »

Chantalba parut agacé par les conseils de son cuisinier. Il le quitta brusquement et regagna son bureau, où il s'enferma. Il fit appeler son commis

Tiombiano. Lorsque celui-ci fut en face de lui, il lui dit :

« Connais-tu Tenin – Belle Bichette?

– Oui mon commandant, répondit le commis qui, nous nous en souvenons, était un homme de Wangrin. Je la connais parfaitement. Elle est originaire de Léo et habite Dioussola depuis son enfance. Son père était un sous-officier d'infanterie coloniale. Il est mort ici après sa démobilisation. Il était très lié avec l'ex-interprète Wangrin. Je crois qu'il lui avait confié sa fille, et Wangrin fut un très bon père pour elle.

– Eh bien! reprit le commandant, Tenin a disparu depuis deux jours. Peux-tu m'aider à la retrouver? Mais je ne voudrais pas que l'on sache que Tenin m'intéresse. C'est pourquoi je voudrais que quelqu'un me saisisse officiellement de sa disparition et sollicite l'aide de l'administration pour la retrouver. Je pourrai ainsi donner des ordres en conséquence et veiller à leur exécution. »

Tiombiano s'en fut trouver le chef de province Sourako Nyami et lui demanda de se prêter au jeu proposé par le commandant. Or, un chef indigène désireux de conserver son « turban » ne saurait refuser quoi que ce soit à l'autorité administrative.

Dans l'après-midi du deuxième jour de la disparition de Tenin, Sourako Nyami se présenta donc au cercle et demanda au commandant de l'aider à retrouver Tenin, disparue de son domicile sans autre renseignement.

Chantalba donna ordre au crieur public de signaler la disparition de Tenin et d'annoncer qu'une belle récompense serait donnée à qui la retrouverait ou donnerait des indications utiles à son sujet.

Une semaine, puis dix jours s'écoulèrent, sans que personne se manifestât. Jacques de Chantalba en était littéralement malade. Il perdait l'appétit et le sommeil, il devenait très nerveux, il lui fallait Tenin. Or, l'amour et la faim ont vite fait d'avachir un homme et de le pousser, parfois, à accepter l'inacceptable. Chantalba en était là.

Il fit venir Bouraboura. « Je te donne raison, lui dit-il. Je vais passer par Wangrin pour retrouver Tenin. Ce soir, après dîner, tu iras me le chercher et me l'amèneras à la maison. »

Le soir venu, Bouraboura se rendit chez Wangrin et lui fit part des nouvelles intentions du commandant.

Wangrin réfléchit un moment. « Va dire au commandant qu'il serait imprudent, pour un voyou comme moi, d'aller fourrager la nuit chez le commandant de cercle. Si l'on m'accusait d'y être allé avec intention de l'assassiner, je serais bon pour Cayenne. Or il y a assez de piments piquants dans notre pays pour que je n'aille pas en chercher jusqu'en Guyane!

« Aussi, que le commandant m'envoie une convocation régulière. Je me rendrai à son bureau en plein jour et me tiendrai entièrement à sa disposition. »

Bouraboura transmit cette proposition au commandant. Celui-ci, tenaillé par l'amour, était prêt à tout. Aussi rédigea-t-il une convocation au nom de Wangrin.

Le matin du douzième jour de la disparition de Tenin, Wangrin se présenta au bureau du commandant.

Sans chercher beaucoup de détours le commandant lui offrit une chaise et lui dit :

« Wangrin, je reconnais t'avoir combattu et cherché à te nuire. C'est de l'histoire ancienne, je te demande de l'oublier.

« Ce qui m'a amené à te convoquer dans mon bureau est d'ordre personnel. Question de cœur... Je suis amoureux de Tenin – Belle Bichette. Voilà douze jours qu'elle a fait une escapade et toutes les recherches pour la retrouver sont demeurées vaines – et moi, j'ai manqué de veine de n'avoir pas tout fait, dès le début, pour t'avoir avec moi. Je m'en repens. Je voudrais que tu m'aides à retrouver Tenin. Il me faut cette fille.

– Si j'acceptais de vous aider à retrouver Tenin, que feriez-vous pour moi ?

– Ce que tu demanderas. A condition que ce ne soit pas une félonie à l'égard de mon pays ou de mon serment de fonctionnaire d'autorité. Je deviendrai ton ami. Or, des amis se doivent des services. »

Wangrin l'avisa qu'il reviendrait le lendemain à la même heure.

Quand vint la nuit, Wangrin, Tenin et Bouraboura se retrouvérent au domicile de Wangrin et tinrent un véritable conseil de guerre. « Nous sommes tes enfants, dirent finalement Tenin et Bouraboura. Nous te suivrons les yeux fermés. »

Le lendemain, Wangrin se présenta au commandant. « Je suis venu, lui dit-il, vous donner des nouvelles de Tenin. Elle se porte très bien, mais elle déclare avoir perdu son temps avec vous. Dans six mois, vous allez rentrer en France et elle se retrouvera dans la rue. Pour reprendre ses relations avec vous, elle voudrait que vous lui achetiez une concession de cent mètres sur cent, à titre définitif, et que vous y fassiez construire des maisons d'habitation et des boutiques. Il faudrait aussi constituer un troupeau de cent têtes et lui donner cinq cent cinquante mille francs de bijoux.

– Mais où est-elle ? s'écria Jacques de Chantalba.

– Chez moi, répondit Wangrin.

– Comment, chez toi... ?

– Parce que c'était le seul endroit où ne pouvait l'atteindre Bodressoul, le président de la chambre de commerce, qui voulait l'enlever il y a exactement douze jours. Elle était venue me confier l'intention de Bodressoul. C'est alors que je lui ai conseillé de se cacher chez moi afin de savoir si vous teniez à elle ou non, avant d'accepter d'aller avec Bodressoul. Celui-ci doit revenir dans dix jours.

– Merci, Wangrin, de ton intervention ! s'exclama Chantalba et considère-moi comme un ami. Je donnerai à Tenin tout ce qu'elle a demandé.

– Wangrin se pencha à l'oreille de Chantalba : « Pas un mot de tout cela autour de vous, prononça-t-il. Si Bodressoul apprenait le fond des choses, il pourrait vous causer de gros ennuis. C'est l'homme des chambres de commerce de Marseille et de Bordeaux. La bouche de ses protecteurs est trop proche de M. le président du Conseil à Paris. Des ordres venant de là-bas ont vite fait de vous briser sans autre forme de procès... »

Ainsi, non seulement Wangrin avait réussi à se débarasser de Romo, mais voilà qu'il venait de convertir le commandant Jacques de Chantalba. Tant il est vrai qu'une belle femme est parfois plus efficace qu'une armée bien entraînée et approvisionnée...

– 28 –

Premier avertissement :
Le géomancien haoussa

En ce temps-là, Wangrin était parvenu au zénith de sa gloire et au comble de sa fortune. Sa route ne connaissait plus d'obstacle. Il se prépara à jouir de ses biens, unique but de sa longue entreprise de ramassage d'argent.

Il s'acheta un immense terrain où il fit construire un grand restaurant avec esplanade qu'il baptisa « Venez vous réjouir ». Très vite, ce restaurant devint un haut lieu de plaisir où les riches commerçants, Blancs et Noirs, se rendaient pour oublier leurs soucis. L'établissement était un vrai « tout en un » : restaurant, boîte de nuit, casino, etc...

Avant de quitter le territoire, le commandant de Chantalba avait bien tenu ses promesses. Non seulement il avait doté largement Tenin, mais il avait honnêtement aidé Wangrin à avoir tous ses papiers en règle. Il l'avait même proposé pour la Légion d'honneur, en plus des décorations qu'il possédait déjà : étoile noire du Bénin, mérite agricole, médaille d'or du travail et cinq autres poussières de médailles... Wangrin avait accepté cette batterie de « cuisine d'honneur », non pour le plaisir d'entendre les médailles tinter en s'entrechoquant sur sa poitrine, mais parce qu'à l'époque, l'homme décoré faisait figure d'homme important. Les policiers le saluaient au garde-à-vous et, lors des cérémonies, le laissaient passer et monter à la tribune officielle.

C'est à cette époque qu'un changement subtil s'opéra dans le comportement de Wangrin. Etait-il subitement étourdi pas sa grande fortune? Toujours est-il qu'il ne fut plus tout à fait le même. Il ne distribuait plus son argent aux pauvres avec la même prodigalité qu'autrefois. Certes, il ne refusait pas l'aumône, mais il était moins large et s'il habillait encore les veuves et les orphelins qui venaient solliciter son secours, ce n'était plus lui qui allait au-devant d'eux.

Il se mit subitement à aimer la chasse. Il partait dans sa nouvelle torpédo à la tombée de la nuit et ne revenait parfois qu'à l'aurore, tuant les animaux par plaisir, s'éloignant ainsi un peu plus de la pure tradition africaine qui veut que la chasse soit rituelle et utilitaire, et non aveugle et gratuite.

Un jour, un vieux géomancien haoussa lui rendit visite. Il lui demanda de dresser un thème et de lui prédire l'avenir.

Le vieil homme regarda longuement les figures qu'il venait d'imprimer sur le sable. Il remua la tête doucement...

« Pourquoi remues-tu la tête? le questionna Wangrin.

– Je ne vois rien de bon, répondit-il. Je vais recommencer...

Il étala de nouveau son sable et y imprima un thème.

« Cela va-t-il mieux ? demanda Wangrin.

– Non, çà se gâte davantage. Et ce qu'il y a d'inquiétant, c'est que je ne vois aucun sacrifice à faire pour faire dévier la catastrophe qui apparaît avec une constance déroutante dans toutes les « maisons » essentielles du thème (229).

– Qu'attends-tu pour recommencer... ?

– Que tu me l'ordonnes, car en ce qui me concerne, je vois ton soleil marcher vers une éclipse totale et je n'ai pas besoin d'un complément d'information.

– Regarde quand même une dernière fois !

Le géomancien étala son sable, imprima ses signes et se pencha dessus longuement...

« Alors, que dit l'oracle ? plaisanta Wangrin.

– Rien de bon, répliqua le géomancien, qui se mit à suer à grosses gouttes. Ce que voyant, Wangrin éclata de rire : « Tu as besoin d'un peu d'air. Il vaut mieux que tu ailles voir au-dehors si une divinité plus favorable peut te parler avec plus de pertinence. Tiens ! prends ceci. » Et il laissa tomber un billet de cent francs en disant : « Sers-t'en pour essuyer ta sueur, puis rentre tranquillement chez toi. Apprends ceci : lorsque le soleil est au zénith, il éblouit les yeux qui le fixent et les empêche de bien discerner. C'est exactement ton cas par rapport à moi. Mais va en paix, bien que tu ne me l'aies point prédite.

« Je suis Wangrin « force-destin ». Je triompherai de ton mauvais présage. »

Le vieux haoussa s'apprêta à sortir en laissant sur place le billet de cent francs.

« Alors, s'écria Wangrin, trouves-tu mon cadeau insignifiant pour ne pas le prendre?

– Non, répondit le vieux, il est loin d'être minime. Mais je ne le prends pas d'abord parce que tu ne me l'as pas donné. Tu l'as jeté à terre. C'est donc à la terre de le prendre. Ensuite, je n'ai pas l'habitude de me faire payer quand je ne suis pas sûr de guérir le malade. Or, tu es malade... »

Wangrin éclata encore de rire.

Le vieux haoussa, tout comme si le rire de Wangrin venait de l'exciter, éclata soudain de rire lui aussi, et si fortement qu'une partie de son grand turban se défit et traîna jusqu'à terre comme une longue queue.

Cette subite manifestation de gaieté de la part du vieux qui, quelques instants auparavant, était plongé dans une angoisse qui le faisait suer à grosses gouttes, intrigua Wangrin. Il arrêta de rire et fixa le vieillard, qui lui parut bien mystérieux. Mais avant qu'il ait eu le temps d'ouvrir la bouche, le vieux haoussa avait rapidement ramassé la traîne de son turban et, le dos courbé, tête baissée, était sorti et s'était perdu dans la foule du petit marché qui se tenait non loin de chez Wangrin.

Wangrin resta un moment à réfléchir sur la prophétie du vieux géomancien. Il se décida à le faire revenir pour un nouvel entretien. Mais toutes les recherches entreprises par la suite par ses émissaires demeurèrent vaines. Finalement, il apprit du logeur du vieux haoussa que celui-ci avait quitté Dioussola depuis une semaine pour une destination inconnue.

A cette nouvelle, il ressentit un brusque et vague serrement de cœur. Il secoua la tête comme pour délester son cerveau d'une pensée morbide. Pour chasser l'appréhension qui s'était quelque peu emparée de lui et se donner du courage, il se mit à chantonner :

« Koro Koonin, ohé! ohé! Aîné,
Va te reposer en paix,
Grand vaillant.
Le jour de Nonngon tu mourus
sans honte,
Grand vaillant.
Tu mourus en beauté.
Va te coucher en paix,
toi qui n'a jamais tourné le dos. »

Ce morceau faisait partie d'une chanson composée en l'honneur de Koonin, un guerrier bambara tué à Noongon (230) à la fin du XIXe siècle. Il défendait la ville contre une armée dix fois plus forte que la sienne. Il tua cinquante hommes et cinq grands chefs de guerre avant de tomber lui-même, couvert de huit blessures toutes situées sur le devant de son corps.

Wangrin se coucha très tard et dormit peu cette nuit-là. Le lendemain, il se leva également très tard et, contrairement à ses habitudes, n'alla point à son bureau de toute la journée.

Vers dix-sept heures, Tronédon vint proposer à Wangrin une promenade en voiture. Il le trouva abattu. « Depuis quelques jours, lui dit-il, je ne suis pas dans mon assiette. Je ne sais où est allé vadrouiller mon « double » pour me rapporter ce sentiment d'inquiétude sans fondement qui envahit tout mon être et m'ôte tout courage. »

Tronédon lui tapa sur l'épaule. « Tu es surmené, lui dit-il. Tu devrais aller te reposer quelques jours au bord de la mer, à Dakar par exemple, ou dans les montagnes du Fouta Djallon. Pour ma part, je préfèrerais de beaucoup le Fouta-Djallon, ajouta Tronédon, et notamment Dalaba où les femmes sont très belles... »

Wangrin écouta son conseil, mais décida de se rendre à Dakar pour se reposer et se changer les idées. Il ne partit pas immédiatement, mais trois mois plus tard.

– 29 –

Madame Blanche-blanche

Une fois à Dakar, Wangrin, cousu d'argent, ne se priva de rien, sinon des pieuses visites qui l'auraient cloîtré dans l'une des florissantes zaouïa (231) kadri, tidjani ou mouride qui pullulaient partout au Sénégal.

Un jour, terminant son repas dans un restaurant de la célèbre place Protet, rendez-vous de tout ce que Dakar comptait d'élégantes, d'affairistes, de politiciens et de badauds, Wangrin vit entrer une dame surnommée « Madame Blanche-blanche ». Il ne put détacher ses yeux d'elle. « Certes, se dit-il, voilà une pièce que le Bon Dieu n'a pas sculptée à la hâte. Il a pris tout le temps nécessaire pour la ciseler, la limer, l'ajuster et enfin la peindre, avant de livrer ce beau chef-d'œuvre aux regards des autres fils d'Adam. »

La « Madame Blanche » se dirigea vers le vestiaire

de service où elle déposa son chapeau et son manteau. Puis elle se mit à aller de table en table, souriant aux uns, parlant aux autres ou s'asseyant quelques instants à côté d'eux.

Wangrin demanda à son voisin de table, un vieux marin : « Qui est cette « Madame » ? »

– C'est une entraîneuse, mon ami, répondit l'homme. Elle a pour mission de pousser les gens à boire davantage pour faire gonfler la recette de la boîte.

– Est-elle mariée, cette « Madame »?

– Elle vit avec un bricoleur mécanicien qui cherche du travail. On ne sait pas trop s'ils forment un couple régulier ou s'ils vivent maritalement.

– Et comment une si belle femme peut-elle se retrouver entraîneuse et compagne d'un mécanicien en mal de place?

– Allez donc me demander ça à moi!... riposta le vieux loup de mer. Je te rapporte ce que le cancan débite sans frais. Si tu veux en savoir plus long, adresse-toi à la « Madame » elle-même. Elle n'est ni farouche ni raciste et elle aime bavarder. »

Wangrin paya un verre de Pernod au vieux marin et sortit.

La « Madame » n'était pas une novice de bistrot. Elle savait déchiffrer les conversations qui se tenaient non loin d'elle rien qu'en observant les mouvements des yeux, des lèvres et des mains. Elle avait compris que Wangrin s'était intéressé à elle.

Elle vint s'asseoir à la table du vieux marin et lui demanda : « Qui est ce monsieur, si bien habillé, et qui vous posait des questions sur moi ?

– T'as des antennes, dis ?... plaisanta le vieux marin. Et si cela est, pourquoi n'as-tu pas capté clairement notre conversation, qui te concernait effectivement?

– Il y avait brouillage des ondes, plaisanta à son tour la « Madame ». Elle ajouta : « Parlez et demain je vous paierai l'apéritif. »

Le vieux marin, qui avait vidé son verre, le souleva et dit, en regardant la « Madame » : « Je préfère trois doigts tout de suite à un litre demain. »

La belle dame tenait à être informée. Elle fit servir un deuxième verre de Pernod au vieux loup de mer. Il en but une gorgée puis, reposant son verre : « Monsieur se nomme Wangrin. C'est le directeur général de la Compagnie Import-Export du Bani. Il est venu s'amuser à Dakar. Il sue l'argent par tous les pores de sa peau. Mais hélas! il ne boit pas d'alcool. »

« Madame » avait beaucoup entendu parler de la C.I.E.B au capital social prodigieux de dix millions de francs. Elle s'attendait à revoir Wangrin, mais, durant cinq jours, celui-ci ne réapparut pas. Il avait fait un saut à Saint-Louis.

A son retour, Wangrin alla s'attabler au café où il retrouva son ami le vieux loup de mer. Celui-ci lui rapporta fidèlement toute la conversation qu'il avait eue avec la « Madame ».

Wangrin n'eut pas longtemps à attendre. Tel un esquif à travers des récifs, la « Madame » se dirigeait vers lui en évoluant entre les tables.

« Bonjour, Monsieur le directeur général, dit-elle. Je vous présente les excuses de la maison pour ne pas vous avoir rendu, la dernière fois, tous les honneurs qu'elle doit à ses clients de marque. La faute en est plus imputable à votre incognito qu'à notre manque de politesse. »

La « Madame » tapa dans ses mains et un boy stylé amena un plateau chargé de bouteilles d'apéritif et d'« amuse-gueule ». Elle s'assit en face de Wangrin, sans tourner complétement le dos à son commensal, et se mit à servir en disant :

« Monsieur le directeur général, c'est la maison qui vous offre cet apéritif et, en votre honneur, elle offrira, durant une demi-heure, une tournée à tous nos vieux clients qui entreront dans ce café. Après quoi, on vous fera une ovation en applaudissant. Vous méritez bien ce ban, Monsieur le directeur général. Et si je ne craignais de dépasser la mesure, je vous inviterais chez moi pour vous présenter à mon mari. »

Wangrin ne savait que répondre. Il se mit à remercier la « Madame » et la direction du café. En l'espace de dix minutes, il y avait déjà quarante personne qui buvaient à sa santé et aux frais de la maison.

Le vieux loup de mer était aux anges. A lui seul, il avait bu plus que cinq personnes et lorsqu'on en arriva au ban, il cria plus fort que tout le monde et battit des mains si énergiquement qu'il perturba le rythme des applaudissements.

Wangrin accepta l'invitation de la « Madame » et sortit, non sans avoir fait une grande révérence justifiée par l'honneur qu'on venait de lui rendre.

Il regagna sa chambre d'hôtel et se jeta à plat ventre sur son lit, tout habillé. Il resta ainsi un moment, plongé dans une rêverie éperdue. Quand il se releva, il vit son image reflétée dans un grand miroir fixé au mur, en face de son lit. Il se regarda comme s'il se voyait pour la première fois tout entier dans un miroir. Il cligna des yeux, se caressa le menton et, brusquement, éclata de rire, comme pris d'une folie subite. Il se mit à se parler à lui-même, tout en riant à se tenir les côtes et se tortillant comme un homme pris de douleurs d'entrailles.

« Ah Wangrin ! Ohé Wangrin ! Dire que tu croyais bêtement que ta fortune baissait et que tu entrais dans la nuit lugubre de la pauvreté, parce que ce vieux chenapan de géomancien haoussa, édenté et bossu à demi, t'avait prédit du « mauvais ».

« Tu n'auras pas vu que c'était un géomancien myope. Situé dans un brouillard occulte, il ne pouvait voir que des événements déformés comme des images dans l'eau.

« Cherche le grand menteur et dis-lui dans l'oreille droite, puis dans l'oreille gauche, que ton étoile de nuit et ton soleil de jour sont plus que jamais ascendants. Et s'il voulait en avoir le cœur net, qu'il le demande aux habitants de Dakar ! Ils lui diront : « Géomancien menteur ! Tu as entrevu ton propre malheur et non celui de Wangrin, le directeur général de la C.I.E.B., qui entre dans le cycle de sa vie où de belles dames blanches le servent et où blancs-blancs et Noirs de rang élevé l'ovationnent. »

Content de lui-même, Wangrin se mit à jeter en l'air draps, coussins et ses propres boubous qu'il avait ôtés. Puis il se mit à danser le tigui-naana (232) avec une telle force que le maître d'hôtel vint frapper à sa porte :

« Monsieur, qu'est-ce qui se passe ?

– Il se passe que voici cent francs pour ta peine ! » répondit Wangrin en lui tendant un billet. Devant cette somme, qui représentait sa solde de deux mois, le maître d'hôtel sauta de joie et se mit à danser, lui aussi, le tigui-naana avec Wangrin.

Deux jours après cette soirée mémorable, Wangrin se rendit chez la « Madame » pour répondre à son invitation à dîner. Elle le présenta à son compagnon, M. Terreau. « Mon mari », dit-elle. Puis, présentant Wangrin : « Le directeur général de la C.I.E.B., M. Wangrin, en vacances dans notre ville.

– Enchanté de faire votre connaissance, Monsieur le directeur général.

– Moi de même », répliqua Wangrin.

Le dîner, préparé par Fatou, la cuisinière sénégalaise de Mme Terreau, fut excellent. Wangrin dîna de bon cœur. Mme Terreau se montra pleine d'attentions pour lui, et bien que son attitude fût presque câline, Monsieur semblait totalement absent, ce qui n'empêcha point le dîner de se terminer bien.

M. Terreau avait fort peu parlé, mais les quelques paroles qu'il avait prononcées tournaient toutes autour de l'idée de la création d'un grand garage.

Wangrin en vint à se dire en lui-même : « Si je créais un grand garage, en plus de mon café-hôtel-restaurant et de mes boutiques, je n'aurais plus rien à envier à Schereck et Bouquet et moins encore à Archambeaud (233). » Se penchant vers Mme Terreau, il lui demanda négligemment : « Etes-vous contente de votre travail et de vivre à Dakar ? »

Avant que Mme Terreau n'ouvrît la bouche, M. Terreau répondit : « Ma femme et moi vivons à Dakar parce que nous ne pouvons faire autrement, et attendant de trouver mieux et de pouvoir donner notre mesure.

« Voyez-vous, Monsieur le directeur général, ma femme quitte la maison à sept heures du matin.

Elle ne rentre qu'à quatorze heures – quand elle rentre – et c'est toujours pour retourner au boulot à seize heures et y rester parfois jusqu'à une heure du matin.

« Quant à moi, c'est pire. Tant qu'il y a un moteur à réviser, je suis tenu de rester. Ma vie s'écoule ainsi au milieu de l'effrayant vacarme de vieilles machines et des vociférations d'un patron à la fois grisé par ses succès et rendu neurasthénique par un trop long séjour en Afrique, où il se prive de tout par souci d'économie. Je suis moi-même au bord de la dépression nerveuse.

« Vous parlez! Monsieur le directeur général, si je plaquerais tout pour saisir la première occasion qui serait offerte à ma femme et à moi-même d'aller travailler ailleurs, dans une place où nous aurions plus d'initiative et où nous pourrions mettre en valeur notre compétence, chacun dans son domaine. Ma femme est diplômée de hautes études commerciales. La comptabilité n'a pas de secrets pour elle. Si elle a momentanément accepté d'être entraîneuse ici, c'est parce que le revers de fortune qui nous a obligés à quitter la France nous poursuit. Nous sommes arrivés sans recommandation, ce qui est le meilleur moyen de ne rien trouver et de tomber à la merci de n'importe quel Tartempion.

– Si je vous trouvais du travail auprès de mes amis, accepteriez-vous de venir dans mon pays ? » demanda Wangrin.

Mme Terreau prit la parole. « Cela dépendra des garanties que l'on nous offrira, dit-elle. Mais nous quitterions avec plaisir ce Dakar où il ne fait pas très bon vivre à cause de la mentalité des Européens comme des indigènes, et notamment des indigènes natifs des quatre communes (234). Ces derniers, pour un oui ou pour un non, ne se gêneraient pas pour vous cogner dessus et, par-dessus le marché, pour vous intenter un procès qui achèverait de vous dégoûter, avant de vous ruiner !

– Je ne promets rien, mais restons en relations, répondit Wangrin. Si jamais je trouvais quelque chose, je vous ferais signe. »

Wangrin demeura trois bons mois à Dakar, durant lesquels M. et Mme Terreau ne cessèrent de l'entourer de leur sollicitude.

Il n'avait pas manqué de visiter le garage où travaillait M. Terreau. Il y vit l'homme à l'ouvrage. C'était un professionnel irréprochable, mais hélas à la merci d'un patron impossible, que l'alcool et un long séjour colonial avaient rendu rachitique et bourru.

Après avoir fait ses adieux à tous les amis qu'il s'était faits à Dakar, Wangrin prit le train pour Bamako où l'attendait sa belle torpédo.

Après une semaine passée dans la famille de son frère aîné Doubié Trérao, carrier, transporteur, marchand de chevaux réputé pour son maquignonnage, entrepreneur de divers travaux à forfait et, surtout, le plus redoutable procédurier de Bamako, Wangrin se décida à visiter son village natal avant de continuer sa route sur Dioussola.

– 30 –

Deuxième et troisième avertissements :
L'oubli fatal,
Le python sacré

Le jour de l'arrivée de Wangrin dans sa famille fut un jour de grande fête. La joie était telle que ni Wangrin, ni aucun des siens, ne se rappela que le nouvel arrivé devait, avant toute chose, aller sacrifier aux mânes de ses ancêtres enterrés au pied du grand baobab, au milieu du bois sacré.

Wangrin était déjà assis à l'ombre du hangar construit devant la maison où sa mère l'avait mis au monde, quand sa petite sœur Nianamba vint s'agenouiller devant lui en signe de respect. Elle lui présenta une calebasse remplie d'eau fraîche en disant : « Maintenant que tu es revenu du bois sacré, voici l'eau de bienvenue pour rafraîchir ton cœur. »

Wangrin, comme éjecté par un ressort, se dressa de toute sa taille et gémit :

« Oh! anciens! vous et moi, nous avons tous fauté. Nous avons manqué au plus grand des devoirs. Pour moi, avant de me mettre à l'ombre, avant de boire ou de manger quoi que ce soit, je devais aller avant tout sacrifier au bois sacré. Et vous, vous deviez me rappeler à l'ordre.

« Que va-t-il nous arriver, à vous et à moi? Comment réparer mon manquement? »

Un des maîtres du couteau (235), le vieux Sorimori, demanda :

« A ta circoncision, Wangrin, quel dieu t'a accepté comme protégé?

– Gongoloma-Sooké, répondit Wangrin.

– Eh bien! Il nous reste la ressource d'aller sacrifier à Gongoloma-Sooké. As-tu avec toi la petite pierre symbolisant le lien qui t'unit à l'Esprit de Gongoloma-Sooké? »

Wangrin entra dans la pièce où étaient déposées ses six valises. Il se saisit de l'une d'entre elles afin de prendre la petite pierre du dieu. Mais il n'y trouva pas le sac en peau de chat noir qu'il croyait y avoir mis. Il l'avait donc oublié à Dioussola, alors que ce sac ne devait en aucun cas passer la nuit là où Wangrin était absent.

« O Sorimori! dit-il, je n'ai pas amené avec moi mon « borofin », mon sac noir. »

En maître avisé, Sorimori ne voulut point s'exclamer comme il avait eu envie de le faire, tant sa surprise était grande. Mais le mal était consommé. A quoi servirait de troubler Wangrin davantage...?

Il regarda fixement Wangrin et dit :

« Quand l'homme, pour éconduire son destin, part incognito en voyage, il trouvera en arrivant que le destin l'a précédé et même qu'il a retenu un gîte pour deux.

« Mon petit Wangrin, à partir de maintenant, il

faut t'attendre à recevoir de grands coups du sort. Sois fort et ferme. Le poids du plus grand malheur s'allège quand on use de patience pour le porter.

« Nous allons procéder, au bois sacré, à un sacrifice rétrospectif aux mânes des ancêtres pour atténuer nos fautes. »

Wangrin suivit Sorimori jusqu'au bois sacré. Sur trois poulets et sept noix de cola offerts rituellement, les mânes des ancêtres n'acceptèrent qu'une moitié de noix de cola (236).

Sorimori versa le contenu de trois calebasses pleines d'eau sur la grande pierre-autel. « Nous avons une petite chance, dit-il à Wangrin. Il ne faut pas désespérer. Une braise suffit parfois à allumer un incendie immense... »

Wangrin avait éprouvé une très profonde joie de retrouver son village natal et les siens, après une si longue absence. Et voilà que ces retrouvailles touchantes, au lieu d'être source de bonheur, devenaient présage d'ennuis, sinon de malheur.

A son départ, Wangrin distribua moins de cadeaux qu'il ne l'aurait fait si les choses avaient été plus gaies et avaient dilaté son cœur. Il prit sa torpédo, chargea ses valises et partit pour Dioussola.

Il roula des heures durant. Malgré la vitesse de son véhicule, la nuit le surprit entre Sokassi et Dioussola. Pendant qu'il roulait d'une vitesse régulière, l'esprit de Wangrin vagabondait tantôt vers le vieux géomancien haoussa, tantôt vers Sorimori, tantôt vers le café-restaurant de la place Protet et la grande ovation qui lui avait été faite.

Il ne cessait de s'interroger sur la cause occulte qui lui avait fait oublier son « borofin » où était logée la petite pierre de Gongoloma-Sooké, son dieu tutélaire. Son « double-espoir » lui susurra : Wangrin, ne t'en fais pas. Un homme qui roule sur des millions et des lingots d'or comme toi ne saurait connaître l'injure du sort.

Son « double-objectif » ripostait en chuchotant avec fermeté : Wangrin, tu as amorcé une pente glissante. Cherche plutôt où t'accrocher. Au lieu de te leurrer, médite sur le sens profond de la chansonnette composée à l'intention d'un empereur de Ségou :

> O roi à la bouche démesurée
> Bois ton eau
> Bois ton eau gardée
> dans une gargoulette
> Que la gargoulette soit en or
> Que la gargoulette soit en argent,
> O Roi à la bouche démesurée
> Sache qu'un seul Roi
> ne saurait épuiser l'Eternité.

Tout en nageant dans ces flots d'idées contradictoires, Wangrin fonçait à cent, cent dix à l'heure. La route était déjà, à l'époque, bien macadamisée (237), non pas au moyen de rouleaux compresseurs, mais grâce aux milliers de bras des femmes, enfants et hommes de tous âges armés de tapettes en bois spécialement taillées à cet effet. C'était encore la triste période des travaux forcés, appelés « prestations en nature », qui commença à décliner en 1936 avec le Front Populaire, et qui ne prit vraiment fin qu'en 1947 avec l'avènement de l'Union française.

La route, rouge comme si elle avait été teinte du sang de ceux qui l'avaient préparée, se déroulait tel un ruban sous la torpédo qui semblait l'avaler.

Les phares éclairaient assez pour empêcher Wangrin d'aller dans les décors, mais la vitesse était trop grande pour lui permettre, le cas échéant, de freiner à temps. Il se sentait pourtant tranquille. Par une nuit aussi avancée, il n'avait aucune chance de trouver âme qui vive, homme ou animal, sur son chemin. On pouvait d'ailleurs voir ses phares de très loin et se garer à temps pour ne pas être heurté.

L'esprit complétement absorbé par les courants d'idées émanant de ses deux « doubles », il ne discerna pas à temps une ligne sombre qui barrait à moitié la route. Croyant qu'il s'agissait d'une ombre projetée et n'ayant plus le temps de réfléchir, il ne ralentit pas sa course. Au moment où il s'aperçut que c'était un python, sa voiture était déjà passée sur le corps du reptile et avait brisé plusieurs de ses anneaux. Sous le réaction de l'animal, la voiture dérapa et alla renverser dans le fossé Wangrin et ses valises.

Le visage ensanglanté et le corps couvert d'écorchures, Wangrin, tout ankylosé sous la brutalité du choc, se releva très péniblement. Il revint jusqu'au lieu où, gisant à terre, le python avait cessé de vivre.

Involontairement, Wangrin venait de tuer son « animal interdit », celui qui tout à la fois était l'interdit de son clan et le dieu protecteur du pays qu'il traversait. Désormais, il pouvait être considéré comme un « suicidé involontaire ». Le double de la personne, en effet, est censé habiter son « Tana », ou animal sacré, et c'est pourquoi il lui est interdit de le tuer. Par voie de conséquences occultes, les pires choses doivent lui advenir s'il lui arrive de le tuer volontairement ou involontairement.

Wangrin passa la nuit sur place. Le lendemain, des paysans le trouvèrent au bord de la route. Il se fit conduire par eux au village le plus proche et demanda à voir le « maître du couteau » du village. Il lui expliqua sa triste aventure.

Le maître du couteau et huit hommes, tous maîtres-chasseurs et par conséquent grands connaisseurs de la brousse environnante, identifièrent le python. C'était précisément le « dassiri » (238) d'une grande mare sacrée où venaient se désaltérer tous les animaux sauvages de cette région. Ce python s'appelait N'tomikoro-saa-ba (239).

Le maître du couteau demanda à Wangrin d'offrir un taureau, un bouc, un coq et un chat, tous noirs, pour être sacrifiés à la mare et investir un autre dassiri que le génie, maître de toute la brousse du pays, indiquerait.

Wangrin donna la somme d'argent nécessaire aux achats de ces animaux, plus des noix de cola et du mil pour préparer une bière sacramentelle.

N'Tomikoro-Saa-ba fut rituellement enterré au pied du Tamarinier, sa demeure.

Alors seulement, Wangrin comprit combien son « double-objectif » avait eu raison de lui conseiller de trouver un point d'appui avant qu'il ne fût trop tard.

Il rentra à Dioussola plus morose qu'il n'en était parti.

– 31 –

Madame Bons-offices

Une fois remis de ses blessures et de ses émotions, Wangrin reprit ses activités avec une mollesse qui frappa tous ceux qui le connaissaient.

Le séjour du commandant Jacques de Chantalba arriva à sa fin. Malgré toutes ses démarches, il n'avait pu obtenir de prolongation. Il quitta Dioussola les mains presque vides, mais il avait convenablement installé Tenin. Il confia Bouraboura et Zoumana à Wangrin, auquel il demanda de leur trouver un métier plus sûr que celui qu'ils exerçaient. Quant à Tenin, il était superflu de la confier à Wangrin. Il lui dit simplement : « Je te laisse ta fille. Fais-la marier le plus tôt possible. »

Après le départ de Chantalba, Wangrin donna à Tenin une très belle dot et organisa son mariage avec Bouraboura, qui ouvrit un restaurant pour Africains.

De mois en mois, Wangrin constatait que ses chances baissaient. Il jugea bon de se faire aider par des personnes avisées et capables de tenir tête aux commerçants européens de la place qui commençaient à lui faire la vie dure.

Aussi écrivit-il à M. Terreau pour lui proposer la fondation et la direction d'un grand garage, Mme Terreau se voyant confier un poste de secrétaire de direction à la C.I.E.B.

Un mois après, le couple était à Dioussola, des contrats avantageux en poche. Ils s'installèrent confortablement.

Entouré des attentions de Mme Terreau, Wangrin commença à oublier la malchance qui le poursuivait pas à pas. Cette dernière se montrait plus qu'une excellente secrétaire et se révéla excellent directeur adjoint. Quant à son mari, il fonda le plus grand garage privé du territoire. Il représentait valablement Wangrin dans toutes les réunions, discutait dur et gagnait à tous les coups sur ses rivaux.

Grâce à l'expérience et au savoir de Mme Terreau, le café-restaurant-hôtel prit une envergure de grand palace. Elle engagea le personnel nécessaire aussi bien pour le restaurant que pour les écritures de la Compagnie.

Tout marchait à merveille : les recettes pleuvaient plus que jamais.

Le « double-espoir » de Wangrin reprit le dessus sur son « double-objectif ». La voix de ce dernier n'était plus qu'un écho mourant dans son entendement intérieur, bouché par le frou-frou des gros billets de banque et le tintement des pièces d'argent qui, chaque soir, tombaient dans son immense coffre avant d'être draînés vers le compte courant ouvert à la banque installée à Dioussola.

La vie était belle... Mais Mme Terreau l'était encore bien davantage.

Désormais, Wangrin était libre de son temps. Il pouvait aller où il voulait et quand il voulait. Il n'avait plus que des signatures à donner. Mme Terreau, à elle seule, abattait plus de travail que dix bûcherons vigoureux ne sauraient abattre d'arbres dans une forêt vierge.

Wangrin était satisfait. Il se vantait partout d'avoir les meilleurs collaborateurs et d'être le premier soudanais à avoir employé deux Européens. Les griots modulateurs et joueurs de guitare mentionnaient cet exploit dans les morceaux qu'ils chantaient avec accompagnement en l'honneur de Wangrin. Voici, par exemple, un morceau improvisé par Dieli Madi qui fut longtemps en vogue :

O Wangrin! O Wangrin! Wangrin oo!
Wangrin, tu es un étalon unique,
si unique que lorsque la « valeur » te voit venir,
elle s'efface et dit humblement :
Voici mon Maître.
Alors que beaucoup de tes rivaux
n'on fait qu'entendre
avec des oreilles avides
la description du diamant,
O Wangrin! Toi, tu possèdes
une caisse pleine de ce trésor
Tu es tel un grand vase d'eau fraîche

placé à la fourche de la route
sous l'arbre de la miséricorde
à la discrétion des pauvres assoiffés.
Maa Ngala a fait de toi
le seul nègre de ton pays
qui ait employé deux blancs-blancs.
Ils accourent quand tu les hèles
et t'appellent « Patron ».

Un beau jour, Mme Terreau trouva Wangrin dans son bureau, en proie à un cafard des plus noirs. Ses deux épouses étaient allées passer un séjour dans leur famille, l'une à Noubigou, l'autre à Diagaramba, depuis deux longs mois.

Mme Terreau comprit que l'homme parlait en Wangrin. Elle s'approcha de lui et, lui montrant une correspondance, se pencha de manière à laisser voir presque toute sa gorge, qu'elle avait fort belle.

Wangrin, qui luttait depuis deux ans contre les charmes de cette femme, se sentit faiblir. Surmontant sa pudeur, il lui déclara : « Madame Terreau, depuis le jour où je vous ai vue au café-restaurant à Dakar, j'ai éprouvé un grand amour pour vous. Si je n'ai rien voulu tenter auprès de vous, c'est parce que vous êtes mariée. Or, mon « borofin » ou fétiche, m'interdit sous peine de déchéance morale et matérielle d'avoir des relations sexuelles avec une femme mariée. De plus, je n'aime pas éprouver un échec, ni provoquer un scandale... »

Mme Terreau éclata de rire : « Confidence pour confidence, lui dit-elle, je ne suis pas la femme légitime de M. Terreau. Je ne suis pas mariée. En France, j'étais secrétaire d'un grand ministre dont j'étais également la maîtresse. Mais il trempa dans une affaire financière louche. Son gouvernement tomba et la police s'intéressa à moi.

« De peur que je ne parlasse trop, mon amant et patron me conseilla de me faire oublier un moment. Il me confia à un capitaine de navire en partance pour Dakar où, m'avait-on dit, une place m'attendait.

« Pour toute place, je me suis retrouvée dans ce café-restaurant où l'on m'obligea, non seulement à entraîner les consommateurs, mais aussi à monter avec eux si le cœur leur en disait...

« Excédée par cette vie, j'ai accepté de vivre avec M. Terreau et de trouver en lui un protecteur. J'attendais la fin du contrat qu'on m'avait fait signer par contrainte pour quitter le café-restaurant. Votre offre est venue à temps pour nous sauver, M. Terreau et moi-même.

– Et M. Terreau, quel est son passé? demanda Wangrin.

– Je ne sais pas trop, mais il m'a semblé qu'il cherchait aussi à se faire oublier ou pardonner, à moins qu'il ne s'agît d'une affaire de cœur. »

Wangrin, songeur, ressemblait à un tesson de calebasse dérivant au fil de l'eau. « Jusqu'où m'emmènera le faux couple? se demanda-t-il. Mais ai-je le droit de les empêcher de se réhabiliter? N'ai-je pas une preuve de leur amende honorable en la manière parfaite avec laquelle ils ont travaillé pour moi et fait prospérer mes affaires? Et d'ailleurs, moi-même, qu'étais-je, sinon un concussionnaire et, pourquoi ne pas dire le mot, un voleur heureux? Oh, certes, je ne volais pas les pauvres, mais je volais quand même... »

Comme remontant d'une grande profondeur, Wangrin expira l'air de ses poumons. Il regarda la femme. « Puisqu'aux yeux de tout le monde vous êtes Mme Terreau, lui dit-il, je continuerai à vous appeler ainsi. Mais l'animal mâle étant vite rendu jaloux quand il sent un autre mâle sur les traces de la femelle qu'il a pistée, je vous demanderai de ne rien rapporter à M. Terreau de ce qui pourrait se passer entre nous. »

Wangrin, repris par son « double-espoir », caressa doucement la main de Mme Terreau et finit par lui tapoter les reins en lui disant : « Vous et moi, Madame Terreau, où n'irons-nous pas? »

Ainsi, Mme Terreau devint la maîtresse de Wangrin. Etait-ce par admiration pour ce beau fils de Bambara bien bâti, doué d'une intelligence et d'une audace exceptionnelles? Etait-ce pas calcul, en raison de sa richesse et de sa générosité? Ou était-ce par curiosité physique et désir de savoir ce que valait un mâle africain? Quoi qu'il en fût, Wangrin, assuré qu'aucune barrière ne l'empêchait d'aller avec cette femme, ne s'en priva pas. Il prolongea même tout exprès le congé de ses femmes, afin d'être plus libre et plus tranquille.

Mais malgré les plaisirs que lui procurait Mme Terreau, une sourde appréhension tenaillait Wangrin et, parfois, le plongeait dans un cafard inexplicable. Dans ces moments-là il voyait tout en noir, et il lui arrivait de s'exclamer : « Oh! Je préfère mourir que d'être constamment angoissé par de si mauvais souvenirs. »

Il voyait alors devant lui l'image du vieux haoussa, suant à grosses gouttes au-dessus du sable, il revivait l'arrivée à son village natal, l'oubli du sacrifice aux mânes de ses ancêtres et le fait de n'avoir point emmené son « borofin » dans ses bagages. Enfin et surtout, il revivait la mort, sous les roues de sa voiture, du python N'Tomikoro-Saa-ba, qui non seulement était son propre « interdit », mais encore le « dassiri » de toute une grande mare sacrée.

Un jour, plongé dans une de ces crises violentes, Wangrin sortit un revolver du tiroir de son bureau et cria : « Puisque je ne puis couper au mauvais sort qui m'attend, autant en finir avec cette vie qui veut me jouer, en une fois, tous les tours que j'ai joués à mes prochains... »

Il allait se faire sauter la cervelle quand Mme Terreau, qui l'avait entendu crier, se précipita juste à temps pour lui arracher courageusement l'arme des mains. Elle le calma et lui dit : « Tu es surmené, mon ami. Il faut prendre un fortifiant et du repos. »

En fait de fortifiant, elle lui apporta un bon verre d'un mélange de boissons alcoolisées et d'aromes. Sans trop réfléchir, Wangrin prit le verre et le vida d'un trait. Quelques minutes après, il ressentit une grande détente de ses nerfs, un soulagement de son esprit angoissé, et l'apparition d'un contentement qui ressuscita son optimisme agonisant.

Ce jour-là, il mangea d'un bon appétit.

Il prit grand plaisir, désormais, à se livrer à ce premier degré de l'acoolisme, prenant régulièrement ce qu'il appelait, avec son humour habituel, sa « potion digestive ».

En moins de quatre mois, Wangrin s'était totalement converti à l'alcool. Son tempérament bambara, réveillé par Mme Terreau et entretenu par elle, avait repris le dessus et balayé sa répugnance envers l'alcool, que sa vie en milieu musulman lui avait inculquée.

Mme Terreau était peu à peu devenue la maîtresse incontestée et de sa vie et de sa maison. Tout passait par elle, à l'entrée comme à la sortie, excepté les affaires relevant de M. Terreau qui s'occupait exclusivement du garage.

Les choses allaient ainsi bon train, et Wangrin s'enfonçait chaque jour plus profondément dans l'alcoolisme, d'une façon d'autant plus dangereuse et rapide que sa vie ne l'y avait pas préparé.

– 32 –

La perte irréparable

Un jour, Mme Terreau donna l'ordre de balayer la demeure de Wangrin et de sortir toutes les vieilleries qui pourraient s'y trouver.

Wangrin, saoul comme un pompier, ne se doutait de rien. Il cuvait sa boisson dans le grand lit bien moelleux que Mme Terreau avait fait installer dans une pièce attenante à son grand bureau.

Or, la veille, il avait sorti son « borofin » pour lui sacrifier quelques noix de cola. Puis il l'avait déposé à côté du lit, oubliant de le remettre dans la valisette où il était toujours soigneusement rangé.

L'un des boys qui balayait le dessous du lit tomba sur le petit sac en peau de chat noir. Ne sachant qu'en faire, il alla le montrer à Mme Terreau qui s'écria : « Va me jeter cette saleté dans la poubelle! ». Le « borofin » contenant la pierre d'alliance entre Wangrin et Gongoloma-Sooké fut donc jeté dans la poubelle, puis dans la voiture de ramassage des ordures et, enfin, dans le four crématoire de la ville.

Cinq jours après, Wangrin se souvint subitement qu'il avait oublié son « borofin » au pied de son lit. Ne l'y trouvant pas, il demanda à Mme Terreau si les boys, en faisant le ménage, n'avaient pas vu traîner un petit sac en peau de chat noir. « Si, répondit Mme Terreau, et c'était si dégoûtant que je l'ai fait jeter dans la poubelle.

– Dans quoi? s'écria Wangrin.

– Dans la poubelle. ».

Wangrin, comme pris de vertige, tituba et s'écroula comme un mur en pisé rongé par la pluie. Il se mit à se lamenter :

« O ma mère! O mon père! Est-il possible qu'un destin aussi implacable s'abatte sur votre rejeton...

O mes grands ancêtres! Venez à mon secours.

La femme blanche a commis un crime abominable, mais elle est ignorante, elle est comme un malade. Or on ne torture pas le malade, on le soigne. Il faut lui pardonner...

Le coupable c'est moi...

C'est mon astre qui pâlit,

C'est mon soleil qui se couche.

C'est la nuit de détresse qui me surprend.

C'est la lune de mon malheur qui monte à l'horizon de ma destinée.

Existe-t-il un soleil qui ne connaisse pas de coucher ? »

....

Mme Terreau, comprenant qu'il se passait quelque chose de grave, courut comme une folle jusqu'au domicile de M. Tronédon. Elle lui demanda sa protection et son intervention.

« Qu'avez-vous donc fait ? lui demanda-t-il.

– Par ignorance, j'ai fait jeter à la poubelle un sac en peau de chat noir qui traînait sous le lit de mon patron. Or il semble que ce sac contenait quelque chose de précieux, car sa perte a provoqué chez Wangrin une commotion si forte qu'il est tombé par terre et s'est mis à divaguer. »

Tronédon se rendit immédiatement auprès de Wangrin. Il le trouva couché dans son lit, tremblant d'une forte fièvre. Avant même que Tronédon n'ait ouvert la bouche, Wangrin, qui avait sorti sa tête de sous les couvertures, lui dit d'une voix tremblante : « Rassurez-vous, Mme Terreau n'a rien à redouter de moi. Ce sont les forces punitives qui ont agi par son intermédiaire. Je dois faire face à mon malheur avec courage. On m'a déjà prévenu et conseillé en ce sens. »

Remis de son malaise, Wangrin se décida à affronter l'adversité avec sérénité. « Au moins, se dit-il, profitons de la vie avant de tomber définitivement dans le gouffre qui s'ouvre sous mes pas. On dira de moi : « Wangrin avait vécu ». Ce sera ma consolation. »

Mme Terreau se multipliait et se dévouait en tout pour se faire pardonner, tandis que Wangrin se jetait à corps perdu dans les réjouissances. La dame blanche ne pouvait fermer l'écluse qu'elle avait ouverte. Wangrin buvait et dépensait son argent comme un fou.

– 33 –

Dernier avertissement :

La tourterelle au cou cerclé de noir.

Lors d'une assemblée où les griots improvisaient des chants en son honneur, Wangrin promit à ceux-ci de leur apporter la peau d'une panthère qu'il tuerait lui-même. C'était là la promesse d'un cadeau exceptionnel, que seuls les preux peuvent offrir aux griots qui chantent leurs louanges.

Cette promesse une fois prononcée publiquement, Wangrin envoya des dépisteurs lui découvrir le repaire d'une panthère. Ils ne tardèrent pas à en repérer une et vinrent prévenir Wangrin. Celui-ci partit le lendemain matin de bonne heure, accompagné de Zambila Ouattara, le meilleur rabatteur de Dioussola.

Wangrin et Zambila Ouattara s'enfoncèrent dans

la brousse, marchant prudemment et regardant de tous côtés. C'était l'époque de la floraison. La brousse était verte et embaumée.

Wangrin s'arrêta et dit à Zambila : « Tiens-moi mon fusil, je vais verser un peu d'eau (240). » Il s'approcha au pied d'un kapokier en fleurs et s'apprêtait à se satisfaire lorsqu'il entendit, subitement, les roucoulement saccadés d'une tourterelle. L'oiseau était perché sur une branche sèche d'un autre kapokier situé en face de Wangrin, également chargé de fleurs.

Wangrin leva la tête. Ses yeux aperçurent l'oiseau juste au moment où il s'envolait de son perchoir pour aller se poser sur le côté gauche de la route. C'était « Ntubanin-kan-fin », la tourterelle au cou cerclé à demi d'une fine bande noire.

Hélas! C'était là l'oiseau fatidique que Wangrin ne devait pas voir dans ces conditions, et moins encore entendre crier sept fois. Il revit tout à coup en mémoire la fine silhouette de Numu-Sama, l'initié-forgeron qui avait été son surveillant et son tuteur lors de sa période de circoncision, celui-là même qui, penché sur son thème géomantique, lui avait dit : « Toi, mon cadet, tu réussiras dans ta vie si tu te fais accepter par Gongoloma-Sooké, et cela tant que la pierre d'alliance de ce dieu sera entre tes mains. Je ne connais pas ta fin, mais ton étoile commencera à pâlir le jour où N'tubanin-kan-fin, la tourterelle au cou cerclé à demi d'une bande noire, se posera sur la branche morte d'un kapokier en fleurs et roucoulera par sept cris saccadés, puis s'envolera de la branche pour se poser à terre, sur le côté gauche de ta route. A partir de ce moment tu deviendras vulnérable et facilement à la merci de tes ennemis ou d'une guigne implacable. Veille à cela, c'est là mon grand conseil (241). »

Il entendait encore sa voix, et vit son profil se dessiner entre les feuilles du kapokier d'où s'était envolée la tourterelle.

Wangrin se sentit inondé par une sueur abondante et moîte sortant de tous les pores de sa peau. Une crispation involontaire le raidit du sommet de son crâne à son tendon d'Achille. Le voyant ainsi figé au pied du kapokier comme une statue, Zambila Ouattara l'appela : « Ohé, Wangrin! Qu'est-ce qu'il y a ? que se passe-t-il ? »

Wangrin ne répondit pas et ne bougea pas.

Zambila se hâta vers lui. Il le trouva la bouche et les yeux ouverts, l'esprit complètement absent de son corps. Zambila le secoua en récitant les paroles incantatoires que tout chasseur initié connaît par cœur pour se garantir des mauvais esprits de la brousse ou délivrer ceux qui seraient aux prises avec ces esprits.

Petit à petit, le corps de Wangrin se ramollit doucement, puis il tomba dans les bras de Zambila qui le coucha à terre et l'étendit de tout son long.

Une heure passa avant que Wangrin retrouvât ses sens. Il porta alors la main sur son front, puis se servit de ses deux mains pour se frotter énergiquement les yeux, comme pour les dégourdir. Il bâilla largement et dit :

« O Zambila, as-tu vu N'tubanin-kan-fin?

– Oui, je l'ai vue.

– As-tu compté combien de fois elle a roucoulé avant de s'envoler? »

C'était presque une question superflue. En effet,tous les chasseurs initiés savent que la tourterelle est la messagère des dieux de la brousse. Aussi, dès qu'elle lance son premier cri, le chasseur cesse-t-il toute action pour se mettre attentivement à l'écoute. En même temps, il cherche à voir l'oiseau pour l'identifier, le situer dans l'espace, voir quelles sont sa taille, sa livrée, la nature de son perchoir et la trajectoire de son vol, apprécier sa couleur, qui peut être gris-bleuâtre variée de blanc et de noir, ou fauve-isabelle variée de brun. Ces choses, ainsi que le nombre de cris poussés, doivent être soigneusement observées afin de permettre une interprétation juste.

Zambila savait cela et s'était bien gardé de faillir au devoir de tout chasseur poursuivant un gibier. Aussi, pour répondre à la question de Wangrin, se contenta-t-il de secouer sa tête de haut en bas.

« Combien de cris a-t-elle poussés ? demanda Wangrin.

– Sept cris, bien saccadés, répondit Zambila.

– Et que signifie le message de cette tourterelle, puisque je vois que tu entends le langage des oiseaux?

– Le volatile était perché sur une branche morte d'un kapokier en feuilles et en fleurs. Ceci présage que la mort va pénétrer dans une vie vigoureuse et florissante, ou bien que la ruine va dessécher une immense fortune.

« L'oiseau a crié sept fois. Cela représente le temps de l'accomplissement. Il peut s'agir de sept jours, de sept semaines, de sept mois, mais en aucun cas de plus de sept ans.

« La trajectoire s'étant effectuée de haut en bas signifie une chute immanquable, et ce d'autant plus qu'elle s'est posée sur le côté gauche de la route. »

Wangrin se releva et dit :

« Cette fois, ça y est ! J'ai vu et entendu ce que je ne devais ni voir ni entendre.

« La femme blanche-blanche a incinéré Borofin, et la pierre-alliance de Gongoloma-Sooké s'est perdue dans l'ordure.

« Mon espoir s'est envolé comme la tourterelle; comme elle, il va se poser sur le côté gauche de ma vie, côté guignard de mon destin.

> « O destin ! tu es une ombre bizarre.
> Quand on veut te tuer,
> tu fuis.
> Quand on te fuit.
> tu suis. »

Zambila comprit que Wangrin n'était pas un ignorant fermé aux choses de la brousse. Il lui dit : « Wangrin, rentrons en ville. Tu as besoin de te reposer.

– Je ne rentrerai pas sans la peau que j'ai publiquement promise à mes griots, répondit Wangrin. Il faut que Dieli-Madi s'asseye sur cette peau pour jouer le chant composé en mon honneur avant que la misère ne crève mon typan et ne m'ôte toute possibilité d'entendre la musique et les chants, comme aussi tout ce qui se dira pour ou contre moi. »

Wangrin prit son fusil, le posa sur son épaule et se dirigea fermement vers l'endroit le plus touffu du bois, où se trouvait le repaire de la panthère.

Zambila lui emboîta le pas tout en disant : « Fais attention, la panthère est non seulement courageuse, féroce et forte, mais elle se met souvent à l'affût dans les branches... »

Il n'avait pas achevé son dernier mot qu'il lui sembla entendre un sourd miaulement, qui n'avait rien de celui d'un chat sauvage. Il dit doucement : « Wangrin, attends. Il y a quelque chose qui remue là-bas, dans les branches du gros arbre en face de nous. »

Wangrin s'arrêta et dit : « De quel côté de l'arbre...? »

Au même moment, une panthère noire mesurant près de quatre vingt dix centimètres au garot et pesant plus de soixante kilos apparut entre deux branches. Ramassée sur elle-même, gueule ouverte, crocs à nu, elle était prête à bondir.

« Wangrin! attention! attention! Elle va se lancer sur toi! » s'écria Zambila, visiblement inquiet, sinon apeuré...

Wangrin éclata de rire : « Pauvre panthère noire! dit-il. Ta mère a accouché d'un cadavre. » Et il avança vers la bête.

Celle-ci, le voyant s'approcher, bondit sur lui. Avec la rapidité d'un éclair, Wangrin fit un grand écart en sautant dans une grosse touffe d'herbe située à côté. La panthère tomba juste à l'endroit où il se tenait une seconde avant.

Elle se renversa sur le dos et avant qu'elle eût eu le temps de se relever, Wangrin, à bout portant, lui fracassa le crâne d'une balle bien ajustée qui vint se loger au milieu de son front.

Zambila, devant tant de courage, d'agilité et d'adresse, ne sut que dire. Il s'écria : « Huwa-huwa-huwa! Wallay! Wallay! Wangrin, tu es un maître, aussi bien dans la cité que dans la brousse!

« Billay-billay! Wangrin! Tu es un homme digne de porter un pantalon!... »

Wangrin fit transporter sa victime à Dioussola et la fit dépouiller, après quoi il offrit sa peau à Dieli-Madi.

Ainsi Wangrin avait-il tenu sa promesse, comme il l'avait toujours fait tout au long de sa vie. Le destin, lui aussi, commençait à réaliser implacablement la sienne.

– 34 –

Clochard et philosophe

Wangrin ne venait plus à son bureau qu'un jour sur trois. Il était devenu le client le plus assidu de son bistrot familier. Il y passait le plus clair de son temps à boire et à payer à boire aux ivrognes habitués du lieu, et particulièrement à deux d'entre eux baptisés « gorge-sèche » et « porte-monnaie sec ». Ces grands buveurs et nasilleurs n'avaient d'autre souci que de trouver à boire et de boire d'abondance. Pour boire ils s'endettaient, ils quémandaient, au besoin ils volaient la boisson laissée à portée de leurs mains. Après avoir bu, ils improvisaient des scènes de danse burlesque en chantant en chœur les louanges de « Koro-min-fen », Grande-sœur-boisson.

Wangrin adopta tous ces piliers de cabaret, pour la plupart anciens tirailleurs, convertis en nouveaux clochards. Il aimait lui-même chanter les couplets de cabaret de Ségou et de Noubigou, et notamment :

« Buvons...
Buvons à ballonner nos panses,
Buvons entre nantis...
Celui qui économise son gain
« plaque » ses compagnons.
Or, celui qui abandonne est un couard
qui fuit devant le général Vertige.
Buvons à ballonner nos panses...
Nous en avons autant qu'un ruminant.
Buvons bien, buvons beaucoup,
buvons l'écume de la liqueur.
Tant pis pour les dégoûtés,
tant pis pour les délicats.
Les buveurs ne sont pas difficiles...

Qui me dira ce qu'est la liqueur,
cette chose buvable et haïssable ?
Elle donne au sujet de l'audace
et le fait s'exprimer comme un roi.
Elle fait vadrouiller l'étranger
et lance son logeur à sa recherche,
ce qui lui coûte et lui gâche son travail.

Buvons bien, buvons beaucoup,
buvons à ballonner nos panses,
nous en avons autant qu'un ruminant ! »

Les ennemis de Wangrin, et particulièrement les commerçants ses rivaux, observaient sa déchéance, persuadés que sa faillite totale n'était plus qu'une question de temps.

M. et Mme Terreau, jalousés d'abord, puis méprisés par les commerçants européens et libano-syriens qui les traitaient ouvertement de « boys de nègre », essayèrent vainement de remettre leur patron sur la voie. Mais il était trop tard. Wangrin n'entendait plus rien à rien et n'écoutait plus que sa bouteille versant le chaud liquide dans son verre.

Est-ce cette situation lamentable, ajoutée au mépris que les Blancs leur manifestaient, qui poussa le couple à vouloir s'éloigner de Dioussola, non sans s'être enrichis aux dépens d'un homme qu'ils avaient bien servi, certes, mais qui ne s'était jamais montré ni avare ni mesquin?

Ou bien possédaient-ils un fond malhonnête qui n'attendait qu'une occasion favorable pour se manifester?

Toujours est-il que les Terreau partirent un beau matin en vacances, sans prendre congé d'aucun blanc-blanc et sans laisser d'adresse à Wangrin, lui promettant de la lui faire parvenir ultérieurement.

Wangrin ayant demandé à un expert comptable de procéder à la vérification des écritures, les résultats furent catastrophiques. En effet, pendant que Wangrin buvait et brûlait son argent à tous vents, les Terreau s'étaient largement fait les poches. Ils avaient détourné plus de la moitié de la fortune de Wangrin, laissant un monceau de traites que la moitié restante pouvait à peine couvrir. Wangrin était ruiné.

Le comptable, soutenu par M. Tronédon, ami fidèle, conseilla à Wangrin de se déclarer en faillite.

Il déposa donc son bilan. Le juge d'instruction envoya une ordonnance de recherche et un mandat d'amener contre les Terreau. Mais les recherches, qui durèrent un an, se révélèrent infructueuses.

Les biens de Wangrin furent vendus aux enchères. Il assista à cette opération avec une indifférence qui étonna tout le monde. Il ne cessa de plaisanter et de rire et, surtout, d'encourager les Africains qui n'osaient acheter les biens d'un des leurs, vendus à la suite d'un malheur.

Il mettait ainsi ses amis à l'aise et déroutait ses ennemis qui auraient été heureux de le voir affalé, triste et désorienté. Finalement, tout fut vendu. L'opération avait duré deux semaines.

Heureusement, Wangrin avait fait construire pour ses deux épouses et son unique fille mineure une habitation qui avait été enregistrée à leur nom et qui ne fut donc pas vendue. Il s'y retira avec sa famille.

Bouraboura et Tenin qui, sur les conseils de Wangrin lui-même, s'étaient retirés depuis longtemps dans leur pays d'origine, apprirent le malheur de leur protecteur et bienfaiteur. Ils accoururent à Dioussola et offrirent à Wangrin de venir vivre chez eux avec sa famille, mettant leurs biens à sa disposition.

« Pas de restitution! goguenarda Wangrin. Je me garderai bien, mes enfants, d'amener chez vous la guigne implacable qu'un destin plus implacable encore m'a fait épouser. Ce mariage, je dois le consommer sans y inviter personne. Oui, je dois boire tout seul ma nouvelle coupe, et je la viderai sans cligner des yeux.

« Votre père Wangrin est de la race des oiseaux

de proie. S'il le faut, il arrachera sa pitance plutôt que de tendre la main pour la mendier.

« Vous repartirez dès demain, ou je vous maudirai face au soleil levant et face à la lune couchante. Je citerai pour témoins les nuages du jour et les étoiles de la nuit.

« Allez ! en avant, marche!... Et voici cent sous pour vous payer quelques provisions. Un père, même pauvre-pauvre, doit donner quelque chose à ses enfants. Et s'il n'a rien, il peut toujours leur proposer ses poux... »

Wangrin obligea Bouraboura et Tenin à accepter ses cent sous.

Pas plus de Bouraboura que de Tenin, Wangrin ne voulut jamais accepter l'aide de personne, pas même de ses femmes qui gagnaient quelque argent en vendant des friandises sur un petit étalage devant leur maison.

Sa misère devint totale. Aussi alla-t-il s'installer devant le grand bâtiment des P.T.T. où il écrivait, moyennnant salaire, la correspondance des illettrés.

Sur les quelques pièces qu'il récoltait de ce travail peu régulier, il en distribuait une partie aux aveugles qui mendiaient aux environs de la poste et, avec le reste, il se rendait au cabaret où il payait à boire à des convives occasionnels, sans se soucier de leur fortune.

Il aimait à réunir autour de lui des badauds ou des enfants. Aux enfants il racontait les fables et les contes qu'il avait recueillis tout au long de sa vie (242) et aux adultes il disait :

« Posez-moi des questions sur la vie ! Je vous répondrai, car je suis un grand voyageur. J'en connais les grandes routes, les montagnes, les cavernes, les fôrêts, les cours d'eau et les déserts. J'en connais les villes, villages et hameaux, j'en connais les rues, ruelles et venelles. Profitez de mon expérience et posez-moi des questions pendant que je vis encore. »

Il est bien dommage que l'on ne puisse rapporter ici toutes les questions qui furent posées à Wangrin et les réponses qu'il y fit qui portaient souvent la marque des initiations qu'il avait reçues au cours de sa vie. Certaines, cependant, ont été conservées. En voici quelques unes.

Qu'est-ce que la vie ici-bas?

– C'est un baudet sans crinière qui rue et se cabre tout à la fois. Quoi que fasse son cavalier, il le jettera dans un trou.

– C'est l'angoisse épousée par l'espoir.

– C'est un mensonge que l'on prend pour la Vérité, bien qu'elle ne cesse de jouer de vilains tours aux vivants.

– La vie est une vieille neurasthénique. Elle frappera bons et mauvais, pieux et incrédules, du même bâton : la mort.

Qu'est-ce que l'homme?

– C'est la bête qui ne se croit pas bête, alors qu'elle paît nuit et jour dans la prairie des bêtises.

– C'est une souris qui entre par une porte en criant et sort par une autre en puant (243).

– C'est l'être qui s'aime si bien qu'il ne sent pas sa propre mauvaise odeur, alors qu'il répugne à la moindre odeur chez les autres.

– C'est un être faible et tendre pour lui-même et dur et féroce pour les autres.

Qu'est-ce que la fortune?

– C'est la force brutale qui dit à son possesseur :

Exprime tes désirs pour que je les comble plus que tu ne l'as souhaité.

– C'est une belle monture qui mène, sans défaillance, son cavalier où il désire aller.

– C'est une mauvaise cavalière qui tue sa monture.

– C'est la meilleure révélatrice du vrai caractère d'un homme et de son état d'âme.

Wangrin était donc devenu le philosophe conteur toujours à moitié ivre, l'amuseur public loqueteux qui ne rappelait jamais sa splendeur passée et ne reprochait rien à personne.

Mais l'alcool, ce mauvais compagnon ennemi des nerfs de l'homme, grignota ceux de Wangrin. Il se mit à trembloter et, bientôt, fut incapable de tenir la plume pour écrire. Il ne pouvait plus gagner les quelques francs qui lui permettaient de boire, de payer à boire et de distribuer des pièces aux mendiants aveugles, devenus ses protégés.

Ne pouvant se passer de ce modeste viatique, il décida de se le procurer aux dépens des femmes riches qui se rendaient au marché mais, toujours beau joueur, il rendit son intention publique. Il se promena à travers la ville en criant :

« Moi, Wangrin, ancien interprète, ancien richard, ancien écrivain public, conteur en exercice et amuseur public sans patente, je décide qu'à partir de ce jour, je me posterai tour à tour au coin des rues qui mènent au marché. Je chiperai tout argent que des femmes chamarrées d'or exposeraient imprudemment sur le van qu'elles tiennent en marchant, manière orgueilleuse de prouver qu'elles appartiennent à des familles aisées (244). »

Le lendemain même, Wangrin se posta à l'angle

d'une rue menant au marché. Une femme, parée de bijoux d'or et de bracelets d'argent, vint à passer en tenant à hauteur d'épaule un van sur lequel étaient exposés quelques billets. Wangrin fit semblant de passer et côtoya la femme qui, toute à un bavardage avec une amie, ne prêtait pas attention à son van. Wangrin heurta celui-ci violemment et l'envoya rouler à quelques mètres. Il cria à trois gosses qu'il avait amenés avec lui : « Ramassez cet argent et apportez-le moi ! »

La femme, ne sachant que faire, se mit à crier : « Wangrin ! Kinakee ! Wangrin, ne fais pas ça ! »

Sur le même ton, Wangrin répliqua : « Nnyaa kee ! Nnyaa kee ! Je l'ai fait ! Je l'ai fait ! »

Tout le monde éclata de rire...

Un homme qui passait par là dit à la femme : « Combien avais-tu d'argent ? » La femme lui indiqua une somme. L'homme lui en donna un peu plus et lui dit : « Wangrin, que tu vois là, m'en avait jadis donné cent fois plus ! »

Quant à Wangrin, il partagea son butin en deux. Une part alla dans sa poche pour payer les tournées du cabaret, il distribua l'autre aux enfants et aux aveugles.

Durant six à huit mois, il vécut de ce petit brigandage. Non seulement personne ne voulut jamais porter plainte, mais bien au contraire de braves gens, qui voulaient aider Wangrin en reconnaissance de ses bienfaits passés et qui ne pouvaient lui faire accepter le moindre secours, utilisaient ce procédé de l'argent sur le van pour l'aider d'une façon détournée.

– 35 –

Les trois sangs et la mort

« Tout soleil connaîtra un coucher... », comme aimait à le dire Wangrin lui-même. Hélas! l'heure de son coucher était proche.

Ce soir-là, il avait retenu son auditoire plus longtemps que de coutume, comme s'il avait eu le pressentiment qu'il parlait pour la dernière fois. Lorsque, selon son habitude, il dit à ses compagnons : « Interrogez-moi », quelqu'un lui demanda :

« Comment les Terreau ont-ils pu te voler ton argent, Wangrin?

– C'est une longue histoire, répondit-il. Je ne ferai que la résumer. Pour moi, je la trouve drôle. Tâchez, quant à vous, d'en tirer une leçon. Tout se paie, et j'ai payé pour vous.

« Madame Blanche était très belle, belle par-devant et par-derrière. Elle avait l'ouïe très développée. Elle entendit le frou-frou des gros billets qui devisaient dans mon coffre-fort immense comme une cité. Les billets se disaient « Bonjour, Monsieur Billet-de-mille-francs! - Comment allez-vous, Madame Liasse-de-billets-de-mille-francs? - Avez-vous des nouvelles de Mesdames les liasses-de-cinq-cent-francs? »

« Elle entendit aussi les lingots d'or et les gros diamants se dire : « Qu'est-ce qu'elles ont, ces misérables petites pièces de monnaie, à tinter nuit et jour et à nous empêcher de dormir? Elles s'amusent, avant que Wangrin, cet ogre, les envoie à la friture!

« Elle en parla certainement à son mari par interim. Rien d'étonnant à cela, car les femmes blanches-blanches n'ont pas de secret pour leurs hommes, et réciproquement.

« Mme Terreau entreprit de me conquérir pour acquérir les bavards du grand coffre.

« Durant deux ans, je résistai comme le « tata » (245) de Sikasso. Mais l'homme ne peut résister à la femme que lorsqu'il y a un barrage entre eux. Ce barrage élevé entre Mme Terreau et moi, c'était son état de « femme mariée ».

« Or, par une confidence que je vais impudemment rendre publique, j'appris que M. Terreau n'avait pas plus de droits que moi sur les contorsions, œillades, rires argentins, caresses et leur aboutissement naturel, de la soi-disant Mme Terreau. Celle-ci n'était la « Madame » de personne. Elle se faisait seulement gérer par un mari intérimaire.

« Quand je sus qu'il n'y avait point de barrage entre Mme Terreau et moi, je fis un premier pas. Exactement celui qu'il ne fallait pas faire. Mme Terreau me tendit la main. Elle m'ouvrit ses beaux bras. Je m'y précipitai. Sa senteur entra par mes narines, sa voix par mes oreilles et son « je ne sais quoi-quoi » par tous les pores de ma peau.

« Son désir emplit mon cerveau et le vida de tout autre désir. Je perdis mon sérieux et mon sérieux aussi me perdit. Madame me vainquit pour le malheur de mon porte-monnaie. Elle mit un verre dans ma main. Ce verre était rempli de cette chose haïssable mais que d'aucuns adorent et que d'autres épousent et qui s'appelle « Madame Boisson ».

« Sang d'agneau, sang de lion et sang de porc, ce sont là les trois liquides qui circulent dans les veines et les artères de Madame Boisson. Chaque sang symbolise un degré dans l'ivrognerie, comme disent les savants musulmans antialcooliques.

« Ah! vous qui m'écoutez! Sachez et n'oubliez jamais que moi qui vous parle, je fus dupe... Mme Terreau me drogua avec son « je ne sais quoi-quoi ». Puis elle me tendit un premier verre de Boisson. Je bus et je vis un agneau qui me communiqua sa gaieté. Je le suivis en bondissant dans la plaine de la joie et du bon appétit.

« Elle me tendit le deuxième verre. Je le bus et cessai d'être agneau, ou néophyte de grade mineur. Je devins majeur, car je venais de boire le sang du lion. Je ne riais plus, mais je rugissais; je ne gambadais plus, je bondissais de colère, semant autour de moi de la terre. Je tuais mon honorabilité, je déchirais mon argent à coups de crocs et de griffes. J'étais un roi en furie, tel un lion noir de Danfa Mourga.

« Mais hélas, comme un roi coléreux, je renversais tout sur mon chemin, amour et amitié. Je n'écoutais que ma seule voix. Je ne tolérais d'autres vociférations que les miennes.

« Et de mon plein gré, j'arrachai le troisième verre de Boisson, verre rempli du sang du porc, grade majeur et extrême dans la hiérarchie de l'ivrognerie. Je bus ce verre fatidique et je devins le cochon puant et grognant que vous avez devant vous. »

Puis Wangrin, comme exalté, cria :

« Sang d'agneau ! Sang de lion ! Sang de porc ! Je suis Wangrin, qui but les trois sangs. Moi qui fus tout, et vivais en riant, je devins rien, sans cesser de rire. Je rirai des hommes et des choses. Je rirai de ceux qui ne savent ni rire ni faire rire, car celui qui ne rit pas est un malade ou un méchant. Or moi, Wangrin, ne suis ni celui-là ni moins encore celui-ci. »

Soudain, un grand vent de tornade se déchaîna d'une façon inattendue. Il emporta les échos des rires qui venaient d'éclater comme pour applaudir Wangrin. Chacun se hâta de regagner son domicile, luttant contre le vent annonciateur d'une grande pluie.

Wangrin refusa de rentrer chez lui. Il vida sur place le fond de la bouteille qu'il avait sous la main et voulut attendre que la force du vent eût diminué. Lorsque celui-ci cessa, ce fut pour faire place à un rideau de grosses gouttes serrées d'une pluie qui promettait de durer une bonne partie de la nuit.

En quelques minutes, la ville fut plongée dans une obscurité profonde. Les rues devinrent des torrents. Wangrin, mouillé jusqu'aux os, désirant échapper à la violence de l'averse, chercha un endroit où s'abriter. Il marcha en titubant vers un vestibule qu'il aperçut cinq cents mètres plus loin, grâce à l'éclatement d'un éclair arborescent qui déchira l'espace assombri par la pluie et la nuit naissante.

Mais la ville de Dioussola était très accidentée. Les pentes y étaient raides et la terre devenait très glissante dès qu'elle était mouillée.

Après deux chutes (dont on retrouva les traces), Wangrin atteignit un fossé assez profond qu'il lui fallait traverser pour atteindre l'entrée du vestibule entrevu. Une simple planche, posée en travers, servait d'étroite passerelle. Wangrin, à demi saoul et tremblant de froid, voulut passer. La planche glissa-t-elle ou Wangrin perdit-il l'équilibre? Toujours est-il que notre héros et la planche se retrouvèrent dans le fossé profond de plus d'un mètre et gorgé d'eau tumultueuse.

On n'entendit ni cris ni appel au secours.

Wangrin lutta seul et mourut sans doute d'épuisement, ou de noyade, dans l'eau du fossé où son corps fut retrouvé le lendemain matin, accroché à la planche.

– 36 –

L'adieu

La nouvelle se répandit comme une traînée de poudre. La consternation fut sincère et générale.

La dépouille de Wangrin fut transportée dans la maison de ses femmes. Des émissaires bénévoles se mirent à parcourir la ville en annonçant partout le décès de Wangrin, « l'homme de tout le monde ».

Quelques minutes plus tard, une foule affluait à la maison du défunt. Chaque femme, en arrivant, se jetait à terre et poussait un cri en rappelant un bienfait, un geste de gentillesse, un conseil, qu'elle ou l'un de ses parents avait reçus de Wangrin.

Quand l'imam de la ville arriva, il dit à la famille : « La dépouille de Wangrin, selon la tradition, appartient aux originaires de Noubigou, sa ville natale, actuellement présents à Dioussola. Avant de procéder à la toilette mortuaire, il faut chercher le doyen des concitoyens de Wangrin et le prévenir. »

Or, le sort inconnaissable voulut précisément que Romo, l'ennemi acharné de Wangrin, originaire comme lui de Noubigou, fût en congé à Dioussola à ce moment-là et se trouvât être le plus âgé des originaires de sa ville. C'était donc à lui que l'on devait, traditionnellement, rendre compte de la mort de Wangrin et c'est à lui qu'incombait le devoir de présider la cérémonie funèbre et de conduire la dépouille du défunt au cimetière.

Romo ne se trouvait à Dioussola que depuis deux semaines. Immobilisé par une maladie, il n'avait pas quitté sa maison depuis son arrivée.

Quand le messager vint lui faire part de la mort de son vieil adversaire, Romo, tout tremblant d'émotion, se leva et dit : « Oh! Pauvre frère Wangrin! Celle qui n'épargnera personne t'a terrassé comme elle me terrassera immanquablement un jour... »

Il annonça la nouvelle à ses femmes et à ses enfants : « Allez pleurer notre parent (246), leur dit-il, et restez auprès de ses femmes et de sa fille. » Puis il s'habilla modestement et prit le chemin de la maison de Wangrin.

Une fois arrivé, il salua l'imam et les chefs coutumiers présents. Dieli Madi, le griot de Wangrin, se leva et dit :

« O assemblée des nobles! O assemblée des hommes de caste! O assemblée des captifs! L'imam me charge de vous dire que notre parent Romo, doyen d'âge des gens de Noubigou, est arrivé. La chair de Wangrin revient de droit aux gens de Noubigou et il appartient à leur doyen de dire ce qu'il faut dire et de commander ce qu'il faut faire. »

Romo prit la parole :

« Que l'imam procède à la toilette mortuaire et dirige la prière que nous célébrerons sur le corps de mon frère Wangrin. Puis nous conduirons sa dépouille là où nous irons tous un jour. Ensuite, je donnerai la parole à ceux qui veulent parler, et je parlerai moi-même. »

Le corps de Wangrin fut lavé et enveloppé de sept pièces d'étoffe blanche. On célébra la prière rituelle, puis on conduisit sa dépouille au cimetière. Une foule considérable accompagna Wangrin à sa dernière demeure.

Au retour du cimetière, Romo demanda à Dieli-Madi de prier tous ceux qui avaient quelque chose à dire de prendre la parole.

Plus de vingt personnes parlèrent et vinrent raconter comment Wangrin les avait tirées discrétement de tel ou tel mauvais pas.

Une délégation de chasseurs avait assisté à l'enterrement. Ceux-ci se levèrent et se mirent à danser en mimant la poursuite d'un fauve. Chaque danseur tira un coup de feu pour honorer Wangrin, que les chasseurs initiés considéraient non seulement comme l'un des leurs mais comme un grand maître.

Les aveugles de la ville, se tenant les uns aux autres par leurs bâtons, vinrent défiler pour exprimer leur douleur d'une perte dont ils estimaient être, plus que quiconque, les victimes.

Afin d'écourter une manifestation qui aurait pu durer des journées, Romo demanda à la foule de faire silence et prit la parole.

Il remercia d'abord tout le monde d'être venu aux obsèques avec tant de bonne volonté et de ferveur. Puis il dit :

« O enfants de mienne mère (247) !

« Selon la tradition, tout différend doit cesser avec la mort. Il appartient au survivant de veiller à ce qu'il en soit bien ainsi.

« Mon frère Wangrin et moi nous vécûmes en ennemis acharnés. Ma folle jalousie m'amena à souhaiter sa mort et aurait presque armé mes mains pour le tuer.

« Maintenant qu'il n'est plus, mon « cœur profond », que la jalousie avait submergé et étouffé, reprend ses droits et me fait comprendre que si j'appelais cette mort, je ne pouvais foncièrement la souhaiter.

« Mon cœur a raison, car la mort de Wangrin m'a remué, affligé, et quelque peu tué moi-même.

« Oui, la vie ici-bas est un champ de lutte. Des rivaux s'y affrontent, parfois férocement, mais avec enthousiasme et par désir de gloire.

« Or, quand on n'a plus en face de soi un partenaire de taille, le combat perd ses attraits et cesse d'être viril. Tel sera désormais mon cas, car mon partenaire valeureux, que je cognais toujours et qui ne tombait jamais, c'était Wangrin.

« La mort qui vient de le terrasser me terrassera aussi, j'en suis persuadé. Ne l'ayant plus pour m'escrimer, je vais m'ankyloser, en attendant d'aller le rejoindre dans l'infini du devenir des êtres.

« C'est pourquoi je déclare, devant Dieu et les mânes de nos ancêtres, que je pardonne à feu Wangrin tout ce qu'il avait pu penser ou faire contre moi. Je lui pardonne de cœur et d'esprit.

« Par ailleurs, devant Dieu et devant vous tous, mes frères, je demande à la mémoire de Wangrin de me pardonner à mon tour tout ce que j'ai pu fomenter ou songer à fomenter contre lui.

« Je sais que si j'avais été le premier à mourir, Wangrin aurait tenu à mes funérailles le même discours.

« C'est en frère mortifié que j'ai conduit le deuil de mon frère Wangrin, et c'est en parent contrit que je pleurerai notre grand disparu jusqu'à ma mort.

« Ce qui me réconforte et m'inspirera pour le reste de mes jours, c'est que Wangrin est mort sans avoir cessé d'être un Etalon humain (248) d'une espèce rare à trouver. Pour lui, fortune et infortune n'étaient que des états transitoires qui ne doivent en aucune manière altérer les qualités fondamentales de l'homme qui sont la bonté, le courage et la sincérité. »

Débordé par son émotion, n'en pouvant plus, Romo se laissa presque choir dans un fauteuil qui se trouvait là et dit, d'une voix altérée par des larmes intérieures :

« Que tous ceux à qui Wangrin devait de l'argent viennent me le déclarer ! »

Personne ne se fit connaître, pour la simple raison, apparemment incroyable, que malgré sa très grande misère Wangrin n'avait jamais voulu demander quoi que ce fût à personne.

Romo rendit grâce à Dieu de cette situation, qui ajoutait encore à l'honneur de Wangrin. Puis il ajouta :

« Quant à ceux qui devaient de l'argent à Wangrin et qui n'avaient pu se libérer, je leur fais connaître que Wangrin avait payé à leur place avant la déclaration de sa faillite commerciale et qu'il avait détruit toutes les pièces. »

Sur ce, la foule fut remerciée et congédiée par Romo.

Avant de se disperser, tous les assistants dirent en chœur :

« Paix à l'âme de Wangrin! »

Amadou Hampaté Bâ
Paris, le 17 Ramadan 1391

NOTES

(01) Il avait été chargé de recueillir des contes et fables africains pour le compte d'un fonctionnaire colonial, M. Equilibecq, qui devait les publier par la suite (voir Bibliothèque du Musée de l'homme, à Paris).

(02) Amkullel : surnom qui m'avait été donné et qui signifie « le petit Kullel ».

(1) Vases ou récipients en terre cuite.

(2) Exclamation exprimant la douleur ressentie avec force.

(3) Exclamation de grande surprise. La naissance de jumeaux est une surprise heureuse.

(4) La tradition dit que le sorcier, quand il est surpris par un soma (anti sorcier), pond un œuf tendre en signe de soumission.

(5) Le placenta est dénommé « petits frères du nouveau né ».

(6) Attitude traditionnelle, en Afrique, de celui qui demande quelque chose, non sans inquiétude.

(7) Maison réservée au chef de famille où personne n'entre sans y être appelé. C'est en même temps un magasin et parfois un autel aux mânes des ancêtres.

(8) Petits coquillages constituant la monnaie de l'époque.

(9) Dieu des forgerons, le dieu komo est le plus grand du Mandé. Lorsque le Forgeron « Maître du Komo » revêt sa tenue rituelle et le masque support du dieu, il est censé devenir l'incarnation du dieu Komo lui-même. Lorsqu'il est placé dans ces conditions et accompagné des tam-tam rituels, il parle sous l'inspiration du dieu et fait des prédictions.

(10) A l'époque, les autorités françaises réquisitionnaient d'office tous les fils de chefs ou de notables et les envoyaient à l'Ecole des otages, afin de s'assurer la soumission de leurs pères.

Ils y recevaient une formation qui leur permettait de devenir domestiques, boys, cuisiniers ou fonctionnaires subalternes : copistes, télégraphistes, infirmiers de santé. Les plus intelligents d'entre eux devenaient « moniteurs d'enseignement ». Cette Ecole des otages a reçu plusieurs appellations. Elle est devenue « Ecole des fils de chefs », « Ecole professionnelle », « Ecole primaire supérieure », « Ecole Terrasson de Fougères », et enfin « Lycée Askya ». Elle fonctionne toujours.

(11) En Afrique, quand il y a une éclipse, on dit en effet que « c'est le chat qui a attrapé la lune ».

(12) Surveillant des jeunes circoncis qui préside à la cérémonie de leur initiation au Komo.

(13) Télégraphe.

(14) Mange-mil : petits oiseaux qui, une fois au repos, gazouillent à tue-tête sans s'écouter mutuellement.

(15) « Monsieur l'Ecole », c'est-à-dire « Bonjour, maître d'école ».

(16) Appeler toi.

(17) « Rafraîchis ton cœur » (expression bambara), c'est-à-dire « sois patient ».

(18) Soldat d'une armée royale africaine.

(19) La prophétie se réalisa, puisque l'intéressé dut finir par s'expatrier dans un grand royaume voisin.

(20) Un homme liquidé physiquement est considéré comme « mangé par la nuit ».

(21) Les marabouts se servaient d'un roseau taillé en plume pour écrire. L'expression « possesseur de roseau » devint synonyme de lettré, cultivé.

(22) Expression désignant le mouton attaché à une maison comme animal familier et ne devant être mangé qu'à l'occasion de circonstances exceptionnelles.

(23) Jaawanndo (pluriel Jaawambe). Ethnie étroitement attachée aux Peuls et réputée pour son intelligence et sa malignité.

(24) Ample vêtement de dessus.

(25) Grand sous-vêtement qui se porte en même temps que le boubou.

(26) Somme équivalant à la solde mensuelle d'un soldat indigène.

(27) Parfum très fort venant du Nigeria, pays des Haoussa. ce parfum était un grand luxe réservé aux chefs, marabouts et gens fortunés.

(28) Expression par laquelle on demande l'autorisation de se retirer.

(29) Pièce réservée au chef de famille, où l'on ne doit entrer qu'avec sa permission.

(30) Expression signifiant protéger, si besoin est, au prix de sa vie.

(31) Papier blanc uni, épais et sans rayures. Cet article était rare et coûtait très cher dans le pays.

(32) « Quatorze Juillet », fête nationale française.
(33) Infanterie coloniale.
(34) Coquillages servant de monnaie à l'époque.
(35) Garde de cercle chargé de la police de la ville.
(36) Expression signifiant « être dans son tort ».
(37) Proverbe signifiant que circonstance ne peut être plus propice pour une fin donnée. La hyène qui tombe dans un puits, réduite à l'impuissance, ne peut en effet échapper à la mort qui l'attend.
(38) Pièce où l'homme dépose ses fétiches et gris-gris ainsi que les canaris à philtre et tout ce qui touche à l'occultisme.
(39) Littéralement « femelle ». Par extension, un être de jouissance.
(40) Sorte de riz très savoureux cultivé dans la boucle du Niger.
(41) Equivalent en langue peule du « thiè-so » bambara, ou « maison d'homme ».
(42) Jésus est appelé, dans un verset du Coran, « Rouh-Allâh » : Esprit de Dieu.
(43) Comme tous les autres détails du récit, cet entretien est authentique et rapporté dans les termes exacts où il eut lieu.
(44) Boisson fraîche sucrée et aromatisée à base de gingembre.
(45) « Waadu », nom de singe signifiant « comme-homme ».
(46) Un griot qui joue mal perd tout son prestige. C'est par sa musique que le griot asservit le noble.
(47) Littéralement « la bouche ruine son homme », nom d'un célèbre orateur qui vivait au XIIIe siècle au Mali.
(48) Expression africaine signifiant « tas d'ordures »
(49) Vaillants guerriers peuls passés dans la légende.
(50) Quand on ignore ou méprise la force de l'adversaire, on s'adresse à lui sans précautions. Ainsi, celui qui s'opposerait à Wangrin, ignorant ou méprisant sa vraie valeur, trouverait-il à qui parler.
(51) On appelle « cousins » - c'est-à-dire « frères » dans la tradition africaine - tous les rivaux.
(52) Expression signifiant : « être effronté au possible ».
(53) Allusion à la triste fin d'un jeune Européen qui avait violé les lieux interdits en 1908.
(54) Expression signifiant qu'ils ont accepté de vivre du fruit de leur travail.
(55) L'éducation africaine ne permet pas à un homme de laisser un aîné porter le moindre bagage.
(56) « Déchirer la bouche » de quelqu'un, c'est le punir cruellement pour avoir tenu des propos insolents ou indiscrets.
(57) Commerçant colporteur en Afrique occidentale.
(58) « Adjudant-ventre », pseudonyme donné à l'agent spécial gardien des fonds du cercle.

(59) « Le maître du fil de fer », pseudonyme du receveur des P.T.T.
(60) Le comte de Villermoz
(61) cf. note 58.
(62) Monocle
(63) La personne, tenant son buste droit, jambes repliées sous elle, se tient assise sur ses talons, les pieds posés verticalement sur les orteils.
(64) «Bamuso » : mère-femme, terme de respect.
(65) « Dutigui » : chef de la maison.
(66) « Fantrimori » : infanterie coloniale.
(67) Les militaires indigènes ne pouvaient dépasser le grade d'adjudant, à quelques très rares exceptions près.
(68) Les gardes de cercle jouaient le rôle d'agents de police montée.
(69) On appelait ainsi les suivants accompagnant les militaires pour servir comme manœuvres à tout faire.
(70) Commerçant colporteur.
(71) Monnaie de l'époque en coquillages.
(72) Littéralement : « campe et tu verras ».(73) Lougan : grand terrain de culture.
(74) « Dame Jeanne » : grosse bouteille ventrue d'une contenance de 20 à 50 litres, contenant en général du vin. Expression désignant quelqu'un qui boit immodérément.
(75) Il était un peu sourd.
(76) Proverbe qui incite à veiller malgré l'assurance que l'on peut avoir quant à l'improbabilité d'un événement grave.
(77) Un Peul peut faire semblant d'oublier, mais il n'oublie jamais. Cette réputation faite aux Peuls n'est pas toujours vraie...
(78) « Annassaara » : mot arabe signifiant « chrétien ». Les Peuls se servent de ce terme pour désigner l'Européen.
(79) L'âme et l'esprit sont comme des fleurs. L'odeur qu'elles dégagent s'appelle « la politesse » (adage peul).
(80) Etre vêtu de plusieurs riches pièces les unes par-dessus les autres.
(81) Etre la bouche de quelqu'un, c'est être son auxiliaire le plus précieux et le plus indispensable. On ne saurait ni parler ni se sustenter sans la bouche.
(82) « Monsieur le Gouverneur ».
(83) Bateaux à vapeur.
(84) Rails de chemin de fer.
(85) Trains.
(86) En peul, « essi » - belle-maman- sert par extension à désigner respectueusement la mère d'une belle femme.
(87) « Concrétion intestinale » est une image pour désigner l'ambre.
(88) Image servant à exprimer une extrême avarice.

(89) Wangrin appartenait en effet à une famille de chefs de Noubigou.
(90) Chrétiens.
(91) Le « yettoore » est un nom qui sert à désigner un homme ou un clan, avec lequel on le salue, le congratule on chante ses louanges.
(92) Littéralement : « tas d'ordures ». L'expression sert à désigner une grande misère matérielle.
Les propos que Reenatou s'est tenu à elle-même devant son miroir m'ont été rapportés par sa griote, à qui elle s'était confiée.
(93) La noix de cola exceptée.
(94) La coutume peule veut en effet que l'on ne consomme aucune nourriture en présence de ses beaux-parents, en signe de déférence.
(95) « Ancienne femme de Blanc. »
(96) Sobriquet désignant le Blanc.
(97) Poisson d'eau douce.
(98) Une femme de mœurs légères est comparée à un abreuvoir où viennent boire facilement toutes sortes d'animaux.
(99) Dans le contexte de la tradition africaine, tous les fils des amis ou compagnons du même âge sont considérés comme des fils.
(100) Se dit d'un homme très poussé vers les femmes.
(101) Métaphore ironique pour faire comprendre à Doumouma que son père, surnommé « le taureau noir aux yeux rouges » parce qu'il était grand, noir et avait les yeux rouges, risquait d'être sacrifié dans l'affaire découverte par Wangrin.
(102) « Les yeux fermés », c'est-à-dire sans pitié.
(103) Expression peule désignant le cachot.
(104) « Mon capitaine ».
(105) Commis chargé de la correspondance.
(106) Ce récit m'a été fait par l'intéressé lui-même, lorsqu'étant de service à « Goudougaoua », je fréquentais la maison de son père Romo.
(107) Heure très avancée de la nuit où seuls rats, voleurs et quêteurs de femmes courent les rues.
(108) Mot à mot : « Blancs-noirs », c'est-à-dire les fonctionnaires et agents indigènes de l'administration, les Européens étant appelés « blancs-blancs ».
(109) « Homme-noir », par extension « noir-noir ».
(110) Formule de salutation que l'arrivant prononce à l'intention de ceux qu'il trouve sur place.
(111) Réponse habituelle à la salutation de l'arrivant.
(112) On finit de traire les vaches vers 7 ou 8 heures du matin et 18 ou 19 heures le soir.
(113) Lamido signifie « commandeur » ou « roi », en langue peule.

(114) Anciens esclaves, dont on ne peut situer dans le temps l'origine de l'esclavage. Ils sont devenus les serviteurs attachés à une maison ou à une famille. Traditionnellement, leur statut leur confère de grands droits : ceux, notamment, de gérer les biens de leurs maîtres, d'éduquer leurs enfants, etc... Ils sont considérés comme faisant partie de la famille, et portent d'ailleurs le nom de celle-ci.

(115) Le frère du père, dans la tradition africaine, est considéré comme le père. Il en a les mêmes droits et les mêmes devoirs. Il n'y a pas d'« oncle paternel » dans la tradition peule. L'oncle paternel est appelé père. Seul, l'oncle maternel est « oncle ». De même, la sœur de la mère est une mère. Seule la sœur du père est une « tante ».

(116) Onomatopée pour imiter le cri des bovins.

(117) Pays aurifère situé dans le Mandé, à l'ouest de Bamako

(118) Comme il a été dit plus haut (cf. note 114) serviteurs attachés à la maison ou à la famille et dont on ignore la date originelle de réduction. « Rimaybe » en peul.

(119) Guéno : nom du Dieu suprême en peul.

(120) Le turban représente ici l'insigne suprême de la chefferie.

(121) Maana était un puissant roi peul qui donna en une matinée mille unités de toutes choses. Cela fut mentionné au cours de la fête de son couronnement et l'air joué à cette occasion fut appelé « Eeerel-Maana ».

(122) Dans la savane de l'ouest africain, les noix de cola jouent un grand rôle dans la réception des étrangers de marque. Elles remplacent les fleurs des cérémonies occidentales.

(123) Moutons engraissés à la maison par les femmes et sacrifiés pour des circonstances exceptionnelles.

(124) Expression affectueuse signifiant « mon frère ».

(125) Goforner Zenderal = Gouverneur général. Franci = France.

(126) Mot servant à désigner les Européens. Toubab, pluriel de toubib, mot arabe signifiant « docteur ».

(127) « Boire de l'eau par les narines », expression signifiant « être un grand imbécile ».

(128) Sous l'action de l'air, le fil télégraphique vibre et l'on entend ce bruit en appliquant l'oreille contre le poteau.

(129) Dogotoro : docteur.

(130) Ce proverbe signifie que lorsqu'un homme conscient va délibérément au-devant d'un grand danger, c'est qu'il a pris les précautions nécessaires pour se garantir.

(131) Une marcotte est la branche d'un arbre qui, tombant jusqu'à terre, y a pris racine.

(132) Sort magique meurtrier que les magiciens bambaras lancent contre ceux qu'ils veulent faire mourir de maladie ou de mort violente.

(133) Ces paroles cabalistiques font partie d'un récitatif que le

chantre du dieu Komo entonne à la sortie du dieu. Le diospiros est un arbre sacré. Les Peuls y coupent leur bâton rituel.

(134) « Dimadjo » (pluriel : rimaybé) : captif de case chez les peuls. Le dimadjo, chez les Peuls, a parfois plus d'autorité sur la famille de son maître que le fils aîné de celui-ci. En outre, il n'est pas aliénable.

(135) Le cimetière.

(136) Expression signifiant que la nuit est très avancée.

(137) Exclamation qui incite à l'action.

(138) Dans les contes traditionnels africains, le lièvre personnifie la ruse.

(139) Reptiles sauriens d'Afrique. Sortes de lézards géants.

(140) Expression désignant les hommes d'expérience, mûris par la vie et courageux.

(141) Quand un homme disparaît sans laisser de traces, par exemple à la suite d'un enlèvement ou d'une arrestation par l'autorité, on dit qu'il a été « mangé par la nuit ». L'autorité est comparée à une nuit obscure, qui dévore ses ennemis sans bruit et sans laisser de restes.

(142) « Louange à Dieu! » en langue coranique.

(143) « As-tu passé la nuit en paix, Wangrin? » – cette formule sert de salut matinal en langue peule.

(144) « La paix seulemenτt! » – réponse traditionnelle à la formule précédente.

(145) Hommes de caste noble, seigneurs.

(146) Exclamation signifiant « Par Dieu, en vérité! »

(147) Quatorze juillet. Parfois, on dit également « kattoss suliye ».

(148) Cette expression signifie qu'il accomplissait la prière musulmane, consistant en attitudes particulières du corps accompagnées de récitation de versets coraniques.

(149) Formule sacramentelle de salut adressée par celui qui arrive à celui qu'il trouve sur place. Le pronom « vous » est employé parce que l'homme est supposé ne jamais se trouver seul, mais avec ses êtres intérieurs multiples et d'autres êtres invisibles.

(150) Réponse traditionnelle en langue bambara. Etymologiquement, elle signifie « Ma mère! », quand elle est dite avec emphase. Par extension, Mbaaa signifie « Je dois mon existence ici à ma mère... »

(151) Ville de l'actuel Mali, située sur le Bani, affluent principal du fleuve Niger qui traverse le pays de part en part. Djenné et Tombouctou sont deux anciennes et célèbres villes réputées pour leur art et leur science.

(152) Tabac spécialement préparé à Djenné et à Tombouctou et que l'on prise par les narines. Il était ordinairement réservé aux gens fortunés et aux « grands » de la société soudanaise

de l'époque. Pour dire qu'un homme était haut placé, on disait : c'est un Almundialla.

(153) En Afrique, les captifs, et notamment les captifs de case, étaient considérés comme des parents. Selon leur âge, ils pouvaient avoir droit au titre de père ou de frère, etc...

(154) Nom de l'ange qui, selon l'Islam, sonnera la trompette de la résurrection.

(155) Captif de case peul. Le pluriel en est « rimaybe ».

(156) Ethnie africaine du Nigeria réputée pour son goût des longs voyages et du commerce. Les haoussas comptent parmi les plus industrieux des noirs d'Afrique. Grands musiciens, ils fournissent également d'éminents diplomates ou courtisans.

(157) Ancêtre supposé des Peuls.

(158) 1914.

(160) Le fromager et le balanza figurent parmi les très grands arbres d'Afrique. Le fruit du fromager donne le kapok. Le fruit du balanza sert de nourriture aux bestiaux et ses cendres, délayées, donnent un liquide qui sert à fixer la teinture sur une étoffe.

(161) Des « dents blanches plantées dans des alvéoles sanglantes » signifient l'hypocrisie.

(162) Soupçonnant que le bruit de l'exhumation parviendrait aux oreilles du Commandant, Wangrin préféra en parler pour « noyer le poisson ».

(163) Absinthe.

(164) Il est dit : « Le serpent à peur de son tueur et le tueur de serpent a peur du serpent. »

(165) Les administrateurs coloniaux de tous grades se faisaient appeler « Commandants » en A.O.F.

(166) Bien entendu, il s'agissait d'une idée de Wangrin.

(167) Bière de mil de fabrication locale suffisamment alcoolisée pour enivrer même un ivrogne vétéran.

(168) Un des ancêtres des Peuls, supposé être le jumeau de Thianaba, le python mythique, roi des bestiaux, notamment des bovins, ovins et caprins.

(169) Bateau à vapeur.

(170) Pour une fois, ce nom est authentique, quoi qu'il en paraisse...

(171) case de passage : Nom, tiré de l'usage africain, donné à un pavillon ou appartement réservé aux fonctionnaires de passage ou invités de marque.

(172) G.G. : Gouverneur Général.

(173) Un des grands chefs de canton peuls du pays.

(174) Nom également authentique.

(175) Expression signifiant « être aux prises avec quelqu'un d'une manière inexorable ».

(176) Agents recrutés parmi les anciens militaires indigènes et

administrés à la manière d'un corps de gendarmes.

(177) Femme africaine vivant maritalement avec un Européen selon ce que l'on appelait « mariage colonial ». (cf. note 39).

(178) Ces renseignements ont été recueillis de la bouche de Romo Sibedi lui-même, avec qui j'ai servi plus tard à Goudougaoua et Yagouwahi.

(179) Euphémisme pour désigner une fonction naturelle...

(180) Les guérisseurs mossis, dogons ou haoussas connaissent ainsi beaucoup de recettes « attrappe-nigaud ».

(181) Ayant personnellement servi sous les ordres du comte, celui-ci me dit un jour, à propos de Wangrin : « Wangrin m'a causé beaucoup d'ennuis, il a trompé ma bonne foi et j'étais prêt à l'envoyer pourrir en prison.
Pourtant, et comme malgré moi, j'éprouve pour lui une certaine sympathie. C'était une fripouille, certes, mais il ne manquait pas de grandeur et de qualités humaines, et a toujours été très généreux envers les pauvres. »

(182) Bonnet de forme phrygienne, emblème de la majorité donnant droit à l'accès de certains secrets majeurs : initiation au rite des dieux Komo et Nama, etc...

(183) Nom de l'ancien, chargé d'instruire et de surveiller les jeunes circoncis. « Sé » : pouvoir. « Ma » : personne. Par extension : maître puissant.

(184) Infanterie.

(185) Dernière prière que célèbre le musulman avant de se coucher.

(186) Représentants.

(187) Les noix de karité servent à fabriquer un beurre végétal commercialisé.

(188) Mystique musulman.

(189) Dieu de l'or, auquel sacrifient ceux qui travaillent dans les mines d'or.

(190) Wangrin avait en effet, avec ses fonds, créé cette société inscrite au nom de Faboukari.

(191) Les Pères blancs créaient parfois beaucoup de difficultés aux administrateurs non chrétiens.

(192) Sobriquet servant à désigner les Pères blancs des missions catholiques.

(193) L'injure concernant la mère est la plus grossière que l'on puisse adresser à un homme en Afrique.

(194) Représentant de chef de canton auprès du commandant de cercle.

(195) Un acte célébré par des guitaristes est un acte extraordinaire, en l'honneur duquel un guitariste a composé un air.

(196) Danse où des fous se tirent mutuellement des coups de fusil jusqu'à extermination totale.

(197) Pâte obtenue avec de la farine de mil bouillie et épaissie. Ce plat de résistance se mange avec une sauce appelée « nan ».

(198) Expression pour désigner le gros gibier : hippopotame, rhinocéros et surtout l'éléphant.

(199) Sans doute n'est-il pas inutile d'expliquer pourquoi Romo avait procédé ainsi. Les interprètes, qui recevaient tous beaucoup de « pots de vin », prenaient parfois cette précaution afin de pouvoir, en cas d'enquête, jurer par les serments les plus sacrés qu'ils n'avaient reçu aucune somme d'argent en mains propres.

(200) Il est de coutume en Afrique, d'enterrer un canari (vase en terre cuite) au milieu de son champ, sous un arbre, pour y mettre de l'eau.

(201) Cf. Chapitre 1, page 21.

(202) La tradition africaine considère que, dans la personne physique, il existe plusieurs autres personnes portant le nom de « doubles », chacun de ces doubles étant plus profond, ou plus « fin », que le précédent. Il y a ainsi le corps physique, le double profond, le double plus profond, etc...
Les maladies sont censées résulter d'une perturbation de ces doubles. Lorsque la perturbation n'arrive pas à s'extérioriser en une maladie extérieure, elle devient maladie mentale.

(203) Cf. note 133.

(204) La « Sanankounya » est une alliance particulière qui permet d'échanger des plaisanteries ou de se dire des vérités sans que cela puisse tirer à conséquences ni entraîner de suites fâcheuses. La sanankounya crée, entre les partenaires, (ou « sanankouns ») un devoir d'assistance mutuelle en toutes circonstances. La sanankounya (appelée par certains ethnologues « parenté à plaisanterie » ou « libération catharsique ») peut exister entre deux individus, deux ethnies ou deux pays.

(205) Ethnie de la savane, réputée pour ses connaissances occultes.

(206) « Bichette des carrefours », surnom donné en général à une belle fille qui brille dans les assemblées et réunions, lesquelles se tiennent généralement à des carrefours ou des croisées de chemins.
« Aigrette des caravansérails » : Les caravansérails étant des lieux où s'assemblent les commerçants, ce surnom avait été donné à Tenin parce qu'elle y était célèbre pour sa beauté et sa compétence en affaires.

(207) Expression signifiant : pratiquer une profonde entaille en égorgeant un animal. Il va sans dire que Wangrin n'a jamais égorgé personne et qu'il s'agit de pures menaces d'intimidation, très courantes dans le langage africain : « Je te couperai en mille morceaux, je te trancherai la gorge,

etc... » Ce ne sont que des images, mais elles constituent une mise en garde sérieuse.

(208) Les femmes africaines n'ont pas de poches dans leurs vêtements.

(209) Nom du dieu suprême en bambara.

(210) On appelait ainsi une femme interdite sous peine de mort à tout soupirant.

(211) Cela ne pouvait manquer d'arriver. Ceux qui ne disposaient pas d'une fosse souterraine jetaient en effet leurs eaux sales sur la voie où elles désséchaient sous le soleil.

(213) Parole du dieu Komo, dans la tradition bambara : « Tu es ce que tu es, mais tu pourrais devenir ce que je voudrais que tu sois... »

(214) Proverbe malien très courant chez les Peuls et les Bambaras.

(215) Geste câlin entre homme et femme, époux ou amants, marquant l'intimité et l'amour. Cette attitude équivaut à l'embrassade occidentale.

(216) Quand un boa a avalé une biche, il se trouve à la merci du chasseur, ne pouvant bouger jusqu'à la fin de sa digestion.

(217) Ample sous-vêtement, de même forme que le boubou.

(218) Il est bon de signaler qu'à l'époque, une femme sollicitée par un chef colonial ne pouvait quasiment pas refuser, au risque de subir des tracasseries sans fin. Il est même arrivé que des femmes fussent ainsi mariées de force dans le cadre du « mariage colonial » temporaire.

(219) En règle générale, les fonctionnaires rentraient en métropole au bout de deux ou trois ans de séjour.

(220) Expression signifiant qu'une femme est dans sa période menstruelle.
(221) Expression de protestation courante en « forofifon-naspa ».
(222) « Envoyer rôtir ». Expression signifiant que l'on souhaite la mort violente de quelqu'un
(223) L'écorce du caïlcédrat donne une décoction très amère.
(224) Service tenant lieu de trésorerie dans un Cercle.
(225) Sorcier, au sens de « versé dans les sciences occultes ».
(226) Le caïlcédrat est l'arbre habitat des génies, fées, esprit, etc...
(227) « Garde à vous » prononcé à la forofifon.
(228) La « sanankounya » est une alliance, dite « parenté à plaisanterie », qui permet de se plaisanter ou de se dire des vérités sans que cela entraîne de conséquences fâcheuses. Elle commande une solidarité absolue entre ses membres. (Cf. plus haut note 204.)
(229) Un thème géomantique aboutit à tracer seize figures, dont chacune est appelée « maison »
(230) Une des anciennes capitales du royaume bambara du Bélédougou, au Mali.
(231) Une « zaouïa » est le lieu de rencontre et de prière des membres des congrégations religieuses islamiques.
(232) Tigui-naana : littéralement « le maître est venu ». Danse que l'on effectue en sautant de bas en haut tout en lançant les pieds et les mains en l'air à chaque bond, comme dans la danse russe.
(233) Les plus grosses entreprises privées de l'époque.
(234) Les Sénégalais natifs des quatre communes de Gorée, Dakar, Rufisque et St-Louis avaient la qualité de citoyens français et étaient justiciables des tribunaux français.
(235) Maître du couteau : prêtre et sacrificateur en chef d'une localité dans la tradition animiste de l'Afrique occidentale.
(236) Un procédé spécial de divination fondé sur la façon dont retombent sur le sol les victimes ou les offrandes, permet de connaître la réponse des ancêtres.
(237) En fait, la route n'était pas revêtue de macadam, mais simplement tapée jusqu'à devenir bien plate et dure. Elle était en général faite de gravier et d'argile, souvent amenés à dos d'homme ou à dos d'âne. De telles routes pouvaient rester en bon état durant toute la saison sèche. Mais c'est le terme « macadamiser » qui était employé à l'époque.
(238) Le dassiri (littéralement « scelle-bouche ») est un animal consacré, protecteur d'un lieu déterminé, qu'il ne faut jamais tuer sous peine de détruire l'alliance conclue entre l'ancêtre fondateur du village et l'animal protecteur, et attirer des malheurs sur la région.
(239) Littéralement : « le grand python du vieux tamarinier ».

(240) Expression polie pour dire que l'on va uriner.
(241) Cf. 1er chapitre, page 24.
(242) Cf. introduction. Je rappelle que je m'étais lié à Wangrin dans mon jeune âge à l'occasion d'une collecte de contes qu'il avait entreprise.
(243) Le sexe de la mère représente la porte d'entrée dans la vie, tandis que la tombe symbolise la porte de sortie. En outre, le cadavre sent mauvais.
(244) Les femmes africaines ont coutume de porter leur van, à plat sur la paume de leur main retournée en arrière, à hauteur de visage.
(245) Muraille d'enceinte.
(246) En Afrique, les concitoyens d'une ville ou d'une région se considèrent comme des frères.
(247) Expression pour dire : « O mes frères ! »
(248) C'est-à-dire l'Homme dans toute l'acception du terme, celui qui est Homme pour lui-même et qui, à son tour, forme d'autres hommes. Ce terme comporte aussi une notion chevaleresque.

TABLE DES MATIÈRES

LA COMPOSITION, L'IMPRESSION ET LE BROCHAGE DE CE LIVRE
ONT ÉTÉ EFFECTUÉS PAR LA SOCIÉTÉ NOUVELLE FIRMIN-DIDOT
MESNIL-SUR-L'ESTRÉE
POUR LE COMPTE DES ÉDITIONS U.G.E.
LE 3 SEPTEMBRE 1984

Imprimé en France
Dépôt légal : 4e trimestre 1979
N° d'édition 1385 – N° d'impression : 1190

Nouveau Tirage, 1984